Wolfgang Breuer

Windbruch

Ein Wittgenstein-Krimi

ratio books

Dieses Buch ist ein Roman. Handlung und Personen, wie Täter und Opfer, sind frei erfunden. Allerdings spielen darin auch real existierende Personen im sehr realen Wittgensteiner Land eine gewichtige Rolle. Diesen Menschen schulde ich für ihr freundschaftliches Einverständnis dazu meinen aufrichtigen Dank. Sie machen die Geschichte ein ganzes Stück weit authentischer. Bezüge zu und Anspielungen auf Ereignisse des aktuellen Zeitgeschehens sind ebenso gewollt wie notwendig.

Wolfgang Breuer
Windbruch
Ein Wittgenstein-Krimi

Coverfoto: Wolfgang Breuer

Autorenfoto: Fotoatelier Christiane

Impressum
ratio-books • 53797 Lohmar • Danziger Str. 30
info@ratio-books.de (bevorzugt)
Tel.: (0 22 46) 94 92 61
Fax: (0 22 46) 94 92 24
www.ratio-books.de

ISBN 978-3-96136-048-2
eISBN 978-3-96136-049-9

published by

Donnerstag, 18. Januar

Wieder so eine knallharte Sturmbö, die das ganze Haus erzittern ließ. Das seit Tagen angekündigte Orkantief ‚Friederike' hatte mit ungebremster Kraft nun auch Wittgenstein erreicht. Ronja Körner jagte es einen Schauer nach dem anderen über ihre blasse Haut.

Seit Stunden ein Dauerzustand bei ihr. Schon, als sie noch im Bett lag. Nur jetzt schien der Orkan derart an Stärke gewonnen zu haben, dass er dazu geeignet war, sie in ein Ganzkörper-Kondom aus Gänsehaut zu hüllen. Und das ihr, der gebürtigen Ostfriesin.

In ihrem Geburtsort Norddeich, glaubte sie sich zu erinnern, konnten Stürme nicht so garstig sein. Aber wer weiß, vielleicht lag das lediglich daran, dass man dort gewohnt war, die passenden Häuser als Schutz gegen solche Unbilden der Natur zu bauen. Und dass es deshalb drinnen nicht so wummerte, wenn die Böen versuchten, einst mühsam errichtete Gebäude zu zerlegen.

Ronja übte sich in Sarkasmus, als ihre Freundin Mina Nölke anrief und sich nach ihrem Wohlbefinden erkundigte. Während sie vom Bad runter ins Wohngeschoss lief, war ihr nämlich ein alter friesischer Bauernwitz eingefallen. Danach hatte Fiete seinen Nachbarn Hein nach einem Unwetter gefragt: „Na, hat der Sturm Dein Scheunendach auch kaputt gemacht?" Darauf hatte Hein geantwortet: „Weiß nich´, hab´s noch nich´ wiedergefunden."

Mina schüttelte sich vor Lachen und meinte: „Dann kann´s Dir ja so schlecht nicht gehen. Kommst Du heute Nachmittag zum Dienst?"

„Da bin ich mir noch nicht so sicher. Ich warte lieber erstmal ab, wie sich das weiterentwickelt. Ich bin gestern schon vorsichtshalber mit dem Bus gefahren. Weil ich kein Risiko bei dem angekündigten Sturm eingehen ..." ‚Wumm'! Ein ohrenbetäubender Knall unterbrach die Unterhaltung. Kurz darauf hörte man ein rollendes Scheppern. Ronjas Gänsehaut bohrte sich in die Maschen ihres dicken Strickpullovers.

„Lieber Himmel. War das etwa bei Dir?", kam die erschreckte Frage der Freundin aus dem Hörer.

„J... ja. Das war draußen, hier direkt am Haus. I... ich schau mal nach, was das war." Vorsichtig lugte Ronja aus dem Küchenfenster. Aber sie sah dort nichts Außergewöhnliches. Zwar wirbelten überall Äste, Zweige und jede Menge Unrat herum. Aber nichts, was diesen Höllenkrach hätte verursachen können.

Aber sie wollte unbedingt wissen, was da abging. Denn das dröhnende Scheppern kam bedrohlich näher.

Doch dann war plötzlich Stille. Kein Laut war mehr zu hören. Als habe der Sturm eine Atempause eingelegt. Es war absolut windstill. Das konnte sie vom ihrem Fensterplatz aus sehen.

Selbst die Fichten unten an der Straße, deren Spitzen sich vorhin noch bedrohlich in Richtung Boden gebogen hatten, standen, als sei nichts geschehen.

„Hey, was is´n los?", rief´s von Minas Seite aus dem Telefon. „Haaallooo...!". Aber Ronja hatte jetzt nur noch ein Ziel: So schnell wie möglich raus auf den Balkon und nachsehen, was da so unglaublich laut geknallt hatte. Das Mobilteil ihres Telefons hielt sie in der Linken, mit der Rechten öffnete sie die Balkontür.

Sie konnte später selbst nicht beschreiben, was sich Sekundenbruchteile später abgespielt hatte. Jedenfalls lag Ronja, als Feuerwehr und Rettungsdienst nach Freisägen des Weges zu ihrem Haus gefunden hatten, bewusstlos im Wohnzimmer.

Die Balkontür war nur noch ein Loch. Ein Flügel lag mit zerborstener Scheibe im Haus, der andere wackelte, an einer Angel hängend, im Sturm hin und her. Im Haus herrschte das Chaos.

„Scheiß offene Bauweise!“, hatte der erste Feuerwehrmann lauthals geschimpft, als er per Leiter über den Balkon gekommen war und die Hausherrin mit leichten Ohrfeigen ins Hier und Jetzt zurückgeholt hatte. „Hätten Sie Türen zwischen den einzelnen Räumen, wäre hier nicht alles durcheinander geflogen“, versicherte er ihr, während er Ronja vom Fußboden aufhalf.

‚Ein echter Menschenfreund‘, dachte sich der Rettungssanitäter, der sich der jungen Frau kurz nach der handfesten Erweckung angenommen hatte. Denn die Belehrungen des Floriansjüngers nahmen kein Ende.

Ronjas Benommenheit wich langsam. Und es griff die entsetzte Erkenntnis Platz, dass der Neubau drinnen dem Vorhof einer Müllhalde alle Ehre gemacht hätte.

„Guck mal, ob die Jalousie noch funktioniert. Falls ja, lass´ sie bitte runter!“, brüllte der Sani dem Feuerwehrmann gegen den wieder aufkommenden Sturm zu. „Und die anderen gleich mit. Wer weiß, was heute noch alles durch die Gegend fliegt.“

Dem Sturm trotzend fuhren die elektrischen Rollläden kurz darauf nach unten. So wurde es leiser im Haus. Aber keineswegs schöner. Die Deckenlampen flammten auf, als es drinnen dunkler wurde. Hatte ein findiger Elektriker erdacht und bei den befreundeten Körners zum Selbstkostenpreis installiert. Das war aber auch so ziemlich alles, was, außer der Küchenzeile, ohne Läsionen geblieben war.

„Lieber Gott. Wie soll ich das alles wieder in Ordnung bringen?“, redete die Hausherrin noch ein wenig benommen vor sich hin. Das war doch alles neu hier.“

„Ich bitte Sie, Frau Körner“, schaltete sich der Rettungssanitäter ein, der gerade ihren Blutdruck messen wollte, „seien Sie froh, dass Sie das hier überlebt haben. Ziemlich unbeschadet sogar, wie mir scheint. Haben Sie Kopfschmerzen?“

Unweigerlich griff sich seine Patientin an den Hinterkopf. „Ja, Kopfschmerzen und ´ne Beule“, rieb sie sich die malträtierte Stelle. „Erst am zweiten Adventswochenende waren wir mit dem Umzug fertig. Und jetzt ist alles in Trümmern. Wie soll ich das bloß Leon erklären? Der wird wahnsinnig.“

„Leon ist Ihr Mann?“

„Ja. Und er ist auf Geschäftsreise seit gestern. Erst Potsdam, dann Luckenwalde, glaube ich.“

„Kenn´ ich, liegt in Brandenburg. Schön da“, machte der Mann vom Rettungsdienst Konversation.

„Ja. Er baut dort einen großen Industriekomplex. Mein Mann ist Ingenieur. Er hat sich auf solche Projekte spezialisiert.“ Sie schüttelte sich, als wäre sie von einem plötzlichen Fieber überfallen worden. „Oh Gott, wenn er von diesem Desaster hier erfährt. Wo ist denn überhaupt mein Handy?“, wurde Ronja plötzlich unruhig.

„Das ist doch jetzt nicht so wichtig. Ruhen Sie sich besser noch einen Moment aus“, riet der Mann in der rot-weißen Kluft, während er einen Sessel wieder auf die Beine stellte und Frau Körner als Sitzgelegenheit anbot.

Mina Nölke hatte am Rad gedreht, seit Ronja nicht mehr antwortete. Sie hatte nur noch einen ohrenbetäubenden Lärm am anderen Ende der Leitung gehört und danach das beständige Jaulen und Orgeln des Sturms. Nahezu deckungsgleich mit den Geräuschen, die ‚Friederike' um ihr Haus herum produzierte. Ein renoviertes altes Bauernhaus in Hanglage.

Zwei Minuten lang hatte Mina versucht, Lebenszeichen von Ronja in dem Getöse auf der anderen Seite auszumachen. Dann hatte sie ihr Handy genommen und 112 gewählt. Denn die Sorge um ihre Freundin wuchs Sekunde um Sekunde. Nervenzehrende drei Minuten hatte sie warten müssen, ehe sich endlich die Rettungsleitstelle meldete. Was Wunder bei diesem Unwetter. Der gesamte Landkreis schien im Orkan-Chaos zu versinken. Wieder einmal. Schon der Sturm „Burglind" hatte zwei Wochen zuvor ordentlich die Fetzen fliegen lassen. Aber das hier erinnerte sie eher an ‚Kyrill', auf den Tag genau vor elf Jahren.

Schnell hatte Mina dem Mann in der Rettungsleitstelle geschildert, was sich während ihres Telefonats abgespielt hatte und dass bei Ronja seither Funkstille herrsche. Der Leitstellenmensch versprach, so schnell wie möglich Feuerwehr und Rettung loszuschicken.

Nachdem es ihr partout nicht mehr gelang, neuerlich Kontakt zu Ronja zu bekommen, hielt es Mina keine Minute länger im Haus. Sie musste nach der Freundin schauen. Daran ging kein Weg vorbei.

Doch als sie, eingemummelt in winterfeste Klamotten, vors Haus trat, wurde sie von einer Sturmbö fast umgehauen. Mit Urgewalt pustete ihr ‚Friederike' derart hart ins Gesicht, dass sie glaubte, keine Luft mehr zu bekommen.

Aber Wittgensteiner Frauen lassen sich nicht so schnell entmutigen. Und Mina war eine Wittgensteinerin. Und zwar eine recht ansehnliche Ausgabe dieser Spezies. Groß, schlank, mittelblondes schulterlanges Haar, das ihr hübsches Gesicht, wenn nicht gerade Sturm war, leicht umspielte. Immer sportlich-elegant gekleidet, fiel sie positiv auf. Nicht nur in ihrem Heimatort Diedenshausen.

Vor zwei Jahren hatte die resolute 32-Jährige ihren Mann aus dem Tempel gejagt. Weil dieser Arsch es einfach nicht schaffte, die Finger von anderen Vertreterinnen ihres Geschlechts zu lassen.

Das Fass zum Überlaufen gebracht hatte eine ultimative Forderung der zehn Jahre jüngeren Kiara-Marie aus Raumland. Eine sehr schlanke Frau, die dem untreuen Maler-Gatten einerseits splitternackt Modell gesessen, später aber auch mit ihm im Bett gelegen hatte. Mina solle ihren Mann freigeben, hatte sie gesagt. Sie liebe ihn wenigstens und bekomme schließlich auch ein Kind von ihm.

Für Mina die Initialzündung zur Totalveränderung ihrer Verhältnisse. Sie machte einen ‚Knopf' an die Sache und schmiss Karl-Georg noch am selben Tag achtkantig raus.

Für den selbsternannten Künstler eine fatale Situation. Denn zum einen war er tief enttäuscht von der ‚wenig toleranten Reaktion' seiner Frau, wie er sich ausdrückte. Zum anderen aber hatte er schon seit Jahren weitgehend von ihrem Verdienst als Hebamme gelebt. Weil sich seine surrealistischen Gemälde saumäßig schlecht verkauften. Joan Miró und Salvador Dali waren halt doch andere Kaliber.

Trotzdem: Karl-Georg Willert, Künstlername ‚George Villere', dachte nicht mal im Traum daran, wieder in seinen erlernten Beruf als Werkzeugmechaniker zurückzukehren. Obwohl er sehr lukrative Angebote hatte. „Zu nieder für mich" hatte er nur abfällig gemeint.

Wovon er jetzt lebte, nach vollzogener Scheidung, davon hatte Mina keine Ahnung. Juckte sie auch nicht. Auf alle Fälle müsste es knapp bei ihm zugehen. Denn noch studierte seine neue Muse. Und das gemeinsame Baby wollte schließlich auch versorgt und ‚gepampert' sein. Vom reinen Glauben an ihren grandiosen Lover würde die junge Mutter das kleine Würmelein jedenfalls nicht satt bekommen. Hochmut kommt halt vor dem Fall.

Seltsam, dass Mina ausgerechnet jetzt, wo sie in diesem wahnsinnigen Sturm stand, wieder an ihn denken musste. Aber das lag womöglich daran, dass ihr Verflossener während des Orkans Kyrill in einer abenteuerlichen Aktion Wellblechplatten neben dem Haus gesichert hatte. Um zu vermeiden, dass sie als messerscharfe Mordinstrumente durch die Gegend fliegen. Die Willerts hatten mit den Blechen einen Kaminholzstapel provisorisch abgedeckt.

Mittlerweile hatte das Holz ein komfortables, stabiles Dach am Rande des Carports. Und in dem war Minas A-Klasse geparkt. Könnte sie es wagen, bei diesem Wahnsinns-Sauwetter ihr Haus sich selbst zu überlassen? ‚Ach komm', dachte sie, ‚die Hütte hat Kyrill unbeschadet überstanden. Die Nummer hier wird sie auch noch packen.'

Außerdem war sie sich sicher, dass es ohnehin besser wäre, nicht im Haus zu sein, wenn es gerade von einem Orkan zerlegt werden würde. Aber das würde hier nicht passieren. ‚Außerdem ist alles bestens versichert. Mach' dir keine Sorgen', redete Mina sich ein.

Als sie in ihren kleinen Daimler steigen wollte, hatte sie große Mühe, die Türe zu öffnen. Schließlich gelang es ihr, sie gegen den Winddruck so lange aufzuhalten, bis sie auch ihre Beine im Wagen hatte. „Rums", die Tür knallte zu.

Dann allerdings hatte sie den Eindruck, ihr Gefährt solle einem neuerlichen ‚Elchtest' unterzogen werden. Denn als sie die A-Klasse rückwärts aus dem Carport herausfuhr und quer gegen die Orkanrichtung stellte, bockte und hüpfte sie wie ein Pferd beim Rodeo. „Auweia, hoffentlich geht das gut“, hörte sie sich selbst laut reden. Aber an Aufgeben war nicht zu denken.

Langsam steuerte sie ihr Auto zum Hellersbacher Weg herunter und schaute in der nächsten Kurve noch einmal hinauf zum Haus. Sie hatte sämtliche Rollläden heruntergelassen. ‚Alles in Ordnung' machte sie sich Mut.

Dann ging´s abwärts in Richtung Dorf. Hätte sie der Sturm von der Straße gedrückt, wäre sie allenfalls in einer ansteigenden Böschung gelandet. So fühlte sie sich sicher. Doch als sie halb im Tal in Richtung Berleburg einbiegen wollte, blinkten sie fünf grellrote Lampen auf einem Sperrzaun an. „Mist, verdammter!“, brüllte Mina wenig damenhaft. „Das kann ja heiter werden.“

Am Winterscheid in Berghausen hatte sich eine Art Hilfstrupp eingefunden. Dorothee und Holger Saßmannshausen von nebenan waren als Erste gekommen, um nachzusehen, wie man Ronja am besten helfen könnte.

Sie hatten von ihrem Küchenfenster aus die im Sturm hin und her schlagende Balkontür und eine Riesenwunde im Garagentor sehen können und sich furchtbare Sorgen um die neue Nachbarin gemacht. Und dann waren auch noch Feuerwehr und Rettungsdienst aufgetaucht.

Jetzt waren sie tatkräftig dabei, die untere Etage aufzuräumen und so schnell wie möglich wieder bewohnbar zu machen. Wenn auch nur provisorisch. Ihr eigenes Haus hatte gottlob nichts abbekommen. Und ihre Kinder hatten sie zu Oma und Opa ein paar Häuser weiter unten gebracht. An Schule war bei dem Sturm ohnehin nicht zu denken. Einige hatten bereits tags zuvor den Unterricht wegen des erwarteten Unwetters abgeblasen.

Wenig später hatten sich auch andere Nachbarn eingefunden, um zu helfen. Auf diesem kleinen Flecken am Rande des Dorfes war man es gewohnt, einander unter die Arme zu greifen, wenn es nötig war.

Die Hausherrin selbst war mit ihrem brummenden Schädel keine große Hilfe für die Nachbarn, die mittlerweile zu fünft Möbel wieder aufrichteten und reinigten, Bücher einsammelten und Einrichtungsgegenstände wieder zusammenbauten. Ronja versuchte unentwegt, mit dem wiedergefundenen Handy und mit dem Festnetztelefon ihren Mann zu erreichen. Doch die Rufe trafen immer nur auf Leons Mailbox.

„Ich werd´ verrückt. Ich werde komplett verrückt!", rief sie und sprang von ihrem Sessel auf. Mit unklarem Ziel durchstreifte sie leicht schwankend die untere Etage ihres Hauses und schaute jeden ihrer Nachbarn mit fragendem Blick an. „Wo kann er nur sein? Das gibt´s doch gar nicht."

Holger fing sie ein und versuchte, Ronja zu beruhigen. „Das muss gar nichts bedeuten. Dieser Orkan rast zurzeit durch ganz Mitteleuropa. Wer weiß, wo unterwegs überall die Handy-Netze zusammengebrochen sind. Ich bin sicher, Leon wird sich von sich aus melden, sobald er kann."

„Aber ich habe doch mit seiner Firma gesprochen. Die Kollegen sagen, er sei zu ihrer Überraschung bereits gestern Mittag losgefahren, aber in Potsdam bis zum Abend noch nicht angekommen. Es könne zwar sein, dass er wegen des drohenden Sturms direkt zur Baustelle nach Luckenwalde gefahren sei. Doch dort wäre im Moment niemand im Baubüro erreichbar. Könne aber auch sein, dass Leon auf der Baustelle unterwegs ist. Und die sei sehr weitläufig, hieß es."

„Na siehst Du", redete nun Dorothee beruhigend auf sie ein. „Es wird sich alles aufklären. Mach´ Dir nicht so viele Gedanken."

‚Schön wär´s', dachte sich Ronja und strich über ihren Bauch. ‚Ausgerechnet jetzt, wo ich ihn so dringend bräuchte.' Seit gestern Nachmittag wusste sie, dass sie im dritten Monat schwanger ist. Und sie hatte es ihm noch nicht erzählen können.

„Ach du Schande, wie sieht's denn hier aus?" Mit weit aufgerissenen Augen stand plötzlich Holgers Vater Gerhard in der Wohndiele des Hauses und strich mit einer Hand durch seine zerzausten Haare. Er war durch die Haustür reingekommen, nachdem niemand die Klingel gehört und er gesehen hatte, dass der Schlüssel außen steckte Der Fußweg hierher hatte ihn ganz schön Kraft gekostet. Obwohl der Sturm deutlich nachgelassen hatte.

„Hat Euch eigentlich schon jemand gesagt, was da so unglaublich gekracht hat, bei dieser wahnsinnigen Orkanböe heute Morgen?"

„Nee, was denn, Papa?"

„Das war der leere Abfallcontainer, den die Baufirma draußen am Rand von Eurer Auffahrt hat stehen lassen. Der Sturm hat den regelrecht abgehoben und gegen das Garagentor geworfen. Dann ist er umgekippt und muss von Böen hin und her geschoben worden sein. Das Kreischen haben wir bis zu uns ins Wohnzimmer gehört. Deswegen bin ich auch hergekommen."

„Und wo ist er jetzt?", wollte Holger wissen.

„Ich hab' den mit einem Strick an Eurem Gartentor angebunden. Da kommt er von alleine net mehr weg."

‚So ein Mist!", rief Ronja. „Und ich blöde Kuh denke wer weiß was und reiße die Balkontür auf. Hätt' ich das bloß mal gelassen. Dann wäre das alles hier nicht passiert. Oh mein Gott, wenn Leon das mitkriegt ..." Dann bekam sie einen Weinkrampf.

Kurz darauf stand wieder ein Mann in der Diele. Doktor Bremer, der Notarzt, entschuldigte sich. „Sorry, ich hab mehrfach geklingelt. Hat offenbar niemand gehört bei dem Krach. Ich möchte mal kurz nach Frau Körner sehen", hatte er seinen Besuch begründet.

Ronja empfing ihn mit verweinten Augen, äußerte aber Unverständnis über die Visite. „Außer Kopfschmerzen geht es mir eigentlich gut", sagte sie dem Arzt, der sich auf einem Hocker neben ihrem Sessel niedergelassen hatte.

„Frau Körner, haben Sie einen Raum, der nichts vom Sturm abgekriegt hat und in dem ich mit Ihnen sprechen und Sie untersuchen kann?"

„Sprechen?" Ronja ahnte Fürchterliches. „Ist etwa was mit meinem Mann?"

„Nein, nein", lachte Doktor Bremer. „Wie kommen Sie denn darauf? Nein, der Rettungssanitäter hat mich nur gebeten, einmal nach Ihnen zu sehen."

„Ach so, ja. Kommen Sie bitte mit rauf. In der oberen Etage ist zum Glück fast alles heil geblieben."

Als sie oben angekommen waren, wurde es der jungen Frau leicht schummerig. „Ich habe noch nicht gefrühstückt", entschuldigte sie sich bei dem Mediziner und setzte sich auf die Bettkante.

„Oh, das sollten Sie aber schleunigst ändern. Das ist in Ihrem Zustand gar nicht gut, Frau Körner." Dann rief er über die offene Treppe nach unten: „Kann von Ihnen vielleicht jemand einen Kaffee machen, falls das möglich ist? Und ein oder zwei Schnitten Brot?"

„Ich versuche mein Bestes“, kam eine Frauenstimme postwendend zurück. Sie gehörte Dorothee.

„So, Frau Körner, Sie legen sich am besten einmal bequem auf Ihr Bett. Ich möchte eine kleine Untersuchung machen. Denn der Rettungssanitäter, der Herr Hennhöfer, hat mir verraten, dass Sie in anderen Umständen sind.“

„Ja“, antwortete sie mit leiser Stimme. „Ich hatte es ihm wohl gesagt. Kann mich aber nicht mehr so genau erinnern.“

„Haben Sie sich übergeben müssen heute Morgen, oder hatten Sie zumindest ein entsprechendes Gefühl, das Sie unterdrücken mussten?“

„Nein, hatte ich nicht. Wieso fragen Sie? Wegen meiner Schwangerschaft? Die läuft vollkommen unproblematisch.“

„Ja“, entgegnete der Arzt, „auch deshalb. Aber vor allem auch, weil ich ausschließen möchte, dass Sie sich bei dem Sturz mit dem Kopf gegen die Wand eine Commotio zugezogen haben.“

„Eine was?“

„Eine Commotio. Eine ...“

„Klar“, unterbrach sie ihn, „eine Gehirnerschütterung, weiß schon. Hab' Sie vorhin bloß akustisch nicht richtig verstanden.“

„Aha“, lächelte Doktor Bremer und leuchtete Ronja mit einer kleinen Taschenlampe nacheinander in beide Augen, indem er ihre Lider mit zwei Fingern spreizte.

„Aber an eine Commotio glaube ich nicht“, meinte Ronja. „Nur die Beule tut wirklich schrecklich weh.“

„Das glaube ich sofort. So etwas tut aberwitzig weh, klingt aber in der Regel ziemlich schnell wieder ab, wenn kein Knochen drunter verletzt ist. Wir sollten das unter allen Umständen röntgen lassen.“

„Ich bitte Sie, Herr Doktor, wenn der Schädel was hätte, dann ...“

„Stopp, stopp, stopp, Frau Körner. Ich bin hier der Arzt. Sie sollten das nicht auf die leichte Schulter nehmen. Wie ist es denn mit Ihrem Schwindelgefühl und mit ihrer Benommenheit?“

„Ach, das legt sich sicher schnell wieder. Sobald ich etwas gegessen und getrunken habe, bin ich wieder fit.“

„Also immer noch benommen?“

„Ja, ein wenig. Und ich hab' so ein Gefühl auf der Zunge, als hätte ich an einer Batterie gelutscht. Ganz seltsam.“

Der Arzt öffnete seinen Notfallrucksack und zog eine Spritze auf. „Ich gebe Ihnen jetzt erst einmal ein Mittel zur Stärkung Ihres Kreislaufs und dann eines gegen die Schmerzen.“

„Novaminsulfon oder Tramal?“, wollte sie wissen.

„Nein, nein, mit solchen Kanonen möchte ich wegen Ihrer Schwangerschaft jetzt nicht schießen.“

„Ich weiß“, sagte Ronja. „Ich kenne die Wirkungen. Ich bin nämlich Krankenschwester.“

„Ui, wo denn?“

„In der Heliosklinik in Berleburg.“

„Na, dann müssten Sie eigentlich wissen, dass ich Sie jetzt dort einweisen muss.“

„Oh Gott, nein. Bitte nicht, Herr Doktor. Sie haben doch gesehen, wie es hier aussieht. Ich muss mich um unser Haus kümmern. Denn mein Mann ...“ Die Tränen, die jetzt aufstiegen, waren nicht zu bremsen. „Mein Mann ist ...“ Wieder versagte ihre Stimme.

„Was ist mit Ihrem Mann?“, fragte der Arzt nach.

Stilles Weinen war die Antwort. Ronja spürte, wie ihre Kraft förmlich aus ihrem Körper herausfloss. „Er ist ..., er ist auf Dienstreise nach Potsdam spurlos verschwunden.“ Dann war es aus mit ihrer Contenance. Sie warf den Kopf herum und vergrub ihr Gesicht in einem Kissen. Ihr Körper bebte unter Weinkrämpfen.

Doktor Bremer ließ sie weinen. Auch noch, als Dorothee mit einem Tablett, zwei Pötten Kaffee und vier Leberwurstbroten auftauchte. „Ich dachte, Sie haben heute sicher auch noch keine Gelegenheit gehabt zum Essen."

Der Mediziner strahlte und griff dankend zu. „Und was ist mit den Leuten unten? Sind die auch versorgt?"

„Keine Sorge, wir machen gerade auch eine Kaffeepause mit Broten. Zum Glück hat die Küche nicht so viel abgekriegt."

„Danke Ihnen herzlich", erwiderte der mampfende Doc und begann, auf seinem Rucksack einen Einweisungsschein auszufüllen.

Mina Nölke schimpfte wie ein Rohrspatz. Wohin sie auch fuhr, es gab nur Probleme. Nach mehrfachem Stopp talwärts Richtung Alertshausen hatte sie bereits die Nase gestrichen voll. „Kommt man denn hier aus dem Tal überhaupt nicht mehr raus?"

Mutige Feuerwehrleute hatten sich gegen den Wind gestemmt und umgestürzte Bäume auf der Fahrbahn zerlegt. Und das alle drei-, vierhundert Meter. Häufig mussten sie aber abbrechen und verschwinden. Weil die nächste Sturmbö die gesunden Bäume schon wieder bis zur natürlichen Sollbruchstelle verbog.

Sicher, die Männer taten ihr leid. Aber Mina musste dringend nach Berghausen. Und daher war für sie im Moment jeder, der auch nur geringfügig die Straße versperrte, ein potenzieller Störenfried. Ohne die Feuerwehrleute wären die Menschen an der Elsoff allerdings aufgeschmissen gewesen.

Mina drehte ihren Wagen um und jagte ihn, immer wieder seitlich vom Orkan angegangen, zurück talaufwärts. ‚Telefonieren kannste in der Pfeife rauchen', hatte sie festgestellt. Das ,Tal der Ahnungslosen' war von den Mobilfunkanbietern ohnehin nur marginal bedient. Und jetzt, bei diesem irren Sturm, war der Wunsch, auf deren Äther mit der Außenwelt Kontakt aufzunehmen, pure Fantasterei.

Problemlos kam sie zurück durch ihr Heimatdorf bis nach Wunderthausen. Dort allerdings kegelte alles Mögliche, vor allem Bretter von irgendwoher, auf der Hauptstraße herum. ,Augen zu und durch' dachte sie sich und fuhr, wo es gerade ging, einfach drüber weg. Ein Kracher unter dem Unterboden ließ sie kurzfristig zusammenzucken. ,Aber', dachte sie sich, ,wer in Wittgenstein auch mal über schlecht ausgebaute Wirtschaftswege fährt, der kennt solche Geräusche und flippt nicht gleich aus.'

Rauf nach Kraftsholz kam sie erstaunlich zügig voran. Nur der eine oder andere Baumfetzen am Straßenrand und Sägemehl auf der nassen Fahrbahn zeugten von früheren Einsätzen der Männer mit den Kettensägen. Doch das Getöse um ihren Wagen herum beunruhigte sie. Trotzdem gab Mina immer wieder ordentlich Gas und war glücklich, als sie in Wemlighausen aus der Gefahrenzone der bedrohlich wogenden Wälder heraus war.

Dafür kam ihr dort im Oberdorf eine Mülltonne entgegengeflogen, deren Inhalt sich längst in den öffentlichen Verkehrsraum ergossen hatte. Das graue Behältnis aus dem Hause OTTO jagte knapp an ihr vorbei. Doch weiter hinten schossen gut 20 Windelpakete an der Fahrbahn entlang. Die Hebamme musste unweigerlich lächeln. ,Sollte mich nicht wundern, wenn ich dem Baby, das noch kürzlich in diesen „Pampies" steckte, auch auf die Welt geholfen habe', dachte sie und versuchte, die äußerlich noch weißen Bündel möglichst nicht mit den Rädern ihres Wagens auszuquetschen.

Kurz vor der Einmündung in die B 480 musste sie dann jedoch anhalten. Zu heftig bollerte der Orkan gegen ihr Auto. Der Wagen tanzte und taumelte dermaßen, dass es ihr himmelangst und bange wurde. Wäre ihr auf den letzten Metern hierher ein Fahrzeug entgegengekommen, hätte es unweigerlich gekracht. Aber es kam keines. Weit und breit war kein anderer Wagen zu sehen.

Erst jetzt, als sie zur Sicherheit die Warnblinkanlage eingeschaltet hatte, fiel ihr auf, dass sie schon seit Wunderthausen mutterseelenallein auf der Straße und keinem anderen Fahrzeug begegnet war.

‚Wumm'! Eine Böe packte ihren Kompaktwagen und schob ihn ein Stück weit zum Straßenrand. Mina haute es mit Kopf und Schulter gegen die Fahrertür. „Ja, gibt's denn sowas?“, entrüstete sie sich lauthals, sah aber keine Chance, diesem Desaster zu entgehen. „Es sei denn, du haust hier sofort ab und siehst zu, dass du dem Sturm nicht mehr die Breitseite zeigst“, peitschte sie sich selbst ein und startete den Mercedes.

Während sie ihr Gefährt taumelnd und schlingernd in Richtung Kurstadt steuerte, versuchte sie abermals, Ronja telefonisch zu erreichen. Wieder nichts. Das Mobilfunk-Netz war entweder überlastet oder schlicht und ergreifend nicht mehr vorhanden. Maulend quittierte die Anruferin diesen neuerlichen Fehlversuch. Dann kamen ihr gleich drei Feuerwehrfahrzeuge und ein Rettungswagen entgegen, die blinkend und tutend ins Homrighäuser Tal abbogen.

Leon fror erbärmlich, als er wach wurde. Krämpfe peinigten seine Oberschenkel, als er versuchte, seine Beine zu strecken. Aber das gelang ihm nicht. Irgendetwas hinderte ihn daran. Da unten bei den Füßen war kein Platz. Und oben stieß sein Kopf gegen einen Kasten. Dann merkte er, dass seine Hände auf dem Rücken zusammengebunden sein mussten. Er bekam sie einfach nicht auseinander.

„Hallo, hört mich jemand?", brüllte er und merkte dabei sofort, dass seine Umgebung irgendwie jeglichen Schall schluckte. Er schrie lauter. Doch es kam keine Antwort. Bis auf ein immer wiederkehrendes Rauschen und Schaben direkt über ihm.

Vor Stunden war er schon einmal wach geworden. Allerdings nur für wenige Sekunden. Ein ungeheurer Krach hatte ihn geweckt, begleitet von einem wahnsinnigen Heulen und Rauschen. Dann aber hatte sich seiner wieder eine tiefe Ohnmacht bemächtigt.

Jetzt rauschte es nur noch. Und jedes Mal, wenn das Geräusch stärker wurde, verstärkte sich das Schaben über ihm.

Leon konnte sich zunächst keinen Reim auf das machen, was dort geschah und ihn umgab. Doch je wacher er wurde und je mehr er sich in seine stockdunkle Umgebung hineinfühlte, desto mehr konnte er Gerüche wahrnehmen, die er ziemlich gut kannte. Es roch nach Gummi. Genauer gesagt nach Reifengummi. Und nach Benzin. Und der Kasten, gegen den sein Kopf stieß, war teilelastisch. Er schien aus Kunststoff zu sein.

„Eeeeyyyyy!", brüllte er erneut. „Hört mich denn keiner?" Aber da war nichts. Da kam keine Antwort. Nur dieses mysteriöse Schaben. Immer dann, wenn das Brausen wieder stärker wurde.

„Junge, verlier jetzt nicht den Kopf", sagte er sich laut vor. „Wenn nicht alles täuscht, steckst du hier in einem Kofferraum. Kann eigentlich gar nicht anders sein. Aber was, verdammt noch mal, scheuert und schabt denn da so auf dem Deckel? Und vor allem, wie bist du hier überhaupt reingekommen?"

Eine Beule an seiner linken Schläfe machte sich bemerkbar und ließ Leon ahnen, dass ihn irgendwer mit einem Schlag seitlich gegen den Kopf außer Gefecht gesetzt haben musste. Und im Mund schmeckte er den metallischen Geschmack von Blut. ‚Da hast du ja derbe was auf die Glocke gekriegt', übte er sich noch in Sarkasmus. Doch die Frage nach dem Wie, Wo und Warum malträtierte schon sein langsam wieder funktionierenden Hirn.

Vom Sturm hin und her geschubst traf Mina nach gut einstündiger Odyssee vor dem Haus der Körners ein. „Um Gottes Willen", rief sie unweigerlich, als sie das Fahrzeug des Notarztes dort stehen sah, „ist es wirklich so schlimm?"

Die Vertäfelung des großen Garagentors hatte ein Mordsloch. Teile der weißen Holzpaneel waren herausgebrochen. Noch vorgestern hatte hier alles so unheimlich neu und elegant ausgesehen.

Hastig erklomm sie die fünf Stufen der Außentreppe, wäre dabei aber fast von einer Sturmbö erfasst und heruntergeworfen worden. Zum Glück hatte die Haustür einen stabilen Griff.

„Mein Gott, was ist denn mit ..." rief Mina und stockte, als nach mehrmaligem Klingeln endlich die Tür geöffnet wurde. Aber eben nicht von Ronja, sondern von Holger. „Wo ist sie?", rief sie ihm zu. Sie kannte den kompakten freundlichen Mann von zig Bildern und Berichten aus der Zeitung. Er war nicht nur Banker, er war auch der überaus ideenreiche ‚Oberhirte' des Stadtjugendrings und anderer Organisationen. Einer, der überall jemanden kannte, der jemanden kannte, der etwas bewegen, besorgen oder organisieren konnte.

„Wo ist wer?", fragte der die ihm unbekannte Frau auf der Türschwelle.

„Na, Ronja. Ronja Körner. Was ist mit ihr?"

„Wer sind Sie denn?", wollte Holger wissen.

„Mein Name ist Mina Nölke, Ronjas beste Freundin. Ich bin diejenige, die heute Morgen die Feuerwehr hergeschickt hat. Weil ich bei einem Telefonat mit ihr so einen unglaublichen Knall und dann gar nichts mehr gehört habe."

„Ach so, t´schuldigung. Konnte ich ja nicht wissen. Kommen Sie rein. Ronja hat sich oben einen Moment hingelegt. Der Arzt ist gerade bei ihr."

„Ist es schlimm?"

„Nein, ich glaube nicht. Sie hat nur eine Mordsbeule am Kopf und war für einen Moment weggetreten. Vielleicht ´ne Gehirnerschütterung. Maximal."

„Aha. Und was machen Sie hier?"

„Och, wir versuchen, das Haus wieder in einen halbwegs bewohnbaren Zustand zu bringen, nachdem sich Friederike hier drin ausgetobt hat. Der Orkan hat Ronja vom Balkon zurück ins Haus geworfen und anschließend hier drin so richtig die Sau rausgelassen."

Mina schob Holger Saßmannshausen zur Seite und steuerte auf den Wohnbereich zu. Aber sehr weit kam sie nicht. Weil dort gerade alle Stühle des Esszimmers ‚geparkt' und tausend zerbrochene große und kleine Dinge auf dem Boden herumlagen. Trotzdem bekam sie auch von dort einen ausreichenden Blick auf die Unordnung und die Zerstörung. Und auf die Nachbarn, die sich redlich um Ordnung und Reparatur bemühten.

„Ach Du lieber Herrgott!", entfuhr es ihr. Unweigerlich führte sie eine Hand vor den Mund. Als wolle sie sich selbst am Sprechen hindern. „Das ist ja Wahnsinn." Dann drehte sie sich zu Holger um und fragte: „Wo ist denn eigentlich Leon?"

„Wir wissen es nicht. Ronja konnte ihn telefonisch nicht erreichen. Und er hat sich noch nicht gemeldet. Er wollte wohl nach Potsdam, ist dort aber nicht angekommen."

„Und in der Firma?“

„Dort weiß man auch nichts. Nur, dass er gestern schon überraschend früh losgefahren ist. Ronja macht sich unheimliche Sorgen.“

„Mit Recht. Ich gehe jetzt mal rauf zu ihr.“

„Ich weiß nicht, ob das dem Arzt so recht ist“, versuchte der wuchtige Nachbar, die Besucherin zurückzuhalten. Aber die meinte nur: „Machen Sie sich da mal keine Sorgen. Ich bin auch von der Gilde“ und flutschte an Holger vorbei die Treppe hinauf.

Auf Zehenspitzen ging sie oben über den kleinen Flur, in dem vor der Badezimmertür ein Haufen Handtücher und Toilettenartikel wild auf dem Boden verstreut waren. Mina schaute kurz ins Bad und bekam sofort einen heftigen Luftzug ab. ‚Kein Wunder‘, dachte sie. Drinnen stand das große Badezimmerfenster sperrangelweit offen. Draußen spielte der Orkan Mikado mit der in Fetzen gerissenen Jalousie. Und der offene Fensterflügel hatte sich an einem Rattan-Regal verkeilt, das windschief in der Raumecke hing. Auf dem Kachelboden hätte man bequem Wasserburg spielen können. Doch der zentrale Bodenabfluss tat sein Bestes.

‚Hat die Süße nach dem Duschen mal wieder gelüftet und alle Türen offengelassen.‘ Mina war diese Marotte von Ronja schon im Schwesternwohnheim auf den Senkel gegangen. ‚Durchzug, um die Feuchtigkeit herauszubekommen‘, hatte die Freundin doziert und sich in diesen Akt nie reinreden lassen.

Schnell schloss sie das Fenster. Wobei ihr der Luftzug von hinten fast den Flügel aus der Hand gerissen hätte. ‚Kamel‘, schalt sie sich selbst, ‚hättest ja selbst auch mal die Tür zu machen können.‘ Unablässig orgelte der Sturm und fügte der Natur tödliche Wunden zu.

Die Krämpfe in Leons Beinen meldeten sich wieder. ‚Keine Chance dagegen anzugehen', sagte er sich. ‚Wenn die schlimmer werden, drehst du hier völlig durch.' Deshalb verhielt er sich still. Versuchte nicht einmal mehr, den Oberkörper weiter zu krümmen, um den Beinen mehr Platz zu geben. Er lag nur ruhig auf der Seite, als sei er zusammengepackt. Wie eine umgekippte Mumie in einem Hockergrab.

Sein Glück waren seine sportliche Fitness und seine Fähigkeit zur progressiven Muskelentspannung. So lösten sich die Knoten in den Oberschenkeln nach wenigen Minuten wieder. Aber als er seine Beine wenigstens ein wenig ausschütteln wollte, merkte er, dass auch seine Füße zusammengebunden waren. „So eine Scheiße!", brüllte er laut, aber mit bibbernder Stimme.

Es war wirklich lausig kalt in dem Kofferraum. Und, das war Leons ganz große Sorge, die Ressourcen an Sauerstoff müssten bald erschöpft sein. ‚Obwohl', überlegte er, ‚du hast ja nicht die geringste Ahnung, wie lange du hier schon eingesperrt bist. Vermutlich seit Stunden. Und trotzdem lebst und atmest du noch halbwegs saubere Luft. Das muss doch einen Grund haben.'

Hatte es auch. Aber den konnte der Ingenieur weder erahnen noch sehen. Denn er lag mit dem Rücken zur Rücksitzlehne, die unablässig sauberste Luft durchließ, weil sie um einen minimalen Spalt nach vorn geklappt war. Licht sickerte allerdings nicht durch. ‚Du hast hier nur eine Chance, wenn dich einer findet. Oder wenn dieser Drecksack von Entführer endlich auftaucht.'

Aber, und diese Frage wurde mit wiederkehrendem Bewusstsein immer deutlicher, was wollte der eigentlich von ihm? Erpressung? Womit? Oder war es pure Mordlust eines Irren, der sich daran aufgeilt, wie jemand in seiner Gewalt ganz langsam vor die Hunde geht? Hatte der etwa auch Ronja in seiner Gewalt?

Panik stieg in ihm auf. ‚Mein Gott, Ronja, mein Schatz. Hat man dir weh getan?' Er hätte verrückt werden können, in seinem Unwissen um den Zustand seiner geliebten Frau. Sie hatte so viel ertragen müssen, vor und während ihres Hausbaus. Immer wieder hatte sie in vorderster Front mit den Handwerkern diskutieren und verhandeln müssen. Während er meist im Ausland weilte, um seine Bauprojekte zu beaufsichtigen.

Sein Chef kannte da keine Gnade. „Kümmern Sie sich ruhig um Ihren Hausbau", hatte er hämisch getönt. „Aber dann brauchen Sie hier nicht mehr aufzutauchen." Dabei wusste Leon ganz genau, dass sich der alte Rommert einen solchen Rausschmiss gar nicht leisten konnte.

Denn Körner war es, der die einträglichsten Projekte an Land zog, der absolute Spitze war in der Akquise. Millionenaufträge hatte er ins Planungsbüro ‚Franz Rommert und Sohn' nach Berleburg geholt. Und er hatte sie als Chefplaner auch betreut bis zur Fertigstellung. „Er schleppt wieder gebündeltes Bares an", sagten dann die Kollegen anerkennend.

‚Vielleicht hätte ich es einfach mal drauf ankommen lassen sollen', hatte er schon öfter überlegt. ‚Einfach mal wegbleiben und schauen, was der Laden so ohne dich produziert.'

Sicher, seine drei jungen Kollegen machten sich gut, waren aber allesamt während ihres dualen Studiums von ihm geführt und in allen Kniffen des Berufs unterrichtet worden. Diesen Job hatte ihm der ‚Alte' angetragen. Gegen ein Sonderhonorar. Weil der Junior des Unternehmens, Pius Rommert, eine absolute Pfeife war. Von Beruf Sohn. Für andere Aufgaben nicht zu gebrauchen.

Mit Hängen und Würgen hatte der sein Architekturstudium auf die Reihe gebracht und war anschließend im heimischen Büro aufgetreten wie Rotz am Ärmel.

Doch innerhalb recht kurzer Zeit hatte sich dieser Lackaffe selbst derart ins Abseits gekarrt, dass selbst sein Vater laut darüber nachdachte, den Junior nicht nur aus dem Firmennamen, sondern auch ganz aus dem Planungsbüro zu verbannen.

„Murks in Millionenhöhe können wir uns nur einmal leisten", hatte der Senior gebrüllt, „dann sind wir im Arsch. Und Du kannst Dein süßes Leben vergessen."

Pius war mit hochrotem Kopf und seinem Laptop unter dem Arm aus dem Büro geflüchtet und ward für lange Zeit nicht mehr gesehen. Erst Tage später war Leon das bestens gehütete Geheimnis über besagten Murks offenbart worden. Und er erschrak fürchterlich.

Der Juniorchef hatte eine komplette Wohnanlage mit vier Stadtvillen in bester Lage der Millionärsstadt Baden-Baden derart an den Vorstellungen des russischen Bauherrn vorbei umgeplant und dabei so eklatant gegen Bauvorschriften der Stadt verstoßen, dass es einem nur schlecht werden konnte.

Der Russe, ein Oligarch mit Unmengen Geld auf allen möglichen Konten zwischen den Cayman Islands, Singapur und der Schweiz, kam nur selten in die Weltkurstadt. Daher hatte er Pius Rommert in großem Vertrauen auf den guten Namen der Firma alle Rechte und Pflichten der Bauleitung übertragen.

Sein großes Glück war letztlich, dass Papa und Mama Rommert einen Kurzurlaub in Baden-Baden eingelegt hatten. Mit Thermenbesuch und Zocken in der Spielbank. Ganz nebenbei wollten sie sich natürlich auch über den Fortgang des Projektes und die Leistung ihres Sprösslings informieren.

Doch diese Exkursion hätte der Seniorchef um ein Haar mit einem Herzinfarkt bezahlt.

Allein das nackte Abschreiten der Hauslängen trieb den alten Baufuchs fast zum Wahnsinn. Er hatte schon mit bloßem Auge gesehen, dass da etwas nicht stimmt. Die Baukörper waren größer als genehmigt. Dafür standen sie dichter aufeinander. Die Zahl und Größen der Fenster und Balkone zu den Nachbargrundstücken hin stimmten nicht und die Einfahrt in die Tiefgarage war deutlich enger gewählt als vom Gas-Multi gewünscht.

„Man muss halt ein wenig kreativer sein als Ihr mit Eurer Old Fassion-Manie“, hatte Pius dem leichenblassen Vater als Begründung für seine unverantwortliche ‚Umplanung‘ rotzig entgegengehalten. „Der Russe kommt ja sowieso nur alle Schaltjahre. Bis zu seinem nächsten Besuch ist eh alles fertig. Es wird ihm gefallen. Da bin ich sicher.“

Doch der Vater spielte da nicht mit. Mit Schimpf und Schande jagte er den Sohn von der Baustelle und erstattete umgehend Selbstanzeige bei der Stadt und bei der Architektenkammer. Um möglichen Angriffen von außen zuvorzukommen.

Die Folge waren zwei satte Konventionalstrafen und zähe Verhandlungen mit dem Baden-Badener Bauausschuss, mit Vertretern des Gemeinderates, mit dem Baubürgermeister und dem Regierungspräsidium Karlsruhe. Um ein Haar hätte der gesamte Bebauungsplan für das Wohngebiet erneuert werden müssen.

Dass das nicht geschah, war Leons Geschick zu verdanken. Er opferte vier ganze Wochen dafür. Zeit, die er eigentlich in ein eigenes Projekt stecken wollte. Aber er war nun mal derjenige, der vom Senior beauftragt worden war, ‚da unten im Schwarzwald die Kartoffeln aus dem Feuer‘ zu holen.

Wieder erfasste ihn Panik. Die Angst, hier nie wieder rauszukommen, drohte ihn zu übermannen. Doch Leon versuchte, bei klarem Verstand zu bleiben. ‚Ruhig, Junge, ruhig', sagte er sich. ‚Bleib ruhig, sonst überstehst du das nicht.'

Der Ingenieur zwang sich richtiggehend, zu rekapitulieren, was eigentlich passiert war. Und er erinnerte sich prompt, dass er bereits gegen Mittag seine Siebensachen im Planungsbüro zusammengepackt hatte, um sich auf den Weg nach Potsdam zu machen. Die Entscheidung hatte er getroffen, nachdem er durch die Wettervorhersagen nachdrücklich auf den drohenden Sturm hingewiesen worden war. Unter keinen Umständen wollte er unterwegs in eine Unwetterkatastrophe geraten.

Weil Ronja aber nichts von seinen frühen Reiseplänen wusste, er sie aber auch telefonisch nicht erreichen konnte, wollte er vor seiner Abreise noch schnell in Berghausen vorbeifahren und ihr ein paar frische Blumen auf den Wohnzimmertisch stellen. Das machte er gerne – als Liebesbeweis.

Er wusste auch noch, dass er nach einem kurzen Imbiss bei ‚BlumenCreativ' in der Poststraße angehalten hatte, um bei Frau Schmidt einen Strauß wunderschöner Tulpen in drei Farben zu erstehen. Die hatte er in den Fond des Wagens gelegt und war losgefahren. Doch was dann geschah ..., da schwächelte seine Erinnerung. War er jemals ‚am Winterscheid' angekommen?

So sehr er sich auch mühte. Leon konnte sich beim besten Willen nicht erinnern. Auch nicht, wie er in diese lebensfeindliche Situation geraten war. Da war einfach nur ein großes schwarzes Loch. Und war heute Mittwoch oder Donnerstag?

‚Friederike' baute sich mit neuer Kraft auf und tobte durch die Wälder. Das Ächzen und Stöhnen der Bäume konnte Leon bis in den Kofferraum hinein hören. Und das, obwohl nun auch das Schaben auf dessen Deckel immer heftiger wurde.

Erst jetzt wurde ihm klar, was es mit dem Orgeln und Pfeifen auf sich hatte, das er bisher immer nur im Unterbewusstsein mitbekommen hatte. Draußen tobte das angekündigte Unwetter. Und das mit aller Kraft.

‚Aber', schoss es ihm durch den Kopf, ‚aber das bedeutet ja, dass tatsächlich schon Donnerstag ist. ‚Ich muss also schon seit gestern hier drinliegen. Du lieber Gott, was ist denn das für ein Wahnsinn?'

Bei der Polizei in Bad Berleburg brach Jubel aus. Gerade eben war per Funk die Meldung gekommen: „Alle Personen unverletzt gefunden und geborgen."

„Gott sei Dank", flüsterte Bernd Dickel, der Chef des Reviers. Noch vor 20 Minuten hatte er gemeinsam mit Kollegen, Feuerwehrleuten und Freiwilligen das Homrighäuser Tal durchstreift und eine fünfköpfige Wandergruppe gesucht.

Die Leute waren vom dortigen Forstamt aus gesichtet worden, als sie bergauf nach links in ein Seitentälchen abgebogen waren. Doch die Frau des Försters hatte das Haus nicht verlassen und die Menschen warnen können. Sie war schwer erkältet, hatte Fieber und ihr Mann war unterwegs zur Apotheke nach Berleburg. Also hatte sie Feuerwehr und Rettungsdienst alarmiert.

„Wieland 14/08 für Wieland 14/01 kommen." Dickel hatte sich selbst ans Funkpult gesetzt.

„14/08 hört."

„Wie geht es den Leuten denn? Und was wollten die bei dem Sturm da oben im Wald?"

„Die drei Kinder sind ein wenig unterkühlt. Aber alle machen einen stabilen Eindruck. Holländer aus Arnheim, die angeblich keine Ahnung hatten, dass es eine Orkanwarnung gab. Sie waren seit halb sieben heute Morgen von Berleburg aus unterwegs, um Wisente in freier Wildbahn zu beobachten. Nur sind sie dort oben nicht mehr sehr weit gekommen. Weil überall auf den Wegen umgestürzte Bäume herumlagen.

Als sie begriffen, in welcher Gefahr sie sind, haben sie sich entschlossen, ins offene Tal zu gehen, wo sie kein Baum erwischen kann. Und dort haben sie eine Futterhütte gefunden, in der sie sich ins Heu gelegt und gewartet haben."

„Toll. Trotz allem", antwortete der Polizei-Chef. „Wo sind sie jetzt?"

„Werden vom Förster und zwei Sanitätern betreut. Sie bekommen gerade im Forsthaus einen heißen Tee und was zu essen."

„Prima. Bitte belehrt die Leute noch einmal nachdrücklich, dass sie sich äußerst fahrlässig verhalten und vor allem ihre Kinder in Gefahr gebracht haben. Und dann bringt sie bitte zurück in die Stadt. Und ... Und Euch vielen Dank für Euren Einsatz. Tolle Arbeit! Ende mit 14/08."

„Mann, haben die Glück gehabt. Die hätten genauso gut mausetot sein können", regte sich Pattrick Born auf, der zu den Leuten gehörte, die sich um den ‚Leitenden', den Polizeiführer vom Dienst, geschart und die Funksprüche mitgehört hatten. In der Hoffnung, dass da keine Horrormeldungen aus dem Homrighäuser Tal kommen. „Wie kann man nur so leichtsinnig sein?"

„Pah", antwortete Sam Weinrebe, der am Tisch Dienst tat, „haste noch nie was von Erlebnisurlaub gehört, oder von Erlebnistracking? Die Leute sind wild auf solche Angebote."

„Die Leute werden immer verrückter, immer leichtsinniger", schüttelte Bernd den Kopf und verließ den Raum des ‚Leitenden', während er fortwährend versuchte, alle möglichen Dreckflecken aus seiner warmen Dienstjacke zu rubbeln. ‚Dreck auf blau sieht mies aus', fand er. Zu Recht.

„Hey, was machst Du denn hier?“, empfing die Frau im Bett ihre Freundin Mina mit dem Anflug eines Lächelns. Die hatte nach zaghaftem Klopfen sachte die Tür geöffnet und hineingelugt. Doktor Bremer war gerade dabei, Ronja einen zentralen Zugang in die linke Hand zu legen, um einen Tropf anzuschließen. „Kommen Sie“, bot sich Mina an, „ich halte den Beutel für Sie.“

Dann setzte sie sich zu Ronja auf die Bettkante „Woher ich komme? Aus dem Sturm. Ich hatte panische Angst um Dich. Nachdem es in unserem Telefonat nur noch geknallt hat und von Dir kein ‚Papp‘ mehr zu hören war. Dann hab' ich sofort die Feuerwehr angerufen.“

„Oh, danke. Lieb von Dir.“

„Waren die denn nicht da?“

„Doch, doch. Die haben mich ja unten im Wohnzimmer gefunden und wach gemacht. Kurz danach kam dann ein Rettungssanitäter. Und der hat den Doc hier alarmiert.“ Der saß grinsend auf einem Stuhl und füllte weiter Papiere aus. ‚Doc hört sich richtig freundlich‘ an, dachte er.

„Das ist übrigens meine Freundin Mina, Herr Doktor. Auch vom Fach. Erst Krankenschwester, jetzt Hebamme.“

„Freut mich.“ Der Arzt nickte ihr lächelnd zu.

„Mensch, Mensch“, flüsterte Mina mit Tränen in den Augen, „kannst froh sein, dass irgendwo ganz schnell eine Tür zugeflogen sein muss, als Du die Balkontür aufgemacht hast. Sonst hätte es Dich womöglich noch wo ganz anders hin katapultiert im Haus.“ Und dann erzählte sie ihr von ihrer Theorie und davon, was sie eben im Bad vorgefunden hatte.

„Sch....eibenkleister“, entfuhr es Ronja. „Du hast recht ... Verdammt noch mal. Ich bin beim Telefonieren runter gegangen und hab' im Bad alles offengelassen. Nur die Jalousie war halb runtergelassen. Wegen dem Regen. Oh Gott, oh Gott, wenn Leon das erfährt."

„Von mir erfährt er das nicht."

„Von mir auch nicht", mischte sich Doktor Bremer ein. „Außerdem muss er froh sein, dass das alles so glimpflich für Sie abgegangen ist." Dann stand er auf und straffte das Band für die Jalousie ein wenig, um durch die Schlitze nach draußen schauen zu können. „So langsam müsste eigentlich der Krankenwagen da sein, den ich vorhin bestellt habe", sinnierte er. „Aber weiß der Himmel, was da heute alles geboten ist. Bei dem Mistwetter. Da kippen ja immer noch Bäume. Hoffentlich kommen die überhaupt durch bis zu uns."

Mina schaute ihre Freundin mit großen Augen an. „Ja was, Du wirst eingewiesen?"

„Wird sie", erklärte Bremer. „In ihrem Zustand setze ich mir da keine Laus in den Pelz. Da gehe ich kein Risiko ein."

Minas Augen wurden noch größer. „Zustand? Ist der denn so kritisch?"

„Also das können Sie doch am besten beurteilen. Verdacht auf Commotio und schwanger im dritten Monat. Damit macht man keine Späße."

„Da haben Sie recht", antwortete Mina, etwas abwesend. Um dann allerdings herumzufahren. „Schwanger? Wer ist hier schwanger. Du?"

Die Freundin nickte fast verschämt.

„Hey, das ist ja Wahnsinn. Glückwunsch, meine Süße." Sie neigte sich runter zu Ronja und umarmte sie vorsichtig. „Seit wann weißt Du's denn?"

„Seit gestern Nachmittag."

„Und, was sagt Leon? Freut er sich?" Doch sofort zuckte sie zusammen. ‚Das hätte ich jetzt wohl besser nicht gefragt.'

„Du weißt es also schon?“, fragte die Freundin, die bemerkt hatte, wie Minas Körper sich schlagartig straffte.

„Was weiß ich?“, fragte die scheinheilig.

„Na, dass ich einfach keinen Kontakt zu ihm bekomme.“

„Zu Leon? ... Ja. Herr Saßmannshausen hat es mir gesagt. Aber mach´ Dir da mal keine so großen Gedanken. Das ist doch kein Wunder, bei dem Hundewetter sind alle Mobilfunknetze total überlastet. Aber wenn was passiert wäre, hättest Du's längst erfahren. Und zwar von offizieller Seite – über Festnetz.“

„Habe ich Frau Körner auch schon gesagt“, unterstützte sie der Arzt. „Ich hoffe, die Aufregung wird sich bald legen und die Freude über das werdende Leben in ihr überwiegen.“

Ronja lächelte tapfer. „Ich hoffe es. Ich hoffe es. Aber wer kümmert sich denn jetzt um unser Haus, wenn ich ins Krankenhaus komme?“

„Keine Sorge“, meldete sich das Energiebündel Mina sofort wieder zu Wort, „ich kann mich kümmern, solange Ihr nicht da seid. Muss nur heute Nachmittag und in der Nacht Dienst machen. Dann hab´ ich sowieso frei. Außerdem hab´ ich den Eindruck, dass Eure Nachbarn hier nicht aufhören werden, bevor das Haus wieder wetterfest ist.“

„Glaube ich auch“, meldete Doktor Bremer vom Fenster. „Unten ist übrigens eben ein Kastenwagen vorgefahren. Kommt von einer Schreinerei. Die Leute tragen gerade einen weißen Türflügel ins Haus. Die haben ganz schön zu kämpfen bei dem Sturm.“

„Das gibt´s doch nicht“, fuhr Ronja hoch. „Wer hat die denn beauftragt?“ Sie wollte gar nicht glauben, was sie da hörte.

Aber der Arzt drückte sie wieder sanft aufs Bett und sagte lachend: „Mit Sicherheit Holger Saßmannshausen.“

„Wie, Sie kennen Holger?“

„Oh ja. Wer kennt den nicht? Das ist'n Macher. Nicht schlecht, wenn man einen solchen Nachbarn hat.“ Dann schaute er wieder aus dem Fenster auf die vom Sturm zerzauste Landschaft. „Mann, wo bleibt denn bloß der Krankenwagen?“

Bei ‚Rommert und Sohn‘ mühte man sich heftig, Kontakt zu Leon zu bekommen. Allerdings nicht nur wegen der mehrmaligen Nachfragen seiner Frau. Man brauchte ihn schlicht als Mann mit Visionen. Einer der Bauherren war mit Änderungswünschen aufgetaucht, die deutlich gegen die Gestaltungssatzung der Kommune verstießen, in der er einen ganzen Wohnpark errichten wollte.

Zwar hatte Pius, die Pfeife, vor Monaten bereits versucht, den Kunden mit eigenen Vorschlägen zu konfrontieren, war aber bei dem Baufinanzier sowas von abgeblitzt, dass er beleidigt den Schwanz einkniff. Allerdings nicht, ohne dem entsetzten Mann mitzuteilen, dass er bald niemanden mehr finden werde, der seine stinkkonservativen Vorstellungen überhaupt noch in eine brauchbare Bauplanung umsetzen werde.

Erst wenige Tage zuvor hatte der Vater dem Junior per familiärem Gnadenerlass wieder den Zutritt zum Planungsbüro gestattet. Aber der unverbesserliche Arroganzling hatte ganz offensichtlich nichts gelernt und gleich wieder den Larry raushängen lassen.

Sein Vater war verzweifelt. „Was denkt sich dieser Leon eigentlich, verdammt noch mal. Einfach telefonisch nicht erreichbar zu sein. Das geht nicht. Das geht einfach nicht!“ Dass sich draußen wettertechnisch richtiggehende Horrorszenarien abspielten, die quer durch die Republik das öffentliche Leben mehr und mehr lahmlegten, das interessierte den Alten nicht.

Erst als ihm seine Frau beim Mittagessen nicht das gewünschte Steak vorsetzen konnte, weil ihrer Erzählung nach der Weg zum Metzger lebensgefährlich gewesen wäre, schaltete Franz Rommert das Radio im Esszimmer ein. Schon die Kurznachrichten ließen ihn gnadenlos zusammenfahren.

„Wenn der Orkan in Luckenwalde das offene Dach der Industrieanlage runterreißt, möchte ich nicht in Körners Haut stecken. Das hat der nämlich verbockt. Dort könnten längst die Wände hochgezogen sein. Wo steckt dieser Kerl bloß?"

„Sag mal", fragte seine Frau nach, „Du denkst wirklich nur an Deine Geschäfte, die im übrigen ohne Herrn Körner gar nicht denkbar wären. Dass ihm aber vielleicht etwas passiert sein könnte, oder dass er sich vor dem Orkan in Sicherheit gebracht hat, das spielt in Deinen Überlegungen offenbar gar keine Rolle.

Und überhaupt: Hast Du mal darüber nachgedacht, was er alles hat liegen lassen müssen, um den Mist auszubaden, den unser missratener Sprössling verzapft hat? Bei Dir ist logisches Denken mittlerweile offenbar wirklich Glücksache! Und das Wort Empathie bleibt für Dich ewig ein Fremdwort ohne Übersetzung."

Franz Rommert lief rot an. Augenblicklich wollte er eine Schimpfkanonade loslassen. Aber der Blick seiner Frau ließ jedes Wort in seinem Hals ersterben. ‚Versuch's gar nicht erst', sagte der. Und er wusste, was geboten war, wenn er trotzdem aufbegehren würde.

Mina war im Haus Körner nach unten gelaufen, um sich ein Bild von den Aufräumarbeiten machen zu können. Immerhin wollte sie ja das Haus hüten, während Ronja und ihr Mann nicht da waren. Da machte es Sinn zu wissen, was so läuft.

Was sie sah, verblüffte sie. Zwei Schreiner waren dabei, den vom Sturm zerlegten Türflügel durch einen neuen zu ersetzen. Der andere hing schon wieder in seinen erneuerten Angeln.

„Sagen Sie", fragte sie den ersten der beiden Handwerker, „es kann doch wohl kaum sein, dass Sie den perfekt passenden Türflügel auf Zuruf liefern können. Als unser Haus renoviert wurde, haben wir allein zwei Monate auf Fenster und Türen warten müssen. Und die wurden, jedes für sich, vorher millimetergenau ausgemessen."

„Das will ich Ihnen gerne sagen, antwortete der zweite Mann, offenbar der Chef. „Als die Körners ihr Haus geplant hatten, sollten ursprünglich sowohl das Wohnzimmer als auch die Küche gleich große Türen zum Balkon hin bekommen. Und die haben wir auch so beim Hersteller in Auftrag gegeben. Dann stellte sich aber heraus, dass die Küche umgeplant werden musste.

Also haben die Bauherren die Tür in der Küche durch ein Fenster ersetzt. Verstehen Sie?", grinste er Mina an.

„Oh ja, das verstehe ich gut", grinste sie zurück. „Also hatten Sie eine komplette Tür auf Lager. Falls mal eine kaputt geht. Oder wie?"

„Naja, so ähnlich. Auf jeden Fall gehört sie den Körners. Wir haben sie schließlich nach Maß für sie bestellt. Wenn allerdings jemand gekommen wäre, der die komplette Tür hätte kaufen wollen, dann hätten Leon und Ronja das Geld dafür zurückbekommen. Aber so hatten wir wenigstens gleich passenden Ersatz, als Holger anrief und fragte, ob wir helfen können." Dann dreht der Schreiner ab. „Sorry, muss weitermachen, entschuldigen Sie."

„Aaaaachtung!", rief es hinter ihr. Als sie sich herumdrehte, fuhren gleich drei Nachbarn nebeneinander mit Besen auf sie zu. Sie schoben eine Menge Schmutz und Scherben vor sich her. „Habt Ihr noch'n Handfeger?“, fragte sie.

„Klar. Komm. Hier ist noch einer.“

Draußen begann der Sturm erneut sein ungutes Pfeifen und Orgeln. Die Jalousie an der ‚Türbaustelle’ wummerte in bedrohlichem Rhythmus hin und her. Doch die Schreiner ließen sich davon nicht beirren und arbeiteten wie im Akkord. Das hier würde für sie sicher nicht ihr einziger Reparaturauftrag heute bleiben. Der Chef wunderte sich ohnehin, dass bis jetzt nicht schon weitere Hilferufe per Handy reingekommen waren.

Am Pult des ‚Leitenden’ summte es. Während des Orkans hatte die Leitstelle in Siegen die 110-Anrufe aus dem Wittgensteiner Land auf die Wache in Berleburg durchgeschaltet. „Polizeinotruf Bad Berleburg“, meldete sich Weinrebe. Auf der anderen Seite war nur ein Knarzen zu hören.

„Hier ist der Notruf, wer ist da bitte?“, wiederholte Sam.

Wieder nur dieses Knarzen – und dann ein tiefer Atmer und ein rollendes, schnell abebbendes Dröhnen.

„Hallo, können Sie mich hören? Wer sind Sie.“

„Tut nichts zur Sache.“

„Befinden Sie sich in einer Notlage?“

„Nein, ich nicht“, kam es sehr dumpf, wie durch Watte gesprochen. Dann wieder Pause und Knarzen.

„Wer ist denn dann in Not?“, hakte Weinrebe beharrlich nach.

„Ein Mann im Kofferraum.“

„Wer?“

„Ein Mann im Kofferraum.“

„Habe ich Sie richtig verstanden? Da ist jemand in einem Kofferraum?“

„Ja“, kam es dumpf zurück.

„Wer ist das?“

„Spielt keine Rolle.“

„Sagen Sie wenigstens, wo das ist?“

„In einem Wald bei Grünewald.“

„Wo genau? Können Sie das sagen?“

‚Klack‘. Die Leitung war tot. Sam versuchte zwar noch durch Nachfrage, das Gespräch wiederzubeleben. Doch das war sinnlos. Der Anrufer hatte aufgelegt.

„Scheiße!“, brüllte Weinrebe. „Verfluchte Scheiße! Wie sollen wir den denn finden? Und dann noch bei *dem* Wetter. ‚In einem Wald bei Grünewald‘. Super! Wir haben hier tausend Wälder ‚bei Grünewald‘.“

Er brüllte so laut, dass Bernd Dickel, der sich oben seinem Aktenstudium hingegeben hatte, wieder herunterkam und sich nach der Ursache für den Gefühlsausbruch erkundigte.

Weinrebe beschrieb mit hochrotem Kopf die Situation und heischte um Verständnis für seine Wut: „Entschuldige, aber wie sollen wir denn helfen, wenn wir nicht wissen, wo, verdammt noch mal.“

„Is´ ja gut. Aber jetzt hilft eher ein kühler Kopf als jede Aufgeregtheit. Hast Du ´ne Nummer von dem Anrufer?“

„Natürlich nicht. Das wär´ ja auch zu einfach, Chef“, grinste Weinrebe verkniffen. „Die war unterdrückt.“

„Fangschaltung aktiviert?“

„Dafür war der Anruf zu kurz.“

„Mist!“

„Siehste. Ich sag´ ja, das ist ´ne verdammte ... Kacke.“

„Okay, lass´ mal den Anruf hören. Vielleicht kann man da was draus erkennen."

Sam gab zwei Befehle auf dem Display im Funktisch ein und ließ das Gespräch über Lautsprecher laufen.

„Ach du lieber Gott, das kann ja jeder sein, so gedämpft und mumpfig wie das ist. Für eine Identifizierung der Stimme wahrscheinlich überhaupt nicht zu gebrauchen. So eine verd..." Dickel bremste sich noch rechtzeitig.

„Ich glaub´, wir sollten die Kollegen von der Kripo um Hilfe bitten", meinte Weinrebe. „Vielleicht kann Sven Lukas da noch was rausfiltern." Der Kollege Lukas, wegen seiner außergewöhnlichen Fähigkeiten im elektronischen und digitalen Bereich auch ‚der Freak' genannt, hatte schon öfter mal unglaubliche Erfolge gefeiert, wo andere Spezialisten längst baden gegangen waren.

„Gute Idee, mach´ das", antwortete Bernd Dickel. „Ich alarmiere schon mal, was wir alarmieren können. Vorsichtshalber auch schon mal ´ne Hundertschaft. Wir können ja hier nicht die Hände in den Schoß legen. Aber bei dem Sturm ... Mann, wie soll denn das gehen?" Der Revierleiter raufte sich die Lockenpracht.

Der ‚Freak' war sofort angefixt von seinem neuen Auftrag, den er mit Freuden übernahm. „Wär´ doch gelacht, wenn wir dem Menschen nicht auf die Spur kämen", quittierte er Weinrebes Bitte um möglichst schnelle Ergebnisse. Doch beim Anhören des Gesprächs verfinsterte sich seine Miene zusehends. „Ach du dickes Ei", murmelte er vor sich hin, „wie beschissen abgefahren ist das denn?"

Sein Hirnschmalz schien in Nullkommanix dem Siedepunkt entgegen zu kochen, während er sich die Stimme und das Geknarze wieder und wieder anhörte. Dann geriet er in

Hektik. „Action!", brüllte er und raste mit beiden Händen über das Mischpult, um hier einen Regler hochzufahren und dort einen Knopf zu drücken. Oben drüber flammte ein Display auf, das die einzelnen Funktionen des Pultes elektronisch abbildete.

Zehn Minuten später öffnete Sven die Tür seines ‚Labors' und rief in den Flur: „Hat mal jemand Zeit? Kann mal jemand kommen?"

„Momäääähäääänt!", rief's aus Borns Büro. Claudia Siegemund bat ebenfalls um etwas Geduld. Aber kurz darauf waren sie zu dritt und lauschten den Tönen, die aus den großen Boxen kamen. Sie hörten eine merklich zurückgenommene Stimme, die einem Mann um die dreißig gehören konnte. „Schon mal gehört?", fragte der Freak die Kollegen.

„Nein." Beide schüttelten den Kopf. „Wieso, was is´n mit dem?", wollte Claudia wissen. Denn Sven hatte lediglich ein Gesprächsfragment in mehreren Varianten vorgespielt. Aus dem hatte er die Stimme am besten herausextrahieren können.

„Hallo, können Sie mich hören? Wer sind Sie?" „Tut nichts zur Sache." „Befinden Sie sich in einer Notlage?" „Nein, ich nicht."

„Der weiß angeblich von einem Menschen in einem Kofferraum, der in Not ist. Erklärt aber nicht genau, wo das ist. ‚In einem Wald bei Grünewald' hat er gesagt. So ein Vollidiot, dieser Typ!"

„Wie denn jetzt? Ein Entführer, den sein Gewissen plagt? Oder wie muss man das verstehen?" Pattrick Born guckte ein wenig schräg, während er mit den Fingernägeln der rechten Hand fortwährend über die textile Hülle seines rechten Oberschenkels schabte. Den beiden anderen stellte sich eine Gänsehaut auf.

„Mensch, kannste das mal lassen?", bat Claudia.

„Was denn?“, fragte Born zurück, während er eifrig weiter schabte.

„Hör bitte mal auf zu kratzen. Ich frier´ gottserbärmlich, wenn ich das höre.“

„Och Mensch, das juckt halt so.“

„Da gibt´s ´ne Lösung“, schaltete sich der ‚Freak‘ lachend ein, „manchmal hilft waschen.“

„Werd´s mal probieren. Also los jetzt, was will dieser Vogel?“

„Ich habe keine Ahnung. Aber wahrscheinlich hast Du recht. Da hat einer einen anderen in einen Kofferraum gesteckt – aus welchem Grund auch immer. Und jetzt geht ihm die Muffe“, dozierte Sven Lukas.

„Ja, aber warum lässt er ihn nicht einfach wieder raus?“, wollte die Kollegin wissen.

Born überlegte. „Vielleicht, weil das ein fremdes Auto war, das jetzt weg ist und an das er deshalb nicht mehr rankommt. Ach nee, geht ja nicht. Dann wüsste er ja nicht, wo´s steht.“

Claudia nickte. „Ich glaub´ eher, der Anrufer kann nicht mehr an den Wagen ran, weil er weiter weg ist. Oder weil ihm irgendwas den Weg versperrt.“

„Ja, natürlich“, sprang Pattrick auf, „vielleicht ein Baum, oder ein ganzer Wald. Draußen liegen zurzeit jede Menge Wälder rum. Wo sollen wir zuerst suchen?“

Der Sarkasmus in seiner Stimme war unüberhörbar. Es glich einer Art vorzeitiger Kapitulation. Und im Grunde genommen hatte er recht. ‚In einem Wald bei Grünewald‘. Wer hätte denn mit dem Finger auf den Gemarkungsplan zeigen und sagen können: „Hier ist es!?“ Wo denn da? Dort gab´s nur Wald.

Ratlos schauten sich die drei nacheinander an. Dann wollte Born wissen: „Den Mann im Kofferraum suchen oder den Anrufer? Was ist leichter?“

„Vielleicht den Anrufer“, rief der Freak, „hört mal her. Kann uns unter Umständen weiterhelfen. Aber ihr müsst genau aufpassen.“ Dann startete er eine weitere Toneinspielung. Das Knarzen war nun deutlicher zu hören und undefinierbare Geräusche im Hintergrund.

„Noch mal von vorne bitte. Und lauter“, bat Claudia. Wieder hörten die drei gebannt zu. Und noch mal und noch mal. Dann sagte die Kollegin: „Also, der Anrufer hat auf jeden Fall ein unrasiertes Kinn, vielleicht sogar einen Dreitagebart. Der scheuerte nämlich am Telefon.“

„Wow, ich glaub´, da liegst Du gar nicht so falsch.“ Born nickte anerkennend.

„Und er hat hier aus der Stadt angerufen. Denn wenn man genau aufpasst, hört man im Hintergrund ganz dünne die Uhr vom Schlossturm schlagen. Das Dröhnen ist ...“

„Das ist der Sturm, der da gerade so tobt“, legte sich Pattrick fest.

„Glaub´ ich nicht“, war sich Sven ziemlich sicher.

„Ich auch nicht“, meinte auch Claudia. „Ich glaube vielmehr, dass es eine einlaufende Bahn war. Das hört sich hinter verschlossenen Fenstern echt seltsam an.“

„Bingo! Das könnte hinhauen. Du bist ja gut!“ Sven Lukas rief den Berleburger Stadtplan im Internet auf und fuhr mit dem Cursor die Straßen entlang. „Die Position des Anrufers muss auf alle Fälle grob östlich vom Schloss gelegen haben. Und das entweder direkt an der Bahn oder zumindest in Schlagdistanz des Bahnhofs. Sonst hätte man bei dem Sturm, der von Westen kam, weder das Turmglöckchen hören können, noch das Geräusch der Bahn. Das muss mehr über den Boden übertragen worden sein, als durch die Luft."

„Ihr macht mich fertig", grinste Pattrick Born. „Dann zeig mal, Sven. Von wo kann der Anruf denn gekommen sein?"

Der ‚Freak' fuhr mit dem Mauszeiger auf der Karte ein wenig hin und her. Dann gab er seinen Tipp ab: „Also entweder von oben aus dem Bahnhof. Da gibt es doch Büros, soweit ich weiß. Oder aber von gegenüber aus der Moltkestraße. Und zwar ziemlich in Höhe des Bahnhofs. Das würde nämlich das abrupte Enden dieses Dröhnens erklären."

Klang logisch. Das mussten die beiden anderen Kollegen zugeben. Mal sehen, was Klaus Klaiser dazu sagen würde. Der hatte eigentlich kurzfristig freigenommen. Weil er seine kleine Familie bei dem Sturm nicht allein lassen wollte. Aber jetzt müssten sie ihn wenigstens telefonisch mit ihren Erkenntnissen konfrontieren.

Bernd Dickel hatte alles mobil gemacht was möglich war. Auch eine Hundertschaft der Bereitschaftspolizei Dortmund. Doch sowohl die, als auch alle anderen Beamten aus dem Stadt- und Kreisgebiet waren zunächst einmal zum Nichtstun verdammt. ‚Friederike' rasierte die Landschaft nach wie vor mit einer Gnadenlosigkeit, die kaum zu beschreiben war.

Als sich die Dortmunder gegen Nachmittag schließlich Richtung Wittgenstein in Bewegung gesetzt hatten, mussten sie bereits an der Anschlussstelle Lüdenscheid-Nord die Sauerlandlinie wieder verlassen. Auf der Talbrücke Schlittenbach war ein Lastzug umgekippt und hatte die Autobahn blockiert.

An ein Weiterkommen war nicht zu denken. Erst recht nicht ‚über Land'. Denn auch dort herrschte Chaos pur. So entschied der Hundertschaftsführer den geordneten ‚Rückmarsch' der zwölf Mannschaftstransporter in die einstige Bierhauptstadt Europas.

Um 20.33 Uhr hatten sie die Unterkünfte in Eving erreicht. Sechseinhalb Stunden für nicht mal 80 Kilometer Fahrt hin und zurück waren draufgegangen bei dem Versuch, Bad Berleburg zu erreichen.

Man werde es tags darauf wieder versuchen, ließ die Einsatzzentrale Berleburgs Revierleiter wissen. Und der hatte ein Einsehen. Es war den ganzen Tag über einfach viel zu gefährlich für einen Sucheinsatz wer weiß wo. Der Schutz der körperlichen Unversehrtheit geht auch für die Beamten vor.

Leon Körner hatte bereits lange vorher sein Gefühl in den Händen verloren. Und auch die Füße fühlten sich eher wie Schwämme am unteren Ende der Beine an. Je mehr deren Besitzer sich mühte, aus der Fesselung herauszukommen, umso mehr schwollen die Extremitäten an. Weil der Blutfluss nicht ausreichend garantiert war.

Wer weiß, wofür das gut war. Womöglich hätte der Ingenieur ansonsten die fast unerträgliche Kälte unter Finger- und Fußnägeln zu spüren bekommen. Und er hätte nichts dagegen unternehmen können.

Hunger bohrte in seinem Magen. Und Durst. Aber noch viel schlimmer war der Pegelstand seiner Blase. Leon hatte das Gefühl, kurz vor´m Platzen zu stehen.

Wieder donnerte und tobte es draußen. Und das Schaben auf dem Kofferraumdeckel nahm bedrohliche Formen an.

Plötzlich mischte sich in dieses Horrorkonzert auch noch ein Ächzen und Stöhnen, das ihm das Blut in den Adern gefrieren ließ. Es hörte sich an, als öffne sich ein Burgtor, dass schon seit Jahrzehnten keinen Millimeter mehr bewegt worden war. Und dann knallte etwas mit ohrenbetäubendem Lärm auf den Kofferraum, der augenblicklich gut die Hälfte seines Volumens verlor.

Ein aberwitziger Schmerz schoss durch Körners Becken. Auch Brustkorb und Schulter hatte es ganz offensichtlich erwischt, als ein umgeknickter Baum auf das Auto geknallt war. Das Atmen war ihm nahezu unmöglich geworden. Leon japste nur noch. ‚So sieht also jetzt das Ende aus', dachte er noch und fühlte sich eigenartig leicht. Dann hüllte ihn eine tiefe Bewusstlosigkeit gnädig ein.

Im Krankenhaus schoss Ronja erschreckt von ihrem Bett hoch. Ihr Kopf dröhnte. Aber sie sah und hörte nichts im Krankenzimmer. Draußen war es bereits dunkel. Nach den ersten Untersuchungen hatte sie in einen leichten Dämmerschlaf gefunden und war durch einen Schrei ihres Mannes geweckt worden. „Leon", schrie sie auf. „Wo bist Du?"

„Um Himmels Willen, Ronja", rief Schwester Rebekka, als sie zur Tür hereingestürzt kam. „Was ist denn los?"

„Ich habe Leon schreien hören. Er hat Schmerzen. Das fühle ich."

Rebekka fühlte nach der Stirn der Kollegin. „Fieber hast Du nicht. Hast Du schlecht geträumt?"

„Nein", Ronja Körner hielt sich den Kopf. „Ich habe gar nichts geträumt. Nur Leons Schrei habe ich gehört. Mensch, tut doch was! Leon ist in großer Gefahr. Und ich kann ihm nicht helfen."

„Das ist nur Deine Phantasie, Liebes." Rebekka hatte sich auf die Bettkante gesetzt und Ronja sanft ins Kissen zurückgedrückt. „Versuch´, ein bisschen zu schlafen. Mit einer Gehirnerschütterung ist nicht zu spaßen, das weißt Du. Und schon gar nicht in Deinem Zustand. Glückwunsch übrigens", fügte sie lächelnd an.

„Ich danke Dir, das ist ganz arg lieb von Dir." Auch Ronja versuchte zu lächeln. „Trotzdem: Leon ist in großer Gefahr. Das spüre ich überdeutlich. Da stimmt irgendetwas nicht. Wo kann er nur sein?"

„Ich weiß es doch nicht. Wie gerne würde ich Dir helfen und ihn ausfindig machen. Damit Du endlich zur Ruhe kommst." Rebekka Meister und ihr Mann Sebastian gehörten zum Bekanntenkreis der Körners. Sie mochten sich, funkten sozusagen auf derselben Wellenlänge. Umso mehr schmerzte es die gleichaltrige Frau, Ronja so leiden zu sehen. Der Summer an der Tür schnarrte. „Sorry", beendete Schwester Rebekka das Gespräch. „Ich muss. Du weißt ..."

Irgendwie war es ihr lieb, dass da ein anderer Patient auf der Station ihrer Hilfe bedurfte. Schnell stand sie auf, warf der Bettlägerigen einen Handkuss zu und verschwand aus dem Zimmer, nachdem sie den Summer abgeschaltet hatte. Ronja blieb im Schein der indirekten Beleuchtung zurück. Sie starrte an die Zimmerdecke und hörte wie in einem Nachklang immer und immer wieder den Schrei ihres geliebten Mannes. Irgendwann schlief sie ein.

Nach einem verdammt langen Tag war Mina gegen Mitternacht vor dem Haus der Körners angekommen. Erst am späten Abend hatte sich der Sturm so weit gelegt, dass man viele Straßen wieder gefahrlos benutzen konnte. Manche allerdings waren nach wie vor gesperrt.

Große Mengen provisorisch geschnittener Baumstämme an den Straßenrändern, Astfetzen auf den Fahrbahnen und jede Menge Unrat an den Häuser- und Mauerecken zeugten noch von dem Unwetter, das Wittgenstein heimgesucht hatte. Die Schäden waren beträchtlich.

Vor allem in den Wäldern hatte ‚Friedrike' übel gehaust und reiche Nahrung unter den 70, 80 Jahre alten Fichten gefunden, die noch zehn Jahre zuvor den Orkan Kyrill überstanden hatten.

Natürlich war Mina vor ihrem Trip nach Berghausen noch daheim in Diedenshausen gewesen. Die vielen Radiomeldungen von Gebäudeschäden und Zerstörungen hatten ihr keine Ruhe gelassen. Doch daheim war alles heil geblieben. Bis auf einen alten Apfelbaum im Garten, der ohnehin früher oder später hätte gefällt werden müssen.

Trotzdem tat ihr der jähe Tod des knorrigen alten Freundes leid. Schon als Kind war sie darin herumgeklettert. Und der gekelterte Saft seiner Früchte war für sie, so lange sie denken konnte, etwas Besonderes gewesen.

Etwas traurig packte sie ein paar Sachen ein, die sie für die Übernachtung brauchte und machte sich dann auf den Weg zum Haus der Freundin. Versprochen war schließlich versprochen.

Das Garagentor der Körners zierte eine dicke Kunststofffolie. Das Loch war wetterfest verschlossen. ‚Haben offenbar die Nachbarn noch draufgeklebt', dachte sich Ronjas Freundin. ‚Das sind echt patente Leute. Was die allein in der Zeit geschuftet haben, während ich da war, das geht auf keine Kuhhaut.'

Als sie jetzt das Haus betrat und Licht machte, war sie begeistert. Es roch nicht nur frisch geputzt und sauber. Im Wohnbereich sah es auch wieder ganz manierlich aus. Die Helferschar hatte tatsächlich alles, was nicht durch den Sturm zerstört worden war, wiederhergerichtet und vieles, soweit möglich, sogar wieder zusammengebaut. Die Tür zum Balkon war repariert, vereinzelte Bilder wieder aufgehängt und auf dem Esstisch stand sogar der Strauß Blumen, den sie am Mittag noch aus der Garage gerettet hatte. Ronja musste ihn dort am Abend zuvor vergessen haben. Womöglich auf ihrem Autodach. Der Sturm hatte ihn wohl in die Garagenecke gefegt.

Schnell schaute sie nach dem Anrufbeantworter. Doch der hatte, bis auf mehrere Nachfragen von ‚Rommert und Sohn', nichts zu bieten. „Armer Schatz", flüsterte Mina vor sich hin, „keine Meldung von Deinem Mann. Wie soll ich Dir das nur beibringen?"

Nachdenklich machte sie noch einen Kontrollgang durch das Haus und überschlug in Gedanken, was ‚Friedrike' hier wohl an Schäden angerichtet haben mochte. Hoffentlich sind die beiden gut versichert.'

Nach einem kurzen Besuch des ebenfalls aufgeräumten und durchgewischten Bades legte sie sich schließlich zum Schlafen ins Gästezimmer. ‚Eine groteske Premiere', dachte sie bei sich. ‚Hier hat seit dem Einzug der Körners noch keiner übernachtet. Dafür hätte es durchaus einen schöneren Anlass geben können.'

Kripo-Chef Klaus Klaiser saß zu dieser Zeit noch immer daheim im Arbeitszimmer und grübelte, wie man diesem anonymen Anrufer auf die Spur kommen könnte. Alle Versuche seiner Leute, diesen Menschen durch Hausbesuche und unverfängliche Gespräche ausfindig zu machen, waren gescheitert.

Die Suche hätte auch nur mit unheimlich viel Glück zum Erfolg führen können. Wer ist schon so dämlich und unterhält sich mit der Polizei, bei der er Stunden zuvor einen dubiosen Alarmruf abgesetzt hat. Er musste ja damit rechnen, dass der aufgezeichnet wird. Aber einen Versuch war die Befragung wert. Schließlich ging es um ein Menschenleben.

Erschwerend kam hinzu, dass längst auch das Verschwinden von Leon Körner angezeigt worden war. Der alte Rommert hatte sich am Abend auf der Wache gemeldet. Nach mehreren vergeblichen Versuchen, dessen Frau Ronja zu erreichen. Da müsse etwas passiert sein, hatte er leutselig angemerkt. Sein Angestellter sei sonst die Zuverlässigkeit in Person. Aber der habe sich schon seit über einem Tag nicht mehr gemeldet und sei auch nicht erreichbar.

Dass das Verschwinden Körners in unmittelbaren Zusammenhang mit dem dubiosen Anruf gebracht werden könnte, darüber war in der Abendrunde zwar auch geredet worden. Doch der Gedanke wurde zunächst einmal verworfen. Weil der Ingenieur eigentlich längst in Brandenburg hätte sein müssen. Er war schließlich schon tags zuvor rechtzeitig losgefahren, um nicht vom drohenden Unwetter erwischt zu werden. Aber an seinem Ziel angekommen war er nachweislich nicht.

Daher verlegten sich die Kripo wie die Kollegen von der Schutzpolizei zunächst einmal darauf, die Polizeidienststellen auf dem Weg nach Potsdam in die Suche nach ihm und seinem Fahrzeug einzubinden. Wo hatte es eventuell einen Unfall mit Beteiligung Körners gegeben? Oder wo war er unter Umständen aufgegriffen oder aufgefunden worden?

Irgendwann fiel Klaiser der Kuli aus der Hand. Er war eingeschlafen. Den ganzen Tag über hatte er gegen den Orkan gekämpft und unter anderem dafür gesorgt, dass der nagelneue Wintergarten nicht zu Bruch ging.

Dieses filigrane Teil aus viel Glas, das nach den Wünschen seiner Frau Ute zur Krimmelsdell hin an ihr Haus angebaut worden war, hatte ein Schweinegeld gekostet. Aber es zeigte sich als wenig sturmresistent. Die wummernden Böen drohten die Glasflächen einzudrücken.

In einem wahren Himmelfahrtskommando hatte Klaus mit Hilfe dreier Nachbarn mehrere große Spanplatten aus der Garage auf die Terrasse expediert, sie zum Schutz der Scheiben einfach davor gestellt und im Aluminiumprofil festgeschraubt.

„Scheiß der Hund drauf", hatte er geflucht. „Die Löcher im Profil kann man wieder zumachen." Und die Spanplatten, die eigentlich für den Ausbau des Dachbodens in der Garage lagerten, waren ersetzbar, falls sie gänzlich unbrauchbar würden.

Auf jeden Fall hatte das Provisorium gehalten. Nur der Vorrat an Bosch-Pils nicht. Der war am Ende der Aktion und der dringend notwendigen ‚Nachbesprechung' aufgebraucht.

Freitag, 19. Januar

Motorenlärm dröhnte durchs Preisdorftal. Der Harvester von Martin Winter leistete seit Stunden Schwerstarbeit. Schon bei Tagesanbruch war der Forstunternehmer mit dem schweren Holzerntegerät auf dem Tieflader nach Berleburg gefahren. Rein prophylaktisch. Für so etwas muss man nach solchen Stürmen, wie dem am Tag zuvor, nicht einmal einen Riecher haben.

Sein Sohn hatte sich für ähnliche Einsätze in südlichen Gefilden Wittgensteins bereitgehalten. Und war genauso schnell zu mehreren Aufträgen gekommen wie sein Vater. Mobiltelefon sei Dank.

Martin Winter ging trotz der enormen Gewichte an seinem Hydraulikarm fast behutsam zu Werke. Jahrzehntelange Erfahrung lehrte ihn vorsichtig zu sein, wenn er mit seiner Maschine komplett entwurzelte Fichten von ihrem tonnenschweren Wurzelteller abschnitt. Oft gelang es ihm, so präzise vorzugehen, dass der Teller wieder in sein altes Bett zurückfallen konnte.

Aber das klappte nicht immer. Denn das vom Sturm verdrehte und umgefegte Holz stand häufig unter ungeheurer Spannung. Der Harvester machte jedes Mal einen Sprung, wenn er die riesigen Lasten voneinander getrennt hatte.

Die gut 25 Meter langen Stämme blieben dabei im Arbeitskopf des Vollernters hängen und wurden danach mit rasender Geschwindigkeit entastet und millimetergenau in die gewünschte Länge geschnitten.

Er würde wohl noch eine ganze Weile arbeiten müssen, um die Straße durch das Preisdorftal von den gekippten Fichten freizubekommen. Aber die Zeit drängte. Denn im hinteren Teil des Tales saßen im „Forsthaus Paulsgrund" Förster Brinkschulte und Familie fest und hatten keinerlei Kontakt zur Außenwelt. Die Telefonleitung war gekappt und mangels Empfang stand man dort mit dem Handy auf verlorenem Posten.

Winter kämpfte mit aufkommender Müdigkeit. Denn die letzte Nacht war verdammt kurz. Bis gegen halb zwei waren sein Sohn und er noch mit der Reparatur einer Maschine beschäftigt.

Und dann der frühe Start gegen sechs Uhr. Das machte kirre. Trotz des Kaffees vom Typ ‚Hallo wach', den ihm seine Frau neben Butterbroten und kleinen Leckereien mitgegeben hatte.

Plötzlich stockte ihm der Atem. Was war das? War da nicht ein Scheinwerfer unter einer Fichtenkrone zu sehen? Zack, da war das Licht wieder verschwunden. ‚Du solltest mal wieder richtig ausschlafen. Du fängst ja langsam an zu spinnen', dachte Martin Winter, schwenkte den Hydraulikarm nach links und hob den nächsten Baum auf der Wurzelseite an, um dort zum Schnitt anzusetzen.

Wieder ein Hopser, als der Wurzelteller abgetrennt war. Als er auch diese Fichte seitlich weggezogen und bearbeitet hatte, erschrak Martin erneut. Denn jetzt reflektierten gleich zwei Fahrzeugscheinwerfer und eine komplette Auto-Front das Licht seiner starken Arbeitslampen.

„Das gibt´s doch nicht. Wie kommt denn der da hin?" Mit einer Geschwindigkeit, die man dem massigen Mann auf Anhieb gar nicht zutrauen würde, schwang sich der Forstunternehmer aus seiner Arbeitskanzel heraus und vom Harvester herunter.

Vorsichtig näherte er sich dem Wagen unter dem Fichtengrün. Immer auf der Hut. Falls eine Baumspitze herumschlagen würde. Doch im hellen Licht seiner Maschinenscheinwerfer erkannte er, dass die nächsten Stämme schnurgerade nebeneinander lagen. Davon allein zwei auf dem schwarzen Volvo, der am Straßenrand in einer Art Haltebucht stand und ein jämmerliches Bild abgab. Das Dach unter der Last des Stammes eingedrückt bis in Sitzlehnenhöhe. Auch der Kofferraum ziemlich platt.

Winter gruselte es ein wenig, als er näher kam. Leichter Benzingeruch waberte ihm entgegen. ‚Der ist doch hier hoffentlich nur geparkt', dachte er. Vom Wageninneren war zunächst nichts zu erkennen. Darum wagte er noch zwei vorsichtige Schritte nach vorne. Aber dann konnte er sie sehen, die Hand, die wie ein Wink zum Himmel hinauf aus dem zertrümmerten Fenster der Fahrertür ragte.

„Um Gottes Willen!", schrie er auf. Unversehens geriet er ins Taumeln, fing sich aber schnell wieder. Langsam, ganz langsam ging er so nah wie möglich an den Wagen heran. Aber Fichtenäste versperrten ihm jede weitere Sicht.

„Wo sind Sie genau, Herr Winter?" Hannes Langenberg hatte auf der Polizeiwache in Berleburg den von der Zentrale in Siegen durchgeschalteten Notruf entgegengenommen. Der Forstunternehmer nannte seine Position. „Im Preisdorftal, Richtung Paulsgrund. Das liegt zwischen Berghausen und Aue. Das nächste Tal hinter dem Grünewald." Er gab gleich den Tipp, langsam ins Preisdorftal hineinzufahren. „Von der anderen Seite kommt Ihr nicht durch. Da liegen noch massig Bäume auf der Straße."

„Lebt der Mann, den Sie da im Wagen gefunden haben?"

„Glaub´ ich nicht. Aber so nahe konnte ich nicht ran, um das genau zu erkennen. Ich weiß noch nicht mal genau, ob es überhaupt ein Mann ist."

„Haben Sie schon den Rettungsdienst informiert?"

„Ja, natürlich. Die sind schon auf dem Weg hierher. Die Feuerwehr auch. Ich fange jetzt mal an, die zwei Bäume abzuräumen, die auf dem Wagen liegen."

„Warum haben Sie das nicht gleich gemacht, Herr Winter?"

„Liebe Herrschaften", antwortete der verärgert, „weil ich erst einmal Hilfe organisieren wollte. Was soll ich denn mit dem armen Menschen machen, wenn ich den frei geräumt, vielleicht sogar geborgen habe und er braucht meine dringende Hilfe? Da ist kein Platz mehr zum Telefonieren." Dann war die Verbindung unterbrochen.

Langenberg schickte gleich zwei Streifenwagenbesatzungen an den Ort des Geschehens. Einer war gerade um die Ecke im Altmühlbachtal unterwegs. Der konnte am schnellsten dort sein. Das zweite Fahrzeug, das direkt von der Wache startete, fuhr Revierleiter Dickel selbst.

„Habt Ihr das Kennzeichen des gefundenen Autos?", hatte er vor Abfahrt noch beim ‚Leitenden' nachgefragt. Aber der war nicht mehr dazu gekommen, danach zu fragen.

„Mist. Versuch´ bitte noch mal, Kontakt mit dem Mann auf dem Harvester zu machen." Dann überlegte er einen Moment. „Oder nee, lass´ es lieber. Der hat jetzt Wichtigeres zu tun."

Nur wenige Minuten später sah Winter im Rückspiegel das erste Blaulicht das Tal heraufkommen. Er hatte gerade bereits den zweiten Stamm von der Wurzel getrennt und sachte von dem total demolierten Volvo heruntergehoben. Fast behutsam war er dabei vorgegangen. Doch jetzt, wo der

Stamm frei im Arbeitskopf steckte, beeilte er sich mit dessen Bearbeitung.

In rasender Geschwindigkeit hatte Martin Winter das geborgene Holz entastet, geschnitten und am Straßenrand abgelegt. Dann kletterte er aus der Kanzel heraus und hinunter auf den Boden. Wieder schauderte es ihn, als er näher an den Volvo heranging. Denn nun konnte er schon auf Distanz die herausragende blassgraue Hand sehen. ‚Der Mensch muss tot sein', durchfuhr es ihn plötzlich. ‚Sonst hätte er sich wenigstens ein bisschen bewegt.'

Dicht neben dem Harvester bremste ein Wagen scharf ab. Zwei Türen schlugen zu. Und als Winter sich herumdrehte, kamen zwei Rettungssanitäter auf ihn zugelaufen.

„Das ist der Wagen?", fragte der eine und lief, ohne eine Antwort abzuwarten, einfach an ihm vorbei. Der andere kam, mit schwerem Rucksack, langsamer angelaufen.

„Mist", rief der erste Sani, nachdem er die herausragende Hand angefasst und unter das eingedrückte Wagendach geschaut hatte. „Ex! Und zwar schon länger. Lieber Gott, sieht der übel aus. Ei-ei-ei. Der Mann ist ja total eingequetscht."

Mit mitleidender Miene richtete sich der Retter auf und drehte zu Seite ab. „Schau Dir das mal an. FURCHTBAR!"

Vorsichtig trat sein Kollege an das Wrack heran und schaute mit schräg gestelltem Kopf über die Kühlerhaube hinein. „Herrjeh, das ist ja extrem. Der Mann hat den Einschlag des Baumes womöglich nicht mal registriert. Der muss auf der Stelle tot gewesen sein."

Martinshörner waren zu hören. Erst eins, dann zwei verschiedene. Die Signale überschlugen sich und wurden zwischen den Hängen der Berge hin und her geworfen. Martin Winter, der nach den Reaktionen der Männer vom Roten Kreuz etwas auf Distanz gegangen war, sah auf der

Straße hintereinander einen Notarztwagen und ein Polizeifahrzeug kommen.

Winkend wies er die Fahrer beider Wagen in Parkmöglichkeiten am Wegesrand ein. Ein junger, sportlicher Mann mit weißer Hose und einer roten Jacke entstieg dem ersten Fahrzeug und stürmte auf ihn zu. „Wo ist das?"

„Vor dem Harvester links", rief der Forstunternehmer und schickte dem Notarzt gleich die beiden ersten Polizisten hinterher. Der eine, ein richtiges Milchgesicht, drehte sich um und fragte spitz: „Haben Sie das Fahrzeug gefunden?"

„Ja", kam die knappe Antwort.

„Dann bleiben Sie hier an Ort und Stelle. Klar?! Wir müssen Ihnen verschiedene Fragen stellen."

„Ach, da wäre ich jetzt von alleine gar nicht drauf gekommen", versuchte sich Martin Winter ein wenig lockerer zu machen. Die Geschichte hier zerrte heftig an seinen Nerven. Und die Unhöflichkeit des Jungbullen ging ihm gehörig auf den Zeiger. „Ein wenig Freundlichkeit dürfte schon sein", legte er deshalb noch laut nach.

„Sie sind wohl ein Witzbold, was?", kommentierte der Angesprochene die Bemerkung. „Sie haben offenbar keine Ahnung, wie ernst das hier ist." Doch da kam die Hand des Kollegen und zerrte ihn einige Meter fort. „Mach´ mal halblang, Kretschmann", kritisierte der den Fortgezogenen ziemlich stinkig. „Der Mann weiß besser als jeder von uns, wie ernst das hier ist und steht vermutlich unter Schock. Aber Du pfeifst ihn ohne Grund und Ursache einfach an. Spinnst Du jetzt, oder was?"

„Ja, aber der hat ..."

„Was hat er?"

„Der hat ...", stotterte Kretschmann, „... irgendwas von Höflichkeit gefaselt. Das ist doch unerhört."

„Jetzt mach´ aber mal´n Punkt, Mann! Er hat Dich mit einem Wort daran erinnert, dass das Wort ‚Bitte' zum gängigen Vokabular gehört. Auch für uns Polizisten! Und dass das Befehlswort ‚Klar' allenfalls für jemanden infrage kommt, der sich renitent zeigt. Aber nicht für jemanden, der uns zu einem grausigen Fund führt. Ist *das* klar?"

Der Angeschissene schluckte. Das konnte Winter noch auf fünf Meter Entfernung hören. Er verbuchte es unter ‚leichte Genugtuung'.

Nach und nach trafen der zweite Streifenwagen und ein Rüstwagen der Feuerwehr ein. Und so war in kürzester Zeit ein richtiggehendes Knäuel Uniformierter um das Volvo-Wrack herum entstanden. Man machte sich laut diskutierend Gedanken darüber, wie man den bedauernswerten Mann aus dem Blechhaufen herausbekommen könnte. „Dem Mann ist nicht mehr zu helfen", hatte der Notarzt festgestellt. „Ich vermute, er ist schon seit mindestens einem Tag tot.

Plötzlich brach ein Mann aus dem Menschenknäuel aus und rannte den Hang hinauf in den Wald. Es war der junge Polizist, der den Mund so voll genommen hatte und es jetzt wieder tat. Allerdings unfreiwillig. Laut röhrend ließ er sich nämlich im dunklen Tann sein Frühstück noch einmal durch den Kopf gehen.

‚Geschieht Dir recht, Du Pfeife', dachte sich Hauptmeister Theo Schöneborn. ‚Hoffentlich kotzt Du Dir Deine Arroganz aus dem Leib.' Er litt schon seit Tagen unter diesem Großmaul. Denn man hatte ihm Philip Kretschmann aufgebrummt, damit der junge Polizist aus dem Niederrheinischen Land und Leute kennenlernen sollte.

Doch der ‚Bulle auf Durchreise', der in drei Wochen ins Hochsauerland weiterwandern würde, entpuppte sich als Superklugscheißer. Was immer passierte – der Kerl wusste und konnte angeblich alles besser, baute aber nur Mist.

Schöneborn hatte von dem Typen die Schnauze gestrichen voll.

Die Feuerwehr hatte ein transportables Aggregat herangeschafft und Hydraulik-Schläuche daran angeschlossen – für eine Metallschere und eine Spreizzange. Mit denen sollten die sogenannten A- und B-Säulen aufgetrennt werden, die die Frontscheibe und die Türrahmen seitlich einfassen. Dadurch konnten die Wehrleute mit etwas Kraftaufwand anschließend das Fahrzeugdach nach hinten klappen.

Der Maschinist hatte das Aggregat hinter dem Kofferraum positioniert und drehte gerade den Schlüssel herum, um es zu starten. Da zuckte er plötzlich zusammen.

„Was ist los?", wollte der Mann mit der schweren Metallschere in der Hand wissen. „Komm, lass´ uns anfangen!"

„Sei mal einen Moment ruhig!", rief der Maschinist zurück und lauschte am verbeulten Blech des Kofferraumdeckels.

„Was ist los?"

„Du sollst mal ruhig sein!", brüllte der Mann am Aggregat zurück. Jetzt wesentlich lauter „Seid mal alle ruhig! BITTE!"

Das zeigte Wirkung. Plötzlich war es ziemlich still. Der Mann legte erneut sein rechtes Ohr auf den Kofferraum, lauschte und schoss schlagartig hoch. Erstarrt wie eine Salzsäule.

„Was ist?", fragte ihn Bernd Dickel, der zu ihm rübergegangen war. „Was haben Sie gehört?"

„Da ist einer drin", antwortete der Maschinist mit plötzlich feuerrotem Gesicht. „Da ist einer drin. Man kann ihn wimmern und stöhnen hören."

„Ja, ist denn sowas möglich? Wie soll denn da ein Mensch reingekommen sein?", rief´s von weiter hinten.

„Ruhig jetzt mal", pfiff Dickel den Mann an und beugte sich über das Heck des Wagens, um ebenfalls zu lauschen.

„Tatsächlich“, rief er kurz darauf. „Da ist eindeutig ein Mensch drin. Der muss schwere Schmerzen haben. Können wir *hier* anfangen mit dem Auftrennen? Geht das überhaupt?“

„Das geht schon“, meldete sich der Mann mit der Metallschere. „Aber wir müssen da erst mal mit Hammer und Meißel dran und die Klappe etwas aufbiegen, damit wir mit der Spreizzange drunter kommen.“

„Habt Ihr denn keinen Trennschleifer an Bord?“

„Haben wir schon. Aber der Funkenflug könnte den Menschen da drinnen ernsthaft gefährden. Außerdem ...“, er zeigte auf den Boden und spielte dann mit Daumen und Zeigefinger an der Nase, „außerdem tritt hier irgendwo Sprit aus. Das ist einfach zu gefährlich.“

„Ach hören Sie doch auf“, ereiferte sich das Großmaul in Uniform plötzlich. „Sie müssen mal sehen, wie das die Profis von der Berufsfeuer...“

„Wenn Sie nicht augenblicklich ruhig sind“, zischte der Polizei-Chef dem total Überraschten ins Ohr, „dann würge ich Ihnen dermaßen eine rein, dass Sie demnächst allenfalls noch als Kartenabreißer im Heimatkino von Kleve zu gebrauchen sind.“ Der Revierleiter hatte längst mitbekommen, wes Geistes Kind der Export vom Niederrhein war. Auch ihm waren die permanenten Besserwissereien dieses Milchbartes auf den Zeiger gegangen. Vor allem in den Morgenrunden. Aber er hatte bisher stillgehalten. Doch jetzt, wo er live mitbekam, was Schöneborn ihm schon einmal durch die Blume gesteckt hatte, war das Maß voll.

„Sie können sich allerdings anderswo auszeichnen“, flüsterte er dem leichenblassen Jungspund ins Ohr. Musste ja nicht jeder mitbekommen, dass hier gerade einer zusammengefaltet wurde. „Schauen Sie mal nach dem Kfz-Kennzeichen und kümmern sich darum, wem der Wagen gehört und wer ihn gefahren hat."

„Wieso? Der Fahrer sitzt doch da vorne drin", ereiferte sich der Unverbesserliche."

Bernd Dickel schüttelte resigniert den Kopf und drückte die Wirbelsäule durch. Man hätte fast hören können, wie er mit den Zähnen knirschte.

„Sagen Sie, merken Sie eigentlich überhaupt nicht, wann es Zeit ist, mal die Schn..., äääh, mal die Klappe zu halten und einfach nur zu tun, was man Ihnen sagt? Der Tote dort vorne muss doch nicht zwangsläufig der Besitzer gewesen sein. Außerdem kennen wir dessen Identität nicht. Die müssen wir erst noch ermitteln. Könnte auch ein Fall für Sie werden.

Und jetzt keine weitere Diskussion mehr! Tun Sie, was ich Ihnen gesagt habe und melden Sie das Ergebnis den Kollegen in der Wache."

Polizeimeister Philip Kretschmann musste zuerst seine Schockstarre lösen, bevor er sich überhaupt in Bewegung setzen konnte. So heftig hatte ihm noch keiner eingeschenkt. Vor allem kein Hierarch. Mühsam kramte er sein Notizbüchlein aus der Brusttasche und ließ mit zittrigen Fingern den dazugehörigen Kuli zweimal fallen. Dann aber hatte er sich wieder im Griff. Musste ja keiner sehen, wie mies es ihm ging. Der Anschiss war blamabel genug.

Doch die Kollegen und die Männer vom Rettungsteam hatten keine Augen für ihn. Sie hatten Wichtigeres zu tun. Am Heck des Volvos machten sich jetzt zwei Feuerwehrmänner mit dicken Schutzhandschuhen an der Kofferraumklappe zu schaffen. Der eine kniete und hatte einen scharfen Meißel mit beiden Händen in der Mitte unter die Klappe geführt. Der andere stand und schlug mit einem schweren Hammer auf den Meißelkopf. Nach vier wuchtig geführten Schlägen öffnete sich die Klappe plötzlich um wenige Zentimeter.

Gespannte Stille herrschte unter den Leuten, als der Notarzt sich zu dem kleinen Schlitz hinunterbeugte. „Können Sie mich hören?", rief er hinein und legte dann sein Ohr an die Öffnung.

„Ja", kam es leise und kraftlos zurück. „Holen Sie mich bitte hier raus. Ich kann nicht mehr." Dann ein Hüsteln.

„Ja, wir holen Sie raus", rief der Notfallmediziner mit deutlich entspannterem Gesicht. „Es dauert nur noch einen Moment. Halten Sie durch!"

Verhaltener Jubel kam auf im Rund. Alle folgenden Handgriffe fielen plötzlich deutlich leichter, als klar wurde, dass hier jemand zu retten war. In wenigen Sekunden war das Aggregat angeworfen und die Spreizzange angesetzt, die allmählich das zerknäulte Blech immer weiter auseinanderdrückte. Zentimeter für Zentimeter öffnete sich der Spalt unter einem hässlichen Knatschen und Knarren.

Wenige Minuten später konnte man im Schein einer Taschenlampe den Mann drinnen erkennen. Blau gefroren und mit schmerzverzerrtem Gesicht bewegte er immer wieder die Lippen. „Stopp", rief der Notarzt. „Hören Sie bitte einen Moment auf", bat er die Männer an der Hydraulik. Einer der Rettungssanitäter reichte eine Flasche mit einer Art langem Rüssel herüber, den der Arzt jetzt in den Innenraum schob. „Trinken Sie bitte. Aber langsam."

Die Jungs von der Kripo waren hellhörig geworden, als sie von dem gefundenen Wagen erfuhren. „Ein Toter", hatte es zunächst geheißen. „Identität noch unbekannt." Doch bevor sie eingriffen, wollten sie zunächst noch die Einschätzung der Kollegen von der Schutzpolizei abwarten. ‚Autofahrer – vom

Sturm überrascht und von einem Baum erschlagen.' Diese Version wäre immerhin naheliegend gewesen.

Als sie aber von der Rettungsaktion für den zweiten Mann hörten, setzten sich gleich Klaus Klaiser und Sven Lukas in Richtung Fundort in Bewegung. Der ‚Freak' hatte ohnehin Tagesbereitschaft. Und der Chef wollte sich diese außergewöhnliche Nummer nicht durch die Lappen gehen lassen.

„Zwei Fliegen mit einer Klappe. Wollen wir wetten?", grinste Lukas vom Fahrersitz herüber, als sie in Klaus´ metallic grünem Audi A5 mit Blaulicht in Richtung Berghausen unterwegs waren.

„Wie meinst Du das?", wollte Klaiser wissen.

„Ich wette, dass einer von den beiden Männern Leon Körner ist."

„Wie kommst Du denn darauf?"

„Chef, ich bitte Dich. Wer von uns beiden wohnt denn in Berghausen?"

„Was hat das denn damit zu tun?"

„Mit regionaler, oder besser: mit lokaler Kompetenz", grinste der ‚Freak' breit. „Körner verschwindet spurlos. Keiner weiß, was mit ihm passiert und wo er abgeblieben ist. Dort, wo er hinwollte, ist er jedenfalls nicht angekommen.

Sein Haus steht am Winterscheid in Berghausen. Das ist nicht weit weg von der ‚Preisdorf'. Und dort findet man einen Mann mit Auto, der einen anderen im Kofferraum hat. Glaubst Du nicht auch, dass einer von denen, und zwar der im Kofferraum, Körner sein könnte?"

„Interessante Theorie. Das muss ich zugeben. Warum im Kofferraum?"

„Wahrscheinlich, weil er entführt wurde."

„Aha. Und wer ist dann der Mann vorne drin?"

„Na, vermutlich sein Entführer."

„Ach so, sein Entführer. Kann sein. Der ist aber dann erschreckend weit gekommen. Oder, was meinst Du?!", fügte Klaus süffisant an.

„Also bei dem Sturm wundert mich das keineswegs."

„Irrtum, mein Lieber", konterte Klaiser, „Körner fehlt seit vorgestern Mittag. Der Sturm ging aber erst gestern Morgen los. Fällt Dir da was auf?"

Der ‚Freak' schabte sich mit der rechten Hand am Kinn und grübelte. „Stimmt auch wieder. Mmmmh, schade. Wäre so schön gewesen. ... Okay, dann lassen wir das mit dem Wetten."

Als die Kripo-Männer von der Landstraße rechts ab ins Preisdorftal fuhren, standen neugierige Wanderer an der Einmündung. Sie waren gerade aus dem Bus ausgestiegen. ‚Erlebnistracker' nannten sie sich. Leute, für die Urlaube ohne Adrenalinschübe keine Erholung waren.

Der Tag zuvor war, was das anbelangte, mehr als befriedigend für sie gewesen. Da hatten sie sich im Orkan gerade noch in eine Futterhütte retten können. Und vielleicht würde der Tag heute ähnlich Interessantes für sie bereithalten. Auf jeden Fall wollten sie mal nachschauen, was es denn mit dem Zivilstreifenwagen mit Blaulicht auf sich hatte, der da in das Tal hineinraste.

Als Klaus Klaiser und Sven Lukas am Ort des Geschehens angekommen waren, bot sich ihnen ein martialisches Bild. Rettungsfahrzeuge standen, aufgereiht wie an einer Perlenschnur, in Reih und Glied hintereinander am Straßenrand. Jedes mit den anderen um die Wette Blaulicht-blinkend.

Und ganz vorne, zum Teil durch den mächtigen Harvester verdeckt, waren einige Männer hektisch im Einsatz. Dort musste der Pkw stehen, um den sich alle scharten. Nur einer nicht. Philip Kretschmann stand breitbeinig auf dem Weg und diktierte gerade lautstark ein Autokennzeichen ins Funkgerät: „Berta, Ludwig, Berta, Trennung Richard, ..."

„Das ist der überaus beliebte Kretschmann, mit dem sich der Kollege Schöneborn schon seit Tagen rumärgern muss", murmelte der ‚Freak' seinem Chef zu. „Mein Gott, ist das ein Fatzke."

„Wieso, was macht er denn?", wollte Klaiser wissen, als sie gerade an dem eifrig kommunizierenden Mann vorbei waren.

„Du musst dem nur mal zuhören, wie er auf der Wache versucht, alle Leute eines Besseren zu belehren und ihnen klarmacht, wie anderenorts richtige Polizeiarbeit läuft."

„Wieso? Wo kommt der Kollege denn her?"

„Aus Kleve, soweit ich weiß."

„Ui, Super-Großstadt", witzelte der Kripo-Chef und schaute zu Kretschmann rüber. „Die kennen sich da sicher spitzenmäßig aus."

Vorne wurde es plötzlich laut. Ein kurzer Schmerzensschrei. Dann war Beifall zu hören. Klaus und Sven beeilten sich, um zu sehen, was passiert war.

„Der Mann ist raus und lebt", kam ihnen ein massiger Mann entgegen. Er wirkte sehr aufgelöst.

„Tatsächlich, haben die Leute ihn geborgen?", fragte der Kriminalhauptkommissar. „Entschuldigung", fügte er an, „Klaiser, Kriminalpolizei. Das ist mein Kollege Lukas.

„Ja, haben sie. Ich bin Martin Winter. Guten Tag. Ich bin hier mit dem Harvester im Einsatz."

„Ach, dann waren Sie das, der ihn gefunden hat."

„Ja, das war ich", entgegnete der Forstunternehmer ziemlich bewegt. „Was für ein Glück. Das war gerade noch zur rechten

Zeit. Lange hätte er das wohl nicht mehr durchgehalten", meinte der Arzt vorhin."

„Mensch, klasse. Vielen Dank", beeilte sich der ‚Freak', den Mann zu loben. „Toll, dass Sie so schnell reagiert haben."

„Verzeihen Sie," unterbrach Klaus und schob Sven Lukas weiter, „wir müssen jetzt mal da vorne hin. Wir brauchen ein paar frische Eindrücke. Wir sehen uns nachher noch mal. Haben noch ein paar Fragen."

„Selbstverständlich", nickte Martin Winter und setzte sich erst einmal auf das untere Trittbrett seiner Maschine.

Wenige Meter weiter trafen die beiden auf Bernd Dickel. Der trug lederne Handschuhe, hatte ein hochrotes Gesicht und schwitzte von der Anstrengung bei der Öffnung des Kofferraums. „Klaus", sagte er, „schön, dass Ihr da seid. Ihr müsst Euch den Wagen ausführlich vornehmen, glaube ich. Da stimmt so einiges nicht. Nicht nur wegen des Mannes, den wir da gerade rausgeholt haben. Vor allem auch wegen des Toten, der da noch vorne drinsitzt.

„Klar, machen wir sowieso. Müsste ja eigentlich der Entführer sein. Oder?", fragte Klaiser nach.

„Weiß ich nicht. Aber überleg´ mal. Wer ist denn so blöde und fährt während eines Orkans in einen Wald hinein, während überall die Hölle losbricht und Bäume wie Streichhölzer knicken?"

„Das frage ich mich schon die ganze Zeit", sinnierte Klaiser und zog die Stirn in Falten. „Wobei am Eingang des Preisdorftals nicht so ohne weiteres zu erkennen ist, dass die Straße so stark von Bäumen umsäumt ist. Aber egal. Wir müssen die Kriminaltechnik herholen." Und darum kümmerte sich Klaiser umgehend. Mit einem kurzen Funk nach Siegen setzte er die Spurensicherung in Marsch.

Nebenan wurde der Gerettete gerade in Seitenlage auf eine Trage geschnallt. So, wie er seit zwei Tagen und zwei Nächten im Kofferraum hatte zubringen müssen. Sie hatten ihn in eine Thermodecke eingepackt und auf eine Vakuummatratze gelegt, die sich seiner Körperform anpasste. Und natürlich von seinen Fesseln befreit. In seinem Arm steckte die Nadel einer Kochsalz-Infusion. Obwohl sein Gesicht viel über seine Schmerzen verriet, nickte er seinen Rettern dankbar zu.

„Ach, Doktor Heidler“, rief Klaus dem jungen Notarzt zu, der das behutsame Verladen des Mannes aus dem Kofferraum in den Rettungswagen beaufsichtigte, „wie steht es um ihn?“

„Das kann ich Ihnen nicht mit Gewissheit sagen. Er hat augenscheinlich eine Schulterfraktur und womöglich auch eine Fraktur des Beckens erlitten. Das werden erst die Untersuchungen im Krankenhaus ergeben. Aber eines weiß ich ganz sicher. Wenn der Mann nicht eine so unglaublich gute Konstitution besäße, wäre er in diesem Kofferraum mit großer Sicherheit längst gestorben. Unglaublich, was man ihm angetan hat!“

„Wovon hat er denn die ganze Zeit gelebt?“, fragte der ‚Freak‘ etwas naiv nach.

„Von seiner Substanz. Eine andere Chance hätte er auch nicht gehabt. Selbst, wenn es in diesem engen, dunklen Loch etwas Ess- oder Trinkbares gegeben hätte. Er war nämlich an Händen und Füßen gefesselt.“

„Ach du Sch…“, verkniff sich Sven eines seiner üblichen Schimpfwörter. Aber keiner wäre sauer gewesen, wenn er zuende geflucht hätte. Solch menschenverachtende Praktiken provozierten automatisch den Zorn eines jeden Normaldenkenden.

„Ja, ein Horror", bestätigte Roman Heidler und wollte gerade von außen die Tür des Rettungswagens schließen, als Klaiser ihn noch mal ansprach:

„Sagen Sie Herr Doktor, meinen Sie, es wäre möglich, den Verletzten noch kurz nach seinem Namen und seiner Heimatadresse zu fragen?"

„Bitte, probieren Sie´s. Ich kann Ihnen aber nicht garantieren, dass Sie eine Antwort bekommen. Insistieren Sie aber dann bitte auch nicht. Der Mann ist zu geschwächt und hat zu große Schmerzen." Der Kriminalist versprach´s und stieg seitlich in den Rettungswagen ein.

Drinnen hatten die beiden Rettungsassistenten den Mann noch dicker eingepackt. Trotzdem fror er erbärmlich. Seine Unterlippe flatterte. Dennoch antwortete er auf Klaus´ Frage klar und deutlich. Der bedankte sich artig, wünschte dem Verbrechensopfer alles Gute und verschwand wieder aus dem Wagen.

„Und?" Erwartungsvoll hatte der ‚Freak' der Rückkehr seines Chefs geharrt. „Hast Du was erfahren?"

Klaus nickte. „Hast gewonnen."

„Wie ‚hast gewonnen'?"

„Der Mann heißt Leon Körner und wohnt ‚Am Winterscheid 21' in Berghausen."

„Yes!" Sven Lukas machte zwar eine ‚Becker-Faust', aber keinerlei Anstalten, in Jubel auszubrechen. Der Anlass war im viel zu ernst.

„Wir müssen umgehend seine Frau Ronja informieren. Darum hat er mich gebeten, bevor er fast wieder ohnmächtig geworden ist", berichtete der Kripo-Chef. Kannst Du das mal übernehmen? Ich will noch mal kurz mit Bernd Dickel sprechen und auch den anderen über die Identität des Mannes Bescheid geben."

Der ‚Freak' hatte sich etwas abseits hingestellt und versucht, via Internet auf dem Smartphone die Telefonnummer von ‚Körner, Am Winterscheid 21, Ortsnetz Bad Berleburg' herauszubekommen. Das dauerte seine Zeit. Denn der Empfang im Mobilfunknetz war nicht gerade berauschend, hier in der Waldeinsamkeit. Doch es gelang ihm nach einigem Ausharren.

Auf der anderen Seite der Leitung tutete es. Lange. Er wollte den Versuch schon abbrechen, da meldete sich eine sympathische Frauenstimme: „Hier bei Körner."

„Hallo, mein Name ist Sven Lukas, ich bin von der Kriminalpolizei Bad Berleburg. Kann ich bitte Frau Ronja Körner sprechen?"

„Kriminalpolizei? Um Himmels Willen. Ist was mit Leon?"

„Wie kommen Sie darauf? Wer sind Sie überhaupt? Würden Sie mir das bitte sagen, wenn Sie so freundlich sein wollen."

„Wer ich bin?" Mina Nölke holte tief Luft. Es war ihr schlagartig schlecht geworden, als sie ‚Kriminalpolizei' hörte. „Ich bin Mina Nölke, eine Freundin von Frau Körner. Ich hüte hier das Haus. Weil Ronja ..., ich meine ... Frau Körner nicht da ist."

„Wo ist Sie denn? Können Sie mir das sagen?"

„Ja. Frau Körner liegt im Krankenhaus. Sie hatte gestern einen Unfall ... Aber sagen Sie mal, wer garantiert mir eigentlich, dass Sie tatsächlich von der Kripo sind?", regte sich Mina plötzlich auf. *„Ich rede hier einfach drauf los, ich dumme Kuh. Und, und Siiieee ... Sie sind womöglich ...!"* Zack, war das Gespräch weg.

Sven hatte größtes Verständnis für die Reaktion seiner Telefongesprächspartnerin. Nur half ihm das nicht weiter. Also versuchte er es noch einmal.

„Hören Sie!“, schrie es aus dem Hörer, *„wenn Sie wirklich von der Polizei sind, dann kommen Sie doch einfach hier vorbei und legitimieren sich. Dann können wir weiterreden. Adieu.“*

„Stoooop, bitte“, rief der ‚Freak. „Ich würde ja gerne vorbeikommen. Kann ich aber im Moment nicht. Ich stecke hier tief in einer Ermittlung mitten im Wa…“ ‚Scheiße, Scheiße, Scheiße‘! biss er sich auf die Zunge, ‚das hätte ich jetzt besser nicht gesagt.‘

„Was für eine Ermittlung? Sagten Sie: ‚Mitten im Wald‘? Hat das etwa was mit Leon zu tun?“ Mina drehte am Rad. *„Was ist mit ihm, verdammt noch mal! Sagen Sie doch was!“* Ihre sonst so nette Stimme erinnerte jetzt an eine kreischende Verona Pooth.

Nun musste Sven tief Luft holen. Damit seine Stimme einen normalen, fast coolen Klang bekommen sollte. ‚Wenn du´s jetzt versaust, dann kostet das richtig viel Zeit. Und das ist ja nun wirklich nicht nötig.‘

„Frau Nölke, richtig?“

„Richtig.“

„Frau Nölke. Ich biete Ihnen an, jetzt die Polizei in Bad Berleburg anzurufen und nach mir zu fragen. Man kennt mich dort und wird Ihnen bereitwillig meine Handynummer geben, damit Sie mich wieder anrufen können. Sie müssen mir nur vorher die Chance geben, meinerseits den Kollegen die Erlaubnis zu erteilen, meine Nummer herauszugeben. Das dürfen sie nämlich sonst nicht.“

Mina überlegte einen Moment, sagte dann aber: „Nee, kommen Sie. Lassen Sie uns weiterreden. Sie müssen nur verstehen, dass ich vorsichtig sein wollte.“

„Dafür habe ich vollkommenes Verständnis“, reagierte Sven sofort. „Also, in welchem Krankenhaus liegt denn jetzt Frau Körner und was für einen Unfall hatte sie?“

Mina Nölke hielt es vor Ungeduld fast nicht mehr aus. „Hier im Krankenhaus Berleburg. Zur Beobachtung. Sie ist vom Sturm umgehauen worden und hat sich eine Gehirnerschütterung zugezogen."

„Ja, und was machen Sie jetzt in Ihrer Wohnung?"

‚Oh verdammt', dachte die Hebamme, ‚lass' doch auch mal ein paar Informationen rüberwachsen, statt immer nur Fragen zu stellen, Du … Du Bulle Du.' Doch dann erzählte sie trotzdem in kurzen Zügen, was sich am Tag zuvor zugetragen hatte, dass Ronja schwanger sei und sie nur das Haus der Körners hüte.

„Ach du dickes Ei", antwortete Lukas etwas dürftig auf die Geschichte. „Da ist ja richtig was abgegangen bei den Körners. Und dann noch die Geschichte hier …"

„Ja, was ist denn nun? Wollen Sie mir bitte endlich erzählen, was los ist. Was ist mit Leon? Haben Sie ihn gefunden?"

„Ja."

„Und?" Sie traute sich erst nicht. „Ist er tot?"

„Nein."

„Ja, was ist denn dann mit ihm? Wo war er die ganze Zeit? Wie geht es ihm?"

„Frau Nölke", meldete sich der ‚Freak' wieder, „das darf ich Ihnen eigentlich gar nicht sagen. Aber in Anbetracht dieser Ausnahmesituation, vor allem auch, weil wir Frau Körner wegen ihrer Gehirnerschütterung und ihrer Schwangerschaft nicht so sehr aufregen dürfen, erzähle ich es Ihnen dennoch. Vielleicht können Sie es ihrer Freundin ganz sachte beibringen."

Und dann berichtete Sven im Telegrammstil, was sich nach derzeitiger Erkenntnis zugetragen hatte und in welchem Zustand sich Leon befand. Nebenan setzte sich gerade der Rettungswagen in Bewegung. Zwanzig Meter weiter schaltete der Fahrer Blaulicht und Martinshorn ein. „Er wird gerade hier abtransportiert. Ich schätze, dass er spätestens in einer Viertelstunde in der Klinik ist."

„Ich kann das gar nicht glauben, was Sie mir da erzählen", war Mina fassungslos. „Wer, um alles in der Welt, entführt denn Leon Körner? Das sind doch Mafia-Methoden, verdammt noch mal. Und wer steckt ihn für Tage in den Kofferraum? Das ist ja unsäglich!"

„Wenn wir das wüssten, liebe Frau Nölke, dann wären wir schon verdammt weit. By the way, da fällt mir gerade ein: Wissen Sie, was Herr Körner für einen Wagen fährt?"

„Klar, einen schwarzen Volvo C70. Hat er sich kürzlich erst gekauft."

Sven bekam lange Ohren. „Kennen Sie die Autonummer auch?"

„Natürlich. BLB-RL 3103. Weiß ich deshalb so genau, weil die beiden, Ronja für ‚R' und Leon für ‚L' am 31. März geheiratet haben. Und ich war ihre Trauzeugin."

Sven war während des Gesprächs in einem engen Bogen um das Autowrack herumgelaufen, von dem jetzt das Dach abgetrennt werden sollte. Das Aggregat für die hydraulische Schere machte ordentlich Lärm und die Feuerwehrleute brachten sich gerade in Position. Der Kriminalbeamte meinte sich erinnern zu können, was der Schlaumeier da vorhin per Funk abgesetzt hatte: „Berta, Ludwig, Berta, Trennung, Richard..., also BLB-R..." ‚Bingo', sagte er sich. ‚Er ist also in seinem eigenen Wagen entführt worden.' Dann erhaschte er einen passenden Moment für einen Blick auf das Nummernschild und sah: Es war nicht der Wagen von Leon Körner. Denn statt des ‚L' hinter dem ‚R' stand dort ein ‚S', also ‚RS' und eine ganz andere Zahlenkombination.

„Hallo, sind Sie noch dran?", fragte Mina."

„Jep, bin noch dran. Hatte bloß gerade einen Schrecken bekommen. Denn der Wagen hier ist auch ein schwarzer Volvo. Aber der Zulassung nach nicht der von Herrn Körner."

„Kann er auch nicht sein. Der von Leon steht am Winterscheid in der Garage. Habe ich heute Nacht noch gesehen. Soweit ich weiß, hat Leon seine Dienstreisen auch immer mit Fahrzeugen seines Arbeitgebers gemacht." Die letzten Worte kamen deutlich langsamer. Plötzlich wurde sie still.

„Frau Nölke, was ist? Ist Ihnen noch was eingefallen?"

„Allerdings", sagte sie nach einer weiteren Weile. „Der Arbeitgeber, das Planungsbüro ‚Rommert und Sohn' hat ebenfalls vier schwarze Volvos. Alle mit BLB-RS...". Ursprünglich sollten es fünf werden. Aber dann hat der alte Rommert seinen Prokuristen rausgeschmissen, für den der fünfte Wagen gedacht und bereits bestellt war. Da hat sich Leon kurzerhand bereit erklärt, das Auto zu kaufen und dabei erhebliche Sonderrabatte bekommen."

„Das heißt, der Wagen hier könnte ..."

„... ein Wagen aus der Rommert-Flotte sein. Mit ziemlicher Sicherheit sogar."

„Frau Nölke, ich glaube, wir müssen dringend mal 'n Bier zusammen trinken, oder ein Glas Wein."

„Soll das jetzt ´ne Anmache sein oder was?", fragte Mina lachend.

„Sehen Sie´s wie Sie wollen", gab er lachend zurück. „Jedenfalls könnten wir das Treffen dazu nutzen, darüber nachzudenken, ob Sie nicht Lust haben, zur Polizei zu kommen. Bei dem, was Sie uns jetzt in kürzester Zeit an Arbeit abgenommen haben, wäre das auf alle Fälle ´ne gangbare Alternative."

„Jetzt wollen wir erstmal sehen, wie ich Ronja die üble Nachricht am besten verkaufe. Allerdings hat die Arme mit viel

Schlimmerem gerechnet. Da wird es hoffentlich nicht so heftig für sie werden."

„Ich bin Ihnen auf jeden Fall sehr dankbar, dass Sie diese Aufgabe übernehmen wollen. Wir werden uns dann zu einem vertretbaren späteren Termin bei Frau Körner melden. Wann das sein kann, soll ein Arzt bestimmen.

Das Angebot für einen kleinen Plausch bei freien Getränken bleibt aber bestehen. Das ist hiermit versprochen. Ich gebe Ihnen noch meine Handynummer. Die schreiben Sie sich am besten auf. Könnte aber auch sein, dass ich mich bei Ihnen melde, wenn mir das zu lange dauert. Sofern ich darf."

„Dürfen Sie", antwortete Mina einfach und wunderte sich dabei über sich selbst. Irgendwie war ihr die Stimme ihres Gegenüber sympathisch und dessen Lockerheit. ‚Cooler Typ', dachte sie, ‚für einen Polizisten sogar sehr cool.' „Jetzt muss ich mich allerdings fertig machen. Ich hab´ zwar erst Nachmittagsdienst, wollte aber vorher auf alle Fälle noch bei Ronja Körner reinschauen. Und bei dem, was ich ihr jetzt zu berichten habe, kann das durchaus eine längere Veranstaltung werden."

„Klar. Vielleicht können Sie im Krankenhaus ja auch den neuesten Stand der Dinge in Sachen Verletzungen von Herrn Körner in Erfahrung bringen. Vielleicht hilft das ja seiner Frau, falls es nicht gar so schlimm ist."

„Mal sehen", sagte Mina nachdenklich und verabschiedete sich. „Machen Sie´s gut. Ich denke, wir hören oder sehen uns."

„Ciao. Und noch mal großes Dankeschön", war der ‚Freak' fast traurig, das Gespräch beenden zu müssen. Seit ein paar Minuten fiel mal wieder patschnasser Schnee vom Himmel. Und er war froh, dass er heute Morgen sein Basecap mitgenommen hatte. Mit beiden Händen in den Hosentaschen und in der dünnen Steppjacke frierend, kehrte er wieder zurück zu den anderen.

Mit einem Kraftakt hatten die Retter und ihre Helfer von der Polizei die A- und B-Säulen des Volvos abgetrennt und das Dach nach hinten geklappt. Und damit den Blick auf den Toten auf dem Fahrersitz mit nach hinten geneigter Rückenlehne freigegeben.

Noch immer ragte seine Hand gen Himmel. Sein Kopf war samt der Nackenstütze nach hinten über die Sitzlehne gekippt und sein Gesicht seltsam platt. Der Aufschlag des Baumes auf das Autodach hatte ihm offensichtlich das Genick gebrochen und das Nasenbein in den Schädel gedrückt.

Schlagartig hatte sich grünliche Blässe auf den Gesichtern der Umherstehenden ausgebreitet. Das furchtbare Bild konnte einem den Magen umdrehen. Da half auch alle Professionalität nichts.

„Oh, God, de man ziet er slecht uit“, rief plötzlich ein Kind laut aus und begann zu weinen.

Entsetzt fuhren die Köpfe der Helfer herum. Hinter ihnen stand plötzlich die komplette Wandergruppe, die Klaiser und Lukas schon an der Bushaltestelle gesehen hatten. Die Erlebnistracker aus Holland, die die Polizei am Tag zuvor schon in Schweiß und Aufregung gebracht hatten.

„Wo kommen denn die Leute plötzlich her?“, rief Bernd Dickel, völlig außer sich. „Schickt die weg hier, verdammt noch mal! Ist denn da vorne keiner, der sie aufhalten konnte?“ Dickel war kurz vor der Detonation. „Kretschmann, wo sind Sie denn?“

Kleinlaut meldete sich der Aufgerufene von der Rückseite des Harvesters. „Hier, was ist los?“

„Was los ist? Sehen Sie das nicht? Da springen Touristen rum, die hier nichts zu suchen haben, Mann!"

„Wat is´ dann her bassiert?", wollte der Familienvater ungeachtet des Theaters wissen, das ihr Erscheinen ausgelöst hatte.

„Mein Herr", bemühte sich der Polizei-Chef um eine im Ton gesittete Antwort. „Dies ist ein Tatort, verstehen Sie? Sie haben hier nichts zu suchen und müssen sofort wieder verschwinden. Verstehen Sie!?"

„Oh, sie drehe eine Krimi. Tatort kenne mir ook. Is een mooie serie in het eerste tv-Programma."

„Nein, nein, das ist kein TV-Krimi. Das ist echt. Und nicht gespielt. Und jetzt bitte ..., gehen Sie zurück. Aber sofort!"

Etwas enttäuscht drehte die Familie ab. Das Kind weinte noch immer. Aber der Vater schien sein Tagesziel erreicht zu haben. Ein Adrenalin-Kick der ganz besonderen Art. ‚War dat mooi', mag er gedacht haben.

„Lasst bitte alles so wie es ist. Bitte nichts mehr anfassen", bat Klaus Klaiser die Leute an dem Trümmerhaufen, der von dem Volvo C70 übriggeblieben war. „Wir müssen warten, bis die Spurensicherung kommt. Bitte auch den Mann so lassen und nichts daran verändern."

„Okay, dann decken wir alles mit einer Plane ab", antwortete ein Feuerwehrmann. „Sonst schneit das hier alles voll."

„Gute Idee, danke. Was können wir sonst noch tun? Spurensuche drumherum wird, glaube ich, nichts bringen, oder?", schaute Klaus erst den ‚Freak' und dann Bernd Dickel mit gerunzelter Stirn an, während er den Reißverschluss seiner Winterjacke bis zum Hals zumachte.

Die beiden Angesprochenen zuckten mit den Schultern. „Hoffnungslos. Der Sturm hat einfach zu arg gewütet. Da wirst Du wohl kaum was finden", beschied Dickel und ging zum Wagen rüber, um eine dickere Jacke und die typische Polizei-Strickmütze rauszuholen.

„Wie geht es denn jetzt mit mir weiter?" Von den Kriminalisten unbemerkt hatte sich Martin Winter dazu gesellt und diese sehr berechtigte Frage vorgebracht. „Für die Leute im Paulsgrund müsste die Straße langsam mal frei gemacht werden. Dafür bin ich eigentlich hier."

„Ja, ich weiß, Herr ... äääh ..."

„Winter. Mein Name ist Martin Winter."

„Oh, Entschuldigung. Natürlich, Herr Winter. Sie haben ja recht. Aber ich muss Sie noch um etwas Geduld bitten. Bis die Kollegen von der SpuSi da sind."

„Von der was?"

„Von der Spurensicherung. Entschuldigung. Die kommen von Siegen herüber, sind aber längst auf dem Weg hierher. Vielleicht können Sie bis dahin dem Kollegen Lukas ein paar Fragen beantworten."

Winter fügte sich in sein Schicksal. Was hätte er auch sonst machen sollen? Gemeinsam mit dem ‚Freak' stieg er in den Audi, dessen Standheizung die ganze Zeit über gelaufen war. Wohlige Wärme umfing sie, als sie einstiegen.

Zwanzig Minuten später waren Gert Steiner und seine Leute von der SpuSi bereits vor Ort. Begleitet von Doktor Kölblin, dem Rechtsmediziner. „Ich bin gleich mitgekommen, um mir ein Bild zu machen. Wollte wissen, ob es wichtig ist, noch vor dem Wochenende zu obduzieren. Wissen Sie, Herr Klaiser, meine Tochter heiratet nämlich morgen. Und zwar in Frankfurt. Da wäre es mir schon arg recht, wenn ich die Leichenöffnung auf Montag verschieben könnte."

„Ich würde es Ihnen wünschen, verehrter Doc“, antwortete Klaiser. „Aber mir wäre schon sehr daran gelegen, wenn Sie mir was über die Todesart sagen könnten. Damit wäre uns schon sehr geholfen.“

„I try to do my very best“, äffte der Leichenfledderer Miss Sophies Butler James beim ‚90. Geburtstag' nach, ging dann aber in angemessener Haltung zum Volvo und hob die Plane an. „Ach du Herrjeh“, entfuhr es ihm, als er den Toten sah. „Herr Steiner, kommen Sie doch bitte mal eben rüber und helfen mir, die Plane runterzunehmen. Damit nichts von Ihren Spuren kaputt geht.“

Ronja Körner saß in ihrem Bett und weinte an der Schulter ihrer Freundin Mina. Tränen der Freude über die Nachricht, dass ihr Mann lebt und Tränen des Mitleids über sein Schicksal und seine Verletzungen. Leon hatte tatsächlich einen Schulterbruch erlitten und einen Teil seines linken Beckenkamms eingebüßt. „Nichts, was nicht zu reparieren wäre“, hatte der Chirurg auf Minas Nachfrage verkündet.

Vorsichtshalber hatten sie Ronjas Mann aber zunächst einmal künstlich schlafen gelegt. „Um ihn langsam wieder ‚aufzutauen' und seinem Organismus Gelegenheit zur Erholung von den Strapazen zu geben. „Wir können ihm so eine Menge von seinen Schmerzen nehmen. Und wir wollen ihn stabil haben, bevor wir operieren.“

Wenn er Zeit habe, wolle er alles Weitere mit ihm und seiner Frau persönlich besprechen, hatte der Arzt noch nachgeschoben. Dann war er mit rauschendem Kittel auf der Station verschwunden.

Auch Ronja hatten die Ärzte eingehend untersucht. Natürlich waren sie dabei ganz besonders gründlich vorgegangen. Klar, wenn es um eine Kollegin geht. Eine leichte Gehirnerschütterung und totale Erschöpfung waren bei ihr diagnostiziert worden. Ansonsten gehe es ihr gut, hieß es. Auch dem noch winzig kleinen Menschlein, das in ihr heranwuchs. Sie würde Leon von diesem wunderbaren Umstand berichten, sobald sie die Chance bekäme, ihn zu besuchen. Doch in den nächsten ein, zwei Tagen sollte auch sie noch das Bett hüten.

Minas Pieper gab Laut. „Baby-Alarm", lächelte Ronjas Freundin. „Jetzt kommen die Zwillinge." Die Hebamme zeigte sich regelrecht euphorisiert. Mehrlingsgeburten waren schließlich nicht an der Tagesordnung im Berleburger Krankenhaus. Auch wenn das im vergangenen Jahr öfter mal vorgekommen war. Allerdings nicht mit Minas Hilfe. Sie hatte jedes Mal frei oder Urlaub gehabt.

„Ich muss, Süße. Die Zwerge warten auf mich und wollen raus. Da will ich dabei sein." Schnell entzog sie sich Ronjas Umklammerung, gab ihr einen Kuss auf die Wange, sammelte ihre Siebensachen ein und verschwand winkend durch die Tür.

‚Da muss sie jetzt einfach durch', dachte sich die 32-Jährige. Sie wünschte es Ronja einfach, dass sie es schaffen würde, Leon die tolle Botschaft von der Schwangerschaft und die weniger tolle vom Orkanunfall im neuen Haus in einer für ihn erträglichen Mixtur zu verkaufen. Denn sie wusste, dass der Ingenieur schnell mal ausflippen konnte. Auch wenn er das bald wieder bereute. Sein Job hatte ihn zu einem richtigen Nervenbündel gemacht.

In der ‚Preisdorf' war es bedeutend ruhiger geworden. Feuerwehr und Notarzt waren ebenso abgerückt wie die Streifenfahrzeuge. Lediglich die zwei Kripo-Männer, die SpuSi-Leute und Doktor Kölblin waren noch vor Ort. Und Martin Winter, der mit seinem Harvester weiter gegen den Wust umgestürzter Bäume ankämpfte.

Die Spurensicherer hatten eine Art Pagodenzelt über dem Wrack des Volvos aufgebaut und zwischenzeitlich die wichtigsten Spuren gesichert. Viel war es nicht. Die Rettungsaktion hatte einiges zerstört. Und die kleinteiligen Arbeiten, wie Sicherung von Fingerabdrücken und die Suche nach Fasern und Hautpartikeln, sollten sowieso erst in der beheizten Halle der KTU erfolgen. Irgendwelche Papiere, die die Identität des Toten vom Fahrersitz hätten belegen können, waren nicht gefunden worden.

Der Mann war mittlerweile in einen Zinksarg gelegt worden. Umhüllt von dem obligatorischen Leichensack, dessen Reißverschluss noch einmal von Doktor Kölblin geöffnet wurde.

„Sehen Sie das hier?" Der Rechtsmediziner hatte Klaiser und Lukas zu einer Art Leichenschau gebeten und zeigte nun auf den von einem Rollkragen befreiten Hals des Opfers. „Sehen Sie diese dünne rote Linie, die vorne um den Hals herumläuft?"

„Sehe ich", antwortete Klaus, „das sieht aus wie eine nicht besonders alte Operationsnarbe."

„Oder wie ein Strangulationsmal", brachte sich der ‚Freak' ins Spiel.

„Durchaus möglich, Herr Lukas. Eventuell wurde der Mann von hinten erdrosselt. Aber mein Monatsgehalt würde ich da nicht drauf verwetten."

Auch Klaus Klaiser war nicht so ganz überzeugt. Immerhin hatte der Tote eine erkleckliche Kopfwunde.

„Auch die Tatsache, dass der Kehlkopf des Mannes wahrscheinlich gebrochen ist, könnte ein Zeichen dafür sein" Kölblin schaute auf. „Hier, wollen Sie mal fühlen?"

„Bewahre", zuckte der Chef-Kriminaler mit angewidertem Blick zurück. „Ich glaube Ihnen ja. Aber das bedeutet doch, dass der Mann wohl schon tot war, bevor der Orkan zugeschlagen und ihm zwei Bäume auf den Wagen geworfen hat." Klaiser schraubte mal wieder in seinen Locken auf seinem allerdings nassen Haupt. Der Schneeregen war stärker geworden. Doch er mochte weder Kappen noch Kapuzen.

„Das dürfte stimmen", pflichtete ihm Sven Lukas bei. „Sonst wäre der Mörder ja auch plattgemacht worden. Und das erklärt auch, warum der Kopf des Opfers nach hinten über die Nackenstütze der Rückenlehne geklappt ist. Die muss der Killer runtergedrückt haben."

„Wie kommen Sie denn darauf?", wollte der Doc wissen.

„Haja, das glaube ich an der Lage der Leiche zu erkennen. Irgendwie muss der Mörder ja, wenn es ihn denn gab, an den Hals seines Opfers gekommen sein. Die Nackenstütze ist zu breit. Also drückte er sie nach unten, legte dem Mann die Schlinge um den Hals und zog zu.

Der Mann, der sich nicht wehren konnte, streckte sich rückwärts dem Angreifer entgegen, um Entlastung zu bekommen. Und in seinem Aufbäumen krachte die Rückenlehne ein Stück nach hinten, wie wir sehen. Aber auch das half ihm letztlich nichts. Er starb halb in Rückenlage."

Klaus schaute seinen Kollegen mit großen Augen bewundernd an. „Irre Theorie. So könnte es tatsächlich abgelaufen sein."

„So könnte es gelaufen sein", nickte Kölblin. „Aber so ganz kann ich da nicht dran glauben. Schon allein, weil die Drosselmarke nicht sehr ausgeprägt ist und nur um einen Teil des Halses führt. Trotzdem, Herr Klaiser, guter Mann, den Sie da haben. Alle Achtung."

„Weiß ich, danke. Aber jetzt mal was anderes. Wenn diese Theorie stimmt, wieso hat dann unser Mann im Kofferraum überlebt?", zog der Kripo-Chef seine Gesprächspartner wieder runter vom Thron der Erkenntnis. „War er schon im Kofferraum, als dieser Mann hier umgebracht wurde? Und wie kam der Mörder unerkannt in das Auto und auf den Rücksitz?“

„Keine Ahnung“, meinte der ‚Freak‘. „Der muss wohl irgendwo heimlich zugestiegen sein. Oder Täter und Opfer kannten sich.“

„Klasse“, meinte Klaus. „Aber wenn sie sich kannten, warum saß der Killer dann auf dem Rücksitz?“

„Müssen wir wohl noch ermitteln“, antwortete der ‚Freak‘ etwas unsicher. „Aber deswegen würde ich die Theorie nicht aufgeben.“

Doktor Kölblin, dessen Augen während der Unterhaltung ständig zwischen den Kripomännern hin- und hergewandert waren, zeigte sich beeindruckt. „Ja, aber was heißt das denn dann?“

„Das heißt für mich, dass Körner bereits gefesselt und wahrscheinlich bewusstlos im Kofferraum lag, als der Mord geschah. Und dass der Mörder entweder nichts von Leon Körner wusste oder ihm dessen Schicksal scheißegal war.“

„Was meinen Sie, Doc, wie lange ist der Mann schon tot?“ Klaus Klaiser schaute auf seine Armbanduhr. Es war 10.53 Uhr.

„Schwer zu sagen. Die äußeren Einflüsse wie Schnee und Regen verwischen das Bild. Eine relevante Kerntemperatur des Körpers ist allein deshalb nicht mehr ermittelbar. Ich schätze mal auf mindestens zwanzig Stunden, womöglich sogar länger. Mehr kann ich Ihnen ...“

„Klar, können Sie erst sagen, wenn Sie ihn auf dem Tisch hatten.“ ‚Wie in jedem Westentaschenkrimi‘, dachte der Kripo-Chef. Aber wie immer er das sah, ändern würde es rein gar nichts.

Franz Rommert wanderte in seinem Büro auf und ab wie ein Tanzbär. Seit er die Nachricht erhalten hatte, dass Leon Körner und ein unbekannter Toter gefunden worden waren, konnte er keinen klaren Gedanken mehr fassen.

‚Alles im Eimer', dachte der Senior des Planungsunternehmens. ‚Leon womöglich über Monate nicht einsetzbar, Projekt in Luckenwalde in Gefahr. Und dann noch dieser Tote. Was für ein Desaster!

Warum hat sich dieser Depp überhaupt kidnappen lassen? Und warum eigentlich im Preisdorftal?'

Rommert war nicht sonderlich ausführlich über die genauen Umstände und die Auffindesituation informiert worden. Dazu hatte es beim ersten Telefonat der Polizei noch nicht gereicht. Man hatte ihn nur kurz darüber unterrichtet, dass der Mitarbeiter schwer verletzt und ein Unbekannter tot in der Preisdorf gefunden worden waren. Da hatte er am Telefon bereits einen Schreikrampf bekommen.

Es klopfte an der Tür des Chefbüros. Draußen stand einer der jungen Mitarbeiter des Hauses und erbat nähere Informationen zu Leons schweren Verletzungen. Einer jener hoffnungsvollen Kollegen, die Körner unter seine Fittiche genommen und bestens in den Beruf eingeführt hatte.

„Raus hier, raus!", brüllte der Alte. „Ich hab´ jetzt Dringenderes zu tun als über diesen Versager zu berichten, der uns alle ruiniert. Hauen Sie bloß ab und machen wenigstens *Sie* Ihre Arbeit. Sonst bekommen wir noch gewaltig Stress miteinander!"

„Entschuldigung", stammelte der junge Ingenieur und verschwand mit eingezogenem Genick. Wie ein geprügelter Hund tauchte er im Dreierbüro auf, wo auch seine Kollegen auf Infos über Körner warteten.

„Was war das denn eben? Warum hat Rommert denn so rumgebrüllt?"

„Der Alte ..., der hat doch nicht alle Tassen im Schrank. Der ... der hyperventiliert doch. Wisst Ihr, was der mir gerade sagte? Er habe jetzt Dringenderes zu tun als über diesen Versager zu berichten, der hier alle ruiniere."

Die anderen schauten ungläubig auf den Berichterstatter. „Sag mal, hat der sie noch alle? Was redet der denn für einen Müll. Der tickt doch nicht ganz sauber. Leon ist mit Abstand unser bester Mann. Der Alte kapiert überhaupt nicht, was der Kollege für den Laden hier leistet."

„Was kapiere ich nicht?" In der Tür stand Franz Rommert. Er hatte den Blick einer Raubkatze, die gerade zum Sprung auf ihr Opfer ansetzt. Die drei jungen Kollegen erstarrten zu Salzsäulen.

„WAS ICH NICHT KAPIERE, WILL ICH WISSEN!", brüllte der Senior die Bude zusammen.

„DASS LEON KÖRNER DAS BESTE IST, WAS IHREM LADEN PASSIEREN KONNTE!", brüllte Gregor Blömer mit feuerrotem Gesicht zurück. Er war über sich selbst erschrocken wegen dieser Reaktion.

Der Alte guckte, als wolle er nicht mehr an Gottes Gnade glauben. Tonlos bewegte er seine Lippen. Es kam jedoch erstmal nur noch heiße Luft.

Dafür hatten sich bei seinem jungen Opponenten schlagartig Schweißtropfen auf der Stirn gebildet. Es war die pure Angst. Ihm war klar, dass ihn das seinen Job kosten konnte. Aber er hatte eine solche Stinkwut im Leib, dass er sich einfach nicht mehr unter Kontrolle hatte.

Der Chef fuchtelte in der Luft herum. „Was soll ich jetzt mit Ihnen machen, Herr Blömer?", fragte er mit fragilem Stimmchen.

„Meine, oder besser unsere Sorge um Herrn Körner ernst nehmen", konterte Gregor, der anschließend heftig nießen musste. „Vor allem aber Herrn Körner selbst sollten sie ernst nehmen. Das sollten Sie machen."

‚Scheißegal jetzt', dachte er. ‚Für dich ist es hier eh gelaufen. Jetzt haust du einfach noch einen raus. Und dann isses gut.'

„Sie halten Körner für einen Versager? Da kann ich nur laut lachen. Wer hier der Versager ist, das wissen Sie selbst am allerbesten." ‚Den Namen Pius nimmst du aber jetzt nicht in den Mund', fiel es ihm gottlob noch rechtzeitig ein, bevor er weiter wetterte. Immer wieder von einer Nießattacke unterbrochen.

„Aber das ist nicht Herr Körner. Ohne den hätten Sie doch hier längst dicht machen können. Das muss Ihnen doch klar sein, Herr Rommert. Aber Sie haben nichts Besseres zu tun, als Ihren versammelten Frust genau an diesem Mann auszulassen und mich zur Sau zu machen. Klasse!"

Die Kollegen waren voller Hochachtung für diesen Ausbruch. Das sah man ihren Gesichtern an. Aber zu mehr waren sie im Moment offenbar nicht fähig.

Wieder formulierten Rommerts Lippen lautlose Sätze. Dann machte er kehrt und ging davon. Ganz leise zog er die Tür ins Schloss. Durch die große Glasscheibe in der Tür konnten sie sehen, wie er schleppenden Schrittes auf sein Büro zuging.

„Mein lieber Mann, hast Du dem eingeschenkt. Der war ja total fertig", fand Jens Kropp als erster Worte der Anerkennung für den Kollegen Blömer. „Der hat ja gezittert wie Espenlaub."

„Ja, ja, dafür kann ich mir aber vermutlich gleich die Papiere holen", entgegnete der und schnäuzte heftig in ein Taschentuch. „Sowas lässt sich ein Mann wie Rommert von einem Mitarbeiter nicht bieten."

„Wie bitte? Du meinst, er schmeißt Dich raus?“

„Da bin ich mir fast sicher.“

„Wenn das passiert“, wurde Jens Kropp plötzlich richtig fuchtig, „... wenn das passiert, dann muss er mich auch rausschmeißen. Und wenn er das nicht tut, dann gehe ich von alleine. Dann bleibt hier nur noch Eddi.“

Edgar Fenske, der Dritte im Bunde, guckte etwas verdattert aus der Wäsche. „Mensch, tut mir das nicht an. Ihr wisst genau, dass ich dann auch sofort gehen würde. Aber ich kann mir solche Eskapaden nicht erlauben. Ich hab ´ne Frau, zwei kleine Kinder und neu gebaut ...“

„Ist doch klar, Mann. Größtes Verständnis für Dich. Aber das ist für mich so kein Arbeiten mehr. Wenn das, was der Chef gerade losgelassen hat, zum Standard werden sollte, dann kannste Dir hier bald die Kugel geben.“ Gregor Blömer hatte sich mal wieder in Rage geredet, als es an der Haustür klingelte.

Klaiser und Lukas waren zurück zur Dienststelle gestartet. Als Letzte hatten sie das Preisdorftal verlassen und waren bis zur Einmündung in die Landesstraße 553 hinter dem Transporter der SpuSi hergefahren, auf deren Hänger der in Planen gehüllte Volvo stand. Das Gespann bog nach rechts ab in Richtung Aue.

„Ciao Trümmerhaufen“, bemerkte der ‚Freak‘ lakonisch.

„Ja, ja, der wird uns womöglich noch ´ne Menge Kopfzerbrechen und Arbeit bereiten“, fügte der Kripo-Chef hinzu und fuhr über Berghausen zurück zum Revier.

„Hast Du den Kollegen eigentlich ein anständiges Foto von dem Toten weitergeben können?“, fragte er Sven.

„Klar. Das Bild ist wahrscheinlich schon längst an alle Polizeidienststellen in der Republik raus. Außerdem hat auch die

Pressestelle eins abbekommen. Die sollen´s möglichst zügig an die Zeitungen weitergeben und an die Lokalzeit vom WDR."

„Prima. ... Oder auch nicht ..., wenn man bedenkt, was da dahintersteckt", dachte Klaus laut nach. Es gab immer wieder mal Fälle, die man sich in seinen übelsten Träumen nicht hätte vorstellen können. Dieser hier war einer davon. „So was hatte ich noch nie."

„Muss man auch nicht haben, glaube ich."

„Ich fand es übrigens gut, dass der Doc den Mann soweit wiederherrichten konnte, dass die Frontal-Aufnahme nicht ganz so schrecklich platt aussieht. Grausam, wie der Baumeinschlag den Menschen zugerichtet hat."

„Oh ja", erinnerte sich der ‚Freak'. „Das war echt ein Bild zum Weglaufen. Ich musste schwer an mich halten. Aber nachdem ich diesen Kasper da, weißte, diesen, diesen ... Durchlauferhitzer Kretschmann hab´ kübeln sehen, war´s für mich ´ne Frage der Ehre, mannhaft durchzuhalten."

Klaus musste sich beherrschen, um nicht gleich laut loszulachen. „Durchlauferhitzer? Wo haste den denn her?"

„Wieso. Das ist doch´n passender Ausdruck." Der ‚Freak' grinste dabei vor Freude, diesen Vergleich gelandet zu haben. Aber eigentlich wurde ihm blitzartig wieder schlecht, als er sich das Gesicht des Getöteten ins Gedächtnis zurückrief.

„Kannste die Kurven mal ´n ganz klein bisschen behutsamer nehmen", bat er Klaiser. „Mir is´ g'rade hundsmiserabel zumute." Der Chef schaute zu ihm rüber und fragte: „Hast Du schon was gegessen heute Morgen?"

„Ja Müesli. Aber erinner´ mich nicht dran. Ich glaub´, ich muss gleich mal aussteigen."

Wenige Hundert Meter weiter setzte Klaus den Blinker und fuhr rechts auf einen Firmenparkplatz. „Mach mal schnell das Handschuhfach auf. Da drin ist ein Flachmann mit ´nem hervorragenden Brandy. Nimm mal einen Schluck. Dann bleibt alles da, wo´s hingehört."

Der ‚Freak' tat beides. Flachmann nehmen und aussteigen. Was, wie sich herausstellte, die bessere Lösung war.

Zwei Minuten später ging die Fahrt weiter. Und Sven Lukas, diesmal mit Farbe im Gesicht, war schon wieder der Alte. Scherzend – aber mit Alkoholfahne. „Haste mal´n Kaugummi?"

Es hatte mehrfach geläutet, bevor Gregor Blömer die Tür aufmachte und zwei Leute von der Kripo hereinließ. Der alte Rommert hatte sich nach dem Generalanschiss in sein Kabuff zurückgezogen und wollte erstmal gar nichts mehr hören. „Lassen Sie mich in Ruhe!", rief er durch die Tür.

Als er aber erfuhr, dass der Wagen, in dem Leon Körner und der unbekannte Tote gefunden worden waren, zu seinem Firmeneigentum gehörte, war er urplötzlich doch zu sprechen. ‚Menschen scheinen ihn weniger zu interessieren. Aber wenn's um sein Hab und Gut geht, dann ist er auf Zack', dachte Gregor, einmal mehr verbittert.

Fast giftig nach Antwort heischend bellte Rommert die beiden Beamten an: „Wie kann denn das sein, dass dieser Fremde ans Steuer meines Wagens kommt?" „Können wir Ihnen noch nicht sagen. Deswegen sind wir ja zu Ihnen gekommen, Herr Rommert."

Claudia Siegemund verstand es in aller Regel, vor allem ältere Herren mit ihrem Charme einzulullen und friedlich zu stimmen. Freundlich lächelnd fügte sie hinzu: „Wir hoffen sehr, dass Sie uns bei unseren Recherchen unterstützen können."

Aber der Senior dachte gar nicht daran. „Unterstützen? Wie denn? Da ist doch Ihre Sache. Ich will wissen, wie dieser

Mensch in den Besitz meines Wagens gekommen ist und wer mir diesen Schaden ersetzt."

Claudia Siegemund und ihr Kollege Jürgen Winter schauten sich bestürzt an. „Herr Rommert", traute sich Jürgen vor, nachdem er tief Luft geholt hatte „in dem Wagen saß nicht nur der Tote. Im Kofferraum des Volvos haben wir den schwer verletzten Leon Körner gefunden. Wenn ich mich nicht irre, einer ihrer langjährigen Mitarbeiter."

„Na bitte, da haben wir's doch", begehrte der alte Ingenieur auf. Dann hat der doch ganz offensichtlich diesen Mist verzapft. Ich hab´s doch schon tausendmal gesagt. Der Körner ist ein unzuverlässiger Mensch. Dem kann man nichts in alleiniger Verantwortung überlassen."

Die Schiebetür flog auf und die drei jungen Planer kamen herein. Mit geballten Fäusten in den Hosentaschen. Sie hatten draußen gelauscht, es aber dort nicht mehr ausgehalten. Wutentbrannt ging Gregor Blömer auf den Alten los. „Wer ist hier unzuverlässig? Wer?" Wütend stand er vor dem Seniorchef und verlor kleine Spuckeflöckchen, während er brüllte. Winter war schnell genug, um eine mögliche körperliche Attacke zu verhindern. Aber Gregor kochte. „Lassen Sie mich. Dem passiert schon nix. Doch das hier muss sein."

„Hören Sie auf, Mann!", rief auch Claudia Siegemund. Aber Blömer legte erst richtig los.

„Wenn hier einer unzuverlässig ist in diesem Sauladen, dann sind es Sie selbst, Sie alter seniler Mann. Sie sind es doch, der auf nichts und niemanden Rücksicht nimmt. Am wenigsten auf Ihren besten und zuverlässigsten Mann. Leon! Und der liegt jetzt im Krankenhaus."

Franz Rommert griff sich erst an den Hals, dann an die Brust und ließ sich in seinen Chefsessel plumpsen. „Da..., da..., das hat sich noch kein Mitarbeiter erlaubt, so mit mir umzugehen. Sie..., Sie... Unmensch. Sie bringen mich noch um."

„Ziehen Sie hier nicht so 'ne Show ab", legte der junge Ingenieur nach. „Als Sie mich vorhin in der Luft zerrissen haben, da ging es Ihnen offensichtlich noch ganz gut. Und jetzt helfen Sie bitte der Polizei! Sonst tun wir das."

„Was ist denn hier los?" Mit energischen Schritten betrat Louisa Rommert die Szenerie. Die Frau des Seniorchefs hatte in der Wohnetage dem Theater in den darunterliegenden Planungsbüros beigewohnt. Dank des offenen Treppenaufgangs im hinteren Bereich, den der Alte vor Jahren aus Bequemlichkeitsgründen hatte bauen lassen. Das Schild ‚Privat' unten an der Wand sollte den Rest der Menschheit davon abhalten, das Allerheiligste zu betreten.

„Winter von der Kriminalpolizei" stellte sich Jürgen vor. „Das ist meine Kollegin Siegemund. Und Sie sind Frau Rommert?"

„Ja, ich bin Frau Rommert. Guten Tag. Was können wir für Sie tun?"

„Nichts!", schnaubte ihr Mann. „Nichts können wir tun. *Die* sollen was tun. Dafür sind sie schließlich da." Dabei zeigte er auf die beiden Beamten. „Die sollen rauskriegen, wer der Tote in meinem Wagen war und warum der in der Preisdorf von Bäumen zertrümmert worden ist. Da steckt nämlich dieser Körner dahinter, den Du immer so verteidigst."

Louisa Rommert beugte sich herab zu ihrem Mann und sagte in ganz ruhigem Ton: „Franz, es reicht langsam. Leon Körner hat Dir nichts getan. Im Gegenteil. Du kannst nicht permanent auf ihm rumhacken, während er für Dich eine heiße Kartoffel nach der anderen aus dem Feuer holt. Sonst sind wir ihn nämlich endgültig los. Andere würden sich die Finger nach so einem Mann abschlecken." Dann wandte sie sich den Beamten zu. Derweil verließen Jens Kropp und Edgar

Fenske fast auf Zehenspitzen den ‚Thronsaal', wie sie das Chefbüro immer nannten.

„Wissen Sie mittlerweile etwas über unseren Chefplaner? Haben Sie ihn gefunden?" „Ja", nickte Jürgen Winter. Und sie erhielt einen ausführlichen Bericht, der sie total entsetzte. Und dabei wurde ihr klar, dass sie der Senior nicht einmal über den ersten Anruf informiert hatte, in dem er vom Auffinden und Überleben des Mitarbeiters erfahren hatte.

„Um des lieben Himmels Willen, das ist ja furchtbar", reagierte Louisa Rommert auf die Infos. „Wie ist denn sowas nur möglich?", fragte sie entsetzt und erkundigte sich sofort nach dem Gesundheitszustand von Leon Körner. Als sie erfuhr, dass dem Mann nichts Lebensbedrohliches widerfahren war, atmete sie etwas auf. „Wir sollten bald was für ihn tun. Und etwas für seine arme Frau. Die muss sich doch zu Tode geängstigt haben."

„Der soll sich hier noch mal blicken lassen", motzte ihr Mann, der tief unten in seinem Sessel verschwunden war. „Wie kann man nur so blöde sein und sich überrumpeln und fesseln lassen." Seine Frau verdrehte die Augen. ‚Dieser Mann macht mich wahnsinnig', dachte sie und sinnierte darüber, ob sie nicht doch trotz über 35-jähriger Ehe die Scheidung einreichen und ihre fünfzigprozentige Beteiligung aus dem Unternehmen herausziehen sollte.

Gregor Blömer, der die ganze Zeit über bis auf eine Nießattacke stumm geblieben war, knirschte mit den Zähnen. Am liebsten hätte er Rommert eine reingehauen. Aber er beherrschte sich. Zumal er Winters eisenharten Griff am Oberarm spürte. „Herr Rommert, Ihre Frau hat recht. Es reicht wirklich. So naiv kann man doch nicht sein, zu glauben, dass sich ein Mensch freiwillig ein Loch in den Schädel klopfen lässt, um dann gefesselt in einem Kofferraum zu landen."

Wieder schnappte Rommert nach Luft. Und seine Frau schaute Gregor strafend an. „Herr Blömer, bei allem Respekt für Ihr Engagement. Das geht nun wirklich zu weit. So despektierlich können Sie Ihrem Chef nicht begegnen."

„Oh doch, Frau Rommert. Nach all dem, was sich Ihr Mann mir und den Kollegen gegenüber geleistet hat, kann ich das sehr wohl. Wir werden hier ständig beschimpft und herumkommandiert wie kleine Kinder. Mag es Sturheit, Eigensinn oder sonst was sein. Auf jeden Fall ist er gerade dabei, uns alle derart zu vergrätzen, dass wirklich keiner mehr Lust hat, weiter für ihn zu arbeiten."

Louisa Rommert schaute entsetzt zu ihrem Mann und wollte etwas sagen. Aber da griff Winter ein. „Meine Herrschaften, ich bitte Sie. Wollen Sie diese Diskussionen bitte später weiterführen. Wir sind hier mit einem klaren Ermittlungsauftrag. Und dem müssen und wollen wir so schnell wie möglich nachkommen. Wer von Ihnen kann uns denn ein paar Fragen beantworten, die Herrn Körner, seine Arbeit und das fragliche Fahrzeug betreffen?"

Wieder schaute Frau Rommert herunter zu ihrem Mann. Aber der saß nur apathisch in seinem Chefsessel und malte irgendwelche surreale Figuren auf seine Schreibtischunterlage. „Kommen Sie bitte, wir gehen am besten raus in eines der anderen Büros. Die ganze Sache hat ihn wohl zu schwer mitgenommen", sagte sie im Herausgehen.

„Zu schwer mitgenommen?" Blömer schaute die Dame groß an und verstand irgendwie nicht, was sie meinte. „Ich hatte nicht den Eindruck, dass ..." Sie unterbrach ihn und fasste ihn am linken Arm.

„Ich schon, Herr Blömer. Mein Mann hatte eine panische Angst davor, dass der Sturm das halbfertige Dach der Halle in Luckenwalde herunterreißt. Und niemand war da, der ihm diese Sorge hätte nehmen oder sich um die Sache hätte kümmern können."

„Verzeihen Sie, wenn ich Ihnen da widerspreche, Frau Rommert", fiel ihr Gregor ins Wort. „Es stimmt nicht, dass niemand da war, der sich hätte kümmern können. Das habe ich Ihrem Mann im Übrigen auch gesagt. Leon Körner hatte *mich* beauftragt, so lange Kontakt mit der Baustelle zu halten und Einsatzkräfte zu beordern, bis er vor Ort ist. Und das habe ich auch getan. Der Halle ist nichts passiert."

„Ja, aber auf der Baustelle hat sich telefonisch nie jemand gemeldet", antwortete sie ungläubig.

„Weil sie dort alle unterwegs und mit Sicherungsarbeiten beschäftigt waren. Auch der Polier. Aber zu dem hatte ich ständig Handy-Kontakt. Auch das wusste Ihr Gatte."

„Das kann ich gar nicht glauben."

„Doch, können Sie. Fragen Sie Herrn Böhler. So heißt der Polier. Das ist ein ganz fitter Bursche. Der hatte längst alles in trockenen Tüchern, bis da drüben der Orkan so richtig losging. Hab´ ich auch Ihrem Mann gesagt. Aber der hat immer nur getobt. Weil Leon noch nicht da war."

Frau Rommert war kreidebleich und schüttelte nur noch den Kopf. „Ja, hat der Mann denn jetzt komplett den Verstand verloren? Das kann doch alles nicht wahr sein. Franz! ...", rief sie und wollte in das Büro ihres Mannes zurück. Aber Winters scharfe Stimme hielt sie zurück.

„Frau Rommert, BITTE! Bleiben Sie bitte einen Moment hier. Wir haben nur zwei, drei Fragen. Dann sind wir schon wieder weg."

„In Ordnung, dann fragen Sie", drehte sich die Angesprochene wieder herum und ließ sich in einen Besucherstuhl fallen.

„Kennen Sie diesen Mann?" Jürgen hielt ihr das Konterfei des Getöteten direkt vors Gesicht. Frau Rommert nahm ihre

Lesebrille herunter, die sie immer kess in ihrem lockigen Haar stecken hatte und betrachtete aufmerksam das Bild.

„Mein Gott, ist der Mann tot?“

„Ja, bedauerlicherweise.“

„Nein, den kenne ich nicht. Nie gesehen. Ist das der Mann, der am Steuer unseres Wagens gesessen hat?“ Winter nickte.

„Gregor, kennen Sie diesen Mann?“, fragte sie über die Schulter hinweg. Gregor Blömer, der etwas abseits stand und versuchte, seinen Adrenalinpegel ein wenig herunterzufahren, kam näher und schaute sich interessiert die Fotografie an, die die Chefin dem Kripomann aus der Hand genommen hatte. „Ich weiß nicht. ... Nee, ich glaube nicht.“ Auch den anderen beiden Männern wollte nichts dazu einfallen. Dann durfte Winter das Bild wieder in Empfang nehmen.

Der Kommissar nestelte das nächste Foto aus der Innentasche seines Jacketts. „Kennen Sie denn diesen Wagen, oder wenigstens die Autonummer?“

„Ach du gute Güte, sieht das schlimm aus. Da waren die beiden Männer drin?“, rief die Seniorchefin entsetzt aus. Wieder nickte Jürgen Winter.

„Das ist ja nicht zu fassen. Hier schauen Sie mal.“ Wieder wollte sie das Foto an sich nehmen. Aber Jürgen ließ es nicht los. „Verzeihen Sie. Aber das ist meine Aufgabe. Erkennen Sie jetzt die Zulassungsnummer oder nicht?“

„Natürlich erkenne ich die. So eine typische Großkotzaktion meines Mannes. Es mussten ja unbedingt vierstellige Zahlen sein. BLB-RS 1001 bis BLB-RS 1004. Das hier, RS 1001, ist der von Herrn Körner. Beziehungsweise war...“, fügte sie etwas leiser und sehr nachdenklich an. „Das ist er doch, oder?“ Mit großen Augen schaute sie zu Blömer hin, der sich entsetzt eine Hand vor den Mund gehalten hatte und den Atem zischend zwischen den Fingern herausblies.

„Ja, das ist er“, antwortete der nach einer Weile. „Ein Wunder, dass er das überlebt hat. Meine Herrschaften, ist der platt. Das muss doch dem Mann auf dem Fahrersitz wenigstens das Genick gebrochen haben.“

„Hat es ja auch. Nach allem, was wir bisher wissen. Aber sagen Sie mal, Herr Blömer, sind hier alle immer mit ein und demselben Wagen gefahren?“

„Nein. Jeder mit seinem. Darin ist unser Chef sehr eigen. Und im Grunde hat er uns damit sogar einen Gefallen getan. So hat jeder von uns seinen eigenen Wagen und ist allein verantwortlich dafür.“

„Aha. Aber wenn ich zähle, dann sind Sie doch hier zu viert. Plus Chef. Da fehlt doch einer von den Wagen.“

„Da fehlt keiner, machen Sie sich keine Gedanken“, übernahm die Gattin des Chefs die Antwort. „Mein Mann fährt selbstverständlich einen 300er Mercedes. Ebenfalls schwarz. Und dreimal dürfen Sie raten mit welcher Nummer.“

„BLB-RS 1000?“, wagte sich Claudia Siegemund vor.

„Natürlich. Drunter ging es ja nicht.“ Irgendwie hatte man den Eindruck, Frau Rommert sei es müde, derlei Extravaganzen ihres Mannes zu diskutieren. Erschöpft faltete sie die Hände im Schoß und erhob den Blick zu den Beamten. „Haben Sie sonst noch Fragen?“

„Ja. Wo ist eigentlich Ihr Sohn Pius?“, fragte Claudia.

Louisa Rommert schüttelte sachte den Kopf. „Ich habe keine Ahnung. Mein Mann hat ihn vor ein paar Monaten aus dem Unternehmen geworfen. Vorübergehend, wie er mir versicherte. Aber ich glaube nicht, dass er ihn wieder aufnehmen wird. Dafür ist zu viel passiert.“

„Was heißt ‚zu viel passiert’?“, fragte Claudia nach.

„Junge Frau, das zu erklären, würde jetzt zu weit führen. Auf jeden Fall ist Pius seit dem Rauswurf immer wieder mal spurlos verschwunden.“

„‚Immer wieder mal‘? Was meinen Sie damit? Wo ist er denn dann?“, wollte nun Jürgen wissen.

„Ach Gott, ja. Wissen Sie, bei uns lief vor einem Monat unter der Geschäftspost seine Kreditkartenabrechnung auf. In die habe ich reingeschaut. Ich weiß, dass man das auch als Mutter nicht tun soll. Aber ich habe es halt getan. Weil ich mir Sorgen machte. Und darin habe ich einige Ausgaben entdeckt, die er auf Mallorca getätigt hat. Ich vermute, dass er sich dort ein schönes Leben macht, wenn er nicht gerade hier in der Weltgeschichte rumstromert. Geld hat er ja genug.

„Verstehe ich nicht“, fragte Claudia nach. „Wieso hat er genug Geld?“

„Weil er nach wie vor Zugriff auf das Geschäftskonto von Rommert und Sohn hat. Und das bleibt im Moment auch so. Weil mein Mann und ich hoffen, dass er bald zur Vernunft kommt und von allein nach Hause zurückkehrt. Er soll nicht zu Kreuze kriechen müssen, weil es ihm an Geld fehlt. Aber fragen Sie mich bitte nicht, wie bitter das Warten manchmal ist.“

‚Tja‘, dachte Claudia bei sich, ‚ob solche Luxuszustände dazu geeignet sind, aus einem verstoßenen Sohn einen reuigen Heimkehrer zu machen?‘ Sie konnte sich das nicht vorstellen. Aber sie kam ja auch nicht aus solchen Verhältnissen. Das machte sie sogar ein bisschen glücklich.

„Frau Rommert, wo lebt Pius denn, wenn er, wie Sie sagen, hier in der Weltgeschichte rumstromert?“

Die alte Dame schaute die Polizistin traurig an. „Ich weiß es nicht. Ich weiß es wirklich nicht. Seit mein Mann ihn rausgeschmissen hat, war er auf jeden Fall nicht mehr hier im Haus."

‚Na, da täuscht sie sich aber gewaltig', dachte Gregor Blömer. Aber er blieb ruhig.

Klaus Klaiser hatte gerade telefoniert, legte den Hörer in die Gabel und rief: „Sven, hast Du mal'n Moment?"

„Sofort." Kurz darauf kam der ‚Freak' um die Ecke. Klaus hatte einen regelrechten Narren an dem Kollegen gefressen. Er schätzte den messerscharfen Verstand dieses Mannes, der scheinbar vollkommen unverklärt und in vielen Dingen so unglaublich gradlinig war. Egal, ob es zu seinem Nutzen oder zu seinem Nachteil war. Eine grundehrliche Haut einfach. Und ungemein fleißig.

„Was kann ich Dir antun?", grinste der Sonnyboy, als er vor Klaus´ Schreibtisch Platz nahm.

„Du kannst mir mal ein wenig beim Nachdenken helfen."

„Ach Du gute Güte. Wie soll das denn funktionieren? Mit leerem Bauch! Wollen wir das nicht nach draußen verlegen und bei ‚Forelle blau' und einem auserlesenen Wein unsere Hirnwindungen schnalzen lassen?"

„Bist Du jetzt übergeschnappt, oder was?", lachte Klaiser. „‚Forelle blau'. Wie kommst Du denn auf den hohlen Ast?"

„Ey, haste mal auf´n Kalender geguckt? Heute ist Freitag. Und Freitag ist für einen Kathogelen wie mich Fischtag."

„Ein Kathogele? Was is´n das?"

„Sowas wie ein Evanthole, kannste Dir aussuchen."

Der Kripo-Chef lachte in sich hinein. ‚Der Kerl schafft mich noch', dachte er. Wieder mal begeistert von dem Talent zum pupstrockenen Witz, das Sven Lukas offenbar mit der Muttermilch eingesogen hatte.

„Übrigens, ‚Forelle blau' war nur ‚Fishing for Einlading'. Ein paar stinknormale Fischstäbchen tun es aber auch."

„Okay", überlegte der Chef. „Wo geh´n wir hin? Grünewald?"

„Grünewald? Warum?"

„Wirste schon sehen."

„Okay, aber gehen? Das packen wir beide nicht. Nicht in der Mittagspause. Und erst recht nicht mit leerem Magen und bei *dem* Wetter. Grünewald ist´n bissel weit."

„Aber womöglich erhellend."

„Verstehe ich nicht."

„Musst Du jetzt auch nicht. Kommt noch. Auf geht´s. Wir fahren."

„Prima. Fahren ist gut."

„Wohiiihiiin?" Die freundlich aber bohrend vorgetragene Frage kam vom Flur her, direkt vor der Bürotür. Aus dem Mund von Claudia. Die Kommissarin war gerade mit Jürgen Winter von diesen ausgesprochen enervierenden Gesprächen bei Rommert und Sohn zurückgekehrt.

„Fischstäbchenessen im Grünewald", grinste Sven Lukas.

„Waaaas?" Die Siegemund schüttelte den Kopf und schaute zum Chef herüber, der eifrig nickte.

„Stimmt. Wollt Ihr mitkommen? Wir könnten doch zusammen ein wenig sinnieren und recherchieren, Ihr berichtet."

„Und essen", setzte Sven zu.

„Und natürlich essen."

„Haja komm, ... aber Fischstäbchen ..." Jürgen verzog das Gesicht. „Ham die denn nix anderes auf der Karte? Nach *der* Story jetzt brauch´ ich was Rustikales zwischen die Zähne."

„Dann nimm doch verbrannte Fischstäbchen“, lachte der ‚Freak‘ und sah zu, dass er sich den zur Schau angedeuteten Schlägen des Kollegen entziehen konnte.

‚Es ist immer wieder erstaunlich, wie sehr der Mensch doch dazu in der Lage ist, sich an seinem eigenen Schlafittchen aus jeder Form von Mist zu ziehen, in den er geraten ist‘ dachte Klaus, während sie Richtung Grünewald fuhren.

Gerade für Polizeibeamte war das fast eine Gnade Gottes. Wie für Notärzte, Rettungssanitäter und Feuerwehrleute auch. So etwas wie eine Überlebensstrategie. ‚Sonst würde man wie die Traube am Stock verkümmern, wenn man solche Bilder zu sehen bekommt, wie die heute Morgen.‘ Sein Magen rebellierte.

Sie hatten zwei Wagen genommen. Falls ein Einsatz dazwischenkäme. Und der kam häufiger als man dachte. Kleinkram zwar meistens. Aber Arbeit. Und sie hatten sich zuvor erkundigt, ob es auch ‚was anderes auf der Karte‘ gäbe, wie Jürgen es sich gewünscht hatte. Gab es. Nur verbrannte Fischstäbchen nicht.

Im ‚Jagdhof Grünewald‘ war nicht gerade die Hölle los. „Freitagmittag im Januar, bei solchem Wetter. Da muss man nicht mit Menschenmassen rechnen“, nahm Kai Pompel die Ankömmlinge lächelnd in Empfang. Klaus und er kannten sich bereits. Von einem Verkehrsunfall vor dem Haus, bei dem sie beide Erste Hilfe geleistet hatten. Klaiser war damals mit seiner Frau Ute zum Essen hergekommen. Und auch später waren die beiden hin und wieder hier eingekehrt.

Mit größtem Interesse hatte der ‚Freak‘ die Speisekarte in Augenschein genommen. Das mit dem Fisch war ihm ernst. „Mache ich, seit ich denken kann“, erklärte er Claudia, die neben ihm Platz genommen und ebenfalls einen neugierigen Blick auf das Menü-Angebot geworfen hatte. „Meine Eltern waren da superstreng, was das anbelangt. Fromm, weißt Du?! Ich find´s aber auch ernährungstechnisch nicht uninteressant. Fisch ist eine total unterschätzte Vitaminbombe."

„Eine wahrhaft verlockende Botschaft. Fisch hatte ich schon lange nicht mehr", befand die Kollegin und entschied sich für ein ‚Matjesfilet Hausfrauen Art' mit Pellkartoffeln. Sven Lukas lief schon das Wasser im Mund zusammen, da hatte er ‚Thunfisch gegrillt an Perlzwiebelsauce mit Bratkartoffeln' noch gar nicht bestellt.

Für Klaus waren die Meeresbewohner heute nicht das, was sein Herz hätte erwärmen können. Obwohl er als ‚Allesverwerter' bekannt war. „Lasst uns des fröhlichen Weidwerks teilhaftig werden und uns den Tisch mit Wohlgenüssen aus heimischer Natur decken", verstieg er sich vielmehr in halbphilosophische Gedanken und bevorzugte ‚Wildgulasch mit Preiselbeerbirne'. Während Jürgen mit einer ‚Spätzlepfanne, überbacken mit geschmelzten Zwiebeln und Käse' sein herzhaftes Mahl gefunden hatte.

Aber was immer sie bestellt hatten, jede Diskussion und jedes Gespräch versiegte mit dem Auftragen der Speisen. Das war ein unausgesprochenes Gebot. Wenigstens essen wollte man in Ruhe. Bis der ‚Freak', an Klaus gewandt plötzlich sagte: „Ich glaub´ trotzdem, dass der Mann stranguliert worden ist."

„Hmp, hmmmmp", machte es neben ihm. Claudia hielt sich beide Hände vor den Mund und starrte ihn mit großen Augen an. „Hmmmp." Sie schluckte schwer. Mehrfach. Dann wich ihre plötzliche Blässe wieder ihrer normalen Gesichtsfarbe.

„War das jetzt nötig?" Jürgen Winter reichte der Kollegin eine Serviette herüber und forderte sie auf, von seiner Cola light zu trinken. „Schütt´ das rein. Dann beruhigt sich Dein Magen wieder."

„Geht schon. Danke."

„Ja wie? Ist Claudia so empfindlich?", erkundigte sich Sven. „Sorry, meine Gute, das wusste ich nicht. Verdammt noch mal. Und ich Idiot rede vom Erdr... . Oh Shit. Es ist gut jetzt. Ich hör´ auf, ich hör´ auf. Versprochen!"

Claudia sprang auf und suchte, abermals die Hände vor dem Mund, den Weg nach draußen. Ihr Matjesfilet machte einen Satz auf dem Teller, als sie den Tisch mit dem Oberschenkel anrempelte.

„Du bist aber auch ein Hornochse", schalt ihn Jürgen Winter. „Ein klein wenig Rücksicht ist ja vielleicht nicht zu viel verlangt. Oder?!"

„Ja, ist sie denn schwanger, oder was?"

„Keine Ahnung. Ich glaube eher nicht. Aber sie scheint ein wenig zart besaitet zu sein. Da muss man halt mal ein bisschen Rücksicht nehmen."

„Also jetzt hör mal zu", konterte Sven Lukas, „überleg´ Dir mal, sie wäre statt meiner heute Morgen in der Preisdorf dabei gewesen. Sie wäre aus dem Schlucken und ‚Hmmmpfen' nicht mehr rausgekommen."

„Wieso? Was war da?", wollte der Wirt wissen, der gerade den Tisch anderer Gäste abgeräumt hatte. „Da ist doch nach Windbruch alles dicht, hab´ ich gehört. Die sind dort mit dem Harvester im Einsatz. Aber seit wann ruft das die Kripo auf den Plan?"

„Unschöne Sache", fand Klaus zur Sprache zurück. Er hatte sich bewusst zurückgehalten, als Jürgen und Sven sich kabbelten. Aber mehr wollte er Kai Pompel auch nicht anvertrauen. Das Klappen der Eingangstür war zu hören und laut parlierende Erwachsene und Kinder kamen herein.

„Ja wie, unschöne Sache?", ließ Pompel nicht locker. „Gab´s ´n Toten dort? Oder was?"

„Wie kommen Sie denn da drauf?"

„Also hören Sie. Sie rücken hier in Mannschaftsstärke an und reden von einer ‚unschönen Sache'. Das lässt für mich den Schluss zu, dass es sich nicht um ein Eigentumsdelikt handelt. Oder um so was wie Körperverletzung."

„Neij, neij, dat war schon eine tote Maan, die sie da chefunde habe. Sah niet so lecker aus."

Das holländisch-verbrämte Deutsch, das da in seinem Rücken erscholl, kannte der Kripo-Chef. „Das darf doch wohl nicht wahr sein. Wo kommen Sie denn um Gottes Willen jetzt her?", fuhr er herum und schaute in ein gemütlich grinsendes Männergesicht, in dem große weiße Zähne wohnten.

„Wir chomme direkt aus den Wald. Müde vom Wandelen. Essen wäre niet slacht", lachte er dem Jagdstuben-Wirt zu. Der nickte und verdünnisiert sich, um das schmutzige Geschirr in der Küche loszuwerden. Die ‚Erlebnistracker' zogen derweil laut lachend weiter in die hintere Gaststube. Dankbare Polizistenblicke verfolgten sie dorthin.

„Die haben uns gerade noch gefehlt", knurrte Klaiser, während Claudia wieder auf ihren Platz zurückkehrte. „Wo der Hund mit dem Schwanz wackelt, tauchen die auf und sind so neugierig, dass sie fast platzen", wollte der Chef seinen Ärger einfach nicht runterschlucken. „Das versaut mir jetzt die gesamte Strategie im Gespräch mit den Wirtsleuten hier."

„Wieso? Was hast Du vor?", wollte der ‚Freak' wissen.

„Ich wollte die Pompels fragen, ob ihnen womöglich ein Killer über den Weg gelaufen ist. *Das* hatte ich vor."

„Aha. Und wann soll das gewesen sein?" Sven zog ein großes Stück Thunfisch durch die Perlzwiebelsauce, steckte es fast begierig in den Mund und schloss verzückt die Augen.

„Ich schätze mal grob, irgendwann zwischen vorgestern 18.30 Uhr und Feierabend hier im Gasthaus."

„Klar, nach Feierabend wäre der Mensch hier nicht reingekommen. Aber wie bist Du denn auf vorgestern 18.30 Uhr gekommen?"

„Ich hatte, bevor wir losfuhren, ein Telefonat mit dem Förster aus Paulsgrund. Und der erzählte mir, dass er gegen 17.45 Uhr als Letzter seiner Familie hinauf zum Forstamt gefahren sei und dabei keinen Wagen am Straßenrand gesehen habe.

Nehmen wir mal an, dass kurz danach das Fahrzeug dort auftauchte und der Mord eine Ratzfatz-Sache war. Sorry für den Ausdruck. Dann muss der Killer ja dort irgendwie weggekommen sein. Entweder wurde er dort abgeholt. Dann können wir die Hoffnung auf Zeugen hier begraben. Oder er ist zu Fuß vom Tatort weg. Und dann muss er bei dem Sauwetter, das vorgestern Abend herrschte, irgendwo untergekommen sein, um sich nicht den Arsch abzufrieren. Hätte aber bis hier mindestens 'ne halbe Stunde gebraucht. Wenn nicht sogar länger."

„Und Du meinst, er müsste dann hier eingekehrt sein?", wollte Claudia wissen. Auch, um sich wieder als ‚gesundet' ins Gespräch einzuklinken. „Er hätte sich ja auch in Richtung Alt-Aue absetzen können. Dort gibt es auch 'ne Gaststätte."

„Nicht, wenn er sich auskannte. Dann hat er nämlich gewusst, dass es zum einen nach Alt-Aue deutlich weiter ist als bis zum Grünewald. Und zum anderen wäre er voll gegen den Schneeregen angerannt, der aus Nordwesten kam. Und zwar in der Horizontalen."

‚Er ist halt ein geniales Hirn', dachte sich Jürgen Winter kopfschüttelnd und war sofort Feuer und Flamme für diese Theorie. Auch Claudia mochte sich dem nicht verschließen. Nur Sven Lukas gab zu bedenken: „Ich kann mir beim besten

Willen nicht vorstellen, dass jemand nach einer solchen Tat einfach seelenruhig in eine Kneipe marschiert, um dort was zu trinken, zu essen oder zu warten. Der muss ja, egal in welche Richtung er marschiert ist, auch ausgesehen haben wie die Sau. Triefendnass und durchgefroren."

„Siehste", lächelte Klaiser, „und genau nach einem solchen Typen fragen wir jetzt die Pompels. Dass die allerdings bereits ahnen werden, dass es sich dabei um einen Mörder handeln könnte, macht die Sache nicht unbedingt einfacher."

Im Grünewald hatte man aber keinen solchen Menschen an besagtem Abend gesehen. „Es war überhaupt sehr wenig Betrieb am Abend", erzählte die Frau des Wirts, der in der Küche werkelte. „Wir haben schon um neun Uhr zugemacht. Es lohnte sich einfach nicht mehr. Und Kai hat dann noch rundherum dicht gemacht. Weil wir ja wussten, dass der Orkan im Anmarsch ist."

„Es hat auch niemand bei Ihnen geklopft oder geklingelt, nachdem Sie geschlossen hatten?"

„Nee. Es war überhaupt unheimlich ruhig in der Nacht. Man hätte teilweise eine Stecknadel fallen hören können, so still war es. Das war, glaube ich, die berühmte Ruhe vor dem großen Sturm. Da wird man hypersensibel und achtet auf jedes kleine Geräusch", erklärte Frau Pompel nachdenklich. „Nein, da war nichts."

„Und wie haben Sie den nächstem Morgen erlebt, als der Sturm in vollem Gange war?"

„Da haben wir uns total eingeigelt und einfach nur gehofft, dass uns hier die alten Bäume nicht aufs Haus krachen. Bis zum späten Vormittag hat keiner von uns das Haus verlassen."

Auch in der Gaststätte in Alt-Aue hatte niemand eine solche Person gesehen. Und dort war bis halb elf offen gewesen an besagtem Abend. Eine kleine Gesellschaft von acht, neun Leuten habe im Nebenzimmer gesessen und den Tagesausklang für die Wirtsleute halbwegs lohnenswert gemacht. Ansonsten sei „eigentlich überhaupt nichts los“ gewesen.

Klaus und der ‚Freak‘ waren vorsichtshalber doch noch dort hingefahren. Hätte ja immerhin sein können, dass Klaisers Theorie total daneben lag. Aber dem war offenbar nicht so.

Als sie zur Wache zurückkamen, begegneten ihnen auf dem Flur Rüdiger Mertz und Theo Schöneborn. Der ‚Freak‘ rümpfte die Nase. „Was´n mit Euch los? Wo wart Ihr denn, um Gottes Willen?“

„Wieso, riecht man was?“ Schöneborn schnupperte an seiner Winterjacke. „Ich riech´ nix.“

„Ihr muffelt nach Schafstall, oder so. Kann das sein?“

„Eher nach ‚oder so‘“, entgegnete Kommissar Mertz und schnupperte nun seinerseits an seinen Klamotten. „Wir waren in Fischelbach, geklaute Ziegen suchen.“

„Wie bitte? Geklaute Ziegen suchen?“ Sven Lukas kriegte sich kaum ein. „Da kannste mal sehen, wie groß das Arbeitsspektrum der Polizei ist. Wir suchen einen Mörder. Und Ihr geklaute Ziegen.“ Den strafenden Blick, den er sich dafür von Klaiser einfing, übersah er geflissentlich.

„Was sucht Ihr? Einen Mörder?“ Rüdiger schaute den Kripo-Chef groß an, während er wohl glaubte, durch unablässiges Klopfen auf die Ärmel seines Dienstparkas den leicht penetranten Geruch loszuwerden. Auch Klaiser war der zwar aufgefallen, er ersparte sich aber jeden Kommentar dazu. Der Job des Polizisten kannte keine olfaktorischen Grenzen.

„Ja, wir suchen einen Mörder. Habt Ihr vielleicht nicht mitbekommen auf Eurer Missionen. Wir waren bis jetzt auch etwas sparsam mit den Infos, die wir dazu per Funk rausgegeben haben. Im Preisdorftal zwischen Berghausen und

Aue lag ein Toter in einem PKW, der unter zwei Bäumen begraben war."

„Ja ... Sturmopfer, oder was?!"

„Nee, dann würde wir ja keinen Mörder suchen. Der Mann war vorher schon umgebracht worden. Stranguliert, vermutlich."

„Ach du dickes Ei. Was ist das denn für ´ne komische Nummer?"

„Da hast Du recht. Aber die Nummer wird noch viel komischer. Im Kofferraum des demolierten Autos, 'n Volvo, lag unser lang gesuchter Planungsingenieur."

„Wie? Dieser äääh, ... Leon Körner?"

„Jep."

„Gibt´s doch nicht. Und? Ist der auch tot?" Rüdiger hatte aufgehört, den Geruch seiner Ziegen-Mission abklopfen zu wollen und hörte mit Händen in den Hosentaschen gespannt zu.

„Nein! Tot ist er nicht. Aber schwer verletzt und total unterkühlt. Der muss tagelang hinten in dem Wagen gelegen haben", berichtete Sven Lukas.

Theo Schöneborn schüttelte nur noch den Kopf. „Ey, sachma, die ham´se doch net alle. Was sind denn das für Menschen, die hier unterwegs sind?"

„Die Frage stellen wir uns auch", antwortete Klaiser und wollte gerade die Treppe entern, drehte sich aber noch mal um. „Was war denn das jetzt mit den geklauten Ziegen? War das Euer Ernst?"

„Unser voller Ernst", meinte Mertz und nahm die Hände aus der Tasche. „Und zwar ein ziemlich teurer. Da sind auf einem Hof in Fischelbach zwei Ziegen spurlos aus dem Stall verschwunden. Pfauenziegen."

„Was denn? Können die auch noch fliegen und haben ein großes Federrad am Hinterteil?“

„Klar“, konterte Rüdiger, „haben wir uns auch gedacht und bei der Anfahrt mit tieffliegenden Hörnertieren gerechnet.“ Er konnte sich ein Grinsen nicht verkneifen. „Aber jetzt mal im Ernst. Das ist eine ganz seltene Rasse, haben wir gelernt. Die ist gerade mal knapp am Aussterben vorbeigeschrammt. Also wirklich selten.

Und wenn es dann noch Zuchttiere sind, wie in diesem Fall, legt man für ein solches Tier schon mal 300 bis 500 Euro hin. Gute Böcke sind manchmal noch deutlich teurer. Übrigens: genau die sind es, die so heftig riechen. ‚Du stinkst wie´n Ziegenbock‘ kommt schließlich nicht von ungefähr.“

„Können wir also davon ausgehen, dass der Bock noch da ist?“, fragte Klaus schmunzelnd nach. „Ich mein‘, weil Ihr so´n nettes Parfum aufgelegt habt.“

„Denkste. Den ham´se geklaut. Und ´ne Mutterziege. Ein heftiger Verlust für die Besitzer.“

„Aha“, antwortete Klaiser. „Wird das am Ende noch was für uns in der Kripo? Oder machst Du daran weiter? Ich würde nämlich jetzt in der Mordermittlung ungern auf Leute verzichten, die an einen anderen Fall ran müssen.“

„Nee, nee, da können wir schon dran bleiben“, entgegnete Mertz. „Vorausgesetzt, Bernd Dickel spielt da mit.“

„Bei was soll ich mitspielen?“ Die Frage kam aus der 1. Etage, wo Revierleiter Bernd Dickel mit einer Tasse Kaffee in der Hand auf dem Geländer lehnte und herunterschaute. Den Kaffee hatte er sich gerade erst am Automaten geholt, der nach wie vor der Stolz der Berleburger Polizisten war. Vor Jahren hatten sie die Profi-Maschine angeschafft und aus eigener Tasche bezahlt. Und die Kaffeemischungen suchten sie persönlich aus.

Seither ging die Info durchs Land, dass es auf dem Revier der Kurstadt den besten Behördenkaffee weit und breit gäbe.

„Bei was Du mitspielen sollst? Ich will's Dir gerne erklären“, rief Klaus Klaiser hinauf. „Vorausgesetzt, ich darf mich mit ´ner Tasse Kaffee zu Dir setzen und Dir gleich auch noch unsere bisher schütteren Ergebnisse zum Preisdorf-Mord offerieren.“

„Klar, komm rauf. Hab´ sowieso noch nicht mit Wochenende gerechnet. Rüdiger, kommst Du auch?“, forderte er Mertz ebenfalls zum Rapport.

Sven Lukas und Theo Schöneborn drehten ab, um ihre jeweiligen Domizile im Revier heimzusuchen. „Wir haben da offenbar nix verloren. Sind eh nur das Fußvolk und kriegen nicht mal 'n Kaffee“, jammerte der ‚Freak‘ gespielt. Er freute sich nämlich auf das nahe Wochenende. Nur war das noch nicht offiziell eingeläutet.

„Du ..., wenn Du nix zu tun hast und nicht noch mal rausmusst heute, komm doch einfach mal bei mir vorbei. Ich hab´ da noch 'n Schwarzbestand an Bosch-Bier. Was richtig süffiges.“

„Oha. Das hört sich nun wirklich nicht schlecht an. Wenn ich das mal so sagen darf. Auf jeden Fall ein Angebot, dem ich mich keineswegs leichtfertig verschließen möchte“, grinste der ‚Freak‘ und schaute vorsichtshalber auf die Uhr. „Ich schau mal eben oben nach, was die Welt noch von mir will. Bis gleich.“

Theo ging kurz beim ‚Leitenden‘ vorbei, um sich offiziell zurückzumelden. Und Sven tauchte eine Etage darüber für einen Moment in seinem ‚Labor‘ unter, um seine Mails zu checken. Dann beförderte er aus der Kühlschranktür eine Flasche Eierlikör hervor. Eine eiskalte Kalorienbombe, die er, in seine Jacke gewickelt, mit nach unten nahm.

„Meine Herrschaften. Was hast Du denn vor?“ Theo Schöneborn stierte auf die Flasche, die der ‚Freak‘ irgendwann einmal von einem Einkauf bei Aldi mitgebracht und seither im Kühlschrank vergessen hatte. „Das ist ja ganz großes Kino. Seit ich mit meinen Kumpels in Hamburg war, bin ich 'n absoluter Fan von diesem Gesöff hier.“

„Sag bloß. In Hamburg hast Du Dich in einen Eierlikör verguckt? Mein lieber Mann. Da muss ja ordentlich was schiefgelaufen sein. Die meisten Männer haben in Hamburg ganz andere Erlebnisse.“

„Hatten wir auch. Aber das Erlebnis, das mich an dieses Gesöff gebracht hat, hätte Dich wahrscheinlich genauso beeindruckt.“

Und während Schöneborn von einer Hafentour erzählte, bei der man am Fischmarkt in einer Kneipe namens „Eier Carl“ gelandet war, nahm er kurzerhand die Flasche und schüttelte sie kräftig. „Der ist ja im gekühlten Zustand fast wie Sirup“, staunte er und schenkte den gelben Inhalt in zwei Espressotassen ein. Hatte er aus einem Büroschrank geholt. So gab´s die Leckerei eben im Henkeltässchen.

„Du glaubst gar nicht, wie wir uns mit dem Zeug bearbeitet haben“, merkte Schöneborn lachend an und nahm einen Schluck, nachdem er dem Kollegen zugeprostet hatte. „In der Kneipe kriegste drei verschiedene Sorten von dem Gesöff, von dem ich früher immer dachte, das wäre nur was für Mama und Tante Else. Vanille, Nuss und Birne. Jede Mixtur vom Feinsten, kann ich Dir sagen. Wir hatten auf der Rückfahrt nach Hause Übergepäck, mein Lieber. In den Reisetaschen und im Kopf!“

„Da bin ich ja mit meinem stinknormalen, unverschnittenen Eierlikör sowas von out“, spielte Lukas den Enttäuschten, „da muss ich das hier ja wohl oder übel selbst vernichten.“

„Von wegen. Der schmeckt gar nicht so schlecht. So eisig, wie der hier, ist der sogar richtig geil“, schwärmte Theo förmlich und nahm noch mal einen richtigen Schluck. Die Tasse war leer. Und seine Zunge suchte die Reste in dem braunen Gefäß zusammen. Die nächste Tassenfüllung fiel deutlich bescheidener aus. Nur ans Bosch-Bier dachte in dem Moment keiner mehr von den beiden.

Der ‚Freak‘ hatte gleich eine ganze Tassenportion reingezogen und verdrehte verzückt die Augen. „Himmlisch“, schwärmte er. „Ich werd´ nur das blöde Gefühl nicht los, dass es das für heute noch nicht war. Sei mir also bitte nicht böse, dass ich mich mit weiteren Alkoholexzessen zurückhalte und Deine Einladung zum Bier zunächst mal ausschlage. Jetzt, wo ich schon so arg gezecht habe.“

„Gezecht! Du bist ja vielleicht 'n Heinz. Ich kenne einen, der pfeift sich davon ´ne halbe Flasche rein und steht immer noch kerzengerade. Sagt er zumindest.“

„War das der, den Ihr neulich schlafend im Auto hinter ´nem geparkten Lastzug gefunden habt? Der Typ, der gedacht hatte, die Rücklichter des Trucks wären ´ne rote Ampel und ist beim Warten auf Grün eingepennt?“

„Nee, sicher nicht. Meiner hat, glaube ich, gar keinen Führerschein.“

„Na, der, den ich meine, jetzt auch nicht mehr. Der Bursche hatte satte 2,3 Atü. Hab´ ich im Tagesbericht gelesen.“

Theo grinste nur und schüttelte den Kopf. „Da kann man echt nicht meckern.“

„Ach, apropos meckern. Erzähl´ mal eben die Geschichte vom Ziegenklau“, meinte Sven. „Ist das wirklich so ´ne große Nummer?“

„Also ´ne große Nummer sieht sicher anders aus", begann Theo. Aber für die Leute dort in Fischelbach ist das schon von existenzieller Bedeutung. Die sind nämlich Betreiber einer Zuchtfarm für Pfauenziegen. Für die ist der Diebstahl dieser Tiere auf alle Fälle ein Riesenverlust. Denen geht damit ein gewaltiges Potenzial aus dem Gen-Pool verloren."

„Aber wie ist das denn überhaupt abgelaufen? Konnten der oder die Diebe denn so ohne weiteres in die Ställe eindringen?"

„Das war offenbar nicht besonders schwer. Die Tiere leben bei nicht ganz so frostigen Temperaturen in einem Offenstall. Die sind unglaublich widerstandsfähig."

„Wie Bergziegen also?"

„Weiß ich nicht so genau. Auf jeden Fall sehen sie mit ihrem massiven Gehörn fast aus wie Steinböcke. Sie sind aber in der Regel schwarz-weiß gemustert."

„Und die konnten mit ihren Hörnern den Dieben nicht gefährlich werden?"

„Offenbar nicht. Die Ziegen seien sehr stark auf Menschen fixiert, haben die Leute dort erzählt. Da war es wohl kein großes Problem, sie aus dem Stall zu holen."

„Bei Tag oder bei Nacht?"

„Wahrscheinlich nachts. Aber weder dafür, noch für einen Diebstahl bei Tag gibt es Zeugen oder irgendwelche Hinweise."

„Keine Spuren? Nix?"

„Doch, doch. Wir haben Fahrzeugspuren im Schnee und auf dem Weg oberhalb des Stalls gefunden. Aber ob die uns weiterführen? Die könnten auch vorher schon da gewesen sein. Auswertung läuft noch."

Die Tür flog auf. Und herein kam kein Geringerer als der Kripo-Chef. „Ach hier bist Du. Hab´ Dich schon überall gesucht. Ääh, fast überall", grinste er , als er die Flasche mit dem Eierlikör entdeckte. „Ooh, Kollege", sah er Theo Schöneborn mit Dackelblick an, „haste für mich auch´n Schluck von diesem herrlichen Trunk?"

„Klar, musst aber auch aus ´ner Espressotasse trinken. Ist sonst nix da."

„Och, je größer, desto besser", gab Klaus lachend zurück und dankte sehr für den etwas größeren Schluck, der ihm eingeschüttet worden war. „Prost!" Mit geschlossenen Augen ließ Klaiser den Likör langsam die Kehle hinunterkriechen.

„Is´ übrigens ´ne Spende von mir", gab der ‚Freak' zu bedenken. „Ich dachte, vor Dir wären wir damit sicher. Weil Du ja eigentlich nur die schweineteuren Destillate von der Insel in Dich reinlässt."

„Stimmt eigentlich. Aber seit ich vor ein paar Jahren mit Ute mal gegenüber vom Hamburger Fischmarkt ..."

„... beim ‚Eier-Carl' war", lachte Schöneborn und kriegte sich fast nicht mehr ein, als Klaus vor Verblüffung die Kinnlade nicht mehr hoch bekam. „Du also auch?"

„Ja, ich auch. Dort gewesen und rettungslos infiziert von dem Zeug. Gibt's doch nicht, sowas. Seitdem bin ich immer richtig glücklich, wenn wir wieder mal wegen einem unserer Fälle zu alten Damen ins Haus müssen. Die wissen wenigstens noch, was gut ist", endete er und versuchte, mit dem rechten Zeigefinger die Innenseite der Tasse auszuwischen. „Der Finger ist vom Alkohol jetzt sowas von desinfiziert ..., das glaubst Du gar nicht", bemerkte Klaus und lutschte ihn einfach ab. „Fa-bel-haft!"

„Mein Gott, ist das eine Armut hier", spielte Sven den Betroffenen und schenkte Klaiser gleich noch mal ein Tässchen Eierlikör ein. „Komm, setz Dich doch. Ist sowieso gleich Wochenende. Irgendwann muss doch mal genug gemordet und getotschlagt sein. Da kann man sich doch auch mal einen hinter die Binde gießen. Oder?!"

„Willst Du mich blau machen, oder was hast Du vor?"

„Dich – blau machen?", grinste Sven. „So viel haben wir von dem Zeug gar nicht da. Weil, da musste schon jede Menge davon runterhauen. Theo sagt, er kennt einen, der nach ´ner halben Flasche davon noch kerzengerade stehen kann."

„Waaaas? Kenne ich den auch?"

„Klar. Udo Lindenberg. Der trinkt nur noch Eierlikör. ‚Fürs Goldkehlchen', behauptet er immer. Dreimal darfste raten, wie der da drangekommen ist", stellte Theo die offenbar alles entscheidende Rateaufgabe.

„Eier-Carl?"

„Ich glaub´ schon."

„Interessant", säuselte Klaus Klaiser und war eigentlich nicht mehr so recht bei der Sache.

„Klaus?"

„Hhhhm?"

„Über was denkst Du nach? Haben wir ein Problem?"

„Hhhhm?"

„Ob wir ein Pro-blem ha-ben?"

„Wir? Ein Problem?", fragte Klaiser versonnen. „Ja, wir haben ein Problem. Unseren Beruf."

„Oh Gott", verdrehte Sven Lukas die Augen. „Was ist denn jetzt los?"

„Wir wissen, wer der Tote aus dem Volvo ist."

„Ja toll", freute sich der ‚Freak' richtiggehend. Und, wer ist es?"

„Rolf Hüttenstein, ein ehemaliger Bauleiter aus Luckenwalde. Die Leute von der SpuSi sind ihm über die Fingerabdrücke auf die Schliche gekommen. Habe ich gerade eben erfahren."

„Wieso auf die Schliche gekommen?"

„Er war schon seit mehr als drei Wochen spurlos verschwunden."

„Oh je. Und ausgerechnet bei uns muss der tot rumliegen. Aber was macht Dir denn dabei so zu schaffen?"

„Die Tatsache, dass dieser Mann angeblich häufiger mit Leon Körner und dessen Arbeitgeber, Rommert und Sohn, zu tun hatte."

Sven überlegte. „Ei wei. Dann ist das ja gar nicht so abwegig, dass er ausgerechnet hier in der Provinz aufgeschlagen ist. Vielleicht hatte er noch was zu erledigen."

„Dass er hier *‚aufgeschlagen‘* ist, wie Du sagst, das ist keineswegs abwegig. Wohl aber, dass er hier *erschlagen* wurde."

„Hat schon jemand mit der Firma Rommert geredet?"

„Nee, ich dachte, das könnte ´ne Aufgabe für uns beide sein. Aber die hat Zeit bis Montag."

„Ja, hat denn in Luckenwalde keiner Interesse daran, wie der Mann gestorben ist?"

„Scheinbar nicht, wie mir von den Kollegen dort eben am Telefon berichtet wurde. Er hat Frau und Kinder. Aber die haben ihn demnach lediglich gesucht, weil er seit Monaten keine Unterhaltszahlungen mehr geleistet hat. Die wollen Kohle und nicht wissen, wie er umgekommen ist."

„Das Wie ist ja wohl klar. Ich bleib´ da bei meiner Theorie: erdrosselt", merkte Sven eher beiläufig an. „Aber egal, wie er umkam, das gibt auf jeden Fall richtig Arbeit in der nächsten Woche. Mann oh Mann. ... Äääääh, übrigens, Chef, gibt´s noch keinen klaren Obduktionsbefund?"

„Nee, noch nicht.“

Theo Schöneborn, dessen Blicke während der Unterhaltung permanent von einem zum anderen hin und her gewandert waren, stellte für sich beiläufig fest, dass der Ziegen-Diebstahl dann wohl doch bei Mertz und ihm bleiben würde. „Noch'n Eierlikör?“, fragte er die beiden.

„Nee, danke. Ich sagte Dir ja, das würde mir zu viel“, beschied ihn der ‚Freak‘ mit einer Absage. Nur Klaus schien sich nicht ganz so sicher zu sein. Erst eierte er ein wenig rum. Schließlich aber nahm er die ganze Gruppe in die Pflicht: „Ach komm, einen können wir alle drei noch vertragen.“

Ronja Körner hatte einen anstrengenden Fußmarsch hinter sich. Und nicht nur ihr Kopf schmerzte. Auch die diversen Blessuren, die sie sich beim Freiflug durchs Wohnhaus zugezogen hatte. Überall große und kleine blaue Flecken. ‚Aber daran stirbt man nicht‘, hatte sie sich gesagt und mit der Einwilligung der Stationsärztin das Bett verlassen.

Natürlich hatte sie Leon sehen und besuchen wollen. Und natürlich war es ihr gelungen, die Intensivstation mit wohlwollender Billigung ihrer Kollegen dort zu betreten. Man kannte und mochte sich schließlich.

Doch das Bild vom geliebten Mann, der noch immer mit gefühlt tausend Pads und Leitungen am Körper und einer Sauerstoffleitung im Mund still dort lag, tat ihr weh.

Leon schlief. Das sei im Moment auch das Beste, was ihm passieren könne, hatte ihr ein Intensivpfleger gesagt. Denn die gebrochene Schulter und der demolierte Beckenkamm würden ihm extreme Schmerzen bereiten. Das wusste sie natürlich selbst. Doch insgeheim hatte sie gehofft, ihn ein wenig wach zu erleben. Allein, der Wunsch ging nicht in Erfüllung.

Sie hatte sich auf einen Stuhl neben das Bett ihres geliebten Mannes gesetzt und sachte sein Gesicht gestreichelt. ‚Was musst du durchgemacht haben, in diesem Kofferraum‘, dachte sie. ‚Zwei Tage und zwei Nächte. Das ist so furchtbar.‘ Sie mochte sich nicht ausmalen, von welchen Ängsten er gepeinigt war in dieser Zeit und welche Schmerzen er hatte leiden müssen.

„Oh bitte, mein Schatz. Werd´ bald wieder wach“, entfuhr es ihr. „Es gibt so viel zu erzählen. Du weißt ja noch nicht einmal, dass Du Papa wirst ...“ ‚und Du weißt nicht, was der Sturm mit unserem Haus gemacht hat‘, schob sie in Gedanken nach.

So saß sie eine ganze Weile an seinem Bett und lauschte dem schleifenden Geräusch des Beatmungsgerätes. Still begann sie zu beten. ‚Lieber Gott, bitte, bitte, lass´ Leon wieder aufwachen. Mach´, dass er wieder ganz gesund wird. Dass er wieder so wird, wie ich ihn kennengelernt habe. Und dass er ein froher und glücklicher Vater wird. Bitte!‘

Sie war kein übermäßig frommer Mensch. Aber Gebete hatten ihr immer geholfen, wenn sie irgendwie in Not geraten war. Ihre malträtierte Seele ersehnte himmlischen Beistand, nicht ihr rationales Denken. Sie wusste ja, dass ihr Mann nur im künstlichen Koma lag und jederzeit geweckt werden könnte. Doch ihre Nerven waren in den letzten beiden Tagen zu sehr strapaziert worden, als dass sie aus der Sicht einer routinierten Krankenschwester hätte urteilen können.

Als sie aufstand, um zu gehen, beugte sie sich zu ihm hinüber und gab ihm einen Kuss auf die schweißfeuchte Stirn. „Blip - blip - blip - blip - blip“, das an seinen Körper angedockte Überwachungssystem zeichnete normale Pulswerte auf. Auch Atmung und Blutdruck waren stabil. Und doch vergoss sie ein paar Tränen. Sie ertrug es nicht, ihn so zu sehen. „Mach´s gut, mein Herz“, hauchte sie Leon zu und schloss die Tür hinter sich.

Ronjas Kopf dröhnte. Der Ausflug quer durchs Krankenhaus war wohl doch ein wenig zu früh für ihr erschüttertes Gehirn. Und dann überkam sie ein plötzliches Unwohlsein, das ihr sehr bekannt vorkommen musste. Aber sie wehrte sich tapfer gegen den aufsteigenden Mageninhalt. Bis sie erschöpft ihr Zimmer erreicht hatte.

Es war ruhiger geworden im Polizeirevier an diesem Freitagnachmittag. Die zivilen Mitarbeiter waren bereits ins Wochenende verschwunden. Und bei der Schutzpolizei waren auch nur noch die Beamten da, die Spätdienst hatten.

Sam Weinrebe war einer von ihnen. Der junge Polizist saß an seinem Schreibtisch und grübelte. Wer war der anonyme Anrufer gestern? Und woher hatte er angerufen? Lag Claudia Siegemund richtig mit der Vermutung, dass er aus der Nähe des Berleburger Bahnhofs telefoniert hatte, dann war der Bereich relativ überschaubar. Aber die Kollegen waren bei der Nachsuche ja erfolglos geblieben. ‚Herrgottnochmal'. Sam raufte sich die Haare. Hätten sie nämlich den Anrufer gefunden, wäre es zum Entführer nicht besonders weit. Und wahrscheinlich auch nicht bis zum Mörder des Volvo-Fahrers.

Weinrebe war von einem besonderen Ehrgeiz getrieben. Seit er gelegentlich mit den Kollegen der Kripo zusammengearbeitet hatte, wuchs in ihm der Wunsch, die ‚Waffengattung' zu wechseln und ebenfalls Kripo-Mann zu werden. Und wenn er diesen Wunsch mit einem Ermittlungserfolg untermauern könnte, fiele es den Auguren sicher wesentlich leichter, das detektivische Talent in ihm zu erkennen und ihn für die entsprechenden Lehrgänge zuzulassen.

Aus dem hinteren Dienstzimmer schwappte Gelächter zu ihm nach vorne im Flur. War da noch jemand? Tatsächlich. Bei genauerem Hinhören konnte Weinrebe sogar Gesprächsfetzen hören. ‚Die haben ja richtig Spaß' dachte er sich, konnte sich aber keinen Reim darauf machen, wer denn dort um diese Zeit noch Dienst hatte.

Bis er Theo Schöneborns wieherndes Lachen hörte. Das Organ des Kollegen war unverkennbar. Nicht umsonst hatten sie ihn ‚Mister Ed' genannt. In Anlehnung an eine alte US-Fernsehserie ‚Mister Ed, das sprechende Pferd'. Wenn dieser Gaul mal anfing zu lachen, dann lag im weiten Rund alles flach.

Von Neugier getrieben marschierte der Beamte kurzerhand nach hinten, klopfte kurz an und betrat das Großraumbüro. Drinnen saßen Klaus Klaiser und der ‚Freak', mit dem Rücken zu ihm. Und ihnen gegenüber an seinem Schreibtisch, Theo Schöneborn. Mit einer ruckartigen Bewegung hatte sich der Kollege kurz seitlich weggeduckt, als der unverhoffte Besuch kam, tauchte aber sofort wieder auf.

„Oh, in trautem Kaffeekränzchen", lachte Sam, als er die Espressotassen vor den drei Männern sah. „Scheint Euch ja mordsmäßig in Stimmung zu bringen, die Plörre.

Was macht Euch so fröhlich an diesem Scheißtag?"

„Die Erkenntnis, dass es Dinge gibt zwischen Himmel und Erde, die wir nicht begreifen können. Die müssen wir einfach glauben", förderte Sven Lukas ein fast philosophisches Zitat hervor. „Und deswegen feiern wir jetzt unsere Kapitulation vor dem Unabwendbaren."

„Richtig, lieber Kollege, sehr richtig", warf Klaiser ein. „Denn was uns heute widerfuhr, geht uns gegen die Natur."

Weinrebe schwante nicht nur wegen der Sprüche, dass da etwas nicht in Ordnung war mit den Kollegen. Aber so ganz dahintergestiegen war er noch nicht. Als plötzlich Kretschmann in der Tür stand. „Ou, Du hast uns gerade noch gefehlt", stöhnte Schöneborn auf, der gar nicht glauben konnte, wen er dort sah. „Ich denke, Du bist längst im Wochenende und auf dem Weg nach Kleve. Da hast Du doch noch gut drei, dreieinhalb Stunden Fahrt vor Dir."

„Aber ich kann doch erst gehen, wenn mein ‚Bärenführer' auch Feierabend hat."

Der ‚Freak' musste an sich halten, um nicht laut loszulachen. „‚Bärenführer', den Begriff gibt´s immer noch? Ich dachte diese Bezeichnung für die Papafigur im praktischen Dienst sei längst verpönt. Wegen Diskriminierung und so."

„Stimmt, gibt´s wirklich nicht mehr", tat Theo Schöneborn ab. „Aber ich hab´ ihm erzählt, dass es das mal gab und was das zu bedeuten hatte." Und zu einer hilflosen Armbewegung merkte er an: „Das scheint das einzige zu sein, was er sich von mir angenommen hat."

Kretschmann bekam rote Ohren. Irgendwie fühlte er sich auf einmal fehl am Platze in der Kollegenrunde. Und wenn er eines gelernt hatte an diesem Tag, dann war das: „einfach mal die Schnauze halten." Aber das fiel schwer. Dafür wurde ihm jetzt allerdings von Sven Lukas plötzlich Eierlikör angeboten. Der ‚Freak' hatte die Flasche hinter Theos Schreibtisch herausgeholt und ließ sie jetzt vor den Augen des Hochroten an zwei Fingern baumeln.

„Sollst auch nicht leben wie ein Hund", merkte er an und drückte ihm die Flasche in die Hand. „Komm, mach´ leer. Is´ sowieso nur noch´n Rest drin."

„Ja ... und was ist mit mir?", fragte Weinrebe mit enttäuschtem Gesichtsausdruck.

„Du kannst´n Bosch-Pils haben, wenn Du willst." Sam lehnte lächelnd ab. „War´n Spaß. Hab´ Dienst heute Nacht."

Der Jungbulle nahm die Flasche und schaute sich unsicher um. „Na klar", nickte ihm Klaus Klaiser zu, „der Schluck wird Sie nicht besoffen machen. Aber getrunken wird nur, wenn Sie mir versprechen, dass es das an Alkohol war für heute."

„War´s mit Sicherheit nicht“, konterte Kretschmann. „Aber ich fahre heute auch nicht mehr heim. Ich schau mir drüben im ‚Capitol‘ heute Abend ‚Hot Dog‘ mit Till Schweiger und Matthias Schweighöfer an. Der ist erst gestern in die Kinos gekommen. Und morgen mach´ ich mir mal 'n faulen Tag. Ich hab´n schönes Zimmer in Dotzlar. Da macht Rumhängen und Lesen richtig Spaß. Und das Essen bei Frau Benner ist wirklich vom Feinsten.“

„Aha, Frau Benner. Ist das Ihre Zimmerwirtin?“

„Ja. Eine unheimlich nette Frau. So Anfang, Mitte 50. Sie sei Witwe, hat sie mir gesagt. Ihr Mann ist wohl bei Sprengarbeiten ums Leben gekommen.“

Sam Weinrebe schaute auf. „Oh ja. Ich erinnere mich. Das war vor zwei ..., nee, vor drei Jahren, glaube ich. Der Mann hat bei einem hessischen Bauunternehmen als Sprengmeister gearbeitet. Eine absolute Scheiß-Geschichte. Bei Arbeiten an einem Tunnel ist ihm eine Ladung hochgegangen, bevor er aus dem Berg war. Niemand war dabei. Muss er selbst verschuldet haben.“

„Oh Gott“, schluckte Kretschmann mehr, als dass er es sprach. „Der Herr gebe ihm seine ewige Ruhe.“ Und dann setzte er die Flasche an. Allerdings musste er richtig lange in der ‚Kopf in den Nacken-Position‘ verharren, damit er noch ordentlich was in die Kehle bekam. Nach einer gefühlten Minute setzte er ab, schraubte den Verschluss drauf und stellte die Pulle, angelehnt an den hochgeklappten Bildschirm von Theos Laptop, auf den Kopf. „Ich lass´ jetzt erstmal den Rest runterlaufen zum Sammeln und trinke ihn später. Wenn ich darf“, fügte er hinzu.

„Dürfen Sie“, lachte Klaus und wunderte sich, dass die Kollegen so große Probleme mit diesem jungen Mann hatten.

Und Schöneborn dachte: ‚der Kerl macht plötzlich ´n richtig patenten Eindruck. ‚Nicht zu fassen! Wenn der einfach mal die Klappe nur dann aufmachen würde, wenn er auch gefragt ist, wäre das Arbeiten mit ihm deutlich angenehmer.‘ Die anderen Kollegen konnten ihm förmlich ansehen, was in ihm vorging.

„Das darf doch alles nicht wahr sein!“ Fast zu Tode erschrocken gab Klaus Klaiser Ute aus inniger Umarmung frei. Der Bereitschaftspieper hatte Laut gegeben und tat es immer wieder. Dicht neben ihm auf dem Nachtschränkchen. „Mist“, zischte er und machte eine halbe Drehung, um diesen infernalischen Krach zu beenden.

Nebenan im Kinderzimmer hörte man erste Anzeichen eines sich anbahnenden Babygeschreis: „Mhhhp, mhhhp, mhhhp“, schnappte Luisa immer wieder nach Luft. Ein untrügliches Zeichen, dass es gleich losgehen würde.

Wie Gott sie geschaffen hatte, splitternackt und nach wie vor sehr begehrenswert, sprang seine Frau aus dem Bett, erreichte im leichten Sprint das Töchterchen noch vor Ausbruch des Alarmgebrülls und nahm es aus dem Bettchen. Und das war gut so. Nach leichtem Gezeter schlief das noch nicht einmal ein Jahr alte Töchterchen an Mamas Brust wieder ein.

Klaus war angefressen. ‚Ausgerechnet der Pieper, verdammt noch mal. Warum nicht per Telefon, wenn´s schon pressiert?‘ Aber dann fiel ihm ein, dass er sein Handy aus- und das Festnetztelefon leise gestellt hatte. Weil nicht er, sondern Lukas Bereitschaftsdienst hatte und er endlich einmal wieder eine schöne Nacht mit seiner Frau verbringen wollte.

Kaum hatte er sein Handy eingeschaltet, klingelte es und die Mailbox ihm fünf Nachrichten verkündete. „Um Himmels Willen! Was ist denn *da* los?“ Er machte sich gar nicht erst die Mühe, die Anrufe abzuhören, sondern rief sofort beim ‚Leitenden' im Revier an. Besetzt!

Der nächste Anruf galt Sven Lukas. Und der war sofort dran. „Chef, gut, dass Du Dich meldest", brüllte der atemlos in sein Smartphone.

„Ja, was ist denn los?"

„Eine Katastrophe. Ein Kollege wurde abgestochen. Komm´ bitte sofort ins Kino nach Berleburg."

„Abgestochen? Ach du heilige Scheiße. Wer denn? Doch nicht dieser ..., na, wie heißt er noch? Der ..., der wollte doch heute Abend ins Kino. Doch nicht der ..."

„Kretschmann", half ihm der ‚Freak' auf die Sprünge. „Genau der."

„Oh nein! Aber ‚abgestochen' heißt doch nicht etwa tot. Oder?", fragte der Kripo-Chef, während er sich bereits Hose und T-Shirt überstreifte. Das Handy hatte er zwischen linker Schulter und Ohr geklemmt.

„Nein, zum Glück nicht. Er lebt. ... Noch, sagen die Kollegen, die vom Revier gleich rüber sind. Muss ihn aber übel erwischt haben. Er wird heute Nacht noch notoperiert."

„Und? Wer war´s?"

„Keine Ahnung. Der Kinobesitzer hat ihn zusammengesunken in seinem Sitz gefunden, als der Film zu Ende war und die Leute gegangen sind. Hat wohl unheimlich viel Blut verloren, der arme Kerl."

„Ist Bernd Dickel verständigt?", fragte Klaiser nach dem Revierleiter.

„Natürlich. Der ist bereits hier. Und die SpuSi ist ebenfalls unterwegs."

„Okay, ich bin schon auf dem Weg“, rief Klaus noch in die Sprechmuschel, bevor er das Telefonat wegdrückte, um unfallfrei in Socken und Schuhe zu kommen.

„Schatz, ich muss“, flüsterte er ins Kinderzimmer hinein, wo Ute, nun in einen Morgenrock gewickelt, in ihrem Stillsessel saß und Luisas Schlaf bewachte. „Sorry, wäre so schön gewesen. Aber es hat einen Kollegen erwischt.“

„Ach du lieber Gott! Was ist passiert? Ist er tot?“

„Zum Glück nicht. Aber man weiß nichts Genaues. Er soll gleich notoperiert werden. Ich melde mich, ja!? Ich schreib´ Dir ´ne WhatsApp, okay?“

„Okay, pass auf Dich auf.“

„Klar, mache ich“, flüsterte Klaus, warf Ute eine Kusshand zu und rannte die Treppe hinunter. Eine Minute später saß er im Auto. Die Scheiben waren zum Glück nur beschlagen, die Straßen gut befahrbar. So konnte er, mit der Kojak-Lampe auf dem Dach, seinem A5 richtig die Sporen geben. Sechs Minuten später bog er bereits in den Herrengarten ein, wo das ‚Capitol‘ unmittelbar gegenüber der Polizeiwache lag.

Auf der breiten Freitreppe des Kinocenters stand der ‚Freak‘, der gerade eine Zigarettenkippe in einem Aschenbecher ausdrückte. „Das gibt´s doch nicht, oder?“, rief er Klaiser zu, als der auf ihn zukam. „Was sind denn das für Zustände?“

„Ja, unerträglich. Grüß Dich ... mal wieder. Wer ist drin?“, fragte Klaus und nickte seitlich ins offene Kino-Foyer hinein.

„Der Inhaber, Bernd Dickel, Sam Weinrebe, Pattrick Born und Claudia Siegemund.“

Irritiert schaute Klaus zum ‚Freak‘ herüber. „Also, alles was recht ist, lieber Sven. Auch wenn es sich hier um den Mordanschlag auf einen Kollegen handelt, so musst Du doch nicht all unsere Personalressourcen aus der Deckung schießen. Wir haben doch mit der Preisdorf-Geschichte wahrlich genug zu tun."

„Hab´ ich ja auch nicht, Chef. Aber Pattrick *musste* ich anrufen, weil ich Dich nicht erreichen konnte. Und Claudia tauchte hier von allein wieder auf."

„Wieso *wieder*?"

„Sie erzählte, sie hätte auch im Kino gesessen und sich den Film angeschaut, sei aber früher gegangen und mit einem Bekannten da vorne ins Bistro gegenüber der Katholischen Kirche gegangen. Später wären plötzlich Rettungswagen vorbeigerast und kurz darauf sei ein Paar aufgetaucht, das von einem Mordanschlag im Kino berichtet habe."

„Da musste sie natürlich herkommen."

„Natürlich. Hätte ich ja auch gemacht, Chef."

„Nenn mich bitte nicht immer ‚Chef'. Das ist irgendwie blöd."

„Okay Ch..." Sven grinste etwas deplatziert.

„Und sie war tatsächlich in der Vorstellung? ... Das macht ja Hoffnung auf eine Augenzeugin. Komm, lass´ mal gucken, geh mal voraus", sagte Klaiser und lief Lukas hinterher ins Lichtspielhaus hinein.

„Hier drüben ist es", zeigte der Kollege auf den linken Eingang hinter Kasse und Popcornautomat. Bis auf Theke und Bistromöbel war hier alles in Karminrot gehalten. So wurde in den Kinobesuchern wohl ein heimeliges Gefühl erzeugt, das ihnen den Aufenthalt angenehmer gestalten sollte.

Eine eher schwummerige Beleuchtung empfing sie im Kinosaal, der wohl achtzig Plätze mit kleinen Tischlein bot, auf denen noch leere Becher und Flaschen standen. Ganz vorne links standen die Kollegen im Halbkreis um einen großen, gut aussehenden Mann mit Bart herum.

Als Klaus und Sven näher kamen, schaute der Mann auf und fragte Bernd Dickel etwas. Der nickte, zeigte auf Klaiser. „Genau, das ist der Chef der Kriminalpolizei. Vielleicht hat er noch ein paar Fragen an Sie. Tut mir leid. Aber das muss jetzt sein."

„Kein Problem", antwortete der Angesprochene. Die Ereignisse des Abends hatten ihm eine leichte Blässe ins Gesicht gezeichnet. „Ich grüße Sie", streckte er dem Kriminalisten die Hand hin, „ich bin Bernd Womelsdorf, Inhaber des Kinos."

„Angenehm, Klaus Klaiser von der Kripo", erwiderte der den Gruß. „Das ist mein Kollege Sven Lukas. Aber den haben Sie ja wohl schon gesehen." Der Kinomann nickte.

Klaiser bat um Entschuldigung und wendete sich an die Kollegen: „Grüß Euch. Was wissen wir bisher?"

„Nichts von größerer Bedeutung, leider", berichtete Pattrick. Bis auf die Tatsache, dass Herr Womelsdorf zum Glück unmittelbar nach Ende der Vorstellung in den Saal kam, um aufzuräumen und Fundsachen sicherzustellen. Dabei hat er Philip Kretschmann entdeckt, der im Sitz total zusammengesackt gesessen habe und von hinten auf Anhieb gar nicht zu erkennen gewesen sei."

„Wo saß er, könnt Ihr mir das zeigen? Herr Womelsdorf, am besten kommen Sie gleich mit."

Der Kinobesitzer zeigte in die dritte Reihe. „Dort in der Mitte saß er, den Oberkörper halb auf dem hochgeklappten Sitzpolster des Sessels links daneben, den Kopf auf der Brust." Mit einer lichtstarken Handlampe hellte er den Bereich auf, fast wie in einer Zirkusmanege. Blut troff vom Sitz herab und bildete darunter eine große Lache. Von dort aus verliefen Blutspuren am Boden zwischen den Reihen bis zum Aufgang auf der anderen Seite.

„Auch wenn Sie´s schon mal gemacht haben, Herr Womelsdorf. Tun Sie mir bitte den Gefallen und erzählen noch mal, wie Sie ihn gefunden und was Sie dann getan haben."

„Natürlich. Ich war reingekommen und wollte schnell sauber machen. In den beiden anderen Sälen lief noch Programm. Als ich mit meinem Mülleimer hier", er zeigte auf einen Kübel auf der linken Seite, „schon den seitlichen Aufgang links durchhatte und aufschaute, sah ich zunächst nur etwas in der dritten Reihe liegen. ‚Eine Jacke oder ein Mantel', dachte ich. Beim näheren Hinsehen habe ich dann begriffen, dass da ein Mensch mehr oder weniger seitlich im Sitz hängt.

Ich dachte zuerst, der Mann sei tot. Er rührte sich nicht. Erst als ich nahe dran war, hörte ich ein leises Röcheln. Da habe ich ihn aufgerichtet und sah, wie Blut aus seiner Brust sprudelte."

„Oh Gott. Und dann?"

„Ich hab´ ihn sofort hochgenommen, im Affengriff nach draußen gezogen und die Rettung angerufen. Danach habe ich die Wunde, so gut es ging, mit einem Handtuch durch Druck verschlossen."

„Mustergültig", stellte Klaiser fest. „Wenn der Kollege das überlebt, hat er es wohl in erster Linie Ihnen zu verdanken."

„Haja, das hätten Sie doch auch gemacht", tat der Mann das Lob ab. „Es war doch auch sonst niemand hier." Erst jetzt erkannte der Hauptkommissar, dass Womelsdorfs blaues Poloshirt mit Blut verschmiert war.

„Übrigens" schaltete sich Bernd Dickel jetzt ein, „Du solltest wissen, dass Philip Kretschmann heute Nacht noch operiert wird. Eine ziemlich komplizierte OP, weil seine Lunge durch den Stich schwer in Mitleidenschaft gezogen worden ist.

Das ist aber hier in Berleburg nur möglich, weil kurzfristig ein Spezialist von der Uni Marburg für den Eingriff gewonnen werden konnte. Und der wird von den Kollegen der hessischen Polizeifliegerstaffel per Helikopter hergebracht."

„Wow, das ist ja mal ´ne richtig tolle Form der länderübergreifenden Kooperation", staunte Klaiser. „Hoffentlich hilft das dem armen Kollegen."

„Ja, das hoffen wir alle. Ich hab schon einen Horror bekommen, als ich erfuhr, dass Kretschmann unter keinen Umständen transportfähig ist. Zumal es hier ja auch keinen nachtflugtauglichen Hubschrauber bei der Rettung gibt. Nur wir bei der Polizei haben welche. Aber mit denen kann man natürlich keinen Schwerstverletzten transportieren."

Der ‚Freak' hatte sich derweil zu Claudia und den anderen in die erste Zuschauerreihe gesetzt. ‚Rasiersitz' nannte man früher solche Plätze. Weil man, um die ganze Leinwand im Blick zu haben, immer den Kopf im Nacken halten musste. Sonst wäre einem oben im Bild was verloren gegangen.

„Hast Du den Kretschmann eigentlich bei der Vorstellung gesehen?", fragte er die Kollegin.

„Vorher schon", antwortete Claudia. Er war mir im Foyer schon aufgefallen. Weil er unter seiner Jacke noch Uniform trug. Er stand am Schalter und kaufte eine Karte, Cola und Popcorn."

„Und? Hast Du ihn angesprochen. Oder er Dich?"

„Nee. Denn ich hatte den Eindruck, er wartet auf jemanden. Und da wollte ich nicht stören."

„Ist diese oder dieser Jemand denn auch gekommen?"

„Nicht, während ich noch im Foyer war."

„Auf *wen* hat er gewartet?" Weinrebe wollte ebenfalls an dem Gespräch teilnehmen, hatte aber die Hälfte nicht mitbekommen. Er erntete Schulterzucken.

„Vielleicht ja auf seine Zimmervermieterin, diese Frau Benner. Von der schwärmte er heute Abend so sehr", vermutete

Sam. Er war ganz rappelig. Schließlich war er ja bei dem Eierlikör-Trinken am späten Nachmittag mit dabei. Da hatte Kretschmann, neben dem Rest aus der Pulle, auch noch zwei, drei Flaschen Bosch getrunken. Und Sam hatte ihn auch noch dazu ermuntert. Kretschmann solle mal zeigen, was er für ein Kerl sei.

Deshalb war der junge Kollege auch nicht mehr nach Dotzlar gekommen, um sich umzuziehen. Der Diensthabende hatte kurzerhand die Autoschlüssel des ‚Durchlauferhitzers' einbehalten.

„Keine Ahnung, auf wen er gewartet hat", meinte Claudia. Auf jeden Fall saß während der Vorstellung so´n Typ rechts neben ihm."

„Wie 'n Typ? Was´n für´n Typ?", wollte Pattrick wissen.

„Weiß nicht. Irgend so´n smarter Kerl, der sich immer wieder mal zu Kretschmann rüber neigte."

„Werden sich zufällig unterhalten haben", meinte Born.

„Glaub´ ich nicht. Das sah eher so aus, als hätten die was miteinander."

Pause. Die Beamten schauten erst Claudia und dann sich der Reihe nach mit großen Augen an.

„Du meinst, Kretschmann und der Typ nebenan seien homosexuell?"

„Weiß man´s? Ist ja nur ´ne Vermutung. Aber selbst wenn ..."

„Nääää, glaub´ ich nicht", war Weinrebe überzeugt. So, wie der auftritt, ist der nie und nimmer schwul. Der hat absolut nichts Weibisches an sich. Und verweichlicht scheint er mir auch nicht gerade zu sein."

Claudia wiegte den Kopf. „Also dafür würde ich meine Hand nicht ins Feuer legen. Das war irgendwie ganz komisch und sah sehr vertraut aus."

„Ja und wie ging´s weiter?“ Pattrick schien, als erwarte er jetzt die ganze Wahrheit und die Lösung auf die Frage nach dem Täter.

„Keine Ahnung. Hat mich auch nicht interessiert. Von mir aus kann schwul sein, wer will. Auch ein Kollege. Das juckt mich nicht.“

Die anderen natürlich auch nicht. Taten sie zumindest vielstimmig kund.

Im Übrigen, so Claudia, sei schließlich auch sie nicht allein ins Kino gekommen und habe sich mehr für den Film interessiert. „Aber der war nicht so der Brüller.“ Deshalb seien sie und ihr Begleiter auch lange vor dem Ende gegangen. „Mehr kann ich nicht sagen“, meinte sie schulterzuckend.

„Haste nicht wenigstens ´n kleinen Hinweis darauf, wie der ‚Typ‘ ausgesehen hat. Was hatte er an? Wie groß? Welche Haarfarbe? Lauter solche Sachen. Du weißt doch, was gefragt ist.“ Der ‚Freak‘ bohrte ziemlich massiv nach. Es konnte doch nicht sein, dass eine Kollegin einen Menschen einfach mit ‚so´n Typ‘ beschreibt.

„Lass mich mal überlegen“, sagte Claudia und rieb mit Daumen und Mittelfinger ihre Stirn. „Das war zu dunkel, um irgendwas konkret erkennen zu können.“

„Schade. Wäre so schön gewesen.“ Sven Lukas stand auf und wollte schon in Richtung Ausgang abdrehen, als die Kollegin ihn plötzlich an der Jacke festhielt.

„Ja, aber warte, ein bisschen was kann ich schon noch beisteuern.“

„Aha. Und was?“

„Der Typ hatte breite Koteletten und gegeltes, dunkles Haar, das nach hinten gekämmt war. Das fiel mir deshalb auf, weil das Haar immer im Licht der Leinwand reflektierte, wenn er den Kopf drehte. Und das mit den Koteletten war einfach nur antiquiert und affig."

„Ja Mensch, das ist doch schon mal was." Ein erfreutes Lächeln huschte über Lukas´ Gesicht. „Damit kann ich doch schon mal 'n bisschen was anfangen. Weißte auch noch was über die Klamotten, die er trug?"

„Nee. Wirklich nicht. ... Oder doch! Klar weiß ich das!" Claudia war plötzlich ganz euphorisch. „Natürlich. Das muss ´ne ziemlich dicke hellgraue Winterjacke mit Kapuze gewesen sein. Und die Kapuze hatte einen Pelzrand."

Sie schüttelte den Kopf. „Ich blöde Kuh. Hätte mir auch früher einfallen können. Der Kerl hatte die Kapuze nämlich hinter sich im Sitz eingeklemmt und immer wieder daran gezupft, bis sie draußen war. Ich hab´ noch gedacht: ‚wie dämlich ist der denn? Der muss doch nur mal kurz aufstehen. Und dann hat sich der Lack.' 'tschuldigung. Das hatte ich überhaupt nicht mehr auf´m Schirm."

„Hey, alles gut", freute sich der ‚Freak'. „Das ist mehr, als man noch vor zwei Minuten erwarten durfte. Du musstest Dich ja auch noch ein wenig auf Deinen Begleiter konzentrieren. Wo is´n der überhaupt?"

Claudia lief rot an. „Geht Dich überhaupt nix an."

„Stimmt. Sorry. Da haste recht. Lass uns aber bitte noch mal rekapitulieren.

Wir suchen also jetzt einen ‚gegelten' Mann mit nach hinten gekämmtem Haar und kleinem Dutt, der eine dicke, hellgraue Winterjacke mit Kapuze und Pelzbesatz trug oder noch trägt. Größe?"

„Hä?"

„Wie groß ist der Mann in etwa? Was schätzt Du?"

„Keine Ahnung. Ich hab´ ihn ja nur sitzend gesehen. Tut mir leid."

„Kräftige Gestalt, oder eher schmächtig?“ Sven ließ nicht locker.

„Och Mensch, woher soll ich das denn wissen? Ich war doch weit hinter ihm.“ Claudia machte mittlerweile einen genervten Eindruck. „Weiß nicht. Nicht unbedingt der Typ viertüriger Kleiderschrank, aber auch kein Spargeltarzan. Irgendwo dazwischen. Glaub´ ich zumindest.“

Klaus Klaiser und Bernd Dickel waren mittlerweile wieder im Foyer. Der Erste Hauptkommissar telefonierte angestrengt und machte einen angefressenen Eindruck. „Entschuldigen Sie nochmals, bitte. Aber es wird doch möglich sein zu erfahren, ob die Operation unseres Kollegen gut verlaufen ist“, sagte er und trommelte dabei mit den Fingern der freien Hand auf der Thekenplatte.

„Nein“, rief er nach einer Weile des Zuhörens, „ich bin weder sein Vater, noch sonst ein Angehöriger. Ich bin der Revierleiter der Berleburger Polizei. Philip Kretschmann ist einer meiner Polizeibeamten.“ Die Gegenseite schaltete offenbar auf stur. Und der sonst so besonnene Polizeichef bekam langsam das ‚große Qualstern‘. „Sagen Sie, können Sie mir denn wenigstens sagen, ob der Hubschrauber mit dem Chirurgen aus Marburg mittlerweile gelandet ist? ... Dürfen Sie auch nicht? Oh Herr, schmeiß Hirn vom Himmel“, murmelte er schließlich und drückte das Gespräch weg.

Einen Moment lang schien er wie eingefroren. Doch dann ging ein Ruck durch Dickel. „Du, tut mir leid“, rief er Klaus Klaiser zu, „ich fahre jetzt sofort ins Krankenhaus. Ich werde noch verrückt hier. Kann ich Euch alleine lassen?“

„Natürlich, gar keine Frage. Sieh Du zu, dass Du dorthin kommst. Wir drücken dem Kollegen von hier aus alle Daumen.“

„Danke Euch“, rief Bernd und war schon auf dem Weg nach draußen, wo wenige Sekunden später ein Zivilstreifenwagen vom Parkplatz gegenüber startete. Der Mann, der ziemlich was von Magnum hatte, sorgte sich um den jungen Kollegen. Es machte ihn fertig, zu wissen, dass Kretschmann um sein Leben kämpfte und selbst nichts tun zu können.

Samstag, 20. Januar

Es war gerade halb fünf am Morgen, als eine Schwester Bernd aus einem tiefen Schlaf riss. Er hatte im Traum gerade ein Messer hinter dem hochgeklappten Sitzpolster eines Kinositzes gefunden und war dabei, den eingravierten Namen zu lesen.

„Herr Dickel, ... Herr Dickel, ... hallo, Herr Dickel", drang es immer deutlicher an sein Ohr. ‚Warte, warte, warte', sagte er sich, noch im Halbschlaf, ‚ich hab´s gleich.' Aber just in dem Moment, in dem er den Namen auf der blutverschmierten Klinge entziffern konnte, waren die Traumbilder schlagartig weg. Statt der Buchstaben erschien vor seinen Augen ein Gang mit mehreren Wartestühlen und ein blauer Kittel in Bewegung.

Als er langsam an dem Gewand hochschaute, erkannte Bernd zuerst einen heruntergeklappten Mundschutz und weiter oben ein nettes Frauengesicht, das unter einer ebenfalls blauen Haube hervorschaute. Die Frau rüttelte leicht an seiner Schulter. „Herr Dickel", sagte die Schwester. „Sie können jetzt beruhigt nach Hause gehen. Ihr Kollege hat die Operation gut überstanden. Professor Langhein hat die Blutungen stoppen und alle verletzten Organe und Gefäße wieder verschließen können. Der Patient hat lediglich einen kleinen Teil seines linken Lungenlappens eingebüßt. Aber das sei kein Problem, lässt der Professor ausrichten."

Dickel fuhr sich gähnend mit beiden Händen übers Gesicht und durch die Haare. So ganz wach war er noch nicht. Allerdings schon so fit, dass er jetzt begriff, was um ihn herum vorging. „Heißt das, Kretschmann geht es gut?"

„Kann man so sagen. Den Umständen entsprechend, natürlich. Er wird eine Weile brauchen, um wieder richtig auf den Damm zu kommen. Aber Sie müssen sich akut keine Sorgen machen."

„Wo ist er denn? Kann ich ihn sehen?"

„Sehen schon. Aber nicht mit ihm reden. Er wurde gerade auf die Intensivstation gebracht und schläft – unter starken Schmerzmitteln."

Bernd musste sich heftig strecken, um die Steife aus seinem verspannten Körper herauszubekommen. Über vier Stunden hatte er erst halb, dann ganz schlafend auf einem Schalensitz zugebracht. Das nahmen selbst die Muskeln eines durchtrainierten Polizistenbodys übel.

Aber er hatte sich schnell wieder unter Kontrolle und marschierte forschen Schrittes hinter Schwester Gabi her. Eine Etage rauf, zweimal links und durch eine Milchglastür, deren Aufschrift Menschen wie ihm den Durchgang eigentlich verboten. Draußen hörte man das immer stärker werdende Geräusch eines startenden Helikopters.

Plötzlich stoppte die Dame in Blau vor einer Glasscheibe, hinter der sich gerade zwei ihrer Kolleginnen um alle möglichen Gerätschaften mit jeder Menge Kabeln kümmerten. Zwischen ihnen, und an die Kabel angeschlossen, lag Philip Kretschmann, dessen Oberkörper mit einer Art Klebefolie überzogen war. Sachte hob und senkte sich sein Brustkorb mit Unterstützung einer Beatmungsmaschine. Das gleichmäßige ‚glllllch-pfffff-glllllch-pfffff' konnte man auch diesseits der Scheibe hören. Philips Gesicht machte einen total entspannten Eindruck. Er schien tief zu schlafen.

„Sehen Sie", sagte Schwester Gabi, „es geht ihm gut. Und es wird alles für ihn getan. Machen Sie sich keine Sorgen. Ihr Kollege wurde von einem der bundesweit führenden

Lungenfachmänner operiert. Ich war mit im OP und bin tief beeindruckt von dem, was ich dort gesehen und erlebt habe."

Dankbar drückte der Polizeichef die Hand der OP-Schwester, nickte ihr still zu und machte kehrt. Jetzt zu reden hätte offenbart, dass er vor Freude fast weinte. Aber das hatte Gabi auch so gemerkt. „Alles Gute", gab sie ihm mit auf den Weg nach draußen.

Als Bernd das Krankenhaus verließ und die wenigen Meter zu seinem Wagen lief, durchfuhr ihn ein eiskalter Schauer. Er mochte auch durch die kühle Morgenluft verursacht worden sein. Vor allem aber durch das Erkennen, dass soeben ein junger Kollege dem fast sicheren Tod entronnen war. ‚Was war das nur für ein Mensch, der Kretschmann sein Messer zwischen die Rippen gerammt hatte? Und was hatte ihn dazu angetrieben?

Waren es Polizeiroutine oder durchaus menschliche Rachegelüste, die er plötzlich verspürte? Oder war es beides? Jedenfalls schwor er Philip Kretschmann in Gedanken: ‚Den kriegen wir! Das verspreche ich dir hoch und heilig, mein Junge.'

Seltsam, noch vor zwölf Stunden hatte er den ‚Durchlauferhitzer' gesiezt und sich über dessen affektiertes Verhalten aufgeregt. Aber der junge Mann war einer ‚seiner' Polizisten. Und für die trug er, wenn es darauf ankam, auch so etwas wie väterliche Verantwortung.

Per Smartphone unterrichtete er die Kollegen auf der Wache über die Rettung Kretschmanns und schickte Klaus Klaiser eine WhatsApp mit der gleichen Nachricht. Dann machte sich Bernd auf den Heimweg. Schlaf war das Wichtigste, was er jetzt brauchte.

Ute Sahm war außer sich. Wut und Trauer ließen sie hilflos auf die Spuren eines Massakers schauen, das sich in der vergangenen Nacht auf ihrer Weide abgespielt hatte. „Wer ist das denn, der uns ein Tier nach dem anderen klaut und jetzt auch noch auf der Weide umbringt?" Die Züchterin kämpfte mit den Tränen.

Vor ihr lagen die Eingeweide einer einjährigen Ziege und deren abgetrennter Kopf. Verspritztes Blut und eine große dunkelrote Lache kennzeichneten den Tatort. „Was für eine unglaubliche Sauerei!", rief ihr Mann, der gerade hinzugekommen war. „Ich ruf´ die Polizei an. Die müssen jetzt was tun. Das geht so nicht weiter."

„Und wir müssen die Tiere in den Stall sperren und ihn absolut dicht machen. Das mit dem Offenstall müssen wir aufhören. Sofort!" Mit einer kreisenden Handbewegung forderte ihn seine Frau auf, sofort aktiv zu werden. Zwanzig Minuten später waren alle Ziegen im Stall und mit Heu versorgt, das Tor zur Weide hin verriegelt. Das Gemecker drinnen zeugte vom Widerwillen der Tiere, sich mit so wenig Auslauf begnügen zu müssen.

Kurz darauf war die Polizei in Bad Laasphe informiert. Aber der Samstag gehörte nicht zu den Tagen mit starker Besetzung der Wache. Und so delegierte der alarmierte Beamte den Fall ‚Ziege' an die Berleburger Kollegen. Die seien ja auch schon tags zuvor dort tätig gewesen, weil sich niemand aus dem Lahntal darum hatte kümmern können. Die Hälfte der Kollegen war bei einer Fortbildung gewesen.

„Herrgottnochmal, muss das denn ausgerechnet jetzt sein?" Rüdiger Mertz hatte seine Bohrmaschine aus der Hand legen müssen, um sie gegen das Handy zu tauschen, das ihm seine Frau entgegenhielt. „Die Wache", hatte sie nur gesagt und ihm das Teil in die Hand gedrückt. Mit steinernem Gesichtsausdruck.

„Ja“, meldete er sich knapp, „was gibt´s? ... Was denn, schon wieder? Wie denn? ... Was? Tot?“ ... Mertz hörte gespannt zu. Noch immer stand er auf der Leiter im Schlafzimmer, wo neue Vorhänge darauf warteten, an einer ebenfalls neuen Stange aufgehängt zu werden. „Ach komm, mach kein´ Scheiß jetzt“, motzte er ins Mobiltelefon, „weiß Theo schon Bescheid? ... Na, dann ruf´ den bitte auch an. Er soll mich hier abholen.“

„Wie, musst Du schon wieder mal fort? Das gibt´s doch gar nicht, Mensch.“ Mareike Mertz war schwer angefressen. „Kannst Du nicht einmal mehr am Wochenende die wichtigsten Arbeiten zu Hause erledigen, ohne dabei gestört zu werden?“ Wütend schmiss sie den Staubsauger an, um den letzten Rest des heruntergerieselten Bohrstaubs vom Boden wegzubekommen.

Rüdiger, der mittlerweile von der Leiter gestiegen war, umfasste sachte ihre Schultern und wollte sie besänftigen. Aber sie wandte sich nur ab und rief gegen das Staubsaugergebrüll: „Lass mich in Ruhe und hau ab. Ich hab´ so die Nase voll von Deinem Scheiß-Job!“

Ihr Mann wusste, dass es besser war zu schweigen. Denn was Diskussionen über Sinn und Unsinn außerdienstplanmäßiger Einsätze anbelangte, hatten die beiden reichlich Übung. Mareike konnte sich einfach nicht damit abfinden, dass Rüdiger stets dann zur Verfügung stehen musste, wenn es mal wieder brannte. Vor allem, wenn es auch noch um einen Fall ging, den er zu betreuen hatte.

Als er die Schlafzimmertür erreichte, drehte er sich um und wollte vorschlagen, wenigstens noch die restlichen beiden Löcher zu bohren. Doch sie nahm nicht einmal mehr Notiz von ihm. Der Staub schien sie mehr zu beschäftigen.

‚Mist', dachte Mertz, als er im Bad verschwand, um sich in einen zivilisierten Menschen zurück zu verwandeln. Vor allem der Dreck aus den Haaren musste raus. Da wäre eine kurze Dusche ganz gut. Aber dafür war jetzt keine Zeit. Also improvisierte er mit Kamm und Bürste, wusch sich schnell und zog die schmutzigen Klamotten aus.

Draußen wurde es leise. Dann flog die Tür auf und ein Staubsaugerrohr samt Düse kam herein. Hinten dran Mareike. Mit Tränen in den Augen. „Entschuldige, das war gemein von mir. Ich weiß, dass Du bei solchen Anrufen keine Alternative hast. So habe ich Dich kennengelernt. Und so wird es auch bleiben." Dann gab sie ihm einen Kuss und verschwand wieder.

Während er von Theo Schöneborn nach Fischelbach chauffiert wurde, musste Rüdiger Mertz über sein Zuhause nachdenken. Mareike hatte ja recht. Diese unstete Lebensweise war nichts, was einem Partner gefallen kann. Vor allem dann, wenn der geliebte Mitmensch auch noch den ganzen Tag daheim ist. Die beiden hatten zwar keine Kinder. Doch seine Frau kümmerte sich aufopferungsvoll um ihren dementen Vater.

Viel Platz für anderes war da nicht. Einmal auszugehen, mal ins Theater oder ins Kino. Das war für beide reiner Luxus. Vielleicht alle fünf, sechs Wochen einmal. Je nachdem, wann Mareikes Schwester Swantje Zeit hatte vorbeizukommen. Die lebte und studierte in Bonn und hatte jede Menge Jobs, um sich über Wasser halten zu können. Da waren häufige Besuche in Röspe nicht drin.

Rüdiger liebte seine Frau für ihr großes Herz und ihre Bereitschaft, in der relativen Abgeschiedenheit des kleinen Ortes zu wohnen. Immerhin aber waren sie dort Hausbesitzer. Der Vater, einst als Flüchtlingskind aus Schlesien nach Wittgenstein gekommen, hatte ihnen den schmucken Fachwerkbau schon zur Hochzeit überschrieben. Schon dessen Vater hatte das Haus erbaut, war aber in den 60er Jahren an den Folgen alter Kriegsverletzungen gestorben.

Es war ein sonnenklarer Vormittag, an dem die beiden Polizeibeamten dem südwestlichsten Ort des Altkreises Wittgenstein entgegensteuerten. Die Fahrerei machte keine Probleme. Trockene Straßen, wenig Verkehr. Nur hin und wieder Aufräumkommandos entlang der Straßen. Noch immer lagen große Mengen Bruchholz an den Fahrbahnen, die nur notdürftig zur Seite geräumt worden waren.

Die Waldbauern hatten aus Kyrill gelernt.

Auf der Ziegenfarm herrschte große Aufregung. In den Stallungen das Gemecker der Ziegen, die auf ihre Art um Freiheit bettelten. Und draußen eine heftig diskutierende Menschenmenge. Nachbarn waren zusammengekommen, um mit den Sahms gemeinsam zu beraten, wie man den Hof und seine Tiere beschützen könnte.

Entsprechend schwer war es für Rüdiger und Theo, wenigstens Ute Sahm aus der Gruppe herauszulösen und sie zu bitten, ihnen den Tatort und die traurigen Überreste der geschlachteten Ziege zu zeigen. Die Züchterin war total aufgedreht. Hilfloser als an diesem Morgen, sagte sie, habe sie sich noch nie gefühlt. „Was sollen wir denn machen, wenn uns hier einer fertig machen will oder eine wild gewordene Horde irgendwelcher Menschen Hunger auf Ziegenfleisch hat? Wir können doch nicht Tag und Nacht Wache stehen."

„Haben Sie denn nicht irgendeine Ahnung?", fragte Mertz sachte nach. „Eine Ahnung, wer Ihnen da schaden will?"

„Oder wissen Sie vielleicht, ob es hier in der Gegend in der Vergangenheit schon mal vorgekommen ist, dass Ziegen oder vielleicht Schafe auf der Weide geschlachtet und fortgeschleppt wurden?", fügte Schöneborn an.

Ute Sahm, die strammen Schrittes über die Weide vorausgelaufen war, blieb stehen und drehte sich herum. „Nein. Nichts. Überhaupt nichts! Ich habe weder eine Ahnung, noch weiß ich etwas darüber, wo Weideschlachtungen hier in der Gegend stattgefunden haben." Man konnte Verzweiflung in ihrem Gesicht erkennen. Dann drehte sie sich wieder um und marschierte zu der Stelle, an der der Rest des Ziegenkadavers lag. Kein schöner Anblick. Auch nicht für die Polizisten.

„Also ich bin zwar kein Fachmann", gab Theo zu bedenken, der sich in die Hocke begeben und die Überreste genauer beäugt hatte, „aber das sieht hier aus wie die Arbeit eines Menschen, der das nicht zum ersten Mal gemacht hat."

„Wie kommst Du darauf?", wollte Rüdiger wissen.

„Na, zum einen siehst Du nicht eine Stelle, an der die Innereien verletzt sind. Und zum anderen ist der Kopf sauber abgetrennt. Offenbar mit entsprechendem Werkzeug. So, als habe da ein Metzger seine Hände im Spiel gehabt."

„Ach, das glauben Sie doch selbst nicht", ereiferte sich Ute Sahm. „Welcher Metzger würde sich denn dafür hergeben, eine solche Schweinerei auf einer Wiese zu veranstalten? Noch dazu in der Nacht."

„Ich kann es Ihnen nicht sagen." Schulterzuckend schaute Schöneborn zu ihr herüber, als er sich wieder aufgerichtet hatte. „Auf jeden Fall denke ich, dass sich das hier ein Veterinär genauer anschauen sollte. Was denkst Du, Rüdiger?"

„Sehe ich auch so", antwortete der. „Spurensicherung können wir uns allerdings schenken. Hier ist ja nicht mal ein Fußabdruck zu sehen. Oder haben Sie etwas Besonderes entdeckt an Ihren Zäunen, Frau Sahm?"

Die Züchterin schüttelte nur leicht den Kopf, war aber offenbar nicht ganz bei der Sache. Irgendetwas schien sie zu beschäftigen, während sie versonnen hinunter in den Ort schaute.

„Frau Sahm ..., hallo, Frau Sahm ... ." Rüdiger Mertz versuchte die Aufmerksamkeit der offensichtlich traurigen Frau auf sich zu lenken. Das war nicht ganz einfach. Denn noch immer blickte sie, irgendwie grübelnd, hinunter nach Fischelbach. „Frau Sahm, wir müssen hier irgendwie weiterkommen", erneuerte Rüdiger seinen Versuch. Da zuckte die Züchterin zusammen.

„Wie ... weiterkommen? Was meinen Sie?", fragte sie etwas verwirrt.

„Haben Sie einen Tierarzt oder eine Tierärztin an der Hand, die uns hier weiterhelfen könnten?"

„Einen Tierarzt? J... ja. Klar haben wir einen Tierarzt. In der Tierklinik Gießen. ‚Doc Fury' lebt ja nun leider nicht mehr, der arme Kerl. Der ist auch umgebracht worden", brachte sie etwas unpassend ins Spiel. Aber wer mochte das der Tierliebhaberin angesichts dieses Tatbestandes verdenken?

„Ja, das wissen wir. Er wurde im vergangenen Jahr ermordet. Furchtbare Sache", erinnerte sich Mertz mit Magengrimmen. Rüdiger war damals mit am Tatort gewesen und hatte den erschossenen Tiermediziner gesehen. „Doktor Jo Kalkbrenner. Richtig, ‚Doc Fury' haben sie ihn genannt. Vor allem, weil er sich wohl in erster Linie um die Pferde der Reitvereine im Edertal gekümmert hat. Und der war Ihr Tierarzt?"

„Oh ja. Und was für ein toller. Ein Fachmann par exellence. Und immer gut drauf", schüttelte sie wieder den Kopf. „Ein Klassemann!"

‚Ja', dachte Rüdiger, ‚und nicht selten voll auf Koks. Was ihn letztlich auch das Leben gekostet hat.' Wegen seiner Kokainabhängigkeit war Kalkbrenner nämlich an den übelsten und brutalsten Dealer geraten, der hier je in Erscheinung getreten war. Ein Mann namens Falk. ‚Ein unglaubliches Dreckschwein', erinnerte sich Mertz. ‚Einer, der über Leichen ging. Auch über die von Doc Fury, den er in einer Jagdhütte einfach erschossen hatte.' Danach allerdings hatte sich der Verbrecher selbst das Leben genommen.

„Ja, okay, dann machen wir das, Frau Sahm. Wir sehen zu, dass wir so schnell wie möglich einen Tierarzt bitten, hierher zu kommen. Aber keinen aus Gießen. Am besten den Amtstierarzt. Der soll sich die Überreste der Ziege einfach mal anschauen und uns seine Meinung zur Art der Schlachtung und des Zerlegens sagen. Soweit er das überhaupt noch erkennen kann, versteht sich."

Mertz hatte die Züchterin dabei intensiv angeschaut und den Eindruck, dass er mit jedem Wort neu in eine Gedankenwelt einbrechen müsse, in der sie gerade versuchte zurecht zu kommen. „Und Sie bitte ich noch einmal, sich zu erinnern, ob es nicht doch schon einmal einen solchen Fall hier irgendwo gegeben hat. Wir werden es unsererseits über Recherchen in den Polizeiakten versuchen." Dann hatte er über die Wache in Berleburg telefonisch den Amtsveterinär angefordert.

Ute Sahm wollte es nicht so recht wahrhaben, was ihr da vorhin eingefallen war. Aber abschütteln konnte sie den Gedanken auch nicht mehr. Henrik Müller war ihr wieder in den Sinn gekommen. Ein Mann, der damals, als die Sahms mit der Zucht der Pfauenziegen begonnen hatten, Gift und Galle gespuckt und sie alles geheißen hatte.

Müller, einstiger Gourmetrestaurant-Besitzer und Züchter seltener Rinderrassen, hatte es nämlich auf das Weideland der Sahms abgesehen und immer wieder mal vorgesprochen, ob er die bis dahin noch ungenutzten Wiesen nicht pachten könne. Doch die Besitzer mochten ihm damals keine feste Zusage geben, weil sie selbst noch auf die Anerkennung als

Zuchtbetrieb warteten und behielten sich eine Antwort für die folgenden Wochen vor.

Doch Müller hatte zu dieser Zeit in angeblich weiser Voraussicht bereits mehrere schottische Galloways gekauft und war, ohne das Wissen der Weidebesitzer, auf deren Flächen als Ganzjahresweide angewiesen. Aber sein Traum platzte in dem Moment, in dem das Fischelbacher Ehepaar die ersten Zuchtziegen anschaffte und es dem Gastwirt unmöglich machten, seine zotteligen Hochlandrinder dort grasen zu lassen.

Ein gewaltiges Verlustgeschäft für den gebürtigen Fischelbacher, der einst nach einer Metzger- und einer Kochlehre ausgezogen war, um bei internationalen Spitzenköchen zu lernen. Und der es damit selbst zum Küchenmeister brachte, dem erlesenste Menükreationen selbst im Halbschlaf gelangen.

Die Konsequenz für ihn war gnadenlos. Die zehn Galloways mussten geschlachtet und deren exquisites Fleisch über heimische Metzger mehr oder weniger ‚verhökert' werden. Solche Mengen teurer Fleischwaren verträgt der Markt nicht so ohne weiteres. Vor allem nicht, wenn die großen Festtage wie Weihnachten und Neujahr gerade vorbei sind. Und Müller selbst konnte allenfalls eineinhalb Rinder in der Kühlung seines Hauses unterbringen, um fortan Filets, Steaks und dergleichen in Massen anzubieten.

Außerdem war er auf das Geld angewiesen. Denn er musste seine Rinderhändler bezahlen. Wären die Tiere aber am Leben geblieben, hätte er die Verkäufer am Erlös einer eigenen Zucht beteiligt und nur in Raten zahlen müssen. So war der Deal.

‚Auf den Tag genau vor 17 Jahren, am 20. Januar 2001, hat Müller plötzlich in unserer Wohnstube gestanden und einen irrsinnigen Terror veranstaltet', erinnerte sich Ute Sahm wieder. ‚Weil jetzt Ziegen auf *der* Weide standen, die *er* für seine Rinder beanspruchte. Dass das Pachtgeschäft gar nicht zustande gekommen war, hat er damals einfach bestritten und die Polizei gerufen.‘

Im Hof der Sahms hatte damals ein Viehtransporter gestanden. Mit Lenkrad auf der rechten Seite und einem schottischen Autokennzeichen. Hinten drauf ziemliche Unruhe. Zehn Galloways. Sie brauchten nach dem langen Transport endlich wieder Auslauf. Doch den konnten ihnen die Hofbesitzer nicht gewähren. So leid ihnen die Tiere auch taten. Das Chaos wäre perfekt gewesen, hätte nur eines der Tiere den Weg hinaus auf die weitläufige Weide gefunden.

So hatten Fahrer und Beifahrer alle Hände voll zu tun, um die Tiere wenigstens mit Wasser und Futter aus Tränkeimern des Hofes zu versorgen, während alle Beteiligten auf eine Polizeistreife warteten.

Deren Besuch war dann allerdings nur eine Art Stippvisite. Denn nachdem die Sahms jede Absprache verneint hatten und Müller keinen Pachtvertrag vorlegen konnte, legten die Beamten dem verhinderten Rinderzüchter den Rückzug nahe. Und den bewachten sie auch. Bis zur hessischen Landesgrenze. Wohin sie nicht nur die Kollegen aus dem Nachbarland bestellt hatten, sondern auch einen Tierarzt. Danach kehrten sie zur Wache in Bad Laasphe zurück, um einen ausführlichen Bericht über den Vorfall zu schreiben.

Auch wenn die Besitzerin der Pfauenziegenzucht sich nicht vorstellen konnte, dass es sich bei den beiden nächtlichen Vorfällen auf ihrem Hof um eine späte Rache des Henrik Müller handelte. So ganz unbehelligt von ihren Gedanken wollte sie Rüdiger Mertz und Theo Schöneborn dennoch nicht lassen. Denn die würden bei der Recherche um ähnliche Vorgänge in der Vergangenheit sicher irgendwann auf eben diesen Bericht der Laaspher Kollegen stoßen. Und dann konnte sie nicht die Ahnungslose spielen.

Also erzählte sie den beiden aus ihrer Erinnerung, nachdem Rüdiger Mertz sie wieder einmal aufgefordert hatte, ins Hier und Jetzt zurückzukehren. Die Polizisten wurden hellhörig. „Wo lebt dieser Henrik Müller?“, wollte Theo wissen, „und wie heißt sein Restaurant?“

„Ich glaube, er lebt in Breidenbach oder in Breidenstein, drüben in Hessen. Bin mir aber nicht so ganz sicher. Denn nachdem sein Restaurant ‚Surprise‘ in Bad Endbach vor die Hunde gegangen war, soll sich seine Spur irgendwie verloren haben, berichteten uns Freunde. Die bedauerten das richtig. Denn als Koch sei Müller eine Granate gewesen.“

„Haben Sie denn jemals wieder Kontakt zu Müller gehabt? Oder hat er Kontakt zu Ihnen gesucht?“, fragte Schöneborn nach.

„Direkten Kontakt nicht. Aber er versuchte damals, kurzfristig einen gerichtlichen Titel gegen uns zu erwirken. Doch das ging für ihn damals total in die Hose. Danach war endgültig Funkstille. War uns, ehrlich gesagt, auch sehr recht.“

„Kann ich gut verstehen“, lächelte Rüdiger Mertz, während sich die drei vom Tatort auf der Wiese zurück zum Hof bewegten. Er überlegte, ob er nicht sofort die Kollegen vom hessischen Nachbarrevier in Gladenbach informieren sollte, kam aber zu dem Schluss, zunächst einmal Bernd Dickel einzuschalten. Und das tat er dann auch. Denn es handelte sich hier schließlich nicht um ein Kapitalverbrechen, bei dem Gefahr im Verzug war.

Der Revierleiter war nur mäßig begeistert, als er von seinem Handy geweckt wurde. Immerhin hatte er gerade erst knapp dreieinhalb Stunden geschlafen. Die Angst um das Leben und das Warten auf das glückliche Ende der Operation seines

Schützlings hatte er auf der Heimfahrt nicht so ohne weiteres aus den Kleidern schütteln können.

Als er aber nach einer leicht genölten Nachfrage, was denn schon wieder los sei, Rüdiger auf der anderen Seite hörte und dessen kurzen Bericht über den neuerlichen Vorfall auf der Ziegenfarm, war Bernd Dickel immerhin wach und interessiert.

„Klar, macht das. Find´ ich ´ne gute Idee. Wenn der Mann tatsächlich noch drüben in Breidenbach oder Breidenstein wohnt und zudem auch noch der Täter war, könnten wir einen schnell gelösten Fall präsentieren und den Leuten in der Pfauenziegenwelt wenigstens die Angst vor einer Wiederholung nehmen."

„Alles klar Chef, machen wir. Sag´ mal, was war denn heute Nacht eigentlich im Kino los? Ich hab´ heute Morgen nur am Rand mitbekommen, dass da einer fast erstochen worden wäre."

„Einer?", ereiferte sich Dickel. „Das war nicht irgend*einer*. Das war unser Kollege Philip Kretschmann, der da abgestochen wurde."

Mertz blieb kurz die Spucke weg. „Wie denn? Der Durchlauferhitzer?"

„Genau der!"

‚Das darf doch nicht wahr sein', raste es Rüdiger durchs Hirn, ‚jetzt gehen sie uns auch schon ans Leder.'

„Wie das denn? Und warum? Habt Ihr den Typen?"

„Wir wissen noch nichts, rein gar nichts! Aber wichtig ist zunächst mal, dass der junge Kollege den Angriff überlebt hat und wieder auf die Beine kommt. Ein ‚Prof.' aus Marburg hat ihn heute Nacht noch operiert und zeigt mit dem Daumen nach oben. Ich war bis heute Morgen im Krankenhaus in seiner Nähe."

„Na Gott sei Dank, Mensch. Das ist ja wenigstens ´ne gute Nachricht." Mertz suchte nach Worten. Doch es fiel ihm nichts so recht Passendes ein. Denn das, was er und Schöneborn gerade zu ermitteln hatten, war dagegen ja eher eine Marginalie. Darum schämte er sich schon fast, Dickel deswegen aus dem Bett geholt zu haben.

„Wieso wusstet Ihr denn eigentlich nichts von dem Überfall heute Nacht?", erkundigte sich Bernd im Gegenzug.

„Tja, weil ich eigentlich frei habe am Wochenende, nicht auf´m Revier war und Theo auch von zu Hause kam. Er war gestern noch spät zu einer Aussage bei der Staatsanwaltschaft in Siegen und hatte den Dienstwagen mit heim genommen. Die Wache hat uns telefonisch über den Ziegenmord informiert und flott gemacht."

Ronja Körner war schon beizeiten aufgestanden und hatte sich landfein gemacht. Die Dusche hatte ihr gut getan. Und ihre Läsionen kamen ihr an diesem Morgen eher wie kleine Zipperlein vor. Nichts tat ihr mehr so richtig weh. Und sie fühlte sich ausgeschlafen und erholt.

Schon lange vor dem Frühstück war sie zur Intensivstation herübergeschlichen, um nach Leon zu sehen. Doch der schlief tief und fest. Allerdings ohne künstliche Beatmung. Als sie sah, dass in seinem Mund kein Sauerstoffrohr mehr steckte und sein Brustkorb sich dennoch hob und senkte, machte Ronjas Herz einen Freudensprung.

„Wir haben ihn gestern Abend bereits aus dem Koma zurückgeholt", flüsterte ihr der Intensivpfleger ins Ohr, der sie auf die Station gelassen und sich hinter ihr an der Scheibe aufgebaut hatte. „Kannst gerne reingehen. Vielleicht wird er ja wach. Heute Nacht war er wohl noch etwas desorientiert, sagten die Kollegen bei der Übergabe. Aber wenn er Deine Nähe spürt ... Wer weiß?"

„Nein, nein, lass ihn lieber noch ein wenig schlafen", sagte sie und schaute ihn mit tränenfeuchten Augen an. „Er braucht das jetzt. Ich komme später noch mal wieder. Nach dem Frühstück." Dann lief sie hinaus, um nicht schon auf der Intensivstation vor lauter Glück laut losheulen zu müssen.

Als es an ihrer Zimmertür klopfte und das allgemeine Rollen der Servicewagen auf dem Flur die Ankunft des Frühstücks ankündigte, hatte sie längst wieder Rouge aufgelegt und den Eyeliner nachgezogen. Sie sah wieder schnieke aus.

Doch was auf dem großen Tablett durch die Tür hereingebracht wurde, wollte sie zuerst nicht glauben. Bis sie erkannte, wer das Tablett trug. Es war ihre Leib- und Magenfreundin Mina, die ganz offensichtlich jemanden bestochen hatte, um an all die wunderschönen Ingredienzien zu kommen, die das Frühstücksbüffet zierten.

Breit lächelnd kam die Hebamme zu ihr ans Bett, ließ Ronja den Duft des Kaffees erschnuppern und fragte: „Kriegst Du das etwa hoffentlich nicht alleine runter, oder darf ich auch was davon haben?"

Natürlich durfte Mina. War auch gar nicht anders geplant. Von ihr natürlich. Denn fünf verschiedene Brötchen hätte Ronja nie und nimmer allein essen können. Und auch die Wurst- und Käseplatte samt Quark und Marmelade konnte bei der Patientin allenfalls das Gefühl der totalen Übersättigung hervorrufen. Dazu hartgekochte Eier, Äpfel, Bananen und eine langstielige Rose. „Die soll ich Dir von Deinen Nachbarn in Berghausen geben", flüsterte Mina ihr zu. „Die sind einfach klasse!"

„Bist Du auch", lachte Ronja und ging samt Tablett herüber zu dem kleinen Tisch, der gerade genug Platz für zwei und ein opulentes Frühstück bot. „Danke, meine liebe, liebe Freundin. Komm, setz Dich und greif´ zu."

Es wurde ein fröhlicher Morgenkaffee, den Mina selbst organisiert und dafür Bäcker und Metzger bereits in aller Frühe heimgesucht hatte. Noch bevor sie ihren Bereitschaftsdienst im Krankenhaus antreten musste. Der Pieper in der Tasche garantierte, dass nicht eine werdende Mama auf Minas Hilfe würde verzichten müssen.

„Ich werd´ übrigens heute entlassen", strahlte Ronja.

„Weiß ich doch längst", strahlte die andere zurück.

„Klar, hätte ich mir ja denken können. Bist ja hier an der Quelle. Aber weißt Du, was das Tollste ist? Leon geht´s besser. Sie haben ihn aus dem Koma geholt", freute sich Ronja noch mehr.

„Weiß ich doch auch schon lange, Du Glückliche", lachte die Freundin zurück. „Mir bleibt nichts verborgen. Weißt Du doch." Dann umarmte sie die werdende Mutter etwas umständlich. Sie saßen über Eck an dem Tisch. Das sah etwas komisch aus.

„Ach Du, ich bin so aufgeregt. Wenn er gleich eventuell sogar aufwacht und mit mir sprechen kann, dann wird alles wieder gut."

„Ich bin sicher, dass alles wieder gut wird", antwortete Mina und biss wie zur Bestätigung in ihre mit Schinken belegte Brötchenhälfte, die mit einem vernehmlichen Krachen Teile ihrer herrlichen Kruste hergab. „Die vitalen Werte Deines Mannes seien astrein, sagen die Kollegen. Da kann gar nichts verrutschen."

„Ich hab´ bloß Sorge, dass Leon ausflippt, wenn er von unserem kaputten Haus erfährt. Ich glaub´, das raubt ihm den Verstand.“

„Ach Schätzchen, mach´ dir doch deshalb nicht solche Sorgen. Erstens ist Euer Haus nicht kaputt. Nur an ein paar Stellen etwas demoliert. Das kriegt man aber ohne große Probleme wieder hin. Das meiste sogar mit einem Eimer Farbe und ein, zwei Pinseln. Und zweitens wird Euch da, wo´s arg verbogen ist, die Versicherung unter die Arme greifen. Da bin ich sicher. Holger Saßmannshausen im Übrigen auch. Der war gestern Abend bereits mit einem Kumpel im und ums Haus unterwegs. Der arbeitet als Versicherungsgutachter. Ich hab´ ihn reingelassen. Hoffe, Du bist einverstanden.“

„Wie? Du warst noch mal in Berghausen?“

„Klar. Hatte ich doch versprochen, dass ich auf alles aufpasse.“

„Och Mensch, Du bist so süß. Jemanden wie Dich kann man sich nur wünschen.“

„Komm, jetzt übertreib´ mal nicht. Und glaub´ bloß nicht, dass das zu ´ner Art Dauerzustand wird.“

‚Knarz‘, die restliche Brötchenhälfte büßte ihren Widerstand ein. Fröhlich mampfend ließen sich die beiden Freundinnen das üppige Frühstück schmecken und bemerkten dabei kaum, dass plötzlich der Stationsarzt ins Zimmer kam.

„Lassen Sie sich um Gottes Willen nicht stören, meine Damen. Da scheint die Küche ja jede Menge leckere Sachen aufgefahren zu haben“, bekam Doktor Breitenreiter fast einen langen Hals.

„Die Betonung liegt auf ‚scheint‘“, lachte Ronja.

„Verstehe ich nicht“, zeigte sich der Mediziner irritiert.

„Sie sagten: ‚Da scheint die Küche ja... .‘ Das scheint tatsächlich nur so. Denn das Frühstück hat meine Freundin hier spendiert.“

„Oh Verzeihung. Und ich dachte schon, wir müssten uns ernsthaft Gedanken über eine Aufstockung des Pflegesatzes machen“, prustete Breitenreiter los. Ein gelungener Gag, dem allgemeines Gelächter folgte.

„Aber jetzt mal im Ernst, der Ihnen, liebe Frau Körner, allerdings wieder zur Freude gereichen wird. Wir haben festgestellt, dass bei Ihnen alles in bester Ordnung ist. Auch die jüngsten Laborwerte geben nur Anlass zur Freude. Daher können wir Sie ohne jegliche Bedenken entlassen.“

Mit einem kurzen Händedruck und dem Ratschlag, sich vom Hausarzt noch mindestens eine Woche krankschreiben zu lassen, verabschiedete sich der Mann in Weiß wieder.

Ronja sprang auf. „Yes! Alles super!“, rief sie und machte die berühmte Beckerfaust. Aber dann musste sie sich ganz schnell wieder hinsetzen. Ein wenig dämlich war ihr nach dem hastigen Hochschnellen in ihrem erschütterten Hirn dann doch noch zumute.

„Hast Du eigentlich mitgekriegt, was hier heute Nacht los war?“, fragte Ronja nach einer Weile stillen Genießens. „Erst, so um Mitternacht, ein Hubschrauber. Und dann, heute in aller Frühe, wieder einer. Der flog ab. ‚Polizei‘ stand drauf. Der kam aus Hessen. Hab´ ich am Landeswappen erkannt.“

„Nee, ich weiß von nix. Aber ein Hubschrauber bei Nacht. Das hatten wir vor Jahren mal. Der war von der Bundeswehr. Die anderen könnten nachts nicht fliegen, hat es immer geheißen.“

„Komisch. Und was wollten die von der Polizei hier? Haben wir etwa Verbrecher hier in der ‚Anstalt‘?“

Wieder mussten beide lachen. ‚Schön‘, dachte Mina, ‚es geht ihr gut. Das ist doch schon mal was. Nach diesem Horror.‘ Dann klingelte ihr Smartphone. Etwas irritiert schaute sie auf das Display. Denn die Nummer kannte sie nicht. Trotzdem stand sie auf, ging hinaus auf den Flur und meldete sich mit „ja bitte“.

Den ‚Freak‘ überfuhr ein wohliges Gefühl mit anschließend einsetzender Gänsehaut auf dem ganzen Körper. „Hi, grüße Sie. Hier ist der nervige Bulle mit den vielen dummen Fragen am Handy. Erinnern Sie sich?“

„Der nervige Bulle mit den vielen dummen Fragen? ... Tut mir leid. Kenne ich nicht.“ Mina spielte absichtlich die Ahnungslose. Dabei hatte sie seine Stimme bereits nach den ersten drei Worten erkannt. Seltsam. Sie freute sich über den Anruf. Auch wenn er zu einer Unzeit kam. Aber noch ließ sie ihn ein wenig zappeln. ‚Mal sehen‘, dachte sie lächelnd, ‚was er veranstaltet, um sich bei mir wieder in Erinnerung zu bringen.

„Kennen Sie nicht. ... Ach, dann tut es mir leid. Dann muss ich mich verwählt haben. Nix für ungut. Schönes Wochenende.“ Mit einem laut vernehmlichen „Biep!“, tat er so, als sei das Gespräch jetzt beendet.

Mina, dann doch etwas verdutzt über die von ihr so nicht erwartete Reaktion des Anrufers, schaute nur ihr Smartphone an und sagte: „Was war das denn jetzt? So´n komisches Zeichen hab´ ich ja überhaupt noch nicht gehört. Sie wollte das Teil gerade in die Tasche stecken, sah aber auf dem Display, dass da durchaus noch Leben in der Verbindung sein musste.

Irritiert hielt sie den Apparat noch einmal ans Ohr. Da machte es plötzlich: „Biep – biep – biiieeep! Sind Sie noch dran? Hier ist nämlich der automatische Anti-Anruf-Veralberungsdetektor.“

Mit Mühe konnte sie verhindern, dass ihr prustendes Gelächter nicht über den ganzen Klinikflur zu hören war. Dafür brachte sie aber zunächst keinen klar artikulierten Satz heraus.

„Sehen´se, mia vaalbert keena“, lachte Sven ins Telefon. „Geht´s Ihnen gut?“ Er hatte geahnt, dass Mina ihn natürlich erkannt und nur hatte hopp nehmen wollen.

„Ja, danke, es geht mir gut. Auch wenn ich im ersten Moment wirklich nicht wusste, wer Sie sind“, log sie. Sie wollte ihm natürlich nicht gestehen, dass es eine Freude war, seine Stimme zu hören.

‚Ach‘, dachte er, ‚dann kann das erste Telefonat ja keine so arg tiefen Spuren bei ihr hinterlassen haben. Doch da fiel ihm siedend heiß ein, dass er von seinem privaten und nicht von seinem Diensthandy anrief. Dessen Nummer wollte sie sich ja aufschreiben und hatte sie sicher auch gespeichert.

„Verzeihen Sie, störe ich Sie eigentlich gerade? War unhöflich von mir, nicht sofort danach zu fragen.“

„Iwo, Sie stören nicht. Obwohl ..., ich musste gerade das Frühstück mit Ronja Körner unterbrechen. Wissen Sie, das Telefon hatte nämlich geklingelt.“

„Ja, das wollte ich natürlich nicht. Frühstücken Sie mal weiter. Und ich rufe, wenn ich darf, später noch mal an.“ Sven war sich nicht mehr ganz so sicher, ob sie das auch tatsächlich noch haben wollte.

„Hey, hey, hey“, rief Mina ins Telefon. „Bleiben Sie dran. Ich wollte sie nicht abwimmeln, um Gottes Willen. Ich freue mich, dass Sie anrufen.“

„So, so“, antwortete er etwas nachdenklich und überlegte: ‚Dann sollten wir künftig versuchen zu begreifen, dass wir eine sehr ähnliche Art des Humors pflegen. Vielleicht könnten wir auch schneller verstehen, was der oder die andere denn auch wirklich meint.‘ Aber das würde er ihr jetzt natürlich nicht sagen.

„Sind Sie noch dran?", fragte Mina etwas vorsichtig.

„Natürlich. Ich ruf´ doch nicht an, um gleich wieder aufzulegen."

„Aha. Und was kann ich für Sie tun?"

„Och ..., eigentlich wollte ich Sie ja fragen, wie es Ihrer Freundin geht. Und ob Sie Informationen darüber haben, wie es um deren Mann, den Leon Körner, steht?"

Jetzt war die Hebamme ein wenig enttäuscht. ‚Also reines Info-Telefonat, oder was'? dachte sie.

„... Und außerdem wollte ich Sie fragen, ob Sie nicht in der nächsten Woche mal Zeit für das eine oder andere versprochene ‚Freigetränk' haben." So, jetzt war es raus und ihm etwas leichter ums Herz.

Und ihr erst. Ihr Herz machte einen Hopser. Und sie konnte sich das gar nicht erklären. Sie kannte Sven ja gerade mal von einem Telefonat. Und von diesem fast in die Hose gegangenen Konversationsversuch. Mina hatte ihn weder vorher gesehen, noch irgendwelche Auskünfte über ihn einholen und in Erfahrung bringen können, was er für ein Typ ist. Und trotzdem mochte sie ihn irgendwie und hatte schon gestern gehofft, dass er sein Versprechen wahr machen und anrufen würde.

‚Keine Missverständnisse mehr!', schwor sie sich in Gedanken und antwortete: „Also zum dritten Teil der Frage (‚damit wir den unter keinen Umständen vergessen') ein eindeutiges JA, gerne. Wir müssten nur Ort und Zeit bestimmen. Weil mir meine Bereitschaftsdienste hin und wieder mal Handschellen anlegen. Um das mal in Ihrem Jargon zu formulieren."

„Och, so viele Handschellen werden bei uns nicht angelegt", antwortete Sven lachend. „Allerdings ist es schön zu wissen, dass Sie so sehr von Ihrem Beruf gefesselt sind. Bin ich im Übrigen auch. Und manchmal auch an ihn. Im Moment zum

Beispiel. Das Wochenende kann ich mal getrost in den Kamin schreiben."

„Wieso, was ist passiert?"

„Kann ich Ihnen nicht so einfach und ohne weiteres erklären. Außerdem", er machte eine kleine diplomatische Pause, „schulden Sie mir zunächst noch eine Antwort auf Frage eins und zwei."

„Ach ja. Sie haben ja recht. Also ... Frau Körner hat alles ganz gut überstanden. Leichte Gehirnerschütterung und ein paar kleinere Läsionen. Sie kann heute noch heim. Wird aber noch eine Woche im Job pausieren müssen.

Und Leon scheint fürs Erste das Gröbste überstanden zu haben. Sie haben ihn aus dem künstlichen Koma zurückgeholt. Vermutlich ab Nachmittag wird er wieder klar im Kopf und ansprechbar sein. Soweit das unter den starken Schmerzmedikamenten überhaupt denkbar ist. Ob Sie und Ihre Kollegen dann aber schon zu ihm können, müssen Sie bei den Ärzten erfragen. Immerhin stehen ihm noch mindestens zwei harte Operationen bevor. Und mit denen kann man nicht beliebig lange warten."

„Oha", machte der ‚Freak' eine denkbar dämliche Bemerkung zu ihren Ausführungen.

„Wieso ‚oha'?"

„Naja, wir müssen immerhin einen Mordfall und einen Fall von Entführung klären. Und je früher wir mit ihm als möglichem einzigen Zeugen reden können, desto wahrscheinlicher ist unsere Chance, den oder die Täter noch hier im Beritt zu finden. Falls er etwas dazu sagen kann, versteht sich."

„Aber ich bitte Sie", konterte Mina, „Herr Körner hat Tage und Nächte in dem Kofferraum zugebracht. Da könnten der oder die Täter doch längst verschwunden sein."

„Mag sein. Aber wissen Sie das ganz genau? Erinnern Sie sich bitte, wie gut oder schlecht Sie sich nach dem Orkan auf den Straßen bewegen konnten. Mag sein, dass es für die Täter plötzlich ein Transportproblem gab. Denn der Wagen, in dem Leon Körner lag, war ja nun ohne Frage nicht mehr zu gebrauchen."

„Ja, aber das würde ja bedeuten, dass der oder die Täter sich zu Fuß vom Tatort abgesetzt haben und irgendwie anders ihr Glück versuchen mussten."

„Kluge Schlussfolgerung, Verehrteste. Exakt das, was ich ..." Im Hintergrund war Telefonklingeln zu hören. „Sorry", sagte der ‚Freak', „mein Diensthandy. Warten Sie´n Moment?"

„Oh nein. Ich habe Ronja jetzt lange genug allein mit Kaffee und Brötchen gelassen. Rufen Sie mich doch bitte wieder an, wenn Sie mehr Luft haben." Dann brachte sie ein fast gehauchtes „Ciao" hervor.

„Ciao. Bis bald." Sven beendete das Telefonat und meldete sich am anderen Smartphone. „Sven Lukas."

Klaus Klaiser stand in der Diele, während er telefonierte. Seinen linken Arm hatte er bereits im dazugehörigen Ärmel stecken, der Rest seiner Winterjacke baumelte hinter seinem Rücken. Aus der Küche hörte man ein babyhaftes „Hicks". Luisa hatte wieder mal Schluckauf. Die kleine Mieze, noch kein Jahr alt, erfuhr offenbar einen Wachstumsschub. Deshalb. So stand´s zumindest in der einschlägigen Fachliteratur zu lesen.

„Sven, Klaus hier. Tut mir leid, dass ich Dich nicht in Ruhe lassen kann. Wir haben noch einen Toten."

„Wie? Ist der Kollege nun doch an dem Messerstich gestorben?"

„Nein. Dieser Mann hier liegt tot im Wald. Und Du wirst nicht glauben, wo."

„Wo? Etwa in der Preisdorf?“

„Genau dort. Etwas oberhalb der Straße in einem Hang. Revierförster Brinkschulte hat ihn gefunden. Begraben unter einer umgestürzten Fichte.“ „Oh nein. Das ist ja Wahnsinn. Wer ist es denn?“

„Weiß ich nicht. Lass uns auch jetzt nicht darüber reden. Dafür ist später immer noch Zeit. Komm´ bitte lieber her und hol´ mich ab. Ich verständige inzwischen KTU und Gerichtsmedizin.“

Im Nullkommanix war Sven in seinen Bewegungen von nahe Null auf Hundert. Er schoss aus seinem Sessel hoch, rannte ins Schlafzimmer und versuchte aus der Jogginghose herauszukommen, während er bereits nach der Jeans angelte, die über einer Stuhllehne hing.

Ein albernes Bild, wie der ‚Freak‘ da versuchte, auf einem Bein hopsend mit beiden Kleidungsstücken gleichzeitig zurechtzukommen. Linkes Bein hoch, mit der rechten Hand das Jogginghosenbein runterziehend und mit der linken Hand nach der Jeans greifend. Es gelang am Ende sogar unfallfrei.

Drei Minuten später saß der Kriminalkommissar warm eingepackt im Dienst-Mondeo, den er nachts vom Kino aus mit heim genommen hatte. Samt einer kalten Bockwurst zwischen den Zähnen und einer Cola light im Flaschenhalter der Mittelkonsole. Frühstück war für ihn bisher kein Thema gewesen. Weil er insgeheim gehofft hatte, Mina Nölke kurzfristig zu einem kleinen Tête-á-Tête bei Cappuccino und feinem Backwerk ins „Café Wahl“ einladen zu können. Obwohl er ja gaaaar keine Zeit hatte. ‚Blödsinnige Show, die du da abgezogen hast‘, dachte er, während er schlingernd bemerkte, dass die Straßen nicht überall den erforderlichen Grip boten. Es hatte ‚wieder etwas angezogen‘, wie die Wittgensteiner einen neuerlichen Frosteinfall beschrieben.

Und das, obwohl die Sonne von einem stahlblauen Himmel schien. Aber es war halt Mitte Januar.

„Ganz schöner Mist, was!?“, empfing Klaus ihn vor der Haustür im Robinienweg. Sven war kurz ausgestiegen, um der Dame des Hauses schnell „Guten Tag“ zu sagen und der kleinen hicksenden Luisa leicht die Wange zu streicheln. „Gott, ist die süß“, merkte der ‚Freak‘ mit seitlich geneigtem Kopf lächelnd an. Die hübsche Mama nahm´s mit dem gebotenen Stolz zur Kenntnis.

„Mist reicht nicht, Chef. Ich würde es sogar als Katastrophe bezeichnen“, antwortete Sven. Denn wenn das unser Täter war, dann haben wir Knatz gebacken bei der Aufarbeitung des Falles.“

„Wohl wahr, wohl wahr. Aber warten wir´s ab.“ Klaus verabschiedete sich mit ernstem Gesichtsausdruck bei seinen ‚Mädels‘, wie er sie neuerdings bezeichnete und stieg in den Dienstwagen. „Komm, lös Dich von dem wunderbaren Anblick“, gemahnte er mit jetzt leicht entspannter Miene, „wir müssen.“

„Jep, bin schon da.“ In vollendeter Manier schwang sich der ‚Freak‘ auf den Fahrersitz und startete den Motor. „Zwei ganz tolle Damen haste da, wenn ich das mal so sagen darf.“ Etwas unsicher schaute er ob dieses Kompliments zu seinem Chef herüber.

„Darfst Du, mein Lieber, darfst Du. Aber halte Dich für alle Zeiten von ihnen fern. Sonst garantiere ich für nichts.“

Gelächter lockerte die etwas angespannte Stimmung auf. Und Sven überlegte, ob er von seiner Schwärmerei für die Krankenschwester Mina Nölke erzählen sollte. Er ließ es aber bleiben. ‚Wer weiß, wie Klaus darauf reagiert.‘ Wo es sich doch um so eine Art Zeugin handelte. So beließ er es bei den Berichten über die jeweiligen Gesundheitszustände der beiden Körners.

„Du kannst ohne Arbeit auch nicht leben“, merkte Klaiser nach einer Weile an. „Recherchen nach Einsatz bis nach Mitternacht. Mein lieber Mann.“ Anerkennung sprach aus dem, was er da sagte, während sie ins Preisdorftal abbogen.

„Haja, aber irgendwie müssen wir ja weiterkommen. Je mehr Zeit ins Land geht ...“

„Ist mir doch auch klar. Aber wir haben ... Achtung, da vorne scheint es zu sein.“

Sven verlangsamte die Fahrt, um schließlich hinter einem grünen Offroader und einem Unimog rechts ranfahren zu können. „Das ist ja ganz in der Nähe des anderen Tatorts“, bemerkte er. „Guck mal da vorne. Da ist die Bucht, in der der Volvo stand.“

„Stimmt. Auweia! Dann wird der Leichenfall hier mit großer Sicherheit nichts mit Zufall zu tun haben. Komm, lass´ uns mal schnell beten, dass doch!“ Klaiser übte sich in Sarkasmus pur.

„Hab´ schon. Hilft aber nichts.“ Sven wollte ihm in nichts nachstehen.

„Na dann lass uns mal nachsehen, was uns Mutter Natur oder wer auch immer dort eingeschenkt hat.“ Entschlossen stiegen die beiden Männer aus und schauten den nicht mehr ganz so stark bewaldeten, dafür aber arg vom Orkan gerupften Hang hinauf. „Siehst Du da jemanden?“, fragte Klaus seinen Kollegen.

„Bis jetzt nicht. Da rührt sich nichts. Außer einer Motorsäge, offenbar ganz oben.“ Sven lauschte. „Doch jetzt, warte.“ Ein Hund begann zu bellen. Ziemlich laut sogar.

„Ja, den hör´ ich auch. Der ist doch höchstens 'n paar Meter über uns. „Haaaallloooo, wooo sind Siiiiiee?“

Der Hund bellte wie wahnsinnig. „AUS!" rief eine Männerstimme. Augenblicklich war Ruhe. „Brav", kam´s nun deutlich leiser von derselben Stimme. „Warten Sie", rief der Mann dann, „ich zeig´ Ihnen, wie man am einfachsten hier hoch kommt. Sie sind doch die von der Bullerei, oder?"

„Sind wir, versehrter Herr Jägermeister", rief der ‚Freak' ein wenig zu fröhlich den Berg hinauf. Was ihm einen leicht indignierten Blick des Kripo-Chefs einhandelte.

Aber von oben herunter scholl es: „Wunderbar. Wir sprechen die gleiche Sprache. Das ist gut in einer solch bösen Situation."

Und dann tauchte ein freundlich dreinblickender mittelgroßer Mann in modernem Försterlook hinter einer umgestürzten Riesenfichte auf. Das Wappen derer zu Sayn-Wittgenstein-Berleburg auf Basecap und Jackenärmel und einem Jagdhund an der langen Leine. „Kommen Sie hier herum", beschrieb er mit einem angezeigten Bogen den Weg hinauf zu sich. „Der Mann liegt vielleicht 20, 25 Meter weiter da oben."

Mit Mühe erklommen Klaus und Sven den Hang. Denn sie hatten nicht, wie der Förster, supergeländegängige Stiefel an. Sondern lediglich das, was der Kriminalpolizist in der kalten Jahreszeit so an den Füßen trägt, ohne als solcher aufzufallen. Winterstiefeletten halt. Ein wenig zu wenig Profil, wie beide feststellen mussten.

Als sie schließlich oben angekommen waren, bot sich ihnen, wie sie später in der Lokalpresse lesen konnten, ‚ein Bild des Grauens'. Der Tote, ein Mann mittleren Alters in ‚business casual', lag bäuchlings auf dem Boden, den Kopf bergan. Doch während der Kopf und etwa ein Viertel des Rumpfs auf dem Boden liegend ruhten, war die untere Hälfte, wie aus dem Boden wachsend, fast steil aufgestellt. Die Füße hingen in der Luft. Das fehlende Viertel lag eingequetscht unter dem Stamm, der den Mann mit ungeheurer Wucht getroffen und regelrecht eingestampft haben musste.

„Das gibt´s doch nicht!“, empörte sich Klaiser, „wie kann man denn so unvernünftig sein und bei einem solchen Sturm durch den Bergwald ziehen? Noch dazu in derart dünnen Klamotten.“

„Er wird es uns nicht mehr sagen können“, sinnierte Hubertus Brinkschulte, der Förster. „Ich begreife das auch nicht. Vor allem nicht die Uhrzeit, zu der dieser Mann hier im Wald herumgeschlichen sein muss.“

Die beiden anderen, die neben der Leiche knieten, schauten zu ihm auf. „Wann kann das gewesen sein?“, fragte Klaus.

„Also, bei uns im Paulsgrund war es etwa halb sechs am Morgen, als ich von dem Sturm wach wurde. Hinterm Haus krachte ständig ein Schalbrett gegen die Wand, das ich zum Schutz gegen Regen auf einen Brennholzstapel gelegt hatte. Der Sturm stellte es immer wieder auf. Kurz darauf hatte ‚Friederike‘ derart viel Kraft, dass die ersten Bäume fielen. Wir konnten es vom Forsthaus aus krachen hören. Ein unerträgliches Geräusch, kann ich Ihnen sagen. Vor allem bei Dunkelheit.“

„Das heißt“, schaltete sich Lukas ein, „dass dieser Herr hier etwa ab dieser Zeit den Tod gefunden haben dürfte.“

„Das heißt es“, bestätigte Brinkschulte. Und der Mann unten im Auto auch.“

„Ist Dir klar, was das bedeutet?“, wandte sich Klaus Klaiser an seinen Kollegen. „Das bedeutet, dass der hier der Mörder des Autofahrers gewesen sein muss. Denn wir schließen ja, wie Du weißt ...“

„... in solchen Fällen jeden Zufall aus“, ergänzte der ‚Freak‘ den Satz. „Wie soll es denn auch sonst gegangen sein? Der Mann hier macht nicht den Eindruck eines zufälligen Wanderers, der am frühen Morgen fernab jeglicher Zivilisation durch puren Zufall im Bergwald von einem Orkan überrascht und von einem fallenden Baum erschlagen wird."

„Im Gegenteil. Er wird den Fahrer des Wagens umgebracht und versucht haben, den Mann irgendwie aus dem Wagen zu bekommen. Was dem Herrn hier aber gründlich misslang. Und jetzt glaube ich auch an Deine Drossel-Theorie. Denn er wird wohl tatsächlich hinter seinem Opfer gesessen und mit aller Macht ein Seil zugezogen haben, bis, erst dem Vordermann und dann ihm, die Luft ausging."

Klaus arbeitete innerlich immer weiter an dem von ihm konstruierten Tathergang. Dann brach es wieder aus ihm heraus. „Genau. Nachdem er sich ein wenig erholt hatte, stieg er aus und versuchte, den Toten aus dem Wagen herauszubekommen. Doch das misslang ihm. Weil die Fahrertür, wie wir wissen, verriegelt war. Also wollte er den Mann aus dem Fenster herauszerren. Was der Arm des Mannes beweist, der laut Harvester-Besitzer Martin Winter aus dem Fenster steil nach oben zeigte."

Sven strickte die Story weiter: „Aber dann kam der Sturm. Und der Killer musste flüchten."

„Nicht ‚der Killer'", bat Klaiser. Ich mag das nicht. Wir sind weder in Wildwest, noch in Chicago. Aber in der Sache liegst Du richtig. Der Sturm kam. Und der Täter musste flüchten. Aber warum hat er bei der Dunkelheit nicht die Straße benutzt? Wäre doch deutlich einfacher gewesen."

„Weil da womöglich schon die ersten Bäume gelegen haben. Und wenn man nichts sieht, kann man zudem ganz schnell in Panik geraten. Ich denke", sagte Sven Lukas, „dass das der einzige Grund war, den Mann hangauf zu treiben. Weil er die Hoffnung hatte, dass ihn dort womöglich nicht die Bäume treffen, die von der anderen Straßenseite her in Serie umgeworfen wurden, wie wir gesehen haben."

„War ganz offensichtlich ein Trugschluss“, meinte der Förster und kratzte sich am Kopf, indem er seine Mütze lüftete und mit derselben Hand versuchte, seine malträtierten Nerven unter der Kopfhaut Mores zu lehren. „Aber wer weiß schon, was im Kopf eines Menschen in Augenblicken der Todesangst vor sich geht.“

„Ja“, stimmte ihm Klaiser zu, „wer weiß das schon. Vor allem im Kopf eines Mörders, wie wir hier ja annehmen müssen.“

Die Sonne beschien die nur noch schütter bewachsene Windwurffläche mit allem was sie hatte. Trotzdem war es saukalt in dem Hang oberhalb des Baches Preisdorf, der groteskerweise kleine Dampfwölkchen produzierte. Das Wasser war wesentlich wärmer als die Außenluft.

„Da pinkeln die Rehe, die Hirsche und die Wildschweine immer rein“, vermeldete Brinkschulte grinsend, als er den verblüfften Blick des ‚Freaks‘ ob dieses Schauspiels sah. „Und wer das Wasser am meisten aufheizt, der bekommt vom Waldgeist den Tagespreis. Drum heißt das hier auch ‚Preisdorf‘.“

„Jou“, lachte der Angepflaumte, „vaarschen ka´ ick ma alleene, wa!“

Deplatziertes Gelächter an der Stelle, an der unlängst ein Mensch zu Tode gekommen war. ‚Kann man sowas bringen‘? überlegte Sven. Aber es entspannte die Gesamtsituation ungemein. Und selbst Klaus schüttelte amüsiert den Kopf. Dann war es wohl auch gut so.

Doch kurz darauf wurde es wieder ernst. „Wie haben Sie den Mann in diesem Holz-und-Äste-Chaos überhaupt gefunden?“, wollte der Kripo-Chef wissen und schaute rüber zu Brinkschulte. Doch der schüttelte nur den Kopf und zeigte auf seinen Hund. Eine Bracke, die ihm offenbar auf´s Wort gehorchte und jetzt wohl spürte, dass von ihr die Rede war. Aufmerksam schaute sie zu ihrem Herrchen auf.

„Sie war´s, die den Mann gefunden hat", erläuterte der Revierförster die Umstände. „Wir sind über die umgeworfenen Flächen gezogen und haben nach verletzten Tieren Ausschau gehalten. Da zerrte Bibi plötzlich wie wild an der Leine und gab Laut. Richtiggehend hingezogen hat sie mich zu dieser Stelle hier. Ich war ziemlich entsetzt, wie Sie sich vielleicht denken können."

„Oh ja, das kann ich sehr gut. Es gibt selbst für die Härtesten unter uns Anblicke, die sie nur ganz schwer ertragen können. Und da gehört mit Sicherheit ein in der Mitte durchgebrochener Mensch dazu." Zur Bestätigung seiner Worte schüttelte sich Klaus Klaiser. Wohl auch, um zu zeigen, dass er nicht zu den eiskalten Hunden bei der Polizei gehörte.

Hauptkommissar Wolfgang Pöther vom Polizeirevier in Gladenbach war ein freundlicher Mensch. Jedenfalls gewann Rüdiger Mertz diesen Eindruck, als er mit ihm von Fischelbach aus telefonierte und ihm den Sachverhalt auf der Ziegenfarm kurz erläuterte.

Geduldig hörte der Mann zu, stellte die eine oder andere Verständnisfrage und meinte schließlich: „Da gehe mer doch gleisch mal dran. Des interessiert misch schließlich aach, wea hier Zickscher klaut oder sogar uf dä Weide schlachdet."

„Ja wie?", wunderte sich Rüdiger, „wollt Ihr da sofort einsteigen?"

„Natürlisch. Oder soll´mer east noch warte, dess der oder die Däder, falls noch net g´schehe, auf denne Zieje davonraide?"

Mertz konnte sich einen Lacher nicht verkneifen. ‚Der ist ja nicht nur super, der Kollege', dachte er, ‚der ist auch noch ein pupstrockener Extremhesse. Mit so einem kann man gut geschirren.'

„Ja dann ‚Horrido und gute Jagd', Kollege. Meldest Du Dich, wenn Du etwas weißt?"

„Klar, mach´ isch. Kann übrijens rescht zügisch gehe. Mir ham´ ziemlisch viel Luft heude un endlisch mal widder ausreischend Leud uf der Schischt. Isch werd´ gleisch mal è Straife frisch mache un selbst e bisselsche in däa Gastro-Szene rescherschier´n. Die dearfte gesche Middach alle in ihrene Läde sei, die Dame un Herre Gourmetkösche."

„Gut, wir werden hier auf unserer Seite mal rumhorchen, was die Leute so wissen über den ‚verlorenen Sohn' und über solche, die eventuell Ziegenfleisch aus Privathand bevorzugen."

„Hm, Alte Naive vielleischt", lachte Pöther ins Telefon. „Ach, übrischens, bevor isch´s vagess´. Sai doch so lieb un lass´ mir´n Stickelsche Babier mit ´nem offizielle Fahndungsersuche niwwerwachse. Wär´ nett, wenn mia was fier de Aktendeckel hätte."

Rüdiger Mertz versprach es und verabschiedete sich.

„Und?" Theo Schöneborn schaute den Kollegen erwartungsvoll an. „Machen´se mit?"

„Ei sicher. Un wie!", versuchte Mertz den hessischen Kollegen zu imitieren. „Der Kollege war offenbar dankbar, heute richtig was zu tun zu bekommen. Vollbesetzte Schicht. Die wollen gleich reinhauen."

Zwischenzeitlich hatte sich die Runde der diskutierenden Nachbarn auf dem Sahm´schen Hof aufgelöst. Nur zwei Männer waren noch präsent und versuchten gerade, eine Art Zusatzschloss am Haupttor zum Stall anzubringen.

Irgendwann, der Bericht war im Auto längst handschriftlich festgehalten, das Fahndungsersuchen für die hessischen

Kollegen in Auftrag gegeben und ein kleiner Imbiss aus eigenen Beständen genommen, tauchte Dr. Alexander von Dreiseitel auf, seines Zeichens Tierarzt aus der Nähe von Dillenburg. Der Amtstierarzt war verhindert. Daher hatte man im Nachbarkreis um Hilfe gebeten. Aber der ‚Ersatzmann' machte etwas her. „Ein Erscheinungsbild etwa wie Professor Karl-Friedrich Boerne aus dem Münster-Tatort" konstatierte Mertz bei dessen Eintreffen mit einem Range Rover. „Und mindestens genauso affektiert."

Ohne seine Gegenüber bei der Begrüßung auch nur eines Blickes zu würdigen, fragte der Ankömmling in die Landschaft hinein: „So, wo hat denn nun dieses ominöse Massaker stattgefunden?"

„Kommen Sie bitte." Die Hofbesitzerin zeigte ihm den Weg und führte ihn über die Weide, auf der der Herr Doktor kleine ‚Schafshäufchen' wie ein Balletttänzer umlief und sich immer wieder angewidert umsah.

„Dass der nicht hochpolierte Reitstiefel trägt, mit denen er sich hinaus auf die Weide begibt, ist wohl eher einem Zufall geschuldet", griente Theo Schöneborn, der gemeinsam mit Rüdiger Mertz hinter dem Arzt und der Hofbesitzerin her trabte. „Wahrscheinlich sind die gerade beim Schuhkosmetiker."

Unterwegs verlor der Arzt nicht eine Silbe an Ute Sahm. Erst, als sie angekommen waren und er einen flüchtigen Blick auf die traurigen Überreste der Pfauenziege geworfen hatte, dozierte der Adlige: „Ja, das Tier ist offensichtlich hier geschlachtet worden. Und um das festzustellen haben Sie mich hierher bemüht?", fragte er an Mertz gewandt.

„Weiß Gott nicht", antwortete der, ziemlich angefressen.

„*Was* weiß Gott nicht?", fragte der Veterinär spitz.

Mertz verschlug es den Atem. ‚Kein Wort, Rüdiger', befahl er sich. ‚Halt bloß die Schnauze. Lass´ dich nicht provozieren von diesem Affen.'

Dafür sprang Ute Sahm hilfreich ein. „Ich glaube, Gott weiß nicht, warum ein Tierarzt so auftreten muss, wie Sie das gerade tun." Der Angesprochene schnappte nach Luft. „Gibt es einen triftigen Grund, warum Sie Ihre Mitmenschen behandeln wie solche, die womöglich unter Ihren Ur-Vorfahren Frondienste hätten leisten müssen?"

„Das ist ja wohl die Höhe", explodierte der graumelierte Schaumann. „Ich schlage mir hier den ersten schönen Samstag seit Wochen wegen einer geschlachteten Ziege um die Ohren und muss mir dann von Ihnen solche Frechheiten bieten lassen?! Das geht eindeutig zu weit, Frau ... äääh, Frau ..."

„Sahm", kam sie ihm zur Hilfe. „Aber in Sachen Frechheiten machen Sie mir eindeutig etwas vor, das kann ich Ihnen sagen."

Wieder pluderte sich Alexander von Dreiseitel auf, aber da sprang Kommissar Mertz in den nicht vorhandenen Boxring. „Jetzt mal ganz sachlich bitte, Herr Doktor. Niemand will Ihnen den Samstag verderben. Und niemand hat das hier gewollt." Dabei zeigte er auf den Ziegenkadaver. „Alles, was wir von Ihnen wissen wollen ist, ob das Tier Ihrer fachmännischen Ansicht nach von einem Laien oder von einem versierteren Menschen, eventuell einem Metzger, geschlachtet worden ist."

Als er das Wort ‚Fachmann' hörte, blitzten plötzlich die braunen Äuglein des Boerne-Verschnitts. Er streckte seine schlanke, fast asketische Figur, spitzte den Mund und schaute zunächst einmal gen Himmel, bevor er nochmals einen Blick auf die Ziegenreste warf. Dann öffnete er seine Tasche, holte Gummihandschuhe heraus und zog sie über, bevor er sich in die Hocke neben den abgetrennten Kopf begab.

„Das hätten Sie mir ja gleich sagen können", nuschelte er in seinen Spitzbart, während er den Kopf an Hörnern fasste und ihn sogar anhob, um den unteren Teil besser betrachten zu können. Nach einer Weile des Hin- und Herdrehens schaute er auf zu den anderen und gab sein Urteil ab.

„Ich bin sicher, dass das hier ein Fachmann war. Also mindestens ein Metzger. Sehen Sie hier, den Halsschnitt", er zeigte mit einem Finger entlang der Schnittkante, „der ist nicht einmal abgesetzt, sondern wie ein perfekter Rundschnitt durchgezogen. Und das präzise in Höhe des fünften Halswirbels. Da gibt es nicht einmal einen Übergang. Schauen Sie. Der Mensch, der das getan hat, versteht sein Handwerk, da bin ich sicher.

Dieses Urteil lässt sich noch manifestieren durch die saubere Heraustrennung der Innereien. Einwandfrei gearbeitet. Und das, wie sagten Sie? – bei Dunkelheit. Das kann kein dahergelaufener Viehdieb gewesen sein."

Ute Sahm und Rüdiger Mertz schlackerten innerlich vor plötzlicher Bewunderung mit den Ohren. Alles hatten sie erwartet nach diesem anfänglichen Kasperletheater. Aber nicht einen solchen Erguss gutachterlicher Präzision.

„Also vielleicht doch", stöhnte die Pfauenziegenzüchterin.

„Was meinen Sie?", fragte Mertz nach.

„Ich meinte: ‚Dann wohl also vielleicht doch Henrik Müller.' Der hat das Schlachten gelernt und das Heraustrennen und Ausbeinen."

„Das sieht auf jeden Fall ganz nach solcher Kenntnis aus", legte der Tierarzt noch mal nach, stand auf und verneigte sich formvollendet vor der total geflashten Ute Sahm. „Gnä´ Frau, ich bitte inständig um Entschuldigung für mein Verhalten vorhin. Wissen Sie, ich bin eigentlich allergisch gegen Ziegen und Schafe. Der Geruch der Tiere und ihrer Exkremente bringt mir bei meiner eigentlichen Klientel, den Pferdezüchtern, immer wieder Hohn und Spott ein. Und das kann ich mir nur bedingt erlauben."

Die Angesprochene wusste nicht so recht, wie sie damit umgehen sollte, bot dem Tiermediziner aber an, er könne sich ja ausgiebig auf dem Hof waschen und frisch machen. Das lehnte dieser jedoch dankend ab und marschierte zu seinem Wagen, um einen Rechnungsblock aus dem Handschuhfach zu ziehen.

Mit einigen wenigen Worten und Summen für Fahrt und Untersuchung formulierte Dr. von Dreiseitel seine Forderung und überreichte Frau Sahm das aus dem Block herausgetrennte Rechnungsformular. „Hier bitte sehr."

„Nein, nein", kam ihr Rüdiger Mertz zu Hilfe, „der Auftrag für die Begutachtung kam von uns, der Polizei. Frau Sahm muss diese Summe nicht zahlen."

„Ja, haben Sie denn so viel Geld dabei?", fragte der Rechnungssteller und schaute Rüdiger nun wirklich tief in die Augen.

„Muss ich nicht", antwortete der. „Stellen Sie bitte Ihre Rechnung an die Polizei, Im Herrengarten, 57319 Bad Berleburg. Und das bitte computer- oder zumindest maschinengeschrieben – mit Rechnungsnummer und Durchschlag."

„Ja, aber ...", begehrte der Veterinär auf.

„Was ‚aber'?"

„Aber ich bin doch hier in einem ganz anderen Bezirk", plapperte der Mann vor sich hin. „Das geht doch nicht. Ich ..."

„Doch, das geht", unterbrach ihn Mertz und hatte seine klammheimliche Freude an dessen Verwirrung. „Selbst bei uns in NRW zahlen wir mit Euro. Gegen eine ordentliche Rechnung, selbstverständlich. Wer bestellt, der bezahlt auch. Ehernes Prinzip."

Dann ließ er den Tierarzt stehen und drehte ab in Richtung Theo Schöneborn. Nicht, ohne registriert zu haben, dass der jetzt gar nicht mehr so affige Doktor eine leichte Alkoholfahne hatte. ‚Lassen wir den von den hessischen Kollegen hinter der Landesgrenze einfangen?', überlegte der Kommissar. Er hatte einen solchen Brass auf den Typen. Aber er würde es doch lieber bleiben lassen. Andererseits ...

In der Preisdorf waren Steffen Siebert, seine Leute von der Spurensicherung und Rechtsmediziner Dr. Klaus Faulhaber angekommen. „Keine gute Idee, uns ausgerechnet am Samstag vorreiten zu lassen", grinste Faulhaber und versuchte trotzdem etwas grimmig dreinzuschauen. „Heutzutage lassen einen die Wittgensteiner nicht mal mehr mit dem Wagen bis in die Waschanlage kommen."

„Ach, Sie Armer", grinste Klaiser zurück, „seien Sie doch froh, dass wir Sie davon abhalten, hinten aus der Anlage mit einer Eisglasur herauszukommen. Ist ja nicht gerade beliebtes Autowaschwetter, oder?!"

„Ich wasche meinen Wagen wann ich will. Da reden Sie mir gefälligst nicht rein. Klar?!" Die letzten Worte prustete der Gerichtsmediziner mehr, als dass er sie sprach, gab schließlich Klaus und allen anderen die Hand und meinte: „Dann wollen wir mal" während er sich umschaute. „Sagen Sie, war der Kollege Kölblin nicht gestern auch schon mal hier? Wäre ja schön, wenn er das hier auch hätte übernehmen können. Ging aber nicht. Er ist bei der Hochzeit seiner Tochter."

„Weiß ich alles, weiß ich", entgegnete Klaus Klaiser. „Schön, dass Sie stattdessen ins schöne Wittgenstein gekommen sind."

„Ja, ja", wiegte der Gerichtsmediziner, in die Landschaft blickend, sein Haupt. „Wo liegt denn der Unglückselige?"

„Moment, Moment, lassen Sie uns bitte erstmal!“ Siebert bremste den Aufstieg des Doktors. Zunächst wollte er den Fundort erkunden. Doch nach wenigen Minuten war klar: „Hier ist für uns kein Blumentopf zu gewinnen. Es ist einfach nicht möglich, auf einem leicht gefrorenen Fichtenwaldboden Fußspuren zu entdecken und zu sichern. Ein Unding!“ Also konnte die restliche Kolonne sich ebenfalls ein Bild vom Ort des Geschehens machen.

„Herrgottnochmal“, brachte Doktor Faulhaber hervor. „Der arme Kerl muss ja grausam gelitten haben.“

„Wie kommen Sie darauf?“, wollte der ‚Freak‘ wissen. „Der Mann war doch wahrscheinlich sofort tot.“

„Sofort tot? Weil ihn ein Baum umgehauen und das Kreuz gebrochen hat. Muss nicht sein, mein lieber junger Freund. Da wissen Sie einfach zu wenig über die enormen Überlebenskräfte des menschlichen Körpers“, belehrte er den Kommissar, der jetzt etwas beleidigt drein schaute. „Können Sie aber auch nicht“, flocht der Leichenfledderer darum schnell noch ein, um Sven Lukas nicht gänzlich zu erzürnen. Faulhaber kniete neben dem Toten nieder und fuhr mit einer behandschuhten Hand durch dessen Haar.

„Sehen Sie hier. Der Kopf wurde von dem Stamm ganz offensichtlich nur leicht getroffen. Da ist zwar ein Loch in der Kopfschwarte. Aber der Schädel ist nicht eingeschlagen. Das heißt: der Mann hat sehr wahrscheinlich am Boden gelegen, als der Stamm auf ihn herniederkrachte. Dadurch wurde eindeutig die Wirbelsäule gebrochen und auch seine Lunge gequetscht. Das heißt aber nicht, dass er etwa nicht mehr hätte atmen können. Jedoch nur ein kleines, ein ganz kleines bisschen. Dann ist er entweder erstickt. Oder sein Herz hat nicht mehr mitgespielt.“

Betretenes Schweigen im Rund. Das beschriebene Szenario war nichts, was man seinem ärgsten Feind hätte wünschen wollen. Mitleidig schauten die Beteiligten auf den unbekannten Mann und stellten sich wohl alle gleichzeitig dieselbe Frage: Was hatte der Mann bei diesem Unwetter hier im Wald verloren?

„Endgültige Klarheit, meine Herren, können wir allerdings erst dadurch gewinnen, wenn ich den Toten auf dem Tisch in unserem Institut hatte“, brachte sich der Gerichtsmediziner in Erinnerung. „Können wir ihn hier mit vereinten Kräften unter dem Baum herausholen?“

„Um Gottes Willen“, lehnte Förster Brinkschulte das Ansinnen ab. „Wissen Sie, was so ein Baum wiegt, Herr Doktor? Außerdem ist das mit dem Wurzelteller unten dran viel zu gefährlich.“ Ohne eine weitere Reaktion abzuwarten griff er zu seinem Handy und wählte eine Nummer aus dem Speicher. Es dauerte einen Moment: Dann hörte man, wie weiter oben am Hang das Geräusch der Motorsäge erstarb.

„Christian, Hubertus hier. Sag mal, könnt Ihr bitte schnell mit Säge hier runterkommen? Wir müssen den Toten unter dem Stamm rauskriegen. ... Ja, weiß ich, dass Dir heute Morgen schon schlecht war. Aber es geht nicht anders. ... Sonst bringt wenigstens die Säge runter. Dann mach´ ich das. Okay?!“

Hubertus drehte sich zu Doktor Faulhaber um. „Die Männer sind in ein paar Minuten hier. Mit Widerwillen. Wissen Sie, die Sache ist nicht ganz einfach für Christian Bätzel, den Vorarbeiter. Der Mann hat vor Jahren einmal eine ganze Nacht und einen halben Tag eingeklemmt unter seinem Auto in der Pampa gelegen, bevor man ihn gefunden hat. Er war mit seiner Karre aus einer Kurve geflogen und hatte sich einen Abhang hinunter mehrfach überschlagen. Dabei ist er herausgeschleudert worden.

„Aua“, kommentierte der Gerichtsmediziner und kratzte an seinem fast kahlen Schädel. „Da hatte er heute Morgen angesichts dieses Bildes hier womöglich ein Déjà-vu. Kann ich gut verstehen, seine Reaktion."

Offenbar von einem Seitenweg her kamen einige Zeit später zwei Forstarbeiter auf die Gruppe zu. Mit gleich zwei unterschiedlich großen Motorsägen und Äxten bewaffnet. Der eine versuchte dabei krampfhaft, seinen Blick von der Unfallstelle abgewandt zu halten. Es war Bätzel.

„Komm, Christian", ging Brinkschulte auf ihn zu, „das hier will Dir keiner zumuten. Gebt uns nur die passende Säge und sagt uns, auf was wir beim Abschneiden achten sollen. Dann machen wir das."

„Nix, Chef. Das wird nix. Ich mach´ das liewa selbst. Mit dem Ludwig zusammen. Das is´ ma zu gefäahrlich, wenn Du da dran gehst. Ich kann mich nua net an das Bild gewöhnen da. Das mit dem Toten."

Sven Lukas hatte die rettende Idee. „Die Jungs von der KTU haben mit Sicherheit sowas wie eine Plane dabei. Wir decken den Toten damit ab. Damit Ihnen dies Bild nicht immer präsent ist, bei Ihrer Arbeit."

Und das klappte. Kaum war der Mann zugedeckt, gingen beide Forstarbeiter geschäftsmäßig an die Arbeit. Recht zügig, und doch mit aller Vorsicht, trennten sie den Wurzelteller ab, nachdem sie den Stamm mit einem dicken Holzbrocken unterlegt hatten. Damit der liegende Baum durch den Verlust des Wurzelgewichtes nicht auf- und niederschlägt und noch mehr auf dem Toten ‚reitet'.

Dann galt es, das Stück aus dem Stamm herauszutrennen, das auf dem noch immer abgedeckten Toten lag. Auch das gelang ohne Probleme. Aber dann war es um Christian Bätzel geschehen. Er stellte die Motorsäge ab, legte sie auf den Boden und rannte ein Stück abseits, um seinem restlichen Mageninhalt freien Lauf zu lassen.

„Armes Schwein", kommentierte Dr. Faulhaber, als er die Decke zur Seite nahm. Er meinte damit wohl mehr den Forstarbeiter. Denn das, was er jetzt sah, kommentierte er mit Blicken und mit steinerner Miene.

Der Leichnam, der jetzt flach vor ihm lag, war auf wenige Zentimeter platt gequetscht dort, wo der Stamm aufgelegen hatte. Wie eine zusammengequetschte Puppe aus Pappmaschee. Offenbar hatte der gefrorene Waldboden unter dem Mann keinen Millimeter nachgegeben.

Ein surreales Bild, das sich allen Betrachtern nachträglich einbrannte. „Das bekommt man so schnell nicht mehr aus dem Kopf", flüsterte Klaus dem ‚Freak' zu. Und der schluckte. „Wahnsinn", flüsterte der zurück. „Was für ein aberwitziger Tod."

Nach den ersten Untersuchungen des Toten in Bauchlage musste der Leichnam herumgedreht werden. Eine Aufgabe, an der sich keiner der Beteiligten verdient machen wollte. So waren es letztlich der Doktor und Steffen Siebert, die mit einem entschlossenen Griff an Schulter und Beinen zupackten und den gefrorenen Körper mit einem Ruck wendeten.

Und Siebert war es, der erstaunt ausrief: „Sehen Sie mal hier, Faulhaber. Ist das vielleicht der Grund, warum der Mann hier herauf geflüchtet ist und dann auf dem Boden lag?" Er deutete auf ein seitliches Einschussloch in der Flanke des Toten. Etwa in Höhe des Bauchnabels.

„Ach herrjeh", entfuhr es dem Mediziner. „Der Schuss ging in die Milz, so, wie das aussieht. Der Junge hat jede Menge Blut verloren. Und das mit Sicherheit nicht nur hier."

„Wie kommen Sie darauf?" Sven Lukas war einigermaßen irritiert. „Wie wollen Sie wissen, dass der Mann schon getroffen wurde, bevor er hierher kam?"

„Weil es bei Finsternis und einem Sturm keinen vernünftigen Grund gibt, in den Wald zu rennen. Das kann nur die Flucht vor einem Angreifer gewesen sein, der schon einmal erfolgreich getroffen hat. Auf der Straße wäre die Gefahr viel größer gewesen. Zum einen, weil die womöglich schon blockiert war. Und außerdem, weil dieser Weg ausrechenbar war. Da hätte der Schütze nur in den Fahrbahnverlauf schießen müssen."

Nicht der Gerichtsmediziner hatte diese Feststellung getroffen, sondern der Kripo-Chef. Und hatte damit den Puls des Mediziners getroffen. Zumindest nickte der beifällig.

„Ja, aber das ist *nur eine* Theorie. *Eine* von mehreren möglichen. Oder irre ich mich da?", blieb der ‚Freak' beharrlich.

„Klar. Die Blutlache unter ihm ist gefroren. Daher kann ich nur schwer einschätzen, ob er vielleicht hier schon mit dem letzten Rest seines Lebenssaftes ankam. Oder ob er tatsächlich erst unter dem Baumstamm starb." Klaus Faulhaber zog die Stirn kraus. Seine Glatze bekam damit die ulkige Form eines Wellblechdaches. „Aber wenn ich das richtig einschätze, muss er auf dem Weg hierher eine Blutspur hinterlassen haben. Und zwar eine beträchtliche."

„Da müsste was dran sein", antwortete der Spurensicherer Siebert. „Ich sehe aber keine."

„Ich bin mir aber jetzt sogar ziemlich sicher, dass es die gibt. Meine Bracke hat sie sogar gewittert. Und ich hab´ es nicht begriffen." Hubertus Brinkschulte rief Bibi zu sich, die auf einer Stelle sitzend das ganze Spektakel brav und aufmerksam beobachtet hatte. „Sie hat mich nämlich mit Karacho hierher geführt. Ungefähr von der Stelle an, wo gestern der Wagen gefunden wurde. Am Ende haben wir aber kein Stück Wild gefunden, sondern diesen Mann."

„Erstaunlich“, wunderte sich Steffen Siebert. „Wäre schön, wenn wir den Gegenbeweis haben könnten. Um zu wissen, ob der Mann tatsächlich diesen Weg gegangen ist.“

„Oh ja“, flocht Klaiser ein. „So könnten wir eventuell Zusammenhänge mit dem Mord von gestern erkennen.“

„Oder vielleicht vergessen“, meinte der ‚Freak‘. Aber das wollte schon keiner mehr glauben. Einen solchen Zufall gab es in der Vorstellung der Kriminalisten nicht.

„Komm Bibi, such´“, ermunterte der Förster das schöne Tier und zeigte bergab in die Richtung des Auto-Fundortes. Sofort zog die Bracke an der meterlangen Leine und schnüffelte am Boden. Immer entlang einer unsichtbaren Spur.

Nach dreißig, vierzig Metern über umgestürzte Bäume und blanke Flächen rief Brinkschulte plötzlich: „Aus, Bibi. Sitz!“ Der Hund gehorchte aufs Wort und setzte sich neben die Stelle, an der er plötzlich gescharrt hatte. „Sie hat was gefunden“, rief der Förster. „Sieht aus wie Blut. Wie ziemlich viel Blut.“

Tatsächlich war auch an dieser Stelle eine Blutlache zu erkennen, die hier allerdings unter der intensiven Sonnenbestrahlung aufzutauen begann. Eine ziemlich große sogar. Und dorthin führte von der Straße her ein breiter blutiger Streifen. Zwar schwer auszumachen auf dem von Abermillionen Fichtennadeln übersäten Boden. Wenn man sich aber an das Braun des beginnenden Humus gewöhnt hatte, war das Blut gut erkennbar.

„Brav, Bibi, brav, gut gemacht“, lobte Brinkschulte seine Hündin und tätschelte ihre Flanke, während er ihr mit der anderen Hand ein Leckerli hinhielt, das sie begierig wegschnappte. „Sehen Sie“, sagte er in die fast komplette Runde, die sich nun plötzlich weiter unten am Hang eingefunden hatte, „das hat sich doch wirklich gelohnt. Zu blöd, dass ich das Zeichen nicht schon auf dem Hinweg erkannt habe."

„Nun stellen Sie Ihr Licht mal nicht unter den Scheffel, Herr Brinkschulte. Ohne Sie und Bibi hätten wir schließlich weder von der Existenz der Leiche, noch von der Blutspur gewusst", antwortete Klaiser. „Das wird unsere Mordermittlungen zwar nicht leichter machen. Aber so haben wir es wohl nur mit einem, wenn auch schweren Verbrechen zu tun."

Klaus Klaiser drückte dem Revierförster die Hand und bedankte sich wort- und gestenreich. „Stellen Sie sich vor, die Leiche wäre erst Monate später entdeckt worden. Bei der Aufarbeitung des Sturmholzes. Oder gar erst bei der Aufforstung. Das wäre ein Endloszinnober geworden. Also lieber jetzt."

„Und lieber mit der Erkenntnis, die wir jetzt haben." Sven Lukas kam winkend die letzten Meter auf die Gruppe zu, während er das rief. In der rechten Hand einen Reisepass. „Dreimal dürft Ihr raten, wer der Tote ist."

„Was, kennen wir den?", wollte Klaiser wissen.

„Ja. Zumindest dem Namen nach."

„Nun komm, lass Dir nicht alles aus der Nase ziehen. Wer ist das?"

„Der Mann ist Pius Rommert."

„Aha. Und?", fragte Klaiser etwas verdaddelt mit reichlich blödem Gesicht. „Ich weiß nicht mehr genau. Aber irgendetwas sagt uns der Name doch. Oder?"

„Ob uns der was sagt?" Jetzt war der ‚Freak' sprachlos. ... „Mensch, Klaus, denk doch mal nach. Pius Rommert ist Juniorchef der Firma Rommert und Sohn und damit Juniorchef von Leon Körner, der halbtot im Kofferraum des Wracks da unten gelegen hat."

Wie plötzlich aus dem Tal der Ahnungslosen auferstanden riss der Chef die Augen auf, klopfte sich mit der rechten Faust ein paar Mal an die Stirn und meinte schließlich: „Mein Gott, was ist denn bloß mit meinem Hirn los? Natürlich. Pius Rommert, der Junior. ... Na, jetzt wird´s kryptisch."

„Aber weißte, was noch kryptischer ist?", fragte Sven seinen Chef.

„Nee, was?"

„Die Sache um unseren Mörder, beziehungsweise Doppelmörder. Denn Pius Rommert kann´s ja wohl in einem Fall schlecht gewesen sein. Der hat schließlich selbst eine abgekriegt."

Rüdiger Mertz und Theo Schöneborn hatten Klinken geputzt in Fischelbach. Um Infos über Henrik Müller einzuholen. Ergiebig war die Befragung allerdings nicht. Die Leute wussten nur wenig oder gar nichts über den Mann, dessen Eltern längst verstorben waren.

„Das Grab von Vater und Mutter nicht zu pflegen, das ist Sünde", hatte eine alte Frau in der Lutherstraße lauthals beklagt. Sie habe dort in der Vergangenheit immer wieder mal Unkraut gezupft. Weil ihr die Müllers leidgetan hätten. Aber das gehe kräftemäßig heute leider nicht mehr. „Es ist wirklich ein Jammer, dass sich der Junge nicht kümmert." Allein, was aus dem ‚Jungen' geworden und wo er anzutreffen war, das konnte sie nicht sagen.

Keiner konnte was sagen. Oder wollte schlicht nicht. Lediglich ein junges Ehepaar im Flachsgarten hatte zwei-, dreimal im Restaurant „Surprise" in Bad Endbach gegessen. Beide schwärmten von der vorzüglichen Küche des Restaurants und bedauerten dessen abruptes Ende sehr. Dass er nun aber von der Polizei gesucht werde, das werfe ein ganz anderes

Licht auf den damaligen Besitzer, der immer ein vorzüglicher Gastgeber gewesen sei.

Niemand, der mit ihm zur Schule gegangen sein wollte und angeblich niemand, der mit ihm konfirmiert worden war. Es war zum Verzweifeln. „Ich verstehe nicht, warum die Leute hier fast rundweg die Auskunft verweigern", meinte Schöneborn vollkommen konsterniert, als er zum Streifenwagen zurückkehrte.

Mertz hatte schon lange vor ihm kapituliert und war zur gleichen Überzeugung gelangt. Die Leute mauerten. War aus dem verlorenen Sohn des Ortes ein ungeliebter geworden? Einer, den man besser vergisst?

Als sich die beiden gerade Gedanken machten, ob sie wohl noch irgendwo einen verspäteten Mittagsimbiss nehmen oder gleich nach Hause fahren sollten, kam der Anruf von Wolfgang Pöther, dem Kollegen vom Revier Gladenbach. „Ihr Männä", klang´s fröhlich aus der Freisprecheinrichtung, „isch hab´ was für Eusch. Said Ihr uffnahmeberait?"

„Und wie", riefen Mertz und Schöneborn im Duett.

„Henrik Müller muss im Land sai. Un´ zwar in Euäm."

„Wie, in Euäm?", äffte ihn Schöneborn nach.

„In Euäm angeblisch so scheene En-är-weh", ätzte der ulkige Hesse gespielt zurück. Man merkte, dass er sich auf der anderen Seite der Verbindung selbst vor Lachen kaum halten konnte.

„Aha. Und was heißt das konkret? Hast Du ´ne Wohnadresse oder irgendwas in dieser Richtung?"

„Naja, ob des e Wohnadress´ is´, waiß isch net. Awwä es is´ uff jeden Fall emal e Nachgucke weat. Muss e ziemlisch foidale Hitt´ mitte im Wald sai. Die Lait, die wo dahin fahre, krische imma nua geografische Angawwe. Habt ea was zum Schraiwe dabei?"

„Klar, leg los.“ Theo Schöneborn hatte Kuli und Notizbuch herausgepult und war schreibbereit.

„Also, bass uff. Die Hitt´ lischt uff fuffzisch Grad, draienfuffzisch Minutte un´ vierundraißisch Sekunne nördlischer Braide un´ acht Grad, ainunzwanzisch Minudde un´ fümundraißisch Sekunne östlischer Länge.“

„Okay“, meldete Schöneborn, „ich wiederhole noch mal: die Hütte liegt auf 50 Grad, 53 Minuten und 34 Sekunden Nord und 8 Grad, 21 Minuten und 35 Sekunden Ost.“

„Sach isch doch. Guckt e mal nach. Da muss said Donnerstach scho´ rischdisch was gebodde sai.“

„Woher hast Du die Info?“

„Is e bisselsche schwierisch, da was driwwa ze saache. Awwa isch bin sischeer, dess da was laaft. Des kennt a mia glaawe.“

„Okay Du, hab´ erstmal ganz herzlichen Dank. Das ging ja rasend schnell mit den Ermittlungen bei Euch.“

„Ha, ma muss halt imma aineer kenne, dea wo was waiß. Un däa, denn wo isch kenn´, dea waiß viel.“ Man konnte fast sein Grinsen hören. Dem Mann machte der Job Spaß. Da waren sich Rüdiger und Theo sicher. Und seine Informanten waren ihm heilig.

„Und, hast Du´s?“, fragte Mertz nach einer Weile nach. Schöneborn hatte die Koordinaten in sein Smartphone eingegeben und versuchte jetzt, die Karte zu verkleinern, um mehr Umgebung um den aufgetauchten ‚Plot‘ erkennen zu können.

„Hey, das ist gar nicht so weit weg von hier. Oberhalb von Hesselbach irgendwo.“

„Gibt´s da auch ´ne Straße hin?“

„Ja, da gibt´s auch ´ne Straße hin. Ob die allerdings asphaltiert ist, kann ich hier nicht sehen."

„Gut." Mertz schaute rüber zum Kollegen, der auf dem Beifahrersitz nach wie vor auf dem Display des Smartphones herumtippte und die Finger spreizte. „Erst was essen, oder erst gucken?"

„Hm, ich glaub´ wir gucken erst mal. Bevor der Markt da oben verlaufen ist. Dauert nur´n paar Minuten, die Fahrt dorthin."

Tatsächlich waren sie nach vier Minuten bereits in Hesselbach und dank guter Führung auch links hinauf ganz schnell im Wald oberhalb des Ortes. Doch dann kamen einige Probleme, mit denen sie eigentlich hätten rechnen müssen. Nicht, dass auch hier der Orkan die Wege unpassierbar gemacht hätte. Nein, es lag eine derart spiegelglatte festgefahrene Schneedecke auf der Steigungsstrecke, dass Rüdiger regelrecht Angst bekam.

„Nimm den Vierradantrieb", riet Theo, als der Mondeo bei durchdrehenden Rädern immer langsamer wurde.

„Wo?"

„Na hier." Schöneborn drückte auf einen Knopf am Armaturenbrett. Aber es tat sich nichts.

„Der packt nicht, Dein Vierradantrieb."

„Doch, einfach mal kuppeln und wieder loslassen. Aber mit weniger Gas."

Dieser Moment trieb Mertz Schweißperlen auf die Stirn. Denn als er die Kupplung trat, rutschte der Wagen plötzlich rückwärts. Erst langsam, dann immer schneller.

„Ohohooohooo, ich kriieeeg den nicht mehr unter Kontrolleee."

„Lass doch die Kupplung wieder los, Mensch. Der kann doch gar nicht ..."

‚Broch!' hinten links war der Wagen gegen einen ansteigenden Rain gestoßen. Was ihn um die eigene Achse drehen und die Schnute bergab schauen ließ. Rüdiger hatte die ganze Zeit über beharrlich auf der Bremse gestanden. Weshalb die Fahrt abwärts zunächst einmal gestoppt war. Dann zog er die Handbremse an, legte den Rückwärtsgang ein und würgte die Karre einfach ab.

„Komm, Fahrerwechsel", rief er. „Das hier packe ich nicht. Hab´ ich noch nie gepackt, diese Scheißfahrerei auf Glatteis."

„Aha, und ich soll´s jetzt richten." Theo war nicht gerade begeistert ob der Situation. „Komm, wir gucken erstmal, was da hinten kaputt gegangen ist."

Beide stiegen aus und mussten höllisch aufpassen, dass es sie nicht auf die Nase haute. Sachte hangelten sie sich am Wagen entlang zum Heck. Aber da war kaum etwas zu erkennen. Nur der Stoßfänger an der linken Ecke sah etwas eingedrückt aus.

„Is´ nix", ließ Rüdiger seine ‚Ferndiagnose' von der anderen Wagenseite hören. Als Theo aber auf die Delle drückte, krachte es. Der Daumen war in der Verkleidung aus Kunststoff verschwunden. „Is´ doch was", stellte er lapidar fest. „Kollateralschaden. Scheiße!"

Rüdiger schaute entsetzt auf den langsam wieder auftauchenden Daumen des Kollegen. „Naja komm. Immer noch besser, als mit dem Bock ‚juchhei die Waldfee' irgendwo rückwärts über Kopf gegangen. Mir ging ganz schön die Düse, kann ich Dir sagen." Mit seinem Parkaärmel wischte er sich den Schweiß von der Stirn. Ein großer Wasserfleck an dem Kleidungsstück zeugte davon, dass seine ‚Düse' auf Volllast gelaufen sein musste.

„Nichts, nichts, überhaupt nichts. Ich könnt´ k…" Bernd Dickel versagte es sich, den Satz komplett zu Ende zu sprechen. Auf alle Fälle aber war ihm nach der nicht vollendeten Beschreibung. Keine auch noch so kleine Spur, keine Tatwaffe, kein Motiv, kein Täter. Und Philip Kretschmann lag noch immer im künstlichen Koma.

Sollte er auch. Sein Körper brauchte Erholung von der schweren Verletzung, dem Blutverlust und der aufwendigen Operation. Aber so kamen die Beamten bei ihren Ermittlungen natürlich keinen Schritt weiter. „Da kriegt ein Kollege im Kino einfach ein Messer in den Leib gerammt, der Täter verschwindet unerkannt und wir stehen hier wie die Idioten. Befriedigende Arbeit geht weiß Gott anders."

„Da sagste was", pflichtete ihm Pattrick Born bei. Beide waren bereits seit gut zehn Uhr im Revier. Und das an einem Samstag, an dem keiner von beiden wegen der ungewöhnlichen Ereignisse tags zuvor ausgeschlafen hatte. Und jetzt noch eine Leiche – irgendwo im Wald. Kripo-Chef Klaiser kümmerte sich darum.

Noch mal marschierten Dickel und Born jetzt rüber zu ihrem Reviernachbarn, dem Kinobesitzer Bernd Womelsdorf. Aber auch der konnte mit keinerlei neuen Fundstücken oder wieder in Erinnerung geratenen Erlebnissen aufwarten. Er war einfach nur ‚geflasht' von den Ereignissen am Vorabend. Und vom Saubermachen. Natürlich erst, nachdem die Spurensucher verschwunden waren.

„Sagen Sie, gibt´s hier eigentlich irgendwo Kameras? Vielleicht bei der Kasse oder so?"

„Wollten Ihre Kollegen auch schon wissen. Nee, haben wir leider nicht. Wäre zwar manchmal gut. Weil immer wieder mal ärgerliche Kleinigkeiten passieren, die wir gerne dokumentiert hätten. Aber …, na ja, Sie wissen schon." Womelsdorf warf die Arme seitlich hoch. „Solche aufgezeichneten Sachen nimmt Ihnen ja unter Umständen nicht einmal ein Richter als Beweis ab."

„Mist!" Pattrick war total frustriert. Unruhig wanderte er im Kinofoyer hin und her, schaute sich die Filmplakate an und die Popcornmaschine. „Das gibt´s doch gar nicht, dass ein Mörder oder Totschläger keinerlei Spuren hinterlässt. Keine Waffe, die ihm bei der Flucht aus der Hand fällt, kein Tropfen Blut, den er vom Messer verliert oder an sich rangeschmiert hat, kein Kinogast, dem die Tat aufgefallen ist. Wo leben wir eigentlich?" Dann fiel sein Blick auf den Papierkorb eines Eisherstellers mit einer Pendelklappe.

„Sagen Sie, haben Sie den gestern Abend auch geleert?"

„Den?", fragte Womelsdorf, „äääh, weiß nicht. Das macht normalerweise immer die Kasse."

„Die Kasse?"

„Ja, also die, die Dienst an der Kasse haben, Eis und Popcorn verkaufen und so weiter. Schauen Sie mal rein, dann wissen wir´s ja."

Pattrick hob den Deckel des Eimers ab und schaute hinein. „Reichlich Papier, Eisverpackungen und so weiter. Haben da die SpuSi-Leute heute Nacht nicht reingeschaut?"

„Nicht, dass ich wüsste. Die haben sich fast ausschließlich im Kinosaal aufgehalten und Blut, Haare, Fasern und Fusseln gesammelt. Sahen aus wie die Marsmenschen."

„Darf ich?", fragte Born, als er mit dem Mülleimer auf die Theke zukam. Allerdings wartete er erst gar keine Antwort ab, sondern kippte den Inhalt einfach auf die Thekenplatte.

„Komm, lass uns mal gucken, was uns hier drin an Besonderheiten erwartet", forderte er Bernd Dickel auf. Doch der zierte sich ein wenig, zog zunächst einmal ein Paar Vinylhandschuhe aus der Cargotasche seiner Hose und schnupperte eher unauffällig an dem Müllberg, der da vor ihm lag.

Eiskonfekt schien der Renner gestern bei den Kinobesuchern gewesen zu sein – und Nogger. Der Krempel klebte aneinander, an den Fingern, an der Innenwand der Tonne. Übel.

„Wonach suchen wir denn?", fragte Bernd bei Pattrick nach. „Hast Du konkrete Vorstellungen, was uns auffallen müsste in all dem glibberigen, klebrigen Zeug hier?" „Wenn ich das wüsste. Keine Ahnung. Irgendwas, was der Täter vielleicht achtlos weggeworfen hat. Oder sogar gezielt. Um Beweise loszuwerden. Spurensicherung ist ein hartes Brot. Weißt Du doch. Wir wissen zwar nicht, was wir wollen. Aber das mit aller Kraft."

Der Sarkasmus des Kollegen nötigte Dickel ein sachtes Grinsen ab. Er mochte diesen wuchtigen, freundlichen Mann mit den guten Manieren. Auch solchen Menschen gegenüber, die den Umgang mit der Polizei von Hause aus scheuten wie der Teufel das Weihwasser. Mit denen konnte Born besonders gut. Weil er selbst in der Vergangenheit kein Kind von Traurigkeit gewesen war.

Er war nicht etwa straffällig geworden. Nein, alles, was er mit seinen Kumpels damals veranstaltet hatte, lag immer knapp an der Grenze des Erlaubten. Aber das war lange her und Pattrick Born auf der sicheren Seite des Gesetzes.

Klaus Klaiser hatte ihm hin und wieder von dessen hervorragenden Verhörmethoden berichtet. Von einem hervorragenden Spurenleser war da allerdings keine Rede gewesen.

Interessiert schaute Bernd Dickel zu, wie Pattrick Born jedes noch so kleine Fitzelchen untersuchte, ein- zweimal anschaute und einige sogar zur Seite legte.

Immer wieder blickte er auf zum Ersten Polizeihauptkommissar und wunderte sich, dass der sich eher zurückhielt bei dieser Sisyphusarbeit.

„Okay“, sagte er, während er einen zusammengeklebten Papierstreifen auseinandernestelte „kann ich verstehen. Durchsuchen von Mülltonnen. Das ist nicht unbedingt die Arbeit, die einem Revierleiter gut zu Gesicht steht. Ich dachte nur, dass uns ein schneller …“

„Quatsch!“, unterbrach ihn Bernd, „ich bin alles andere als zimperlich. Kannst mich gerne auch im Dreck wühlen lassen. Aber ich kann mir im Inhalt eines Mülleimers an einer Kinokasse nichts so richtig Zielführendes für unsere Tätersuche vorstellen. Oder kannst Du etwa in Eispapierchen lesen?“

„Nee!“, rief Born triumphierend, „aber in solchen Papierchen sehr wohl.“ Endlich hatte er den Streifen sachte auseinanderziehen können, in den innen ein Kaugummi eingeklebt war. Offenbar hatte der oder die Besitzerin an der Kasse den ausgedienten Bubblegum in das Papier gespuckt und die beiden Enden zusammengeklappt.

„Was is´n das?“

„´n Busfahrschein und ´n Kaugummi.“

„Aha. Und was sagt uns das?“

„Buslinie R29 – 18.01.2018 - 6:21 Uhr Berghausen Grünewald – ZOB Bad Berleburg. Westfalen-Tarif. Preis leider nicht mehr leserlich, weil zerrissen.“

Bernd Dickel richtete sich auf und fuhr sich mit den Fingern der rechten Hand durch sein krauses Haar. „18. Januar? Das war der Tag des Orkans. Klar, das war vorgestern. Wer fährt denn bei solch einem Sturm morgens um 6:21 Uhr vom Grünewald nach Berleburg?“

„Keine Ahnung. Auf jeden Fall keiner vom Gasthof. Haben wir ja gehört von Pompels. Wundert mich ohnehin, dass zu der Zeit überhaupt noch ein Bus gefahren ist. Da war doch in Sachen Sturm schon richtig was geboten.“

„Ich glaube“, sagte Bernd Dickel mit viel Anerkennung im Blick, „das könnte die erste brauchbare Spur sein. Klasse, Mann!“

„Das könnte durchaus möglich sein. Nur kapier´ ich´s nicht so richtig. ... Oder vielleicht doch. Der Mörder aus der Preisdorf hat sich tatsächlich durchgeschlagen bis zum Grünewald und ist dort in den ersten Morgenbus eingestiegen. Wie geil ist das denn?“

„Wie?“, fragte Bernd verstört. „Wie? Wie geil ist das denn?“

„Ja, das bedeutet doch, wenn diese Theorie stimmt, dass der Preisdorf-Täter hier im Kino gewesen sein muss.“

„Sehe ich auch so“, kommentierte der Polizeichef Pattricks These und geriet ins Grübeln, als ihn Born bestätigend nickend und nach einer weiteren Antwort heischend anschaute. „Klar! Das könnte, meinst Du, bedeuten, dass der Mörder auch der Angreifer von unserem Kollegen gewesen sein könnte.“

„GENAU das wollte ich damit sagen“, grinste Pattrick.

„Ja, aber warum sollte er das tun?“

„Hm“, machte sein Gegenüber. „Vielleicht, weil er erkannt hat, dass Philip Kretschmann Polizist ist.“

„Wie das denn?“ Dickel machte einen extrem erstaunten Eindruck.

„Naja, er trug ja, wie wir wissen, noch seine Uniform unter der Jacke. Weil er einen im Horn hatte und daher beim ‚Leitenden' seinen Wagenschlüssel abgeben musste. Ergo konnte er nicht noch schnell nach Dotzlar fahren, um sich umzuziehen.“

„Oh nee, das ist ja ...“

„Was ist das? Nicht denkbar?“, forderte Pattrick den Chef des Reviers heraus.

„Ja, sagen wir mal: sehr schwer zu glauben“ konterte der. „Im Kino ist es doch gar nicht hell genug, um jemandes Uniformhemd unter einer Jacke zu erkennen. Selbst, wenn die offen getragen wird. Und vor allem, wenn es stimmt, was wir vermuten, dass nämlich der Täter Seite an Seite mit ihm gesessen hat."

„Mag sein, dass Du damit recht hast: Da was zu erkennen, ist sicher nicht einfach. Aber es gibt ja noch eine andere Möglichkeit. Eine, die in Wirklichkeit nicht einmal eine Entdeckung ist. Nämlich die Info im Gespräch. Und das spielte zwischen den beiden ja, wie wir hören, eine große Rolle. Claudia Siegemund berichtete doch von einer sehr intensiven Unterhaltung."

Dickel schaute ihn mit großen Augen an und antwortete bedächtig: „Oh, da könnte was dran sein. Wir wissen ja, dass Kretschmann ein ganz schönes Plappermaul ist. Ich könnte mir durchaus vorstellen, dass er im Verlauf dieser Unterhaltung schon mal aus purem Stolz erzählt hat, zu welchem ‚Club' er gehört. So isser eben. Womöglich hat ihn das fast das Leben gekostet. Sach mal, in was für einer Welt leben wir eigentlich?"

„Ich weiß es nicht", erwiderte Pattrick, während er, noch mal alles kontrollierend, den ganzen übrigen Krempel wieder in den Mülleimer warf und eine saubere Serviette zurückbehielt. Mit der putzte er notdürftig die Thekenplatte ab.

Bernd Womelsdorf, der Kino-Chef, hatte die ganze Zeit über zugehört, während er parallel die Kasse kontrollierte. Als die Beamten ihre Theorien ausgetauscht hatten, schaute er beide an und sagte: „Ihr seid mir unheimlich. Wahnsinn, was Ihr in einen Busfahrschein interpretiert. Hoffentlich stimmt´s auch. Ich würde es Euch und vor allem Eurem verletzten Kollegen gönnen."

„Danke. Und herzlichen Dank auch für die geopferte Zeit", meinte Bernd Dickel, drückte ihm die Hand und machte kehrt Richtung Ausgang, weil sich sein Smartphone meldete.

Born, der seinen Fund ‚zweigeteilt' in Beweisbeutelchen gesteckt und beschriftet hatte, bedankte sich ebenfalls und merkte beim Hinausgehen an, dass es nicht schlecht wäre, in Kürze mit den Mitarbeitern sprechen zu können, die am Tatabend Dienst hatten. Vor allem der Kassendienst sei interessant. Der Kinomann nickte.

„Bernd, Klaus hier. Ich wollte Dich nur kurz darüber informieren, dass auch der zweite Tote im Preisdorftal liegt und mit an hundert Prozent grenzender Wahrscheinlichkeit in Zusammenhang mit dem ersten Mord zu sehen ist."

„Aha." Dickel hörte aufmerksam zu. „Und wie kommt Ihr zu dieser Vermutung?"

„Naja, zum einen, weil die Leichenfundorte gerade mal knapp hundert Meter auseinanderliegen. Zum anderen aber, und das ist weitaus bedeutsamer, der zweite Tote ist der Juniorchef des Mannes aus dem Kofferraum. Es ist Pius Rommert, von Rommert und Sohn."

Bernd stieß einen spitzen Pfiff aus. „Oha. Das ist ja nun wirklich ein ganz dickes Ding."

„Kann man so sagen. Nur frag´ mich bitte nicht nach möglichen Tathergängen oder Zusammenhängen mit Firmeninterna. Da ist´s bei uns noch stockfinster."

„Sind die Angehörigen schon informiert? Können wir da irgendetwas für Euch tun?"

„Nee, vielen Dank. Lass´ erstmal. Wir müssen erst noch ein, zwei Personenabfragen machen, ein paar Spuren nachgehen und DNA-Analysen in Auftrag geben. Ich kümmere mich heute Nachmittag darum."

„Okay. Sag´ Bescheid, wenn Du Hilfe brauchst. Wir sind zwar auch knapp besetzt. Aber vielleicht geht da noch was."

„Danke Dir sehr, mein Lieber. Wie lief´s bei Euch eigentlich so? Und wie geht es Kretschmann?"

„Kretschmann ist dank einer schnellen OP außer Lebensgefahr."

„Na, Gott sei Dank. Hatte heute Morgen schon mal beim ‚Leitenden' nachgefragt. Aber der hatte wegen unseres zweiten Toten derart viel zu tun, dass er den Kopf gar nicht mehr freibekam."

„Schön, dass Du Dich so sehr sorgst um den Jungen", befand Dickel. „Aber unsere Ergebnisse von heute Vormittag werden Dich mindestens genauso interessieren. Und, das behaupte ich sogar, begeistern."

„Da bin ich aber mal gespannt", lachte Klaiser ins Mobiltelefon.

„Also pass´ auf. Wir haben den sicheren Beweis, dass am Morgen des Orkantags jemand um sechs Uhr und ein paar Zerquetschten mit dem Bus vom Grünewald aus nach Berleburg gefahren ist."

Klaus stutzte. „Nee, das glaube ich jetzt nicht. Bei ‚volle Kanne' Sturm ab Grünewald? Da war es doch noch stockfinster."

„Genau. Das hat uns ja auch so verblüfft."

„Habt Ihr Zeugen?"

„Nee. Aber ´ne Busfahrkarte. Und DNA. In ´nem Kaugummi."

„Wo habt Ihr die denn gefunden?"

„Im Kino. Pattrick hat den Mülleimer an der Kasse auf den Kopf gestellt und das, für mich fast Unglaubliche, zutage gefördert."

„Giiiebt´s ja nicht", war Klaus total von der Rolle. „Klasse! ... Ja, aber sag´ mal, kann sich denn einer von den Kino-Leuten an jemanden erinnern, der an der Kasse seinen Kaugummi in den Mülleimer geworfen hat, nachdem er ihn zuvor in eine Fahrkarte eingepackt hat?"

„Noch nicht. Aber der Betreiber will die Leute schnell zusammentrommeln, die gestern Abend Dienst hatten.“

„Super, super“, sagte Klaiser nachdenklich. „Sag´ mal, Ihr habt doch sicher darüber nachgedacht, dass der Typ aus dem Grünewald unser Täter aus der Preisdorf sein könnte.“

„Natürlich. Warum sollte ich Dir die Geschichte sonst erzählen“, reagierte Bernd Dickel fast ein wenig beleidigt. „Aber wir haben noch ein wenig weiter gedacht. Dass nämlich dieser Mann womöglich auch für den Anschlag auf Philip Kretschmann in Frage kommt.“

Jetzt war es an Klaus Klaiser, den Betroffenen zu spielen. „Genau darauf wollte ich hinaus. Oder was meinste, warum ich das eben angetextet habe. So viele Gewaltverbrecher werden wir in Wittgenstein ja wohl nicht herumspringen haben. Trotzdem: was gab dem Typen denn eigentlich den Grund, auf den jungen Kollegen einzustechen?“

Bernd erklärte ihm Pattricks und seine Theorie und machte den Kriminalisten zunächst einmal sprachlos. Um dann dessen volles Lob zu kassieren. „Das kann nur so gewesen sein. Was anderes fiele mir auch nicht ein. Und wir Vollpfosten reimen uns ein Gruselstück aus der Schwulenszene zusammen.“

Noch von unterwegs schoss Klaiser die Kollegin Siegemund ‚aus der Deckung‘ und bat sie, umgehend zum Revier zu kommen. Und auch Pattrick Born bat er inständig, seinen Extradienst am Samstag zu verlängern. Denn es musste unter allen Umständen der Busfahrer ausfindig gemacht werden, der den Unbekannten vom Grünewald mitgenommen hatte. Und schließlich musste das Kinopersonal befragt werden.

Inzwischen hatten Kommissar Rüdiger Mertz und Hauptmeister Theo Schöneborn ihre flatternden Nerven wieder unter Kontrolle. Der Ausrutscher mit der Macke am Dienstwagen war nun mal geschehen, dafür aber kein größerer Absturz passiert. „The show must go on", hatten beide unisono entschieden und es immerhin geschafft, ohne größere Rutschpartie den Berg wieder so herunterzukommen. Mertz saß nun doch wieder am Steuer.

„Wenn Du jetzt, statt rechts abzubiegen, geradeaus fährst und dann links, dann kommen wir wahrscheinlich besser den Buckel hoch", machte Schöneborn den Lotsen. Mertz hielt voller innerer Anstrengung das Lenkrad derart umklammert, dass sich seine Fingerknöchel weiß unter der Haut abzeichneten. Mit Karacho hielt er auf die Abbiegestelle zu.

„Wie jetzt? Hier?"

„Ja. Hier!", rief Theo entsetzt.

Mertz riss das Steuer schlagartig nach links. Als ob sie auf einer pulvertrockenen Asphaltpiste unterwegs wären. Überraschenderweise aber zeigten die Reifen auch auf dem Waldweg Grip. Hier war in den vergangenen Tagen die Sonne wohl schon des öfteren zu Gast und die Strecke an den meisten Stellen schnee- und eisfrei.

„Mann, Du kannst einen vielleicht erschrecken", hauchte Theo mehr, als dass er sprach. „Ich kack mir gleich in die Hosen. Willste uns mit aller Gewalt in die Fichten jagen?"

„Jetzt hab´ Dich mal nicht so", grinste der Fahrer. „Wollen wir da hoch zu der Hütte oder wollen wir nicht?"

„Natürlich. Aber unverletzt und handlungsfähig. Du fährst wirklich wie ´ne gesengte Sau."

Der Hader ging in allgemeines Gefrotzel über. Was Rüdiger besonders gefiel. So musste er wenigstens nicht zugeben, dass er sich total überschätzt und das Auto bereits im Geiste auf der Seite liegen oder an einem Baum kleben hatte.

„So, jetzt pass´ aber bitte besonders auf“, kommandierte Theo Schöneborn, als eine Waldlichtung in Sicht kam. Am besten runter vom Gas und langsam ranpirschen. Hinter dieser Lichtung hier kommt noch ein bisschen Wald“, entnahm er ‚Google earth‘, das er auf sein Smartphone geladen hatte. „Und dort musss die Hütte sein.“

Rüdiger tat wie ihm geheißen, nahm nach Erreichen der Lichtung das Gas weg und ließ den Wagen auf nun ebenem Weg einfach im Standgas rollen. Kurz darauf sahen sie lackiertes Blech und Chrom durch die Baumreihen blitzen. Eine ganze Reihe größerer Boliden parkte dort am Wegesrand und in einer etwas breiteren Einfahrt der opulenten Hütte, die eher einer hölzernen Villa ähnelte.

„Mein Gott, wer hat denen das denn erlaubt?“, fragte Schöneborn entrüstet.

„Was? Die Fahrt hierauf, oder den Palazzo Protzo?“ Mertz war ebenso geschockt. „Sieht aus, als hätte der Besitzer gleich 'n ganzen Keller voller Leichen mit irgendwelchen Entscheidungsträgern. Das gibt´s doch nicht, sowas. Ei-ei-ei!“

Leise brummelnd kam der im Vergleich zu den anderen Karossen ‚kleine‘ Mondeo zum Stehen. Bewusst blockierte Mertz mit dem Dienstwagen die Einfahrt neben dem Haus. Hier vermutete er auch das Fahrzeug des Besitzers, also Henrik Müllers. Das etwas großkotzig wirkende Nummernschild mit der Nummer BID-HM 1111 an einem Audi A7 bestätigte seine Vermutung.

Die Beamten stiegen aus und umrundeten zunächst das Gebäude. Ohne, dass sie auch nur von einer Menschenseele gesehen worden wären. Auf der Rückseite des Baus führte ein Trampelpfad hinauf zu einer kleinen Hütte. Der leicht abfallende Wind trug einen recht strengen Geruch von dort aus bergab. „Yes, we got him“, flüsterte Mertz. „Wir haben ihn! Der Wink war goldrichtig.“

Nach ihrer abrupt abgebrochenen Runde legten sie noch schnell eine Strategie für ihr Auftauchen in der vermutlich erlauchten Menge Mensch fest. „Reingehen wie ein lieber Besuch – und Augen auf", entschied Mertz. „Nach Müller fragen, falls der sich nicht von selbst zu erkennen gibt und ihn um ein Gespräch bitten. Bei renitentem Verhalten passiv bleiben.

‚Immer freundlich aber fest' vorgehen", war Rüdigers Devise. „Geht er stiften, warten wir ab. Mit seinem Wagen kommt er nicht raus. Und zu Fuß wird er´s gar nicht erst versuchen – im tiefen Wald."

Etwas angespannt, aber nichts Schlimmeres erwartend erklommen beide die Treppe, die hinauf zum Eingang des wuchtigen Holzhauses führte. Kaum ein Laut drang nach draußen. Nur gelegentlich hörte man ein- und dieselbe Stimme parlieren. Wie bei einem gesetzten Vortrag.

Mertz machte den ‚Minensuchhund', also den, der die Tür öffnete und als erster hineinlugte. Aber niemand nahm Notiz von ihm. Auch nicht von Schöneborn, der direkt danach durch die Tür schlüpfte. Alle etwa 15 Menschen in dem weiten Eingangsraum starrten wie gebannt auf einen Mann, der an einem Tisch nebst gewaltigem Herd mit übergroßer Abzugshaube stand und sich an einem größeren Stück Fleisch zu schaffen machte. An einer Ziegenhälfte.

„Er reibt die Schulter der Ziege mit bestem Olivenöl ein, bröselt ein paar Meersalzkristalle sowie Pfeffer aus der Mühle darauf und streicht noch etwas Senf darüber", zitierte der Mann in Kochuniform einen Artikel, der in einer Plastikfolie vor seiner Nase baumelte. Mit flinken Händen vollführte er offenbar exakt das, was das papierne Rezept vorgab.

„Ist sie leicht goldbraun angebraten, werden klein gewürfelte Möhren, Sellerie und Porree dazugelegt." All das war in Schalen und auf Tellern vorbereitet und wurde nun

hinzugegeben. *„Das Fleisch und das Gemüse rösten noch ein wenig weiter, damit die Soße ihr kräftiges Aroma bekommt. Noch ein paar tiefrote Strauchtomaten, Rosmarin, Zitronenthymian und jungen Knoblauch hineingeworfen und kurz danach mit bestem Rotwein abgelöscht.*

So, liebe Freunde, das ist das ‚Zicklein-Rezept', das ich zusammen mit Markus Semmler aus der Hauptstadt erdacht habe. Sie können es jederzeit auf der Homepage der ‚Berliner Zeitung' abrufen. Ein Hochgenuss, das kann ich Ihnen versprechen.

Aber bis alles so weit ist, würde ich sagen, sollten wir schon mal einen dazu passenden Rioja probieren."

Beifall brandete auf. Und der strahlende Mann mit der hohen Mütze verneigte sich.

„Als Abschluss des Mittagsmenüs", versprach der Maître, „werden ich Ihnen ein selbst kreiertes Dessert von eingelegten Honigbirnen an Champagnerschaum und getrüffelter Himbeersahne unter einer Minz-Peperonikruste servieren. Etwas zum Luftanhalten und Genießen."

Wieder Applaus, wieder Verneigung – und Abgang des Küchenzampanos.

„Scheint etwas ähnliches zu sein wie das Maggi-Kochstudio", staunte Schöneborn.

„Allerdings etwas edler", machte Mertz den Spaß mit. „Mal sehen, woher er seine Zutaten bezieht." Beide bahnten sich einen Weg durch den Pulk der jetzt Rotwein trinkenden Verehrer und gingen schnurstracks auf den Koch zu.

„Meine Herren, ich grüße Sie", freundelte der Mann den Polizisten entgegen. „Irre ich mich, oder habe ich Sie heute noch nicht gesehen? Waren Sie überhaupt auf der Teilnehmerliste? Aber macht nichts, es ist ja noch Platz im Hause. Freut mich, dass Sie zu mir gefunden haben", redete der

Mann an einem Stück drauflos und wollte unter Vorhalten einer Art Tagesticket gerade den Beitrag von 200 Euro pro Kopf einfordern, als ihm Rüdiger seinen Dienstausweis unter die Nase hielt.

„Sind Sie Herr Henrik Müller?“

„J... ja, der bin ich“, antwortete der Koch, dem schlagartig die Gesichtszüge entglitten. Seine Unterlippe bebte merklich. „W... was kann ich für Sie tun?“

„Ich bin Kommissar Rüdiger Mertz und das ist mein Kollege, Hauptmeister Theo Schöneborn. Wir würden uns ganz gerne einen Moment mit Ihnen unterhalten.“

„Ja, aber das geht jetzt nicht“, wehrte der andere ab. „Die Schulter schmort und muss ständig gegossen und gewendet werden. Die Herrschaften hier haben für den Gourmet-Samstag bezahlt und ein Recht auf ordentliche Betreuung und gutes Essen.“

„Tut mir leid“, blieb Mertz hart, „da wird sich zunächst jemand anderes drum kümmern müssen. Haben Sie denn keine Assistenz, die Ihnen in der Küche zur Hand geht?“

„Ja, habe ich schon. Maren, meine ehemalige Sous-Chefin. Aber die ...“

„Kein ‚Aber‘. Bitte lassen Sie die Dame holen und Ihren Part übernehmen.“

„Meine Herren, das lässt sich doch sicher geräuschloser erledigen, als durch einen solchen Eklat.“

„Wieso denn Eklat, Herr Müller? Ist Maren denn unzumutbar schlecht in der Küche? Ich meine, immerhin war sie Ihre Stellvertreterin, wenn ich das richtig verstanden habe. Aber Sie haben recht. Weniger publikumsintensiv wäre uns auch lieber.“

„Na, dann warten Sie´s halt ab, bis die Mittagskarte abgearbeitet ist.“

„Da wird nichts draus, Herr Müller. Ich bitte jetzt noch einmal: das muss Maren übernehmen! Oder trauen Sie ihr das etwa nicht zu? Ihrer ehemaligen Stellvertreterin."

„Doch! Aber ..."

„Ich sagte schon einmal ‚kein Aber' bitte." Mertz knirschte mit den Zähnen. Aber Müller schlug plötzlich einen herrischen Ton an. „Verdammt noch mal, die Gäste sind alle meinetwegen gekommen ..."

„... um mit Ihnen eine geklaute Ziege zu braten?", brüllte Rüdiger entnervt so laut zurück, dass die Köpfe mindestens der Hälfte aller Gäste herumflogen und es plötzlich mucksmäuschenstill im Kral wurde.

„Das ist ja eine Ungeheuerlichkeit", mantelte sich Müller auf. „Sind Sie wahnsinnig?"

Ein missmutiges Raunen ging durch die Menge. Was waren denn das für Typen, die ihr Koch-Idol solcher Gaunereien bezichtigten? Hatten die nicht alle Tassen im Schrank?

„Aha. Ungeheuerlichkeit?", äffte Rüdiger Mertz den Koch nach. „Dann sind Sie doch bitte so gut und bringen mir ganz schnell mal den Kassenzettel, der den Kauf der Ziege hier belegt. Und den für die beiden Tiere im Stall oben im Wald bringen Sie am besten auch gleich mit."

Das war natürlich ein Schuss ins Blaue. Der Kommissar wusste das. Denn nachgeschaut hatten sie in der Eile nicht. Doch er hatte voll getroffen. Die Unterlippe des Spitzenkochs vollführte mittlerweile grandiose Flatterbewegungen.

„I... ich hab´ keine Quittungen und keine Rechnung. Das war ... äääh ein Handel mit einem Viehhändler, der ... äääh, der hier immer wieder mal durchreist."

„So, so", wurde Mertz unter der wachsenden Aufmerksamkeit der Kursbesucher immer sicherer, „und dieser Händler verkauft Pfauenziegen, die eigentlich für die Nachzucht dieser seltenen Art gedacht waren?“

Wieder ein Schuss ins Blaue. Sie wussten ja gar nicht, ob die Ziegen da oben im Stall tatsächlich die gestohlenen Tiere waren.

„Pfa..., Pfa..., Pfauenziegen? Keine Ahnung, was das für Ziegen sind“, legte sich Müller ins Zeug.

„Dann zeigen Sie uns die Tiere doch einfach mal. Mein Kollege und ich sind, was das anbelangt, mittlerweile richtige Spezialisten geworden.“

„Genau“, bestätigte Theo Schöneborn. „Wir werden Ihnen auf Anhieb sagen können, ob Sie da etwas ganz Wertvolles im Stall stehen haben.“

„Jetzt hören Sie aber auf. Ja!? Ich habe die Ziegen gekauft, weil unter den Hobbyköchen der Republik ein regelrechter Hype ausgebrochen ist, was Gerichte mit Zicklein- und Ziegenfleisch anbelangt. Deswegen halte ich ja sogar Kurse ab, in denen ich auch Rezepte bekannter Kollegen vorkoche.“

„Absolut nichts gegen zu wollen“, konterte Schöneborn. „Nur der Terminus ‚gekauft‘ müsste noch abschließend geklärt werden. Also werden wir jetzt erst einmal mit Ihnen zu den Tieren gehen, um herauszubekommen, *was* Sie gekauft haben. Und dann werden wir gemeinsam Adresse und Telefonnummer des Händlers erarbeiten, bei *dem* Sie gekauft haben.

Und wenn alles so stimmt, wie Sie uns das beschrieben haben, dann brauchen wir eigentlich nur noch Ihren Gewerbeschein oder die Lizenz, hier oben im Wald Gourmetkochkurse abhalten zu dürfen und Gäste gegen Bezahlung zu beköstigen.“

Auf Müllers Stirn hatten sich dicke Schweißperlen gebildet. Und seine Haut machte einen wächsernen Eindruck. Hinter seiner Stirn arbeitete es. ‚Wie komme ich hier je wieder raus‘?

mochte er denken. So jedenfalls interpretierte Mertz die sich ständig verändernde Mimik mit tief heruntergezogenen Augenbrauen.

Während des gesamten Gesprächs hatte er immer wieder zu einer Kelle gegriffen, um das schmorende Ziegenschülterchen mit Bratensaft zu übergießen. Einmal hatte er es sogar gewendet. Der verbreitete Duft versprach ein atemberaubend leckeres Mahl.

Ihr Guru war schwer angeschlagen. Das konnte man an den Gesichtern seiner Jünger ablesen. Irgendwie fehlte ihnen plötzlich der Glaube an die Wahrhaftigkeit seiner Worte. Und so wandten sie sich von ihm ab, als dann doch Sous-Chefin Maren an den Herd gestellt wurde, um das Wunder im Bratentopf zu vollenden. Der Dreiertross verließ indes das Haus auf der Rückseite.

Wenige Minuten später stand fest: die Ziegen im Stall waren die beiden tags zuvor gestohlenen Zuchttiere. Eine Ziege und ein Bock. Schöneborn hatte Bilder von ihnen per Smartphone an die Züchterin gesendet und im Handumdrehen eine Antwort bekommen. „Ja, das sind meine Tiere. Sie leben. Welch ein Glück!"

Mit den zu Fäusten geballten Händen stand Henrik Müller vor dem provisorischen Verschlag, der mit Stroh ausgelegt und einer Futterraufe bestückt war. Die Tiere hatten darin ausreichend Platz. So viel, dass man meinen könnte, hier sollte noch die eine oder andere Ziege dazukommen.

„So", machte Schöneborn wieder auf sich aufmerksam, „es handelt sich also eindeutig um Pfauenziegen. Und wir wissen, wem sie abhandengekommen sind. Jetzt sollten Sie uns sagen, wer der dubiose Händler ist, der die Tiere dort bei Nacht und Nebel geklaut hat, um sie Ihnen zu verkaufen."

Keine Reaktion. Lediglich die Finger seiner Fäuste arbeiteten in den Taschen der schwarz-weiß karierten Kochhose.

„Okay. Gehen wir´s anders herum an“, schlug Mertz vor. Die beiden Ziegen hier haben Sie seit?“

„Seit gestern, Freitag.“

„Gut. Und warum haben Sie keine von denen geschlachtet für das Happening hier?“

„Weil sie schon zu alt sind. Deren Fleisch muss erst einmal eingelegt werden – in Buttermilch oder in eine Marinade. Das hätte zu lange gedauert, um es heute in einem Rezept verarbeiten zu können.“

„Das verstehe ich jetzt aber nicht.“ Theo wurde ganz hippelig. „Sie mussten doch beim Kauf gesehen haben, wie alt die Ziegen sind. Oder war es auf der Weide einfach zu dunkel. Dort, wo Sie die Ziegen geklaut haben.“

„Die sind nicht geklaut!“

„Gut. Dann den Namen und die Telefonnummer des Händlers. Aber dalli!“

„Hab ich nicht. Wie gesagt, der kommt hier ab und zu durch. Dann kaufe ich ihm hin und wieder Tiere ab.“

„So, so. Und die hat er immer auf seinem Hänger geladen. Ja?! Und Quittungen oder Rechnungen stellt der auch keine aus. Hören Sie, Herr Müller“, brüllte Mertz plötzlich los. „Verarschen können wir uns alleine! Sie wollen uns vermutlich auch noch erzählen, dass die Ziegenschulter, die drinnen im Topf schmurgelt, heute Morgen noch quietschlebendig mit dem Rest des Tieres vom Hänger des Händlers in Ihr Metzgermesser gesprungen ist.“

„So ungefähr war das doch. Oder?“ Schöneborn schaute, fast Nase an Nase, in die mittlerweile grau umkränzten Augen des einstigen Starkochs. „Kommen Sie, lassen Sie´s raus. War´s so?“

„Ja. So ähnlich war´s. Ich habe das Tier tatsächlich heute Morgen geschlachtet. Ich hatte Druck. Wegen der vielen Anmeldungen."

"Wenn es tatsächlich so oder so ähnlich war", ließ Mertz dem Koch nun keine Luft mehr zum Atmen, „dann zeigen Sie uns doch bitte auch noch, wo Sie die Ziege geschlachtet und wo Sie deren sterbliche Überreste deponiert haben. Den Kopf, zum Beispiel und die Innereien. Aber Sie waren ja sicher, wie es Ihre Pflicht ist, in einem EU-zertifizierten Schlachthof. Man findet ja an jeder Ecke einen. Und die haben alle am Samstag geöffnet."

„Nein!", brüllte der Mann. „Ich war in keinem Schlachthof."

„Wo denn dann?"

Keine Reaktion.

„Wo waren Sie denn dann? Ich will eine klare Antwort. Und zwar jetzt!"

Der Schweiß quoll ihm aus allen Knopflöchern. Henrik Müller war am Ende. Zitternd wie Espenlaub gab er sich geschlagen. „Okay, okay, ich war bei meinem Cousin unten im Dorf, in Hesselbach. Dort haben wir die Ziege geschlachtet. Kopf und Eingeweide hab´ ich in dessen Jauchegrube geworfen. Das hat man früher schon so gemacht, wenn der Boden gefroren war und man das nicht vergraben konnte."

Ohne auch nur ein weiteres Wort mit dem schwer atmenden Koch zu sprechen, drehte sich Mertz um, wählte auf seinem Smartphone die Wache in Berleburg an und stellte auf laut. „Rüdiger Mertz hier. Sag mal, kannst Du mir ganz schnell einen Saugwagenbetrieb organisieren, der heute noch eine Jauchegrube in Hesselbach auspumpen kann?"

„Ich verstehe Deine Bitte nicht so ganz", kam´s von der anderen Seite. „Du willst heute tatsächlich noch eine Jauchegrube in Hesselbach auspumpen lassen? Wofür das denn?"

„Wir suchen hier einen Kopf und Gedärme."

„Hmmmp!" In Berleburg würgte es am Telefon.

„Den Kopf und die Gedärme einer Ziege", legte Rüdiger nach.

„Boooaaahh, das hättest Du ja gleich sagen können. Mann! Jetzt ist mir aber richtig schlecht geworden. ... Warte mal, da gibt es doch auch einen Notdienst." Man konnte über den Handylautsprecher mithören, wie der Kollege in Berleburg auf einer Computertastatur herumhackte. Dann meldete er sich wieder. „Ja, heute ist die Krämer Entsorgungsbetriebe GmbH in Birkefehl dran. ‚Scheiße-Krämer' haben sie den immer genannt. Ich ruf´ da mal an. Wann und wo soll der denn sein?"

„Moment", sagte Mertz und drehte sich um. „Haben Sie zugehört, Herr Müller? Wo ist der Hof Ihres Cousins, dessen Jauchegrube wir auspumpen müssen?"

„Sie müssen gar nichts auspumpen", motzte der zurück. „Hinterher hat der die Sachen da gar nicht reingeworfen und ich bin der Arsch."

„Herr Müller, das ist mir jetzt zu blöd. Sie haben eben noch gesagt, dass Sie derjenige waren, der Kopf und Innereien versenkt habe. Also. Wo ist der Hof, wo die Jauchegrube?"

Dann war es passiert. Müller brach förmlich in sich zusammen. Mitsamt seinem Lügengebilde, das ihn für einen Moment noch auf den Beinen gehalten hatte. Doch der Trick mit dem Saugwagen hatte ihn zu Fall gebracht.

„Danke Dir", rief Rüdiger ins Smartphone. „Hat sich erledigt. Was der Mann jetzt hier für seine Machenschaften in seinem Schauladen braucht, ist kein Saugwagen. Der braucht jetzt einen Anwalt."

„Macht 15 Euro glatt", sagte der freundliche Taxifahrer und bedankte sich, als Ronja ihm noch zwei Euro Trinkgeld mit draufgab. „Warten Sie einen kleinen Moment bitte, ich trage Ihnen die Tasche noch rauf zur Tür." Dann stieg er aus, öffnete formvollendet und mit angedeutetem Diener die Beifahrertür und ließ die Hausherrin am Winterscheid aussteigen.

Ronja war ein wenig schwindelig, als sie versuchte, mit einem schnellen Rundumblick die Lage um den Neubau herum zu erfassen. Das einzige, was ihr dort sofort auffiel, war das verklebte Loch in der Holzverkleidung des Garagentors. ‚Höhere Gewalt' dachte sie traurig kopfschüttelnd und folgte dem Chauffeur, der ihre Tasche hinauf zur Haustür getragen hatte. „Geht es?", fragte er besorgt, als er Ronja heraufkommen sah. Ganz fit kam sie ihm nicht vor.

„Ja, ja, machen Sie sich meinetwegen keine Gedanken. War nur eine kleine Gehirnerschütterung. Komme schon wieder in Ordnung. Vielen Dank."

Dann schloss sie auf, verabschiedete den Taxifahrer und verschwand mit der Tasche im Haus. ‚Ein fremdes Gefühl', dachte sie. ‚Und das nach zwei Tagen.'

Ihr Kommen war nicht unbemerkt geblieben. Dorothee Saßmannshausen hatte das Taxi von der Küche aus gesehen und sich über Ronjas Rückkehr gefreut. Sie wollte ihr allerdings die Zeit geben anzukommen, bevor sie nachfragen würde, ob eventuell ihre Hilfe gebraucht wird.

Ronja hatte die Tasche im Flur einfach fallen lassen und sich in der Wohnetage umgesehen. Es sah einiges anders aus als zuvor. Doch die ganz große Zerstörung hatte dann doch nicht stattgefunden. Die Tür zum Balkon war erneuert, die paar Macken in der Wand wären mit dem Einsatz praktischer Hände bald unsichtbar gemacht. Und das, was an Möbeln demoliert war, musste halt ersetzt werden. ‚Wir sind versichert', dachte sie, ‚das muss ja für irgendwas gut sein.'

Aber dann gingen ihre Gedanken wieder zu Leon. Was würde er sagen, wenn er das alles hier sähe? Er war so stolz gewesen, als sie ihr Traumhaus mit viel Eigenarbeit endlich fertig und schließlich auch eingerichtet hatten. Und jetzt? Viel war nicht mehr von dem eleganten Charme der Einrichtung zu erkennen. Provisorien störten den Gesamteindruck.

Doch ihre Angst, Leon könnte wegen der Zerstörungen und Beschädigungen durch den Orkan ausrasten, war längst gewichen. Sie fürchtete vielmehr, ihr geliebter Mann werde dauerhafte Schäden durch seine, im Kofferraum erlittenen Verletzungen davontragen.

Natürlich hatte sie ihn noch einmal besucht am Vormittag. Und sie hatte ihn sogar wach erlebt. Halbwach zumindest. Leon hatte die Augen geöffnet, als sie an sein Bett trat. Und da war ein Lächeln über seinen Mund gehuscht, als er sie erkannte.

Doch eine Unterhaltung war nicht möglich. Immer wieder dämmerte er weg. Als sie aber zum Abschiedskuss ganz nahe an ihn herangerückt war, meinte sie gehört zu haben, wie er hauchte: „Alles wird gut, mein geliebter Schatz."

Ronja vergoss ein paar Tränen, als sie daran dachte. Das würde eine schwere Zeit für ihn werden. Operationen, lange Krankenhausaufenthalte und nachfolgende Reha-Behandlungen. Und dann die bald folgenden enervierenden Vernehmungen durch die Polizei. Wer hatte Leon entführt? Und warum? Hatte er selbst etwas damit zu tun?

Ihr Mann war nicht der Typ, der das lange ertragen und still halten konnte. Aber er würde müssen, dachte sie. ‚Vor allem aber muss er bald erfahren, dass er Vater wird', überlegte Ronja Körner. ‚Das wird ihn aufbauen. Bestimmt!' Dann klingelte ihr Handy.

„Hi Süße, biste schon zu Hause?“ Die unverwüstliche, dauergutgelaunte Leib- und Magenfreundin Mina Nölke war´s.

„Ja, ich bin seit ein paar Minuten wieder hier.“

„Und? Isses schlimm?“

„Ja, nee, ich weiß nicht. Ihr müsst ja hier unheimlich geackert haben, um das so wieder hinzubekommen. Danke.“

„Oh, da bedanke Dich mal vor allem bei Deinen Nachbarn. Was die geleistet haben, das war wirklich bewundernswert. Und das in einer Zeit, in der sie selbst Angst haben mussten, dass ihre eigene Hütte wegfliegt oder zumindest was abbekommt.“

„Ich weiß. Hab´ im Moment auch noch gar keinen Plan, wie ich das jemals wiedergutmachen kann.“

„Du“, rief Mina in die Leitung, „ich glaube, die wollen das gar nicht. Für die ist das eine Selbstverständlichkeit, habe ich den Eindruck. Ladet die später mal zu ´nem schönen Abend ein. Dann ist alles gut.“

„Ja und Du?“, fragte Ronja. „Du bist ja schließlich auch bei Sturm und größter Gefahr hergekommen und hast geholfen und geackert. Habe ich Dir denn schon mal richtig Danke gesagt?“

„Oh ja. Mehrmals. Das reicht dicke für die nächsten drei Tornados“, lachte Mina. „Und jetzt mal 'n anderes Thema. Wie geht´s Dir? Fehlt Dir was im Haus? Lebensmittel habe ich genügend deponiert. Trotzdem: Soll ich heute noch mal vorbeikommen?“

„Nicht so schnell, nicht so schnell. Mir wird ja schon wieder ganz schwindelig“ lachte Ronja, während sie einen Blick in den Kühlschrank warf. „Nein, ich glaube, mir fehlt nichts. Ich war allerdings auch noch nicht oben.“

„Keine Sorgen machen. Dort ist alles tipp-top in Ordnung. Habe ich selbst alles aufgemupft, geputzt, poliert." Wieder lachte Mina ihr entzückendes Lachen.

Ronja ließ während des Telefonats weiter ihre Blicke durch die Wohnung wandern. Und dann fiel er ihr endlich auf. Der wunderschöne bunte Tulpenstrauß, der die einzige, wirklich leuchtende Farbe in den Raum brachte.

„Aber für die Blumen darf ich mich noch bedanken, meine Liebe. Ja?! So schön, die Tulpen. Mensch, an was Du alles denkst."

„Irrtum, Schätzchen, die stammen nicht von mir. Die habe ich vorgestern in der Garage gefunden und von dort gerettet."

Ronja Körner schaute recht irritiert drein. „In der Garage gefunden? Wann?"

„Am Donnerstag. Als ich nach den Schäden am Tor geschaut habe. Ich dachte, Du hättest sie dort vergessen."

„Nein! Ich habe keine Blumen gekauft und in der Garage vergessen. Ich war gar nicht in der Garage. Wo um alles in der Welt sind die Blumen denn bloß her?"

Mina blieb erst einmal still. Sie überlegte angestrengt, ob ihr noch etwas zu dem Strauß einfiele. Und tatsächlich kam ihr etwas in Erinnerung.

„Die waren auf alle Fälle von ‚BlumenCreativ' in Berleburg. War´n Aufkleber an der Folienverpackung. Und sie müssen schon eine ganze Weile auf dem Wagendach gelegen haben. Denn sie ließen die Köpfe arg hängen und soffen gleich die halbe Vase leer, als ich sie ins Wasser gestellt habe."

„Auf welchem Wagendach?"

„Na, auf dem Volvo von Leon. Deine Nuckelpinne", wie Mina den „Up" von Ronja nannte, „stand direkt daneben."

„Klar. Den hat unser Nachbar Gerd Siebenich dort abgestellt, nachdem er ihn aus der Werkstatt mit nach Hause gebracht hatte. Der „Up“ war in der Inspektion. Ich bin dann nach dem Dienst beim Arzt gewesen und mit dem Bus heimgekommen und hab´ nicht mehr nach meinem Auto geschaut. Denn Gerd hatte Schlüssel und Rechnung in den Briefkasten geworfen.“

„Aber wie ist der denn in die Garage gekommen?“

„Ich habe eine Funkfernsteuerung im Wagen.“

„Ja, hast Du denn in dem einen heimlichen Verehrer?“

„Quatsch. Den Gerd doch nicht. Der hat doch gerade erst geheiratet. Und was für ´ne tolle Frau. Die Gisy.“

„Naaa? Tolle Frau? Bist Du da so sicher?“

„Also jetzt hör´ aber mal auf, Mina. Gerd Siebenich ist Kfz-Meister und kein Rosenkavalier!“

„Tulpen!“

„Was?“

„Wenn schon, dann Tul-pen-ka-va-lier.“

„Also, von Gerd mit Sicherheit nicht. Von wem also dann?“

„Weißt Du was?“, reagierte Mina schließlich, nachdem sie auf die Uhr geschaut hatte, ich lasse jetzt mal meine Kontakte zur Polizei spielen. Die werden rauskriegen, woher die Blumen stammen.“

Ronja begriff nicht sofort, was ihre Freundin meinte. Als sie aber nachfragen wollte, hatte die schon aufgelegt.

Klaus Klaiser hatte sich nach dem aufregenden Vormittag in der Preisdorf Arbeit mit nach Hause genommen. In Person von Sven Lukas und in Form von Akten, die er sich von einer Streife aus Berleburg hatte mitbringen lassen. Er wollte sich noch vor dem Mittagessen vorbereiten, auf den schweren Gang zu den Eltern des ermordeten Pius Rommert.

Viel würde er ihnen nicht erzählen können. Das wusste er. Denn die Obduktion des Unternehmersohnes stand ja noch aus. Aber er wollte aus den Ergebnissen der Obduktion des am Tag zuvor gefundenen Mannes aus dem Auto versuchen herauszulesen, was sich dort abgespielt haben könnte. Um eventuelle Rückschlüsse ziehen zu können.

Ein Glück, dass die Kollegen von der Verkehrspolizei gerade ihre Tour durchs obere Edertal angetreten hatten. Sonst wäre er nicht so schnell an das Obduktionsergebnis und die Spurenakten herangekommen. So konnte er die gewonnenen Erkenntnisse mit Sven Lukas besprechen. Dessen Auffassungs- und Kombinationsgabe waren geradezu atemberaubend und die Ergebnisse ihrer Diskussionen für ihn fast unverzichtbar.

Die Fakten zum Tod des Rolf Hüttenstein waren nüchtern und an Deutlichkeit nicht zu überbieten. Tod durch Erdrosseln mit einer weich ummantelten Schnur. „Vermutlich eine Wäscheleine, schreiben die Pathologen. Du hattest also recht“, sagte Klaus über die Schulter. Hinter ihm stand der ‚Freak‘ und versuchte, über den Chef hinweg mitzulesen, was da im Bericht stand.

„Der Mann war also eindeutig schon tot, als die Bäume auf den Wagen knallten?“

„Muss man vermuten. Denn als die Bäume *auf* dem Wagen lagen, kann ja keiner mehr drangekommen sein, an diesen Hüttenstein. Wofür auch?“

„Das stimmt. Ich dachte bloß“, sinnierte Sven, „es hätte ja immerhin sein können, dass jemand einen eventuell noch lebenden Zeugen in dieser ausweglosen Situation endgültig unschädlich machen wollte.“

„Ja, aber Du weißt doch, wie der Tote ausgesehen hat. Total derangiert, das Gesicht eingedrückt.“

„Du weißt aber auch“, konterte der ‚Freak‘, „was Menschen alles aushalten können. Natürlich glaube ich auch an den Tod vor Einschlag der Bäume. Aber ein wenig nachdenken wird doch erlaubt sein.“

Klaus schaute den Kollegen intensiv an und fragte: „Wo ist dann aber für Dich der qualitative Unterschied zwischen Erdrosseln vor und Erdrosseln nach Baumeinschlag?“

Der ‚Freak‘ streckte sein Kreuz, musterte einen Wandkalender und drehte sich dann um. „Erdrosseln vor dem Baumeinschlag bedeutet, dass der Mörder den Mann unter allen Umständen loswerden wollte. Ungeliebter Zeuge, raffgieriger Mittäter oder was auch immer.

Erdrosseln nach dem Baumeinschlag würde für mich bedeuten, dass der Mann nur deshalb getötet wurde, weil er sich in einer für alle Beteiligten ausweglosen Lage befand. Und davon sollte er entweder erlöst oder als potenzieller Zeuge eliminiert werden.“

Klaiser zog die Stirn kraus und schüttelte anerkennend den Kopf. „Wahnsinn, Sven. Deine Analysewege und Ergebnisse sind echt irre.“ Immer noch staunend blätterte er in den wenigen Papieren der Spurenakte und fragte dann plötzlich: „Warum, meinst Du, hat er den Sterbenden dann nicht einfach erschossen?“

„Hm“, machte der ‚Freak‘, „vielleicht, weil alle Munition aus seiner Waffe verballert war, nachdem er hinter dem flüchtenden Rommert her geschossen hatte. Du weißt ja: bei Dunkelheit ist es schwer, jemanden zu treffen. Weil man ihn schlicht nicht sieht. Aber dieses ‚Preisschießen‘ müsste dann ja schon *vor* der Strangulation unter dem Baum stattgefunden haben.“

„Warum vorher?“, fragte Klaiser, verwirrt von den rasend schnell ausgespuckten Theorien des Kollegen.

„Haja, Klaus. Weil er sonst fürs Erschießen noch Munition gehabt hätte. Sagte ich doch bereits."

Klaiser griff sich an den Kopf. Er kam sich im Moment vor wie ein Depp. Der ‚Freak' war einfach zu schnell für sein, in den Schlingen der Fälle, erlahmtes Hirn. Er spürte eine leichte Unterzuckerung.

„Komm", sagte er, lass uns mal schauen, was Ute zum Mittagessen gezaubert hat. Vielleicht kann ich dann auch wieder klarer denken."

Gemeinsam wechselten sie von Klaus´ Arbeitszimmer zum ganz bezaubernd gedeckten Tisch. Und aus der Küche duftete es herrlich.

„Prima, Ihr kommt genau richtig", rief sie den beiden zu. Kommt mal her und holt Euch die gewünschte Portion am besten selbst. Das erspart mir jede Menge Abwasch."

Die Frau des Chefs hatte Boeuf Stroganoff gemacht und richtete dazu breite Nudeln und Erbsen und Möhren. Eine kühne Kombination, die dem russischen Namensgeber der Speise so sicher nicht eingefallen wäre. Aber „es war einfach göttlich", lobte Sven Lukas schließlich. „Sie sind eine tolle Köchin", machte er der Dame des Hauses Komplimente, bedankte sich artig und beneidete seinen Boss insgeheim um die Anmut an dessen Seite.

Tatsächlich hatte die Physiotherapeutin Ute, die sich für ein Erziehungsjahr hatte freistellen lassen, nach der Geburt ihrer Tochter Luisa noch an Weiblichkeit dazu gewonnen. Einfach eine strahlende Schönheit.

Als sie später auf dem Weg zu Rommerts Eltern waren, fragte Sven den Kripo-Chef, ob er denn die notwendigen Erkenntnisse aus dem Aktenstudium und der Diskussion mit ihm gezogen habe, um die bisher noch Ahnungslosen wenigstens ein Stück weit über mögliche Hintergründe für den Mord aufklären zu können.

Aber Klaus schüttelte den Kopf. „Ich kann es mir beim besten Willen nicht erklären. Vor allem nicht, wenn ich davon ausgehe, dass Pius, der Junior, nicht Teil eines Mordkomplotts und nicht in die Entführung von Leon Körner verwickelt war. Warum sollte er auch? Körner war wohl bestes Pferd im Stalle Rommert."

„Ja, aber er war auch gleichzeitig der Prügelknabe des alten Rommert", wandte Sven ein. „Claudia Siegemund hat´s mir erzählt, die gestern gemeinsam mit Jürgen Winter in diesem Planungsbüro war. Demnach macht der Senior Leon Körner für alles verantwortlich, was in dem Laden jemals schiefgelaufen ist. Offenbar im Anflug einer drohenden Demenz."

„Das ist ja furchtbar", meinte Klaus und schaute rüber zu dem Kollegen auf dem Beifahrersitz. „Was ist denn das Wahre dran? Weißt Du das auch?"

„So ungefähr. Claudia und Jürgen hatten ausreichend Gelegenheit, auch mit drei jüngeren Ingenieuren zu sprechen. Du, die haben ihnen von ganz anderen Storys berichtet.

Ohne Leon Körner wäre der Laden längst über Kopf gegangen, haben die denen erzählt. Vor allem auch, weil Pius Rommert Serienscheiße gebaut haben soll. Und jedes Mal sei Körner losgeschickt worden, den Mist ungeschehen zu machen. Was den Junior irgendwann einmal auf die Palme gebracht hat."

„Ja, dann hätten wir ja schon mal jemanden mit einem Mordmotiv", lächelte Klaus verhalten vor sich hin. „Mord aus verletztem Stolz und Ehrgefühl. Der Junior kommt mit seinen Aufgaben nicht zurecht, wird deshalb irgendwann nicht mehr ernst genommen. Und der, wenigstens im Kollegenkreis höchst angesehene Angestellte putzt seine Böcke aus."

„Dumm nur, dass der selbst ermordet worden ist. Wir können ihn nicht mehr fragen." Der ‚Freak' schaute zum Seitenfenster hinaus und sah gerade noch die letzten Häuser vom Hinterstöppel in Raumland vorbeirauschen.

Das Wetter wusste offenbar nicht mehr so genau, was es aus dem Tag machen wollte. Der Sonne am Vormittag waren dicke Wolkenbündel gefolgt, denen man nicht so recht trauen konnte. Starkregen oder Schneefall. Beides noch möglich. Den fallenden Temperaturen nach allerdings nicht mehr lange.

„Weißt Du was?", setzte er das Gespräch fort, „wir sollten den Pathologen unbedingt bitten, mal nachzuschauen, ob Pius´ doch recht zarten Hände vor dem Ableben mal ganz heftig und ganz lange an einer Schlinge gezogen haben könnten. Das macht immer so tiefe Rillen, die später rote Streifen hinterlassen. Ich weiß allerdings nicht, ob die bei Toten früher wieder verschwinden."

„Sollten wir auf alle Fälle", antwortete Klaus gedankenverloren, eher mechanisch. Er war jetzt tief in der mentalen Vorbereitung für die Überbringung der Todesnachricht. So etwas machte niemand gerne. Daher waren die Kollegen, übrigens auch Sven, immer dankbar, wenn der Chef diese Aufgabe übernahm. Ihn jetzt zu stören und mit vergleichsweise Belanglosem zu belatschern, wäre gemein und hätte womöglich fatale Folgen für sie alle.

„Oh Gott, oh Gott, oh Gott!", hatte Louisa Rommert laut ausgerufen. Dann hatte sie die Hände vors Gesicht geschlagen und sich im Wohnzimmer ans Erkerfenster gesetzt, um still vor sich hin zu weinen. Franz Rommert war von einer Schockstarre heimgesucht worden. Minutenlang stand er an dem großen runden Tisch, an den er sich für das Gespräch partout nicht hatte setzen wollen und stierte einfach nur geradeaus.

Aber seine Beine begannen zu zittern und dann auch seine linke Hand, die auf einer Stuhllehne ruhte.

„Kommen Sie“, bat Sven, „setzen Sie sich bitte. Ich besorge Ihnen sofort etwas zu trinken. Auf einer Jugendstilanrichte hatte er eine Karaffe mit Wasser und zwei dazugehörige Gläser entdeckt. So war der wichtige Schluck für den fast strauchelnden Vater von Pius Rommert schnell gereicht.

Franz Rommert setzte sich, trank und wandte sich um zu seiner Frau. „Jetzt wissen wir wenigstens wo er ist“, stellte er hölzern fest.

‚Welch ein zynischer Kommentar in dieser Situation‘, dachte sich Sven. ‚Der kann nur aus einer gequälten Seele kommen.‘

„Wissen Sie“, erzählte Rommert, an Klaus gewandt, „Pius war seit Tagen, genauer gesagt, seit Wochen verschwunden. Wir wussten, dass er hin und wieder auch auf Mallorca war. Aber dass er wieder hier in Berleburg ist, haben wir wirklich nicht mitbekommen. Nur immer gehofft, dass er heil wieder zurückkommt. Und jetzt ...“

Der junge Rommert war also geflohen. Das wurde Klaiser nach und nach klar. Offenbar, weil ihm keiner mehr seine Fehler im Unternehmen seines Vaters verzeihen wollte. Der daraus resultierende Gesichtsverlust, den er als Juniorchef hinnehmen musste, war wohl enorm. ‚Kein Wunder‘, dachte der Kripo-Chef, ‚dass er sich durch die Äste gemacht hat. Immer nur erniedrigt zu werden vor der eigenen Belegschaft. Wer will das denn aushalten?‘

So ähnlich hatte es auch im Protokoll von Claudia und Jürgen gestanden. Doch ausgerechnet das hatte der Streifenpolizist am Mittag nicht mitgebracht.

„Pius war seiner Aufgabe in unserem Geschäft trotz guter Studienabschlüsse nicht gewachsen“, versuchte Frau Rommert eine Erklärung. „Er hatte nicht das Zeug dazu, meinen

Mann in der Führung zu vertreten, geschweige denn abzulösen."

Der Tränenstrom bei der älteren Dame war längst nicht versiegt. Und sie schniefte und schluckte fast bei jedem ihrer Worte. Aber sie schien sich besser im Griff zu haben. Sie wollte das ganz offensichtlich auch. Um eine Botschaft loszuwerden. „Pius sah sich schon seit Jahren auf Kollisionskurs mit Herrn Körner, unserem Chefingenieur. Er wusste, dass er ihm das Wasser nicht reichen konnte. Und oft genug hat Herr Körner unserem Sohn auch aus der Patsche geholfen."

„Ach komm, hör auf mit dem!", bellte Rommert seine Frau zornig an, „Du siehst doch, was passiert ist. Erst verschwindet der Mann spurlos. Obwohl er eine sehr wichtige Aufgabe in Brandenburg zu erledigen hat. Und dann wird er rein zufällig in unserem Firmenwagen gefunden. Eingesperrt im Kofferraum. Was soll man denn davon halten? Das hat der doch selbst vermasselt."

„Also, Herr Rommert", strengte sich Klaiser an, nicht unhöflich zu werden, „das können Sie so nicht behaupten."

„Ich kann behaupten, was ich für richtig halte. Und ich weiß ganz genau, dass es bei dieser Geschichte nicht mit rechten Dingen zugegangen ist. Da ist doch schon monatelang etwas im Argen gelegen, mit dem Bau in Luckenwalde."

„Etwas im Argen gelegen?", ereiferte sich seine Frau. „Du warst doch derjenige, der den Bauleiter dort abgelöst und durch Körner ersetzt hat. Und zwar mit Recht. Und Du warst derjenige, der diesen Mann mit immer mehr Arbeit zugeschmissen hat. Körner hatte doch gar keine Chance, sich optimal einzubringen. Und trotzdem ist dort alles mit rechten Dingen zugegangen. Das ist allein sein Verdienst!"

Mit hochrotem Kopf wandte sich die Dame an die beiden Beamten, während der alte Rommert schwer schluckte.

„Bitte, nehmen Sie´s ihm nicht übel. Er hat eine panische Angst, dass ein von uns geplantes, großes Industrieprojekt in Luckenwalde nicht termingerecht fertig wird. Das wäre unser Ruin.“

„Verstehe ich ja“, wandte der ‚Freak‘ ein, „aber was ist denn dort passiert, dass es überhaupt zu derartigen Verwerfungen kam?“

„Auch da hatte Pius seine Finger im Spiel. Er war derjenige, der mit dem ortsansässigen Bauleiter, Rolf Hüttenstein, in engstem Kontakt stand. Leider sind dabei beide auf die fatale Idee gekommen, durch den Einkauf minderwertiger Bau- und Zuschlagstoffe Geld einzusparen und in die eigene Tasche zu wirtschaften.

Das Ganze ist dann bei einer außerordentlichen Budgetkontrolle aufgeflogen. Woraufhin wir Herrn Hüttenstein rausgeworfen und unseren Sohn von der Aufgabe suspendiert haben.“ Wieder überkam sie ein Weinkrampf. „Der Bauherr hat natürlich darauf bestanden, dass das Material ersetzt wird und hat nur deshalb auf eine Anzeige verzichtet, um die Fertigstellung des Projektes nicht zu gefährden. Er hat einen klar definierten Produktionsbeginn als Zulieferer für die Kfz-Industrie.“

„Und ...“ fragte Sven nach, „haben Sie den Bauleiter angezeigt?“

„NEIN!“, machte sich Rommert Senior überdeutlich bemerkbar.

„Und warum nicht?“

„JA MEINEN SIE, WIR LIEFERN UNSEREN EIGENEN SOHN ANS MESSER? Der Hüttenstein hätte ihn doch vor Gericht mit reingerissen. Ohne mit der Wimper zu zucken.“

‚Mit Recht‘!, dachte sich Kommissar Lukas. Das würde auch die zwangsläufige Folge sein, wenn es keine Anzeige der

Rommerts gäbe. Denn solches Wissen, wie hier offenbart, dürfte er als Polizist gar nicht für sich behalten. Und dann käme der ganze Dreck eben auf anderem Wege ans Tageslicht.

Doch was würde das bringen? Die beiden Hauptbeteiligten waren ohnehin nicht mehr unter den Lebenden.

Es folgte beklommenes Schweigen. Die Polizisten wussten, was sie den Eltern des Ermordeten hier zumuteten. Nämlich die schmutzige Wäsche ihres unlängst ermordeten Sohnes zu waschen. Nur hatten die selbst damit begonnen. Was für eine brutale Inszenierung!

„Wie ist er eigentlich gestorben?" Louisa Rommert schaute Klaus mit verwässerten Augen an und flehte mit Blicken darum, keine unerträglich grausame Antwort auf ihre Frage zu bekommen.

„Er ist erschossen worden."

„Oh Gott. Oh Gott, oh Gott", schüttelte es die weinende Dame durch. „Hat er sehr leiden müssen?"

„Nein!", fuhr der ‚Freak' dazwischen, noch ehe der verblüffte Chef etwas sagen konnte. ‚Er war sofort tot', sagte der Arzt vor Ort."

Schluchzend und fast dankbar kehrte Frau Rommert wieder auf ihren Sessel am Erkerfenster zurück und bedeckte ihr Gesicht mit den Händen und einem Spitzentaschentuch.

‚Scheiß was auf diese Lüge', dachte Sven, ‚noch mehr Leid kann man den beiden alten Herrschaften beim besten Willen nicht zumuten.' Und er wusste genau, dass das nicht erlaubt war. Aber Klaus nickte ihm unmerklich zu und verzieh ihm offenbar.

Reinald Beckmann stand vor dem Spiegel im Badezimmer und rasierte sich gründlichst. Sein Dreitagebart fiel der

Schur ebenso zum Opfer, wie die von ihm so sehr geliebten Koteletten. Er, der Elvis-Presley-Fan, hatte sie immer besonders breit und auffällig getragen. Wie sein Idol. Jetzt mussten sie ab. Genauso wie zuvor bereits seine schwarze Haarpracht mit Zopf und Tolle.

Und seine Klamotten mussten schleunigst verschwinden. Die, die er noch tags zuvor getragen hatte.

In der Ferienwohnung in der Scheidelwitzer Straße in Berleburg gab es zwar einen ausreichend großen Mülleimer im Bad. Aber Beckmann wollte seine Kleidung rückstandsfrei verschwinden lassen. ‚Am liebsten verbrennen', dachte er. Doch wo, bitteschön, kann ein Fremder in einer fremden Stadt Feuer machen, ohne aufzufallen?

Während er sich die letzten seiner schwarzen Bartstoppeln aus dem Gesicht schabte und feststellte, dass er ‚verdammt scheiße' aussah, dachte er angestrengt über eine Lösung nach. Und darüber, wo er neue Kleidung her bekommen sollte. Es war Samstagnachmittag. Zu spät, um noch auf die große Auswahl hoffen zu können. Im Übrigen besaß er nur noch ein unverdächtiges Kapuzenshirt, mit dem er hätte auf Shoppingtour gehen können.

Beckmann hatte einfach zu lange geschlafen. Die halbe Nacht und den gesamten Vormittag. Das war auch dringend nötig gewesen. Denn die Tage zuvor hatten ihn unendlich viel Kraft gekostet und eine Erkältung für ihn im Schlepp gehabt. Jetzt wollte er nur noch so unauffällig wie möglich aus Bad Berleburg verschwinden. Auf Nimmerwiedersehen. Doch bis Montag wollte er mindestens noch warten. Er musste sich erholen.

Mit seinem iPhone suchte der arbeitslose Maurer im Internet über Google Bekleidungsgeschäfte in der Kurstadt, die jetzt noch geöffnet hatten. Einzig ‚Klug Moden' kam da noch in Frage. Mitten in der Stadt. Also gut zu erreichen. Aber ein Blick auf die Uhr zeigte ihm, dass er allenfalls noch 42 Minuten Zeit hatte, um diesen Einkaufstrip auch zu erledigen.

Also streifte er sich zu seiner dunklen Jeans das Kapuzenshirt über, zog Winterstiefel an und warf sich eine Handvoll Rasierwasser ins Gesicht. Um sofort anschließend die Treppe des Appartementhauses herunterzutraben, in dem er sich eingemietet hatte.

Insgeheim hoffte er heftig darauf, dass er beim Verlassen des Hauses nicht beobachtet werden würde. Er wollte seine äußerliche Veränderung tunlichst lange vor all denen verbergen, die ihn vor der ‚Verwandlung' schon einmal gesehen hatten. Und das gelang ihm auch.

Der Wagen seines Kumpels Rolf stand unten an der Moltkestraße. Nur wenige Meter entfernt. Er hatte die Schlüssel. Und so war es ihm ein leichtes, noch deutlich vor Ladenschluss im Bekleidungshaus Klug anzukommen und eine entsprechende Auswahl zu treffen. War für ihn nicht besonders schwer. Denn er kannte seine Kleidergrößen.

Zwei Jeans 38/32, einen Pullover in Größe 52 und zwei langärmelige Poloshirts in dunkelblau, Größe XXL hatte er sich von einer Verkäuferin quasi im Vorbeilaufen bereits an der Kasse zurücklegen lassen. Jetzt fehlte ihm eigentlich nur eine passende Winterjacke. Schnell hatte er auch da eine im Visier. Doch als er zugriff, war von hinten rechts eine Hand schneller.

„Oh, 'tschuldigung", sagte von dort aus jemand. „Da war ich wohl ein bisschen schneller. Und ich hatte die Jacke vor zehn Minuten schon einmal in der Hand."

„Ja, dann hätten Sie sich besser da schon entschieden", antwortete Beckmann pampig und griff nach der Hand, die ihm die Jacke weggefischt hatte.

Doch da kam noch eine zweite von hinten hinzu, die seinen Handknöchel mit stahlhartem Griff umklammerte. „Na, na, na. Was soll denn das? Wollen Sie hier etwa einen Krieg vom Zaun brechen, oder was?!“

Beckmann, der sich zwischen zwei Klamottenkarussells nur schwer hatte umdrehen können, musste an sich halten, um nicht loszubrüllen. Trotzdem motzte er ein „verdammter Sausack!“, in den Hosenstapel, bevor er mit bitterbösem Blick herumschoss und ... den Rest einfach verschluckte.

Denn der Mann mit den beiden Händen an der Winterklamotte und seinem Handgelenk war ein Polizist in Lederjacke. Jeweils ein silberner Pickel prangte auf jeder seiner Schulterklappe. ‚Scheiße, 'n Bulle. Und dann auch noch´n Kommissar‘, durchfuhr es den Maurer.

Freundlich schaute der den entsetzten Beckmann an und meinte: „Tut mir ja wirklich leid. Aber ich habe unheimlich Druck. Bin im Dienst und muss gleich wieder raus. Was ist also? Kloppen wir uns drum, wer sie bekommt?“

Dem anderen blieb der Mund offen stehen. Er war unfähig, etwas zu sagen. In einer gefühlten Zehntelsekunde spürte Beckmann aus jeder seiner Poren am Leib einen Schweißtropfen hervortreten.

„Ja nun kommen Sie, machen Sie hinne“, forderte Harry Senftleben den total geflashten Mann auf. „Wollen Sie die Jacke nun. Oder wollen sie *die* nicht?“

„N..., n..., nein! Nehmen Sie sie nur. W..., wenn Sie so´n Druck haben.“

„Prima, danke. Dann lassen Sie sie aber bitte auch los. Damit ich sie bezahlen und mitnehmen kann. Und bitte nicht böse sein. Ja?!“

Wie ein Heiligtum trug Senftleben das Kleidungsstück schließlich vor sich her, als er die Kasse ansteuerte und dachte: ‚Mein Gott, ging dem Typen die Düse. Warum ist für viele eigentlich noch immer die Begegnung mit der Polizei so sehr mit Angst und Schrecken verbunden?'

Beckmann hätte es Kommissar Harry Senftleben verraten können. Tat er aber aus nachvollziehbaren Gründen nicht.

Zehn Minuten später war auch der Mann aus Brandenburg mit allem bedient, was er gebraucht hatte. Sogar eine stylische Wollmütze für seinen neuen Glatzkopf hatte er erstanden. Und noch immer fühlte er sich unwohl in einer Haut. Das hatte ihm gerade noch passieren müssen. Mit einem Bullen um eine Jacke konkurrieren und den auch noch anmaulen. ‚Einfach mal die Fresse halten, du Idiot!' tobte es in ihm.

Mit zwei großen Kaufhaustaschen bepackt und im neuen Outfit fühlte sich Reinald Beckmann sicher, oder zumindest sicherer. Durch den Verlust seiner Koteletten und durch die rosige Glatze hatte sein Gesicht ein ganz anderes, fast babyhaftes Aussehen bekommen. Das stellte er mit einiger Befriedigung fest, als er an einer Schaufensterpassage entlang lief und darin sein Spiegelbild sehen konnte.

Noch schnell 'ne Gulaschsuppe unten beim Metzger. Und vielleicht einen Kaffee von der Bäckerei nebenan? Kurz entschlossen enterte er den Doppelladen, in dem bereits aufgeräumt und geputzt wurde. Aber er hatte Glück. Von der Suppe war noch reichlich da. Und auch einen ‚Coffee to go' konnte er noch ergattern. Mit beidem platzierte sich Beckmann im Gastraum, während rundherum die Stühle hochgestellt wurden.

Da fiel sein Blick auf eine zerfledderte Tageszeitung auf dem Nachbartisch. „Autofahrer im Preisdorftal ermordet" stand dort in dicken Lettern über einem dreispaltigen Artikel. Und in der Unterzeile hieß es: „Mann überlebte Gefangenschaft in dessen Kofferraum".

Dem Maurer wuchs eine gefühlt zehn Zentimeter dicke Schwarte im Nacken. Kalter Schweiß bahnte sich entlang seines Halses einen Weg unter das neue Poloshirt. Hatten sie ihn also noch rechtzeitig gefunden, den Leon Körner. ‚Was für ein Glück!', jubilierte er innerlich. ‚Dieser Mann hat mir nichts getan. Im Gegenteil.'

Dass Hüttenstein diesen Körner abservieren sollte, war ihm nicht in den Kopf gegangen. Das hatte offenbar mit den Kungeleien zu tun, die den Kollegen aus Luckenwalde schon vor Wochen den Job gekostet hatten. Pius, der Sohn des Ex-Arbeitgebers, musste ihn wohl mit irgendetwas in der Hand haben. Erzählt hatte ihm der Kumpan, der jetzt in der Kühlkammer der Gerichtsmedizin frisch gehalten wurde, jedoch nichts darüber. War ihm auch scheißegal.

Aber den Bauleiter kalt machen? Weil er diesem Arschgesicht Rommert Junior nicht passte. Nee, das wäre gegen seine Prinzipien gegangen. Darum hatte er auch am Tag des Orkans anonym bei der Polizei angerufen und auf den Mann im Kofferraum hingewiesen. Allein, eine konkrete Ortsangabe hatte er in Ermangelung besserer Ortskenntnisse nicht machen können. Deshalb doppelt gut, dass der Mann lebendig gefunden worden war. Beckmann war richtiggehend stolz, auch mal was Gutes getan zu haben.

Im Polizeirevier Bad Berleburg klapperten die Laptop-Keyboards der Beamten um die Wette. Berichte schreiben, nachdem ein Team nach dem anderen wieder vom Einsatz zurückgekehrt war.

Am erfolgreichsten waren ohne Zweifel Mertz und Schöneborn, die ihren ‚Ziegen-Fall' quasi im Handumdrehen gelöst und die beiden lebenden Zuchttiere an die überglückliche Frau Sahm übergeben hatten. Dafür hockte der einstige Starkoch Henrik Müller jetzt wie ein Häuflein Elend vor Mertz´

Schreibtisch und gab beredt Auskunft über seine Gaunereien und warum es dazu kommen musste.

Knast drohte dem Mann zunächst mal nicht. Nicht wegen Tierquälerei und auch nicht wegen Diebstahls. Denn ob es sich bei letzterem um einen schweren, oder einen minderschweren Fall handelte, dass müsste ein Gericht klären. Und ob die Schlachtung auf der Wiese überhaupt als Tierquälerei geahndet werden könnte, wäre nur schwer nachzuweisen. Immerhin hatte Müller ja das Metzgerhandwerk gelernt.

Auch Pattrick Born hatte einen ‚Sieg' zu verzeichnen. Er hatte den Busfahrer von Donnerstagmorgen ausgegraben. Allerdings war der Mann gerade mit einer Reisegruppe unterwegs nach Spanien. Dennoch bekam Pattrick immerhin die Gelegenheit, ihn per Handy zu befragen. Die ‚WestBus GmbH' hatte ihm völlig unkompliziert den Kontakt gemacht.

Gregor Reiser, der Fahrer, bestätigte, dass am frühen Donnerstagmorgen im Grünewald ein Fahrgast eingestiegen sei, der ziemlich fertig ausgesehen habe. Allerdings sei das für ihn angesichts der Wetterlage auch nicht besonders verwunderlich gewesen. Aber auf Ansprache habe er nicht reagiert und sei nach Zahlung des Fahrpreises ganz nach hinten durchmarschiert. „So konnte ich ihn auch nicht fragen, wo er bei diesem Mistwetter herkam."

Als der Chauffeur ihm dann allerdings die Personenbeschreibung durchgab, konnte sich Born kaum mehr halten. „Bingo, Bingo!", brüllte er nach dem Telefonat. Der Mann habe schwarzes Haar, mit einem Zopf hinten, fescher Tolle vorn und breite Koteletten gehabt, die unten zum Mund hin zuliefen.

Außerdem war dem Busfahrer aufgefallen, „dass dessen graue Winterjacke total durchnässt war. Die war so nass, dass sie wie ein Sack zu Boden gefallen ist, als er sie auszog.

Der Mann hat geschnattert vor Kälte und kroch förmlich zu den Heizungsschlitzen, um sich aufzuwärmen."

„Sonst niemand im Bus, den wir hier befragen könnten?"

„Nein. Die letzten waren, von Erndtebrück kommend, bei Busch-Jäger in Aue ausgestiegen. Aber die Aussage des Fahrers reicht uns doch."

„Alles gut", hatte Bernd Dickel anschließend versucht, die fast überbordende Freude des Kriminalisten etwas zu mildern. „Was hilft uns das aber am Schluss?"

„Was uns das hilft?" Pattrick Born schaute ein wenig schräg, holte tief Luft und legte los: „Wir wissen jetzt, dass unsere Theorie richtig ist, was den ehemaligen Besitzer des ominösen Bustickets anbelangt. Er war der Angreifer vom Kino.

Wir wissen außerdem, dass die Vermutung sehr nahe liegt, dass der Mann aus der Preisdorf kam und folglich wohl etwas mit den Morden zu tun hat oder zumindest davon weiß. Und wir haben vielleicht wenigstens einen Fingerabdruck von ihm, aber ganz sicher seine DNA."

„Die DNA? Natürlich, aus dem Kaugummi. Du hast ja recht. Mensch! Ja, aber wo isser?"

„Du kannst vielleicht Fragen fragen", grinste Born etwas verkniffen. „Keine Ahnung. Wir müssen ihn suchen."

„Da wäre sogar ich vielleicht noch drauf gekommen", versuchte sich der Polizeichef in sarkastischen Floskeln. „Aber wo denn bitte? Das kann ja unter Umständen eine Riesenaktion werden."

„Okay, pass auf", begann Pattrick und legte los. „Wir wissen von dem Busfahrer, dass der Unbekannte am Bahnhof in Berleburg ausgestiegen und sofort ein Stück zurück durch die Straße gelaufen ist, über die der Bus gekommen war. Es sei saukalt gewesen. Also muss der Mann abartig gefroren haben.

Da zu dieser Zeit der Sturm ja erst richtig losgegangen ist, können wir davon ausgehen, dass er so bald wie möglich ein Zimmer oder eine Wohnung aufgesucht hat. Anderenfalls wäre er uns schon als Erfrorener gemeldet worden. Ein Hotel oder einen Gasthof können wir, glaube ich, ausschließen. Da unten in der Stadt gibt es keine. Und für die am Ortseingang oder auf dem Schlossberg hätte er an früheren Haltestellen aussteigen können."

Dickel schlackerte förmlich mit den Ohren, als er Mertz zuhörte. Nicht, dass er das nicht auch selbst so auf die Reihe bekommen hätte. Aber Rüdiger analysierte mit einem solchen Affenzahn, dass er kaum noch mitkam.

„So. Und wenn der Mann hier im Bereich des Bahnhofs, der Schulstraße oder weiter bergauf wohnt oder sich eventuell eingemietet hat, dann ist doch der Bereich schon mal überschaubar."

„Klinkenputzen also. Oder was? Heißt das, wir schicken unsere Leute los und befragen die Menschen in diesem Bereich?"

„In der Tat. Allerdings nicht ohne Hilfsmittel."

„Hilfsmittel? Was meinst Du?"

„Guck mal", antwortete Born, „wir haben eine so gute Personenbeschreibung, dass wir uns locker ein Phantombild machen lassen können. Und das sollten wir auch tun. Und zwar möglichst bald."

„Na super. Und der Busfahrer wird das alles per Handy von Barcelona aus kontrollieren und für schlecht oder gut befinden?" Bernd war jetzt derjenige, der ein wenig schräg schaute.

Born wurde nachdenklich. „Stimmt. Da müssen wir uns wirklich was einfallen lassen." Er runzelte die Stirn. „Vielleicht hat einer von seinen Fahrgästen einen Tabletcomputer dabei. Oder wir bitten das Hotel um Mithilfe, in dem sie ankommen.

Auf Tablet oder PC-Bildschirm den Entwurf anschauen und dazu ´n Handy für die mündlichen Korrekturen. Das ließe sich sicher machen."

Weil er nun auch von der Sache und der Dringlichkeit überzeugt war, sprach sich Bernd kurz mit Klaus Klaiser ab. Der willigte sofort ein und bat Pattrick, sich um die Sache zu kümmern. Eine Stunde später hatte der sowohl einen Phantombildner als auch die Technik organisiert.

Philip Kretschmann hatte einen Moment gebraucht, um sich zu orientieren. Immerhin wird man nicht jeden Tag mit einem Schlauch im Mund wach, der zu allem Überfluss auch noch am Mundwinkel festgeklebt ist. Und dann war da noch die Gestalt in Grün, deren Gesicht nach und nach erkennbarer und deren Konturen immer klarer wurden.

„Hallo Herr Kretschmann, schön, dass Sie wieder bei uns sind", lachte die Intensiv-Schwester dem jungen Polizisten ins reichlich blasse Gesicht. „Sie haben uns ganz schön Sorgen gemacht in der letzten Nacht."

„Wieso, was war los?", wollte er eigentlich sagen. Aber da störte eben dieser dämliche Schlauch. Und dann noch das pelzige Gefühl im Mund. ‚Ausgetrocknet', stellte er fest. Als er mit der linken Hand nach dem Schlauch greifen und ihn herausziehen wollte, schoss ihm ein blitzartiger Schmerz in die Flanke.

„Vorsicht, Vorsicht, nehmen Sie sich Zeit. Auf diese Körperseite sollten Sie mal drei, vier Tage besonders achten", meinte die freundliche Frau mit heruntergeklapptem Mundschutz und löste die Pflaster von Philips Mundwinkel. „Achtung!", dann gab es einen Ruck, und der Beatmungsschlauch war draußen. „Den brauchen Sie jetzt nicht mehr."

Aber Kretschmann überkam unweigerlich ein Hüsteln. Als Reaktion auf das Freilegen seines Rachen. Und das tat saumäßig weh. Sie reichte ihm einen Becher mit ein wenig Wasser. „Nur kleine Schlucke, bitte."

„Mann! Was ist denn passiert? Wieso bin ich hier?", wollte er von der Schwester wissen. Doch die zuckte mit den Schultern.

„Ich kann Ihnen nur wiedergeben, was mir bei der Dienstübergabe erzählt wurde. Sie wurden offenbar von einem Unbekannten mit einem Messer attackiert. Der hat Ihnen direkt in die Lunge gestochen. Und so, wie man aus dem OP-Bericht lesen kann, hatten Sie riesiges Glück."

„In die Lunge gestochen?" Kretschmann war noch blasser geworden als unter dem Einfluss der ohnehin bestehenden Blutarmut. „Wo? Von wem?"

Die nette Schwester schaute ihn mit bedauerndem Gesicht an. „Haben Sie denn wirklich keine Ahnung?"

Er schüttelte den Kopf. Ganz zaghaft. Denn noch war er überall verdrahtet und mit Schläuchen bestückt und beklebt.

„Vielleicht sollte ich Sie nicht so sehr aufregen mit der Geschichte", ahnte Schwester Heidrun, dass sie wohl etwas zu viel preisgegeben hatte von der Geschichte, die sie nur vom Hörensagen kannte. ‚Kein Wunder, dass der Junge jetzt alles wissen will. Das wäre vielleicht nicht so gut.'

Schon zeigten die Geräte beschleunigten Puls und erhöhte Atemfrequenz an. Aber als Heidrun sich zu Kretschmann ans Bett gesetzt und seine freie Hand gestreichelt hatte, normalisierten sich die Werte wieder. Beruhigend redete sie auf ihn ein und mahnte ihn, jetzt ganz arg auf sich zu achten. Dann werde er auch wieder ganz gesund.

Kurz darauf fielen seine Augen zu und er schlief ein. ‚Junge, hast Du ein Glück gehabt', dachte Heidrun noch, schaute kurz nach den Infusionen und verschwand schließlich von Philips Bett.

Nur zwei Intensiv-Zimmer weiter bekam Leon gerade eine Art verspätetes Mittagessen. Astronautenkost fast. Weil alles durch den Wolf gedreht worden war. Ein Schnitzel, Blumenkohl und Kartoffeln. Dazu Soße. Nach Tagen des Hungers und des halben Verdurstens hatten es die Ärzte für richtig gehalten, den Patienten zwar mit kräftigender Kost aufzupäppeln, dabei aber Vorsicht walten zu lassen.

Gierig verschlang Körner jeden einzelnen Bissen, den er mit dem Löffel gereicht bekam. Denn noch hatte auch er beide Arme mit zentralen Zugängen zugepflastert. Schmerzmittel auf der einen und Elektrolyte auf der anderen Seite. Aber selbst wenn er gewollt hätte, wäre ihm eigenständiges Essen kaum gelungen. Denn der Arm der gebrochenen Schulter war nicht einsetzbar und der andere war wie taub. Auf dem hatte er tagelang gelegen, im Kofferraum. Nerven demoliert.

„Wann kann ich meine Frau sprechen, Schwester?“ Mit sehnlichem Blick schaute er zu Ann-Kathrin, die ihn so fürsorglich bemutterte. Dem ‚schönen Mann von Kollegin Ronja‘ sollte es bei ihr an nichts fehlen.

„Gleich, Herr Körner. Sobald wir mit dem Essen fertig sind. Dann können Sie sie anrufen.“

Natürlich beeilte er sich umso mehr. Damit er ja bald ihre Stimme hören konnte. Er vermisste sie. Und er wollte ihr so viel erzählen. Aber, wenn er sich genau besann, so viel hatte er ja nicht zu sagen. Was wusste er denn von seinem Gefängnis? Und was wusste er von den Tagen, die er darin zugebracht hatte?

Körner dachte angestrengt nach, während er aß, versuchte zu ergründen, wie er in den Kofferraum gekommen war und wann. Aber noch war da nur ein schwarzes Loch. So sehr er sich mühte. An mehr als den Blumenkauf in Bad Berleburg konnte er sich beim besten Willen nicht erinnern. Und erst mit seinem Erwachen in der Enge des Kofferraums setzte die Erinnerung wieder ein.

Ronjas Herz machte einen Hopser, als Schwester Ann-Kathrin ihr bei einem Anruf fröhlich ankündigte, ihr Mann wolle sie sprechen, sie müsse nur noch das Telefon zu dessen Bett tragen. Selbst diese wenigen Sekunden konnte Ronja Körner kaum mehr ertragen. Hippelig warf sie sich auf ihr Bett und schaute dabei intensiv auf Leons Portrait, das silbergerahmt auf ihrem gläsernen Nachttischchen stand. Als wolle sie das Konterfei zum Sprechen bringen.

„Hallo, meine geliebte, süße Frau. Ich bin froh, ich bin so froh, dass wir uns wiederhaben." Tiefes, schleppendes Einatmen. Dann wurde er still. Er weinte. Doch das sollte sie nicht hören.

„Mein Liebster", hauchte sie in den Hörer, „frag´ mich mal, wie froh und glücklich ich bin. Nach all der Ungewissheit. Es war eine schier unerträgliche Zeit für mich." Mit dem rechten Zeigefinger fuhr sie dabei über den Bilderrahmen und gab dem Foto darin stumme Luftküsse. „Niemand wusste, wo Du bist, und alle haben wir fieberhaft nach Dir gefahndet."

„Ich wusste es doch selbst nicht. Und, ehrlich gesagt, ich weiß bis heute noch nicht genau, wo ich eigentlich gefunden und befreit wurde", antwortete er mit brüchiger Stimme. „Ich weiß nur, dass es ein Gottesglück war, dass ich überhaupt gefunden wurde."

„Ach Schatz, denk´ jetzt bitte nicht weiter darüber nach. Ich werde Dir alles in jeder Einzelheit erzählen, wenn ich Dich besuchen darf. Spätestens morgen Mittag, sagte man mir heute Morgen. Aber jetzt erzähl Du bitte mal, wie es Dir geht. Was machen Deine Schmerzen? Wirst Du ordentlich behandelt?"

Leon berichtete ausführlich über seinen Zustand, merkte dabei aber bald, dass er zunehmend schläfrig wurde. Die starken Schmerzmittel forderten offensichtlich ihren Tribut. Als Schwester Ann-Kathrin wenige Minuten später nach ihm schaute, schlief er fest – mit dem Mobiltelefon der Station in der Hand. Ronja hatte daheim gelächelt, als sie seine gleichmäßigen Atemzüge hörte und ihn schlafen lassen.

Montag, 22. Januar

An der Tür des Appartements klopfte es. Der Maurer aus Luckenwalde fuhr erschreckt zusammen. Wer konnte das sein? Nur Frau Seiberlich, die Vermieterin, wusste, dass er hier war. Aber die durfte ihn in seiner neuen Aufmachung unter keinen Umständen sehen.

Klammheimlich war er am Donnerstagmorgen hergekommen. Niemand hatte ihn bei dem Orkan bemerkt. Denn hier im Nebenhaus wohnten lediglich Feriengäste. Die kümmerten sich mehr um sich selbst. Und so konnte er bei entsprechender Vorsicht ein- und ausgehen wie er wollte. Freitag und Samstag hatte er die Möglichkeit ja auch ausgekostet. Doch den Sonntag hatte er komplett in der gemütlichen kleinen Wohnung verbracht. Gut, dass er noch ausreichend Proviant besaß. In der kleinen Teeküche hatte er sich allerlei Leckereien zubereitet und seine Erkältung auskuriert.

Wieder klopfte es. „Herr Beckmann, sind Sie da?“

Mist, verdammter! Die Frau hatte ganz offensichtlich ein Problem. Was sollte das wohl sein? Er hatte für sieben Übernachtungen, also bis einschließlich Dienstag, im Voraus bezahlt. Schon bei der Buchung. Am Geld konnte es demzufolge nicht liegen. Warum also wollte sie mit ihrem Mieter sprechen? Was sollte er tun? Sollte er der Dame des Hauses öffnen? Unter keinen Umständen. Nicht schon wieder körperlich massiv werden müssen.

Abermals klopfte es. „Herr Beckmann, ist irgendetwas nicht in Ordnung? Sie müssen doch in der Wohnung sein. Ich habe Sie doch deutlich gehört."

Beckmann rührte sich nicht, verharrte still an der Tür. Doch dann wurde ihm die Sache zu brenzlig. Was wäre, wenn Frau Seiberlich einfach mit einem Zweitschlüssel öffnen würde? Schnell schlich er sich zum Bad und ließ laut vernehmbar die Klospülung laufen.

„Hallo", rief er, „hallo, ist das jemand?"

„Ach entschuldigen Sie bitte, Herr Beckmann. Ich wollte Sie nicht stören."

„Nein, nein, sie stören gar nicht. Ich kam bloß gerade aus dem Bad und bin nicht ganz angezogen. Was kann ich tun?"

„Ich weiß nicht, ob Sie was für mich tun können. Ich hoffe es aber. Wissen Sie, wo sich Herr Hüttenstein aufhält?"

Beckmann schluckte. „Nein, warum?"

„Weil die Polizei nach ihm gefragt hat."

Dem Maurer gefror das Blut in den Adern. „Die Polizei? Ja, warum das denn?"

„Ich habe keine Ahnung. Aber ich vermute, das hat etwas mit den entsetzlichen Verbrechen zwischen Berghausen und Aue zu tun."

„Verbrechen? Was ist denn da passiert?", fragte er in aller Scheinheiligkeit.

Frau Seiberlich lieferte eine Kurzfassung der Geschehnisse, soweit sie von der Polizei via Pressestelle der Öffentlichkeit zugänglich gemacht worden waren.

„Und da dachte ich, wo doch der eine Tote aus Ihrer Gegend stammt, dass das vielleicht Herr Hüttenstein sein könnte."

Beckmann bekam massive Schluckbeschwerden.

„Aus unserer Gegend? Ja, ... aber, ... aber das wäre ja grausam. Nur, soweit ich weiß, ist Herr Hüttenstein für zwei, drei Tage nach Köln gefahren. Er hat dort Arbeit in Aussicht."

„Dann ist es ja gut", gab sich Frau Seiberlich mit der Auskunft zufrieden und kehrte in ihr Wohnhaus zurück. ‚Seltsam nur', dachte sie, dass der Wagen von diesem Herrn Hüttenstein bewegt worden war. ‚Doch er steht nach wie vor in der Moltkestraße. Nur auf einem anderen Platz. Wenn Hüttenstein tatsächlich nach Köln gereist war, musste er mit dem Zug gefahren sein. Aber wer hatte dann seinen Wagen benutzt?'

Beckmann war der Boden schlagartig zu heiß geworden. Er musste hier weg. Und zwar sofort! Rasend schnell packte er seine Siebensachen zusammen und stopfte sie in seine Reisetasche. Auch die Kapuzenjacke mit Pelzbesatz.

Dann wischte er akribisch jede glatte Fläche, den Fensterrahmen und die Türklinken, die Kochplatten und das Geschirr, den Spiegel im Bad, das Waschbecken und die Toilette mit einem leicht feuchten Lappen ab und stopfte den ebenfalls in die Reisetasche. Doch jetzt zu flüchten, das bedeutete unter Umständen erkannt zu werden. Frau Seiberlich würde mit Sicherheit die Tür des Ferienhauses im Blick behalten.

Und es gab keine Alternative. Oder doch? Auf dem Fluchtwegeplan für das Appartementhaus wurde ein Notausgang im Erdgeschoss ausgewiesen. Nach hinten raus, in den Garten. Beckmann war richtig stolz auf sich, dass er neulich rein zufällig diesen Plan angeschaut und die Details darauf verinnerlicht hatte. Also schlich er, voll angezogen im neuen Look inklusive Strickkappe auf dem lichten Haupt, nach hinten zu dem Notausgang und öffnete ihn, indem er eine Spezialklinke herunterdrückte.

Just in diesem Moment flammten rund um das Appartementhaus und das Wohnhaus der Seiberlichs drei rote Rundumleuchten auf und ein „äääht-äääht-äääht" war zu hören. Ein enervierender Alarmton, der sich ständig wiederholte.

Reinald Beckmann hatte sich automatisch platt auf den Boden geworfen. Er wusste selbst nicht mehr, warum. Denn mit einem Fliegerangriff oder feindlichem Beschuss war ja nun wirklich nicht zu rechnen. Aber das Ganze hatte einen gewissen Automatismus. Gewohnheit eben – aus Zeiten unseligen Angedenkens an den real existierenden Sozialismus. Implantiertes schlechtes Gewissen.

Die Berührung mit dem Boden war von einer üblen durchdringenden Nässe begleitet. Denn schon seit dem frühen Morgen war ein fieser Pappschnee vom Himmel gefallen. Einer, der am Boden den Aggregatzustand wechselte und kleine Pfützen hinterließ. Die neue Jacke von ‚Klug Moden' versagte zwar nicht gerade ihr Prädikat ‚wasserdicht'. Aber selbst deren Ärmel sind nur so lange dicht, bis sie geflutet werden. Und das war hier nach Sekundenbruchteilen der Fall. Das Schmelzwasser lief hinein bis zu den Ellbogen.

„Scheiße", presste Beckmann fast lautlos hervor. Mit einem Satz war er wieder auf den Beinen und hatte es geschafft, so hoch zu kommen, dass er nicht auch noch mit der Jeans in eines dieser Wasserlöcher geriet. Mit nach unten gestreckten Armen ließ er das Wasser aus den Ärmeln wieder ablaufen. Aber in der Jacke war jetzt relative Ungemütlichkeit hergestellt.

Der Maurer fror. Was durch die Temperaturen um drei, vier Grad plus noch verstärkt wurde. Aber er würde ja bald wieder im Trockenen unterkommen. In Hüttensteins Wagen nämlich, den er nur wenige Meter entfernt um die Ecke geparkt hatte. Mit seinem recht guten Orientierungsvermögen meinte er zu wissen, welchen Weg er nehmen musste.

Halb in der Hocke, als bestünde die unbedingte Gefahr, entdeckt zu werden, schlich Beckmann quer durch den angrenzenden Garten und überstieg einen Zaun zum Nachbargrundstück an der Moltkestraße. ‚Nur noch die Hofeinfahrt herunter', dachte er, ‚dann müsste ich den Opel schon sehen.'

Und er sah ihn auch. Nur hing der am Haken eines Abschleppwagens, eskortiert von einem Streifenwagen der Polizei.

Der flüchtige Brandenburger schreckte zurück. Der Pkw von Hüttenstein wurde abgeschleppt. Das konnte nur bedeuten, dass die Bullen ihn beschlagnahmt hatten, um Spuren darin zu sichern. Verflucht noch mal! Damit hatte er am wenigsten gerechnet. Das hier könnte verdammt gefährlich für ihn werden. Denn neben denen seines erdrosselten Kumpanen würde die Polizei auch Spuren und Fingerabdrücke von ihm selbst finden. Und zwar reichlich.

Beckmann beobachtete von der fremden Hofeinfahrt aus, was schräg gegenüber geschah. Der Abschlepper hatte den Opel mittlerweile hopp genommen und verladen. Dann fuhr er ab. Aber plötzlich setzte der Streifenwagen mit Blaulicht zurück und verschwand in der Scheidelwitzer Straße. Was war denn da los? War die Besatzung etwa von Frau Seiberlich gerufen worden?

Wäre zumindest nicht verwunderlich. Denn die plärrende Alarmhupe hatte sie ja zwangsläufig darauf hingewiesen, dass hinten im Appartementhaus der Notausgang geöffnet worden war. Sein Verschwinden würde, falls nicht schon passiert, innerhalb kürzester Zeit auffliegen.

Beckmann schulterte die Reisetasche und traute sich hinaus auf die Moltkestraße. Würden nämlich die Polizisten vom Seiberlichschen Haus aus seiner Spur folgen, stünden sie in kürzester Zeit hinter ihm. Also Flucht nach vorne!

Der Schneefall wurde wieder dichter und die Temperatur sank gegen Null. Und der Maurer verfiel in einen leichten Trab. Durchkommen, nur durchkommen – und ans Trockene irgendwo. Recht zügig lief er trotz aufkommender Schneeglätte den Weg zurück, den er von der Innenstadt her kannte.

Irgendwo hier musste es doch ein Café geben. Hatte er doch schon vor Tagen gesehen. Aber in diesem dicken Flockenwirbel war das gar nicht so einfach, die Orientierung zu behalten und das Gesuchte auch zu finden. Doch dann sah er es. ‚Café Wahl' verkündeten die Leuchtbuchstaben über dem Eingang.

Reingehen oder nicht? Diese Frage hatte er für sich längst beantwortet. Auch wenn durchaus die Gefahr bestand, dass ihn irgendjemand durch puren Zufall erkennen könnte. Aber die Kälte, die Nässe und die Tatsache, dass die alarmierte Polizei schon allein wegen seiner Reisetasche auf ihn aufmerksam werden könnte, trieben ihn förmlich hinein.

„Wir sind ihm ganz dicht auf den Fersen", rief Pattrick Born über den Flur im ersten Stock. „Er ist den Kollegen beim Appartement zwar knapp entkommen. Aber er muss den frischen Spuren nach irgendwo hier in der Stadt sein. Bahnhof und Busbahnhof werden observiert, die Taxi-Unternehmen sind informiert."

Schon vor über zwei Stunden hatte für die Kolleginnen und Kollegen von Kripo und Schutzpolizei ein weiterer knallharter Tagdienst begonnen. Nur über Sonntag hatten die Ermittlungen geruht. Darauf hatten die Chefs ausdrücklich bestanden und das Hohelied auf die wunderbare Zusammenarbeit von Schutzpolizei und Kripo gesungen.

Kripo-Chef Klaus Klaiser saß sogar schon länger in seinem Büro und arbeitete die Berichte der Kollegen durch. Außerdem wartete er mit fast bebendem Herzen auf die Neue. Petra Fischer, eine ehemalige Vorstandssekretärin, die aus einem gestrandeten Unternehmen im Ruhrgebiet ausgeschieden und in ihre Heimatstadt Bad Berleburg zurückgekehrt war. Obwohl durch eine hohe Abfindung bis zum noch fernen Rentenbeginn wirtschaftlich nahezu unabhängig, wollte sie „trotzdem noch mal was Richtiges tun", wie sie bei der Vorstellung gesagt hatte. Rumhängen läge ihr nicht.

In einer Art ‚Schnellbleiche' war Frau Fischer beim K1 in Siegen auf ihre neue Aufgabe als Assistentin des Kriminalkommissariats im Herrengarten vorbereitet worden. Und Klaiser hatte in der vergangenen Woche Signale aus der Zentrale bekommen, „dass da ´ne richtig Gute" komme. Eine, die ein unglaubliches Organisationstalent besitze und eine beneidenswerte Auffassungsgabe.

Klaus war richtiggehend angefixt, als er das hörte. Besser könne es ja gar nicht laufen, ließ er den Ausbilder wissen. Doch der spannte ihn erstmal auf die Folter. „Eigentlich wollten wir dieses sympathische Wesen ja bei uns behalten", vermeldete David Krey, der Leiter des K1. Was bei Klaiser zu einer Art Versteinerung beitrug.

„Was heißt ‚eigentlich'? Wollt Ihr sie, oder wollt Ihr sie nicht?", fragte er daher vorsichtig an. Er war daran gewöhnt, dass man die Berleburger Polizei von Siegen aus immer etwas vernachlässigte. Sie galten halt nicht so viel in der Kurstadt.

„Ha, wir wollten sie schon. Aber *sie* wollte nicht. Sie wollte unbedingt zu Euch ‚ins Ländchen'", bediente er sich einer uralten Floskel, mit der ein Siegerländer einen Wittgensteiner gerne mal auf die Palme brachte. Bei dem gebürtigen Münsteraner Klaiser war dieser Versuch jedoch wirkungslos. Der freute sich einfach nur.

Ewigkeiten hatten sie ohne Assistenz auskommen müssen. Seit Rita Klemm vor drei Jahren in den Ruhestand gegangen war, hatten sie sich um alle Büroarbeiten und jede Form von administrativen Tätigkeiten selbst kümmern müssen. Das hatte unheimlich viel Zeit gekostet.

Sven Lukas kam herein – ohne anzuklopfen. Klaiser hasste das wie die Pest. Nicht etwa, weil er Chef des Ladens war. Sondern weil er Überfälle nicht mochte. Er saß gerne mal in seinem Büro, um ungestört Berichte und Akten lesen zu können. Da nervten ihn solche auffliegenden Türen mit hindurchjagenden Menschen nur.

„Ach Mensch, verdammt noch mal, ich hab doch schon tausendmal gesagt, dass hier nicht jeder reinkommen kann, wie er gerade will. Klopf doch wenigstens vorher an, Sven."

„Jou, ist ja gut, 'tschuldigung. Ich wollte doch nur fragen, ob wir jetzt endlich alle Obduktions- und Spurenakten haben."

„Haben wir. Eine ‚Vorabversion' jedenfalls. Schau mal in Deinen E-mail-Account. Hab´ jedem alles geschickt." Jetzt war der Kripo-Chef noch eine Spur fuchtiger. „Passt doch mal´n bisschen besser auf. Sonst kann ich mir den ganzen Sermon künftig nämlich sparen."

Wie Rumpelstilzchen wanderte er um seinen Schreibtisch herum, merkte aber bald, dass dieses Gehabe extrem albern war. Etwas milder gestimmt fügte er deshalb hinzu, „ich kann Dir aber, wo Du schon hier eingefallen bist, auch verbal übermitteln, was drin steht."

„Oh ja. Würde mich nämlich echt interessieren, welche Schlüsse wir aus den Erkenntnissen ziehen. Da draußen turnt nämlich ein Mensch herum, der ganz offensichtlich kein Interesse an einer Begegnung mit uns hat."

„Hab´s mitgekriegt", meinte Klaus. „Der heißt Beckmann und sieht dem Phantombild verblüffend ähnlich, das sie hier noch am Samstag zusammengespengelt haben. Er kommt aus

Luckenwalde und ist wohl tatsächlich der Typ, der morgens im Grünewald in den Bus eingestiegen ist."

„Und wenn unsere Theorie stimmt", kombinierte Sven Lukas, „dann kommt er für den Überfall im Kino infrage. Mann, wie habt Ihr den eigentlich so flott entlarvt?"

„Och, eher durch Zufall. Pattrick ist sogar der Überzeugung, dass wir ihn in Kürze sogar fangen werden."

„Wie kommt er auf den hohlen Ast?", wollte der ‚Freak' wissen. „Haben wir denn irgendwelche brauchbaren Anhaltspunkte, wo dieser Mann untergekommen ist?"

„Haben wir! Beziehungsweise die Kollegen von ‚S'. Die wissen nämlich, wo er sich eingemietet hat. In einem Ferienappartement in der Scheidelwitzer Straße. Dort ist er aber abgehauen."

„Sind sie ihm dort auf die Pelle gerückt, oder was?"

„Nee. Er hat wohl eher Lunte gerochen. Die Kollegen haben dort nämlich heute Morgen nach der Unterkunft von Rolf Hüttenstein gesucht."

„Hüttenstein? Du meinst *den* Hüttenstein, der tot in dem Volvo rumgelegen hat?"

„Genau den."

„Wieso haben die den denn ausgerechnet in der Scheidelwitzer Straße gesucht?"

„Haben sie ja gar nicht. Zumindest nicht gezielt. Die Kollegen sind durch Klinkenputzen drauf gekommen. Weil dessen Wagen schon seit Tagen um die Ecke herum geparkt war. Und die Autonummer kennen wir ja, seit nach ihm gefahndet wurde."

„Wahnsinn! Und dieser Hüttenstein hat in demselben Appartementhaus gewohnt wie dieser ... äääh ..."

„Beckmann", ergänzte Klaiser. „Genau. Eingecheckt am selben Tag. Was sagt uns das?"

„Was uns das sagt?" Sven zog die Stirn in vertikale Falten über der Nase und schaute etwas schielend nach oben. „Du kannst vielleicht fragen. Das sagt uns zum einen, dass die beiden Männer etwas miteinander zu tun hatten. So rein zufällig kommen zwei Leute aus dem fernen Brandenburg dann doch nicht in Berleburg zusammen."

„Das glaube ich nämlich auch", war Klaus überzeugt.

„Und außerdem", fiel der ‚Freak' dazwischen, „sagt es uns, dass wir mit ihm, wenn wir ihn denn kriegen, tatsächlich den Mörder der beiden Männer aus dem Preisdorftal hätten." Svens Blicke waren bei seinen Schlussfolgerungen wieder runtergewandert und voll auf den Chef gerichtet. Er beobachtete nun scharf jede Reaktion des Hauptkommissars.

„Stimmt. Hast recht! Der Auffassung bin ich auch. Insofern passt unsere Theorie. Wer sollte denn auch sonst bei diesem Wahnsinnssturm im Wald dort draußen gewesen sein? *Er* war der dritte Mann. Und falls nicht, warum stand er dann in aller Herrgottsfrühe und bei diesem Wetter an der Bushaltestelle im Grünewald?"

Sven pfiff durch die Zähne. „Mein lieber Mann", murmelte er, „da muss sich aber ein gewaltiger Stimmungswechsel zwischen den beiden Männern aus Luckenwalde ergeben haben. Erst kamen sie zusammen her. Und dann meuchelt der eine den anderen. Das muss man sich mal reintun." Klaus nickte.

„So, jetzt lass´ uns aber auch mal kurz über die Spurenauswertung und die Ergebnisse der Obduktionen reden. Deswegen bist Du doch hergekommen", erinnerte der Chef den jungen Kollegen, der mit entrücktem Blick seinen Gedanken nachhing. „Sveeeheeen, die Ergeeeebnisseeeee!"

Der ‚Freak' schoss herum. „Ergebnisse? Wie? Ach so ja. Die Ergebnisse von KTU und Rechtsmedizin."

Rolf Hüttenstein war demnach mit einem dünnen Seil, womöglich einer Nylonschlinge, von hinten erdrosselt worden. Dabei hatte er einen Kehlkopfbruch erlitten. Ein Überleben für ihn wäre selbst dann, wenn der Täter von ihm abgelassen hätte, ohne fremde Hilfe quasi ausgeschlossen gewesen.

Täter könnte auch eine Frau gewesen sein. Vor allem, wenn es ihr gelungen war, gleich zu Beginn des Würgevorganges die Schnur an der Halterung der Kopfstützen zu befestigen. Denn der Akt des Erdrosselns bedürfe eines hohen, minutenlangen kontinuierlichen Kraftaufwandes, hieß es in dem Bericht.

Spuren waren in dem total zertrümmerten Volvo so gut wie keine gefunden worden. Mit Ausnahme von Fingerabdrücken Hüttensteins und Körners an Lenkrad und Schaltung, sowie Faserspuren auf Fahrer- und Beifahrersitz, die eindeutig der Kleidung von Hüttenstein und Rommert in exakt dieser Reihenfolge zugeordnet werden konnten.

Darüber hinaus gab es Faserspuren und Fingerprints im Bereich der Fahrer- und Beifahrertür, der Rücksitze und der hinteren Türen, deren Besitzer eindeutig Beckmann war. Eine Suchmaschine hatte die Abdrücke bei einem automatischen Abgleich als die von Beckmann identifiziert.

Pius Rommerts Tod musste furchtbar gewesen sein. Er hatte sich nach dem Schuss durch seine Milz den Hang oberhalb des Volvos hinaufgeschleppt, offenbar, um im Dunkeln außer Schussweite des Mörders oder der Mörderin zu kommen. Dabei hatte er durch die verheerende Verletzung des Organs Unmengen an Blut verloren und musste abartige Schmerzen gehabt haben.

Für den Pathologen war nicht eindeutig zu klären, ob der Junior des Planungsbüros schon tot war, als der Baum ihm das Kreuz und alle Rippen in diesem Bereich gebrochen hatte, oder ob der Baumsturz sein endgültiges Aus besiegelte. Auf jeden Fall, so schrieb der Mann der Rechtsmedizin, gebe es eine deutliche zeitliche Nähe beider Todesarten. Ein Überleben mit der Milzverletzung sei unmöglich gewesen.

Die Auswertung der Spuren in diesem Fall war noch komplizierter. Einzig die Einschläge zweier Geschosse im Asphalt, die von der Straßendecke zu Querschlägern produziert worden waren und eine 9mm-Kugel in einem Baumstamm ließen vermuten, dass der Jungunternehmer gejagt worden war. Durch wahllose Schüsse in der Dunkelheit.

Die Kollegen von der Ballistik in Siegen hatten festgestellt, dass das Geschoss im Baum aus derselben Waffe stammte, wie jene, die man aus der Leiche des jungen Rommert geholt hatte. Näheres war aber noch nicht bekannt.

Reinald Beckmannn hatte sich in die hinterste Ecke des Cafés zurückgezogen – mit Blick über den gesamten Gastraum. Vorne saßen einige Pennäler des benachbarten Gymnasiums und alberten bei Cola und heißer Schokolade herum. Ansonsten hörte man vor allem Gespräche aus dem Bäckerladen nebenan und Geschirrklappern aus der Kaffeeküche.

So langsam wurde dem Luckenwalder wieder warm. Er hatte sich einen Tee mit Zitrone bestellt und dazu ein ‚Frühstück spezial' mit Rührei und Schinken. Die Brötchen dazu waren knackfrisch und ofenwarm. Besser hätte er es eigentlich nicht treffen können. Wäre da nicht diese unsägliche Angst gewesen, erkannt zu werden.

Beckmann aß und grübelte. Wie hatte er nur in diese unsägliche Scheiße hineingeraten können?

Angefangen hatte alles damit, dass sein ehemaliger Bauleiter, der geschasste Rolf Hüttenstein, eines Tages bei ihm aufgetaucht war und ein Geschäft vorgeschlagen hatte. „5.000 Euro cash auf die Kralle für einen kleinen Einsatz in NRW“ hatte er geboten.

Für Beckmann, arbeitslos und finanziell klamm bis auf die Knochen, ein Angebot, das er nicht ablehnen konnte. Also willigte er ein. Allerdings ließ er sich bereits im Voraus die ‚Spesen‘ für Kost und Logis auszahlen. Hin- und Rückfahrt waren mit Hüttensteins Pkw geplant.

Bis zum Eintreffen an Ort und Stelle hatte Beckmann nicht die geringste Ahnung, dass Bad Berleburg das Ziel der Reise war. Hüttenstein wollte es ihm auch partout nicht verraten. Und er selbst wollte wegen des warmen Regens von 5.000 Mäusen auch keine komplizierten Fragen stellen. Nur eines war ihm heute klar. Hätte er vorher von Bad Berleburg gewusst, wäre er hellhörig geworden.

Nicht, dass ihm die Stadt als besonderes Kleinod oder wegen irgendwelcher Sehenswürdigkeiten oder Kulturgüter bekannt gewesen wäre. Nein, er kannte den Namen Bad Berleburg im Zusammenhang mit einem Planungsbüro, das von dort einen Bauleiter entsandt hatte, wie er noch keinen zuvor gekannt hatte.

Es war Leon Körner. Ein Fachmann sondergleichen, der immer für ein Gespräch zu haben war, der sich auch mal schmutzig machte und sich krummlegte für die Leute vom Bau. Für ihn speziell hatte er sich bei dem Bauunternehmen stark gemacht und gekämpft wie ein Löwe. Weil ihm das Unternehmen Wochen nach dem Skandal um Hüttenstein und Rommert Junior gekündigt hatte.

Nach den aufgeflogenen Schweinereien wollte das ausführende Bauunternehmen unter allen Umständen mit weißer Weste dastehen. Und das gelang mit solchen Leuten wie Beckmann nun mal nicht. Der Spezialmaurer hatte immerhin vier Vorstrafen. Das sah in der Gesamtbilanz Scheiße aus.

Weil er sehr viel vom Können dieses Mannes hielt, war Leon mehrfach beim Polier und später auch beim Baumagnaten angetreten. Doch Körner hatte keine Chance mit seinem Vorstoß. Die Tür für eine Weiterbeschäftigung Beckmanns war leider zu.

Das also waren seine Erinnerungen an Bad Berleburg. Und nun sollte ausgerechnet er dabei mithelfen, diesen Mann zu entführen? Hüttenstein hatte es ihm eröffnet, als sie am Dienstag ins Appartementhaus Seiberlich eingezogen waren. „Wenn alles klappt, dann können wir spätestens am Sonntag wieder fahren. Wir sollen ihm bloß ein bisschen Angst machen", hatte Rolf gesagt. „Den Pius kotzt es nämlich an, dass dieser Körner von seinem Vater ständig vorgezogen wird."

‚Dann darf dieser Idiot, dieser Berufssohn, halt nicht so viel Scheiße bauen.' Das zu sagen, hatte sich Beckmann nicht getraut. Hätte er aber am liebsten. Denn der Typ war nicht nur von Grund auf durchtrieben und arrogant. Er hatte vom Bau ungefähr so viel Ahnung wie eine Kuh vom Schlittschuhlaufen. Und das hatte er bei dem Großprojekt im Brandenburgischen mehrfach bewiesen. Die Ablösung durch seinen Vater und der Einsatz von Körner an dessen Stelle waren absolut gerechtfertigt.

Weiß der Himmel, woher Rolf Hüttenstein gewusst hatte, dass Leon Körner eine mehrtägige Fahrt nach Luckenwalde plante. Auf jeden Fall trieb er Beckmann am Mittwochvormittag an, sich bereit zu machen. Es gehe los. Wie genau und wo, das werde er noch rechtzeitig erfahren.

Kurz nach Mittag, er hatte gerade den letzten Löffel seiner aufgewärmten Dosenerbsensuppe gegessen, kam Hüttenstein zu ihm und forderte ihn auf, warme Kleidung anzuziehen und mitzukommen. Dann fuhren sie los und parkten in der Nähe des Planungsbüros ‚Rommert und Sohn' am Straßenrand.

„Wir müssen aufpassen. Der kann gleich kommen", hatte der Kumpan gesagt. „Er fährt einen schwarzen Volvo." Wenige Minuten später, als sei es verabredet gewesen, kam eben dieser Wagen aus der Hofeinfahrt. Drinnen, deutlich erkennbar, Leon Körner.

Mit sicherem Abstand folgten die beiden dem Chefplaner. Sie hielten an, als er bei BlumenCreativ einen Strauß Tulpen kaufte und beschleunigten die Fahrt, als Körner mit Karacho über den ‚Stöppel' nach Berghausen jagte. Ganz geheuer war es Hüttenstein dabei nicht. Weil er sich eigentlich auf eine ganz andere Fahrtroute eingestellt hatte.

Doch dann war er beruhigt. Als Leon nämlich zum Winterscheid abbog und hinauf zu einem neuen Haus fuhr. Pius Rommert hatte ihm davon und von der einzigartigen Lage des Eigenheims der Körners erzählt. „Pass auf, hatte er wenige Meter weiter unten gesagt, „wir stellen den Wagen hier ab und gehen den Rest des Weges zu Fuß. Aber so unauffällig wie möglich."

Als sie oben ankamen, war Körner gerade dabei, verschiedene Dinge aus seinem Volvo in der Garage zu holen und sie in den Dienstwagen zu legen. Den hatte er rückwärts ganz nah ans Heck seines Autos herangefahren. Der herrliche Tulpenstrauß lag inzwischen auf dem Dach seines Privatwagens, in dessen Kofferraum er einzutauchen schien. Denn Körner wühlte unablässig in allen möglichen Kartons und unter Decken.

Langsam pirschte sich Hüttenstein heran und schaute sich in der Garage um. Er schien schnell fündig geworden zu sein. Denn als Leon wieder hochkam und sich aufrichtete, traf ihn ein Schlag mit einem Spaten. Direkt an die Schläfe. Der Ingenieur kippte um wie ein nasser Sack.

Beckmann war entsetzt. So etwas hatte er bisher lediglich in irgendwelchen billigen Krimis gesehen. Aber nicht in echt.

„Jetzt komm und guck nicht so dämlich!“, motzte Hüttenstein. „Der schläft erstmal ´ne Weile. Also, pack mit an. Wir müssen weg hier!“

Mit zittrigen Händen hob der Maurer die Beine des bewusstlosen Mannes, während der andere unter dessen Arme griff. Auf Kommando wuchteten sie Leon Körner in den Kofferraum des Dienstwagens und verschnürten erst seine Hände auf dem Rücken und dann seine Füße. Anschließend bekam er von Hüttenstein eine Spritze, von der jener behauptete, ihr Inhalt würde einen Elefanten für Tage außer Gefecht setzen.

Schon diese Prozedur hatte Beckmann daran zweifeln lassen, dass es sich lediglich um ‚ein bisschen Angst machen‘ handelte. Allein der Schlag mit dem Spaten hätte auch tödlich sein können.

Völlig unberührt davon räumte der Anstifter alle Taschen des Gefesselten aus und steckte dessen Geldbörse mit Bargeld und Kreditkarten in seine Jackentasche. Dann haute er den Kofferraumdeckel zu, setzte sich, als sei es das Selbstverständlichste der Welt, hinters Steuer und startete den Volvo. „Komm“, rief er Beckmann zu, „wir fahren.“

„Und was ist mit Deinem Auto?“, hatte der Mitfahrer wissen wollen, während er einstieg. „Bleibt der hier stehen?“

„Nee, den wirst Du jetzt übernehmen und nach Berleburg fahren“, antwortete Hüttenstein, rollte die wenigen Meter den Berg bis zum Opel herunter, drückte dem Maurer die Schlüssel für das Fahrzeug in die Hand und stoppte, um ihn aussteigen zu lassen. „Ich fahre voraus und picke Dich dort wieder auf.“

Während der Fahrt zurück wurde Beckmann immer klarer, auf was er sich da eingelassen hatte. Diese unglaubliche Brutalität, mit der Hüttenstein vorging, widerte ihn an. Aber was hätte er zu seiner Verteidigung sagen können? Er war zum Handlanger dieses Mannes geworden.

‚Für 5000 Silberlinge! Wie weit bist du eigentlich gesunken?', fragte sich der Kleinganove, der seine bisherigen Vorstrafen allesamt wegen Diebstählen und kleineren Betrügereien bekommen hatte. Aber niemals hatte er Menschen angegriffen, oder gar verletzt. Hüttenstein aber hatte ihn jetzt dazu gebracht. Weil er um seine katastrophale finanzielle Situation wusste. ‚Dieses miese Schwein!'

Nach gut einer Viertelstunde stellte er schließlich den Wagen des ehemaligen Bauleiters unweit ihrer Unterkunft ab und stieg um in den Volvo. Nur etwa hundert Meter entfernt vom Planungsbüro ‚Rommert und Sohn'.

„Was hast Du jetzt vor?", fragte der Entführer wider Willen den Mann am Steuer. „Wir sollten mal nach unserem ‚Passagier' schauen."

„Nix! Wir warten auf ein Zeichen von Pius Rommert."

„Bitte was?"

„Du hast schon richtig verstanden. Wir warten, bis sich Rommert Junior per Handy meldet. Dann werden wir weitersehen."

Beckmann war es flau im Magen geworden. Nicht nur, weil er lediglich ein dürftiges Mittagessen intus hatte. Sein Bauchgefühl war insgesamt ins Schleudern geraten. Und in seinem Kopf spielten sich Horrorszenarien ab.

„Sag mal, geht´s Dir eigentlich noch gut? Hinten im Kofferraum liegt Leon Körner mit einer ziemlich dicken Beule am Kopf, womöglich sogar mit einer Schädelverletzung. Und Du wartest erstmal auf diese fiese Socke?"

„Unser Auftraggeber“, motzte Hüttenstein in herrischer Manier. „Vergiss das nicht! Der Mann bezahlt. Und daher bestimmt er auch, was geschieht.“

„Aber nicht mit mir!“, brüllte der Maurer und wollte den Halt an einer roten Ampel nutzen, um zu entkommen. Schlagartig riss er die Beifahrertür auf und war bereits mit dem rechten Bein aus dem Auto heraus, als Hüttenstein die Situation begriff und einfach mit Vollgas losjagte.

Nur mit Mühe hatte sich Beckmann im Wagen halten und dafür sorgen können, dass ihm die zuschlagende Tür nicht das Bein zertrümmerte. Aber der Fluchtversuch hatte natürlich Folgen. Bei nächster Gelegenheit nämlich war dieser Unmensch rechts rangefahren und hatte ihm ansatzlos den rechten Ellbogen gegen den Kopf geknallt.

Wie ein Bombeneinschlag war die Attacke beim Opfer angekommen und hatte es gegen die Beifahrertür geschleudert.

„Mach sowas ja nicht noch einmal. Sonst schlage ich Dich tot!“, hatte der Despot gewütet und den Ellbogen zum Nachdruck auch noch unter Beckmanns Brustkorb vergraben. „Hast Du das kapiert?“

Mit einem fast gepiepsten „Ja“ hatte der Getroffene geantwortet und sich in sein Schicksal gefügt. Doch dessen Wut auf diesen Wahnsinnigen steigerte sich fast ins Unermessliche.

Eine Horde Schüler kam ins Café und verlangte lautstark nach Getränken. Die jungen Leute hatten offensichtlich eine Freistunde. Einer von den Jungs zeigte ein DIN A5-Blatt vor und rief: „Habt Ihr das gesehen hier? Das is´n richtiger Steckbrief. Der Typ, den die Bullen da suchen, sieht ja mal echt abgefahren aus. So´n richtiger Elvis-Verschnitt. Hier guckt mal!“

Beckmann zog instinktiv den Kopf zwischen die Schultern. ‚Elvis-Verschnitt'? Könnte das ...?

„Gesucht wird dieser Mann ...“, las einer vor, „... der dringend verdächtig ist, am Abend des Freitag, 19. Januar, im Capitol-Theater in Bad Berleburg eine Person lebensgefährlich verletzt zu haben. Sachdienliche Hinweise ...“, dröhnte es im Kopf des Luckenwalders. Ihm wurde schwindelig.

„Was? Im Kino haben sie einen fast abgemurkst?“, rief ein anderer. „Da vorne, direkt um die Ecke?“

„Ja, direkt gegenüber der Polizei.“

„Ja, aber warum haben wir das denn nicht mitgekriegt?“

„Wir? Du musst mal Zeitung lesen, Du Stoffel“, griente ein anderer. „Ich hab´ das schon zum Frühstück gewusst. Das Phantombild sieht fast aus wie´n richtiges Foto. Woll´n wir net mal durch die Stadt ziehen und gucken, ob der uns in die Fänge gerät?“

„Hey Mann, das würde ich lieber lassen. Da steht, dass der Vogel vermutlich bewaffnet ist.“

„Ach Gott, ach Gott. Du hast ja sooo recht. Neeeeee, dann lassen wir das besser“, hänselte der Ideengeber seinen ‚Bremser‘. Dabei wedelte er mit der rechten Hand, als trage er darin ein Handtäschchen. „Ich wollte ja auch Ostern zu Hause bei meinen Lieben verbringen.“ Der Kerl hatte die Lacher auf seiner Seite. Vor allem die, für die das Wort „aufgeben“ erst ganz am Ende des Alphabets kam. Dann machten sie sich wieder an die Bewertung des ‚Steckbriefes‘.

„Sach mal, wer läuft denn heute noch so rum? Der sieht ja aus wie Karl Napf. Sowas von antiquiert. Ham 'se den irgendwo im Knast vergessen, oder was? Fehlt eigentlich nur noch der Sanella-Karton unter´m Arm.“

„Das werden wir ja hoffentlich gleich sehen“, rief der Anführer und sprang auf, um zu zahlen. Wenige Minuten später war die ganze Rotte verschwunden. Von Beckmann hatte keiner so recht Notiz genommen. Zu ihm hingeschaut zwar schon, das eine oder andere Mal. Aber erkannt hatte ihn wohl keiner. Ein gutes Zeichen?

Während der Gesuchte sich nun mit etwas mehr Appetit über sein verspätetes Frühstück hermachte, blätterte er die Morgenzeitung durch, die auf dem Nachbartisch gelegen hatte. Versonnen überflog er die Nachrichten aus NRW, Deutschland und der Welt, bis er plötzlich glaubte, sich selbst ins Gesicht zu schauen. Ein Konterfei mit ziemlich genau seinen Augen und seiner einstigen Frisur in Form eines Phantombildes, zierte Seite 1 des Lokalteils Wittgenstein mit der Unterschrift „Entführung endet mit Doppelmord in der Preisdorf". Und darunter stand in kleineren Lettern: „Hat er zwei Menschen ermordet und einen Polizisten schwer verletzt?"

Wie bitte? Zwei Menschen ermordet? Zwei? Ich? Beckmann geriet in Hektik. Schnell überflog er den Artikel und versuchte zu begreifen, was er dort über die Morde zu lesen bekam. Ein Mann im Auto erdrosselt, ein halbtotes Entführungsopfer im Kofferraum, ein weiterer Mann im Wald erschossen. Die Buchstaben verschwammen vor seinen Augen.

‚Im Wald erschossen'. Der Maurer kaute minutenlang auf einem Stück Käsebrötchen herum, ohne erkennbare Fortschritte zu machen. Längst hatte ihn der Horror ergriffen, dem er so unbedingt entgehen wollte.

Weiter unten in Spalte 3 des Artikels gab es ausführlichere Infos über die Opfer. ‚Rolf H. aus Luckenwalde und Unternehmersohn Pius R. aus Bad Berleburg. Zu beiden gab es eine kurze Biografie. Wobei in der des ehemaligen Bauleiters nicht verschwiegen wurde, dass er bis vor nicht allzu langer Zeit beim Vater des anderen Toten in Lohn und Brot gestanden hatte und warum sein Arbeitsverhältnis ein sehr unrühmliches Ende genommen hatte.

Denselben Artikel hatte gerade auch Klaus Klaiser gelesen und sich maßlos darüber aufgeregt. Wer, um alles in der Welt, hatte denn solche Interna rausgelassen? Konnte das ein Kollege aus dem eigenen Stall gewesen sein? Daran wollte er gar nicht erst glauben. Aber wer sonst verfügte über dieses Wissen?

Und wer hatte derart detaillierte Informationen über das Entführungsopfer im Kofferraum? Nicht einmal Einzelheiten über den Messerangriff im Kino fehlten. Klaus hätte ausrasten können. Aber das verbot er sich. Obwohl er kochte.

Wenig später stand der Kripo-Chef im Flur des Kommissariats und ließ laut vernehmlich das allseits bekannte Kommando „Stuhlkreis" ertönen. Ein MUSS für alle. Nach drei Minuten saß die gesamte Kripo-Truppe im kleinen Besprechungsraum. Begrüßt durch ein förmliches „Guten Morgen, liebe Kollegin, liebe Kollegen."

„Pssst, merkste was? Hier brennt die Luft", raunte Jürgen Winter der neben ihm sitzenden Claudia Siegemund zu. Die schaute ihn etwas irritiert an.

„Wie kommste denn darauf?"

„Er ‚gendert' nicht."

„Wie bitte?"

„Er sagt nicht ‚Guten Morgen Ihr Lieben'. Er grüßt mit ‚Kollegin und Kollegen'. Das macht er sonst nie. Außer, es kracht gleich."

„Wer von Euch hat heute Morgen schon Zeitung gelesen? Diese hier", startete Klaus kurz darauf die Besprechung. Dabei hielt er das Blatt so, dass alle den Artikel mit dem dreispaltigen Phantombild gut erkennen konnten.

Alle hatten ihn gelesen. Und fast alle kapierten auf Anhieb, was dem Chef da vorne eine übernatürliche Röte ins Gesicht trieb.

„Und? Was ist Euch aufgefallen?"

„Dass da eine Riesenscheiße drin steht", wetterte Born los. „Es würde mich mal ganz gewaldich interessieren, wer die ganzen Einzelheiten da verblasen hat", donnerte Pattrick in seiner typisch Wittgensteiner Art weiter. Wobei das Wort „gewaltig" immer ein ‚d' in der Mitte hatte und mit ‚ch' endete. ‚Gewaldich'.

„Mich auch, Leute. Mich auch! Ich bin, gelinde gesagt, stinksauer! War das denn nötig?"

Doch niemand in der Runde fühlte sich verantwortlich für diesen Fauxpas. Alle schauten sich gegenseitig der Reihe nach an und schüttelten die Köpfe.

„Niemand?", fragte Klaiser, „ernsthaft, niemand?"

„Nee, offenbar niemand", echote Born. „So´ne Scheiße, so´ne elende. Jetzt sind Infos draußen, die wir gut und gerne noch als Backup für unsere Ermittlungen hätten gebrauchen können. Täterwissen zum Teil. So ´ne unglaubliche ..."

„Hey, hey, jetzt is´ aber gut", fuhr Klaiser dazwischen. Zügel Dich mal ein bisschen und spar´ Dir Deine Kraftausdrücke. Es ist ja schon gut, dass es niemand von uns war. Das hätte mich nämlich gewaltig angefressen."

„Gewaldich", ergänzte Winter lachend und entspannte damit die Lage. Gelächter allenthalben. Nur Pattrick konnte den Ausbruch solcher Fröhlichkeit nicht ganz nachvollziehen.

Dass ein Redakteur des ‚Westfalenkurier' am Sonntag ganze Arbeit geleistet hatte, um diese gut recherchierte Geschichte exklusiv zu bringen, daran hatte in diesem Moment niemand gedacht. Aber genau so war es.

Frank Tietjen, ein aufgeweckter junger Journalist, hatte sich die sehr allgemein gefasste Pressemitteilung der Kreispolizei samt Phantombild vorgeknöpft und nachgebohrt. Zwar erfuhr er bei der Polizeipressestelle kein Sterbenswörtchen zusätzlich. Dafür aber bei der Aushilfe an der Kinokasse, die unglückseligerweise nicht mit ‚Maulkorb' versehen worden war und bei der tieftraurigen Frau Rommert.

Die alte Dame hatte ihrem verwundeten Herzen Luft gemacht, als Tietjen auf der Suche nach einem Planungsbüro mit ‚R' im Telefonbuch bei den Rommerts herausgekommen war. Denn sie war natürlich weder von Klaiser noch Sven Lukas mit Redeverbot belegt worden. Schon aus Pietätsgründen hatten die beiden Beamten darauf verzichtet.

Großes Unwissen also in der Kriminalistenrunde darüber, wer das Ganze „verzapft" haben könnte, wie sich Pattrick Born ausdrückte. „Dann waren´s ja wohl eher die von der Schutzpolizei", meinte er. Was jedoch sofort Widerspruch in der Runde auslöste. Vor allem bei Claudia, die „meine Kollegen von S." verteidigte. Das sind keine Quatschmäuler. Das kann ich garantieren."

Da die Frage zunächst bei der Kripo nicht zu lösen war, verteilte der Chef die Tagesaufgaben. Alle hatten sie mit den prekären Fällen zu tun. Für anderes war bei der aktuellen Personaldecke einfach kein Platz. Aber in diesen sauren Apfel mussten sie jetzt alle beißen. Denn weder Klaus noch sie wollten sich da von Dritten die Nudeln aus der Suppe fischen lassen.

Reinald Beckmann konnte sich nicht beruhigen. Zwei Morde. Nein, die hatte er nicht begangen. Aber wie und wem hätte er das beweisen können? Natürlich war er an der Entführung beteiligt gewesen. Natürlich war auch er unglaublich brutal dabei vorgegangen. Aber zwei Morde ... Es fiel ihm manchmal schwer, zu rekapitulieren, was in jener Nacht zum Donnerstag tatsächlich passiert war. Zu sehr überlagerten in den letzten Nächten Alpträume sein reales Erinnerungsvermögen. Und zu schwer lastete seine Mitschuld an den grausamen Ereignissen auf seinem Gewissen, blockierte das normale Denken. Zwei Morde jedoch hatte er nicht begangen! Das wusste er mit Sicherheit. Wieder tauchten die Bilder vor seinem geistigen Auge auf.

Nachdem er Hüttensteins Wagen in Berleburg abgestellt hatte und von dem Ex-Bauleiter im Volvo wieder aufgenommen worden war, tourten die beiden Entführer mit dem bewusstlosen Leon Körner im Kofferraum erst einmal runter nach Hessen. Weg aus dem Einzugsbereich der Polizei in Siegen-Wittgenstein. Denn sie wussten nicht, ob sie eventuell von Nachbarn der Körners in Berghausen beim Kidnapping beobachtet worden waren.

„Nüchtern betrachtet“, hatte Hüttenstein cool zu bedenken gegeben, „hätten uns die Bullen dann allerdings schon längst am Arsch haben müssen.“ Trotzdem war er es, der den Kurs ins ‚Nachbarland‘ gewählt hatte.

Es war eine üble Rumgurkerei, bei der es Reinald Beckmann immer elender zumute wurde. Was war das für ein Zustand? Hinten drin den Ingenieur, der keiner Fliege was zuleide getan hatte. Und am Steuer einen gewalttätigen Irren, dem offenbar jedes Mittel recht war, um zu Geld zu kommen.

Unterwegs hatten sie an einer ‚späten‘ Pommesbude jeder eine Currywurst mit Fritten gegessen. Und Beckmann konnte sogar kurz im Kofferraum nach Körner sehen. „Aber mach keinen Scheiß!“, hatte ihm Hüttenstein mit auf den Weg zum Wagen am Rande des Parkplatzes gegeben.

Leon schlief fest. Mit ganz entspanntem Gesicht. „Hab´ ich doch gesagt. Kapier´s doch endlich! Der schläft auch noch Morgen Vormittag.“ Den triumphierenden Kommentar konnte sich der fiese Verbrecher nicht verkneifen. Vorsichtshalber war er mit zur Kontrolle gekommen. Damit dort nichts verrutschte.

Später fuhren sie zurück in Richtung Bad Berleburg und warteten, so, wie verabredet, auf einen Handy-Anruf von Pius Rommert.

Der kam nach einer elenden Warterei gegen Mitternacht. Der Auftraggeber ließ sich von den Gangstern am Gasthof Gunsetal abholen und fuhr, als Beifahrer der beiden, mit ihnen durch die Nacht. Auf dem Weg zu einem Ort, an dem sie ungestört das weitere Prozedere hätten besprechen können. Doch sie wurden zunehmend unsicher und mussten immer wieder ausweichen. Weil ihnen ständig Polizeistreifen begegneten.

Und dann rasselten sie mitten in eine Fahrzeugkontrolle. „Neiiiiiiin!“, brüllte Hüttenstein und wollte noch umkehren. Doch die beiden Polizeifahrzeuge waren so geparkt, dass jeweils einer sofort in die jeweilige Fluchtrichtung hätte starten können. Es blieb ihnen also nichts anderes übrig, als anzuhalten und die geforderten Papiere vorzuzeigen.

Der kontrollierende Beamte war erkennbar skeptisch geworden, als er den Fahrzeugschein genauer betrachtete und mit den Angaben auf dem Führerschein des Fahrers verglich. Doch als er den Personalausweis von Pius Rommert in die Hand bekam, war für ihn offenbar alles geklärt. Und auch bei Beckmann schien alles klar. Sein Schnuppertest war negativ ausgefallen. „Kein Alkohol. Prima. Dann gute Fahrt.“

„Herr-gott-noch-mal, das war knapp!“ Rommert wischte sich den Schweiß von der Stirn. „Jetzt wird´s Zeit, dass wir die Ecke anfahren, um endlich Nägel mit Köpfen zu machen.“

Schließlich, es war etwa 4.30 Uhr, erreichte der Wagen das Preisdorftal. Zügig übergab Rommert dort 20.000 Euro Kidnapperlohn an Hüttenstein. Der Ex-Bauleiter grinste und strich die Kohle ein. Doch die gute Laune verging selbst diesem Ganoven, als Pius Rommert plötzlich forderte, er solle Leon Körner umbringen.

„Wie bitte? Nie und nimmer!“, hatte Beckmann gebrüllt und dafür ein derbes „halt´s Maul da hinten“ vom Fahrer zurückbekommen. „Halt Dich da raus, sonst polier´ ich Dir dermaßen die Fresse, dass Dich nicht mal mehr ein Pathologe rekonstruieren kann.“

Beckmann duckte sich weg. Doch dann kam es zwischen den beiden Männern vorne im Wagen zum Streit. Hüttenstein behauptete, von Mord sei vorher nie die Rede gewesen. Lediglich eine Entführung und entsprechende Einschüchterungen seien vereinbart worden.

„Dann soll *er* das tun!“, fordert Rommert und zeigte mit dem linken Daumen über die Schulter auf Beckmann. „Dafür trittst Du ihm aber die Hälfte von der Kohle ab. Also 10.000 Euro.“

„Kommt überhaupt nicht in Frage!“, brüllte Hüttenstein. „Fünftausend Euro und keinen müden Centime mehr!“

„Scheißegal, was Ihr zahlt“, protestierte Beckmann lautstark, „vergesst es. Mord kommt nicht in Frage!“

Rommert begann zu provozieren. „Das würde ich mir aber noch mal überlegen. Ich kann Euch mit meinem Wissen jederzeit beide ans Messer liefern. Wollt Ihr das riskieren?“

In der Rückschau wunderte sich Beckmann über sich selbst. Denn plötzlich war er in jener Nacht regelrecht explodiert. Mit einer Brutalität, die er an sich selbst nicht kannte. Schlagartig hatte er die Tür aufgerissen, war um den Wagen herumgerannt und hatte Rommert, der aus Angst gerade versuchte, die Flucht zu ergreifen, eine rechte Gerade unter den Kinnbogen geknallt.

Der Getroffene schlug mit dem Hinterkopf auf´s Wagendach, knickte ein und landete bewusstlos auf dem Beifahrersitz.

Hüttenstein, dieser Drecksack, zeigte sich nur wenig geschockt von der Aktion seines ‚Spannmannes'. Kaum war der umgehauen, machte er sich über den Taugenichts her, grabschte alles Geld zusammen, das der bei sich hatte und steckte es zu den 20.000 Euro in seine Jacke.

Beckmann kochte innerlich, als er das sah. Doch was hätte er machen sollen? Sein mieser Kompagnon war ihm körperlich um Längen überlegen.

Doch ein Moment der Unaufmerksamkeit wendete plötzlich das Blatt. Während Hüttenstein nämlich noch immer in Rommerts Klamotten wühlte und dem Junior letztlich noch eine goldene Armbanduhr und einen Siegelring raubte, rannte der Maurer in seiner unglaublichen Wut wieder zurück auf den Platz hinter dem Fahrer.

Mehr im Affekt nahm er dort eine Schlinge aus der Tasche, die er als Fessel für die Entführung vorbereitet hatte und legte sie dem Irren da vorne um den Hals. Dann zog er sie wie besessen zu. Klares Denken war ihm in diesem Moment versagt. Er hatte eher das Gefühl, sein Hirn schwelle an und werde seinen Schädel zum Bersten bringen.

Noch bevor Hüttenstein begriff, dass ihm die Luft abgedreht wurde, war es für ihn bereits zu spät. So sehr er sich auch nach hinten gegen den Sitz und seinen Angreifer lehnte. Er hatte nicht die Spur einer Chance. Langsam traten seine Augen aus den Höhlen hervor und sein Mund formte einen stummen Schrei. Dann erlahmten seine Arme, die wild hinter dem Steuer herumgewedelt hatten.

Dann gab Hüttenstein kein Lebenszeichen mehr von sich. Und Beckmann japste vor Anstrengung nach Luft.

Angewidert von seiner eigenen Tat sprang er aus dem Wagen. Er wollte die Fahrertür öffnen, um Hüttenstein wenigstens das Geld abnehmen zu können. Aber das gelang ihm nicht. Die Tür war verriegelt. Denn noch war die Zündung des Volvo aktiv. Da ließ sich die Verriegelung nur von innen lösen.

Wieder stieg Beckmann hinten ein und versuchte, von dort an Hüttensteins Beute zu kommen. Aber sein Köperumfang war ihm einfach im Weg bei dem Versuch, zwischen die beiden Vordersitze zu kommen. Dazu links ein Toter mit blauem Gesicht und rechts ein blutender Bewusstloser. Eine Situation wie in einem Horrorfilm. Der Maurer ekelte sich.

Doch plötzlich fiel ihm auf, dass sich die Seitenfenster des Wagens über einen zentralen Schalter auf der Mittelkonsole öffnen ließen. So schaffte er es zumindest, das Fahrerfenster herunterzulassen. Nur an den Türöffner kam er nicht heran. Der massige Hüttenstein blockierte jeden Zugriff.

Vielleicht konnte Beckmann den Toten ja durch das Fenster so zurechtschieben, dass er drinnen mehr Platz schaffte. Denn er wollte nicht nur das Geld. Er brauchte schließlich auch einen Fluchtwagen. Aber die Leiche hing auf dem Fahrersitz wie zwei Zentner Quark im Plastiksack. Einzig deren linker Arm hing aus dem Fenster. Aber daran konnte Beckmann ziehen und schieben wie er wollte. Es veränderte sich nichts. Dann erlosch die Innenbeleuchtung. Es war stockduster.

Und plötzlich war der Sturm da. Von jetzt auf gleich. Ein unheimliches Brausen erfüllte die Luft. Und der Würger bekam es mit der Angst zu tun. Vor allem, als auch der erneute Versuch scheiterte, Hüttenstein in dem Wagen zurechtzuzerren.

Als er entkräftet Pause machte, in die Hocke ging und den leblosen Körper losließ, fiel ihm ein Arm des Toten ins Gesicht. Ein Schockerlebnis bei dieser Dunkelheit. Zumal der Sturm immer heftiger wurde und das Knacken von Holz die üble Szenerie noch verstärkte.

Schließlich gelang es Beckmann wenigstens, an das Bargeld in Hüttensteins Innentasche zu gelangen und an einen Schlüsselbund. Aber da merkte er, wie Rommert sich plötzlich regte. Der Mann auf dem Beifahrersitz war offensichtlich aus seiner Bewusstlosigkeit erwacht und versuchte gerade auszusteigen. Das war zu viel. Trotz der unheimlichen Dunkelheit und des immer lauter werdenden Jaulens und Wimmerns gequälter Bäume rannte er die Straße herunter. In die Richtung, aus der sie gekommen waren.

Die Nacht war pechschwarz, einen Tag nach Neumond. Selbst wenn der Himmel frei gewesen wäre, hätte nichts seinen Weg beleuchten können, auf dem er flüchtete. Vielmehr ereilte ihn statt eines mondhellen Blickes in die Landschaft ein Guss aus Schnee und Regen, der ihn bis auf die Knochen aufweichte.

Es war nach 6.00 Uhr am Donnertagmorgen, als Beckmann, allen Widrigkeiten zum Trotz, triefend nass das ‚Gasthaus Grünewald' erreichte. Obwohl hier eine Leuchtreklame brannte, war um diese Zeit natürlich geschlossen. Und das Vordach des Haupteingangs konnte ihn vor dem heranpeitschenden Schneeregen ebenfalls nicht schützen. Doch irgendwie war er erleichtert, bei diesem abartigen Wetter ein Stück Zivilisation gefunden zu haben. Ein Haus in dieser unwirklichen dunklen Welt war so etwas wie ein Hafen.

Kurz darauf das erste Fahrzeug, das er auf der ganzen Strecke hierher zu sehen bekommen hatte. Es war ein Bus. Für ihn die Erlösung. Zwar hatte Beckmann die Haltestelle wenige Meter weiter nicht erkannt. Aber der Busfahrer sah ihn und sein Winken. Also nahm er ihn mit. Er war seit Aue sein einziger Fahrgast.

Als Beckmann durchnässt und total kaputt in die Ferienwohnung geschlichen war, kam ihm langsam die grausame Erkenntnis, dass er zum Mörder geworden war. Er, der Kleinganove aus Luckenwalde. Eiskalt und trotz allem berechnend.

Mit der rechten Hand kramte er die Schlinge aus einem Stück Wäscheleine aus der Tasche hervor. ‚Ein billiges, primitives Mordwerkzeug', dachte er. Damit hatte er seinem ehemaligen Kollegen die Luft zum Atmen genommen.

War es eigentlich Angst? War es Habgier, die ihn zu dieser Untat getrieben hatte? Er wusste keine Antwort. Seine Gefühle waren stumpf.

Unsicher und immer auf der Hut hatte er eine heiße Dusche genommen und sich einen starken, schwarzen Tee aufgegossen. Eine Erkältung, dachte er, wäre jetzt das Übelste, was ihm hätte passieren können. Dann hatte er sich ins Bett gelegt und dem tobenden Unwetter draußen zugehört. Nichts daran schreckte ihn mehr. Denn er war einem offenen Höllenschlund entkommen. Da war er sicher.

Beckmann merkte gar nicht, dass sein Kaffee inzwischen kalt geworden war. Und er hatte bei seinem Marsch ins Innere auch nicht mitbekommen, wie sich das Café langsam wieder füllte. Erst, als ihn jemand fragte, ob er sich zu ihm an den Tisch setzen könne, kam der Luckenwalder wieder zu sich.

„N... natürlich. Se...hetzen Sie sich. Ich will sowieso gl... gleich gehen."

„Um Himmels Willen, was ist denn mit Ihnen passiert?" Harry Senftleben setzte sich diagonal gegenüber an den Tisch und schaute Beckmann mit großen Augen an. „Wir kennen uns doch. Oder?"

Der Angesprochene bekam rote Backen. „Nicht, dass ich wüsste."

„Doch, doch. Mensch, wo war das denn? ... Na klar, beim Klamottenkauf haben wir uns getroffen. Sie wollten mir meine Jacke wegschnappen. Ist Ihnen aber nicht gelungen. Zum Glück!"

Grinsend wies der Kommissar auf die Jacke, die er nebenan über den Stuhl gehängt hatte. „Is´n gutes Stück." Und wieder registrierte er, dass sein Gegenüber außerordentlich nervös war. ‚Wer weiß, bei was ich ihn gestört habe', dacht er sich. ‚Oder es ist sowas wie´ne Dauerkrankheit bei ihm.' Dann bestellte er Kaffee, Brötchen, Rührei und Schinken.

Den Mann aus Brandenburg überkam eine Art Panik, als der Kommissar während des Wartens auf sein Frühstück auch noch nach der Zeitung griff.

„Hier", sagte der und zeigte auf den Mord-Artikel, „haben Sie das gesehen?"

Der andere nickte.

„Ja, hab´ ich vorhin gelesen. Abartig."

„Abartig, da haben Sie recht. Es ist überhaupt unglaublich, was bei uns in letzter Zeit so passiert. Jahrhundertelang lag Wittgenstein in einer Art Dornröschenschlaf, was Verbrechen angeht. Und jetzt? Bei uns ist nur noch die Kacke am Dampfen. Hier geben sich inzwischen die Killer die Klinke in die Hand. Abartig. Sie sagen es", murmelte er noch zum Schluss, um sich kopfschüttelnd ganz dem Artikel zu widmen.

Für Beckmann, dem die innere Alarmklingel fast das Knochenmark zertrümmerte, gab es nur noch einen Weg. Den nach draußen. Aber er musste sich mehr unter Kontrolle bekommen. ‚Sonst fliege ich hier auf der Stelle auf', war er sich sicher. ‚Wenn der Kommissar nur eine Gelegenheit bekommt, vom Phantombild aufzublicken und mir frontal ins Gesicht zu sehen, bin ich reif.'

Also packte er seine Klamotten zusammen, drehte sich beim Aufstehen seitlich vom Stuhl weg und verabschiedete sich.

„Ja, machen Sie´s gut. Aber denken Sie dran …", dann schaute der Polizist auf und Beckmann zuckte zusammen.

„An was soll ich denken?", fragte er scheu. Jetzt ohne Worte abzuhauen wäre der Super-Gau gewesen.

„Beim dritten Mal kostet´s ´ne Runde." Dann lachte der Polizist gönnerhaft.

Beckmann schlotterten die Knie. Aber vor Erleichterung. ‚Was für eine skurrile Komödie', dachte er. ‚Da geht mir der Stift eins zu hunderttausend. Und der Bulle macht Scherze mit mir. Mit dem im Moment wohl meist gesuchten Mann hier in der Gegend.'

Unsicher grinsend wandte er sich ab und machte sich auf die Suche nach der Bedienung. Er musste schließlich noch bezahlen. Die wäre wohl irgendwo im Haus unterwegs, antwortete eine Frau in weißer Schürze. Aber er könne sein Geld gerne auch an der Theke im Bäckerladen lassen. Was er dann auch tat. Auf dem Weg nach draußen hatte er den Eindruck, dass ihn mindestens fünf Augenpaare verfolgten. Nämlich die der Menschen im Bäckerladen. Aber die hatten bald ganz andere Sorgen. Sie erschraken nämlich fast zu Tode.

Denn hinten im Café brüllte einer unüberhörbar „verdammte Scheiße! Das ist doch der Typ von gerade eben. So ein Mist. Ist der schon raus?" Kurz darauf war Harry Senftleben wie von der Tarantel gestochen durch den Laden hinaus auf den mit Schneematsch bedeckten Gehweg gerannt und mit Schmackes auf die Nase geflogen. Gerade so ungünstig, dass er Beckmann nicht hatte entdecken können. Denn der stand wie angefroren nur wenige Meter entfernt hinter dem Reklameaufsteller eines billigen Modediscounters.

„Ich kann mich nicht erinnern. So gerne ich es täte, meine Herren." Mit einem Gesicht, in dem man Schmerzen ablesen konnte, gab Leon Körner Auskunft über seine Wahrnehmungen im Kofferraum. Noch war nicht klar, wann er operiert werden sollte. Daher nutzten Klaus Klaiser und Sven

Lukas die Zeit seines vollen Bewusstseins für eine intensive Befragung.

Doch die war wenig ergiebig. Leon konnte sich zwar mittlerweile daran erinnern, dass er nach dem Kauf der Blumen für seine Frau nach Hause gefahren war und die Garage geöffnet hatte. Danach aber versiegte in seinem Hirn jede Rückschau auf den restlichen Mittwoch.

„Kommen Sie, Herr Körner", legte sich Sven ins Zeug, „Sie werden sich doch noch daran erinnern, dass sie die Tulpen auf das Dach Ihres Wagens gelegt haben." Mina hatte ihm erzählt, sie habe die Blumen dort gefunden.

„Davon weiß ich nichts." Unsicher schaute der Ingenieur von einem zum anderen und befühlte seine immer noch heftig geschwollene Beule am Kopf. „Aber wenn Sie das wissen, wird es wohl so gewesen sein. Bei mir ist da nur ein schwarzes Loch."

„Das kann doch alles nicht wahr sein. Sie erinnern sich, dass Sie heimgekommen sind. Und dann an nichts mehr?" Klaiser mochte es nicht glauben und rückte mit seinem Stuhl ein wenig näher an Körners Krankenbett heran. „Was passierte denn, als Sie am Winterscheid ankamen? Das werden Sie ja noch auf die Reihe bekommen. Hoffe ich."

Leon schluckte. Was passierte, als er zum Haus fuhr? Was für eine Frage. Müsste man eigentlich ganz leicht beantworten können. Aber könnte auch er das?

Ja, er konnte. Aber eben nur bis zum Öffnen der Garage und ... „ach ja, ich weiß wieder, dass ich den Kofferraum meines Privatwagens geöffnet habe, um ...", er pustete die Backen auf und stierte vor sich hin, „um ... äääh ..., irgendwas wollte ich rausholen und mitnehmen auf die Tour nach Luckenwalde."

„Sehen Sie, geht doch“, lobte Klaiser. „Strengen Sie sich bitte noch ein wenig mehr an. Dann fällt Ihnen auch das wieder ein.“ Er kam sich vor wie ein Animateur.

„Stimmt“, antwortete Körner. „Ich hab´s jetzt wieder drauf. Ich wollte mein eigenes Nivelliergerät aus meinem Wagen holen.“ Doch dann wurde er wieder nachdenklich. „Aber ... hab ich´s auch getan?“

„Im Kofferraum des Dienstwagens war es auf jeden Fall nicht. Und dort hätten Sie´s doch wahrscheinlich reingetan. Oder?!“, wollte der ‚Freak‘ wissen.

„Mit Sicherheit. Weil das Stativ eigentlich zu groß und vom ständigen Einsatz auf den Baustellen auch zu schmutzig ist für den Rücksitz.“

„Und mehr wissen Sie wirklich nicht mehr von diesem Tag, bevor Sie eingesperrt wurden?“

Wieder Backenaufpusten, wieder vor sich hin stieren. Und dann, nach einer ganzen langen Weile: „Nö, mehr nicht.“

Lediglich von seinen ‚Wacherlebnissen‘ danach hatte er ihnen berichten können. Vom Erkennen, dass er gekidnappt worden war, vom Reifengeruch, der ihm sein Gefängnis verraten hatte, von der Kälte und von seiner Angst, nicht mehr aus dem Kofferraum herauszukommen. Und davon, „dass es plötzlich unheimlich gekracht“ und ihm, wie er sagte „das Licht ausgeknipst hat.“

Klaiser und Lukas wechselten resignierte Blicke. So würden sie auf keinen Fall weiterkommen. ‚Alle Zeugen vor Ort nicht habhaft‘, dachte Klaus. ‚Zwei tot, einer, der sich an nichts erinnern kann. Und der Hauptverdächtige nicht auffindbar. So eine Sch....!‘

Wittgenstein erlebte einen neuerlichen Wintereinbruch, der sich gewaschen hatte. War der Schnee anfangs noch in großen, nassen Flocken förmlich vom Himmel geplumpst, so kam er am Vormittag mit extremer Windunterstützung fast horizontal als feiner Pulverschnee herunter. In Massen. Und der taute nicht, der blieb liegen. Es herrschte mittlerweile Frost. Denn innerhalb einer Dreiviertelstunde war die Außentemperatur um sechs Grad gesunken.

Schlimmer hätte es für Reinald Beckmanns Wohlbefinden nicht kommen können. Denn noch waren seine Klamotten nicht komplett getrocknet. Das hatte die Stuhllehne des gut beheizten Cafés nun wirklich nicht leisten können. Noch dazu pfiff ihm jetzt der eiskalte Schneesturm durch jede noch so kleine Naht.

Sein klarer Vorteil gegenüber jenen, die ihn fieberhaft suchten, war jedoch der Umstand, dass man ihn und alle anderen Passanten auf der Straße nur als Schemen erkennen konnte. Wie hinter einer Milchglasscheibe. Jeder, der ihn identifizieren wollte, hätte ganz nahe an ihn ran gemusst. Aber wer macht das schon bei einem Blizzard?

Die Fußstreifen der Polizei auf jeden Fall nicht. Die waren abgezogen und, nun allerdings per Auto, zu mehreren Blitzeisunfällen geschickt worden. Der Bedarf war groß. Und er wurde noch größer, als der erste Streifenwagen fehlende Spurtreue bewies und in einer Linkskurve auf der B 480 einfach geradeaus in einen Graben krachte.

Niemandem war etwas passiert. Doch das rechte Vorderrad des 3er BMW stand im rechten Winkel zu seinem linken Pendant. „Super!“, brüllte der Fahrer. Aber er meinte das nicht wirklich so. „Bulle im Straßengraben, das macht sich nicht besonders gut.“ Rumpelstilzchen hätte keinen schöneren Tanz aufführen können.

Unnötig zu bemerken, dass weder der Diensthabende noch der Revierleiter Freude an diesem Unfall und erst recht am anschließenden Spektakel gefunden hatten. Denn es fehlte nicht nur ein wichtiges Einsatzfahrzeug. Zu allem Überfluss musste auch noch das letzte vorhandene Aufgebot zur Unfallaufnahme ausrücken. Man wollte schließlich in aller Öffentlichkeit nicht unglaubwürdig werden und Präsenz zeigen, wie an jedem anderen Unfallort auch.

Zu dieser Zeit war die B 480 einseitig gesperrt. Was zu erheblichen Behinderungen stadtauswärts in Richtung Raumland beitrug. Neben den miserablen Straßenbedingungen ein zusätzliches Ärgernis. Vor allem für die Trucker, die angesichts des wachsenden Staus nicht einfach kehrtmachen und eine Ausweichroute wählen konnten.

„Wo willste eigentlich hin?", wollte Walter Göbel von seinem vorhin erst zugestiegenen Beifahrer wissen, der mit eingezogenem Kopf neben ihm saß. Auch sie standen in dem Stau, der sich hinter der Unfallstelle gebildet hatte.

„Ach, weiß noch nicht so genau. Auf jeden Fall raus aus diesem Sauwetter. Mir ist vielleicht kalt geworden da draußen."

„Haste keinen Job? Du musst doch sicher arbeiten heute, oder wie? Oder biste Student, oder sowas", fragte der Wittgensteiner weiter. Es war ihm schon ein wenig seltsam vorgekommen, dass der Mann einfach nur gefragt hatte: „Können Sie mich mitnehmen?" Ohne ein konkretes Ziel oder einen Grund für seine Tramperei zu nennen. Direkt vor dem billigen Modediscounter hatte er ihn angequatscht, als Walter mit zwei Croissants aus dem Bäckerladen herauskam und gerade in seinen Brummi einsteigen wollte.

Doch wo andere vielleicht die Sorge um ihre eigene Sicherheit eingepflanzt haben, da hatte der Mann aus Meckhausen ein riesiges Herz. Vor allem für Leute wie Reinald Beckmann, der vor Kälte schlotternd und scheinbar verloren auf dem Gehweg herumstand und vom Schneesturm fast umgeblasen wurde. „Komm rein, mein Junge", hatte er daher gerufen und dem Brandenburger die Beifahrertür geöffnet.

„Natürlich hab´ ich ´n Job. Ich bin Maurer“, erzählte Beckmann nur die halbe Wahrheit, als der Sattelzug langsam anfuhr. „Aber im Moment mach´ ich halt Schlechtwetter. Bei dem Zustand da draußen ja wohl kein Wunder. Oder?!“

„Nä, da haste recht. Bei dem Wetter würd´ ich auch net unbedingt auf´m Bau arbeiten wollen. Wo kommste denn eigentlich her?“

„Ich? Wo ich herkomme?“

„Ja!“

„Ich? Ich wohne in Dillenberg.“ Reinald war innerlich in Panik geraten. Weil er wusste, dass er mit der reinen Wahrheit jetzt auf keinen Fall rausrücken durfte. Er hatte ja keine Ahnung, ob der Lkw-Fahrer von den Morden und der Kino-Geschichte wusste?

‚War das jetzt ein Versprecher oder was‘? dachte sich der Fahrer. ‚Dillenberg?‘ Das war ja wohl gar nichts. So konnte man sich doch gar nicht verhauen, wenn man dort lebte. Er spielte aber einfach mal mit. „Ja, ja, Dillenberg. ´ne schöne Stadt. Wohnste schon länger da?“

„Ja. Schon seit ... äääh über fünf Jahren“, log der Maurer weiter. „Mir gefällt´s da einfach. In Dillenberg ist alles geboten, was man so braucht. Und man ist schnell mal woanders. Über die Sauerlandlinie bist Du ja fast in einer halben Stunde in Frankfurt.“

‚Der Typ lügt mir hier die Hucke voll‘, dachte sich Walter, nur mäßig amüsiert. ‚Der mag ja überall wohnen. Aber mit Sicherheit nicht in Dillenburg.‘ Doch was hatte der Kerl für Gründe? Sollte er versuchen, dieses Geheimnis zu ergründen?

Denn eigentlich war er ja froh, dass er bei diesem Sauwetter nicht allein durch die Gegend karriolen musste. Aber ein Beifahrer, der schon im ersten Satz lügt wie gedruckt, war dem Trucker dann doch nicht so geheuer. ‚Ich glaub´, den schmeiß´

ich gleich wieder raus', überlegt er, während sich die Wagenkolonne im Schritttempo in Bewegung setzte. ,Hoffentlich hat der keine Waffe dabei.'

Doch eines Rauswurfs bedurfte es gar nicht. Denn plötzlich rief Beckmann: „Sorry, ich glaub´ das wird mir zu langsam mit Ihnen. Ich sehe doch mal zu, ob ich nicht vielleicht doch´n Zug bekomme. Muss spätestens heute Abend in Hannover sein." Sprachs, zog seine Wollmütze auf den kahlen Schädel, packte seine Reisetasche und öffnete die Beifahrertür.

„Hey Junge", rief Walter. „Bleib´ sitzen, verdammt noch mal. Wenn Du jetzt abspringst, haut´s Dich da draußen dermaßen auf die Schnauze, dass Du Dir sämtliche Gräten verbiegst. Ich kann Dich doch bis Erndtebrück mitnehmen. Da kommst Du mit der Bahn wesentlich besser weg als von hier."

Die Entscheidung über den Absprung war jedoch längst gefallen. Reinald warf erst seine Tasche aus dem Actros, um zwei Sekunden später selbst abzuspringen. Walter stieg in die Bremse, ließ das Pedal aber sofort wieder zurückschnellen. Die Reifen hatten nicht den nötigen Grip für eine Vollbremsung. Und die Gefahr, dass er den ganzen Lastzug in den Graben und damit womöglich auf den Maurer schmeißt, wollte er nun doch nicht eingehen.

Im rechten Außenspiegel sah er, wie der Typ unten im Graben kniete und sich mühte, die Tasche im Schnee zu finden. Sah ziemlich albern aus, wie er da so in den weißen Haufen wühlte.

Dann klopfte es plötzlich an der Fahrertür. Erschreckt schaute Walter zum Seitenfenster hinaus und sah dort einen Polizisten, der ihn durch Zeichen zum Runterlassen der Scheibe aufforderte. Elektronisch animiert glitt das Glas nach unten. Er kannte den Mann.

„Hey Burmester, alter Kämpe", scherzte er. „Was ist los? Willste, dass ich 'n Schneemann mit Dir baue?"

„Nee, Blödmann“, lachte der Angesprochene zurück. „Wollte Dir nur sagen, dass das hier noch´n Moment dauert. Da vorne in der Kurve hat´s ´n paar Kollegen von uns gewickelt. Unfallaufnahme läuft gerade. Und der Abschlepper ist unterwegs. Der kommt aber von der anderen Seite.“

Göbel konnte sich ein breites Grinsen nicht verkneifen. „Ja, ja“, höhnte er, während er sich auf dem Fahrersitz streckte, „auch die Besten erwischt es mal. ... Verdammt noch mal, was macht der denn da?“ Entsetzt erkannte er, wie Beckmann offensichtlich versuchte, die Seitenplane seines Zuges zu öffnen. Offenbar, um in den Laderaum zu steigen.

„Was macht *wer wo*?“, wollte Manni Burmester wissen.

„Hier auf meiner Beifahrerseite. Da macht 'n Typ gerade die Plane auf, verdammte dicke Axt. Der saß vorhin noch hier auf meinem Beifahrersitz.“ Mit einem Ruck fuhr er an und nutzte die wenigen Meter bis zu seinem Vordermann für ein Schockerlebnis des ‚Seiteneinsteigers‘. Der kippte auch prompt um.

Der Polizist schaute etwas hilflos drein. So lange Göbel fuhr, konnte er sowieso nicht vor dem Truck auf die andere Seite gelangen. Und hintenrum war´s zu weit. Und zu glatt.

„Nun los, mach was, Burmester!“, rief Walter und bremste ab. „Kannst den Kerl da gleich einsacken. Mit dem stimmt sowieso was net.“ Wieder schaute er in den Spiegel und konnte sehen, wie sich Beckmann heftig mühte, wieder aus dem Straßengraben herauszukommen. „Nun mach was, Mensch, zack-zack! Der haut Dir sonst noch ab.“

„Jetzt mach´ mal halblang“, rief der zurück und schob sich langsam mit sicherndem Blick um die Schnauze des Lkw herum. Vorsichtig lugte der Polizist um die Ecke und konnte so am gesamten Lastzuggespann entlang schauen. Wie Göbel im Spiegel erkannte, war das genau der Moment, in dem Beckmann aus dem Graben heraus war und um die hintere Ecke des Trucks verschwand.

Burmester machte kehrt, schlidderte in Richtung Fahrbahnmitte, konnte aber nicht mehr bremsen.

„Scheiße, Scheiße!“, schrie er, als er vergegenwärtigte, dass er so unter die Räder des fließenden Gegenverkehrs geraten könnte. Was dazu führte, dass er sich seitlich fallen ließ und versuchte, Halt an der Kühlerhaube von Göbels Mercedes zu bekommen.

Der beobachtete aus seiner Fahrerkabine entsetzt, wie der Polizeihauptmeister vorne abtauchte und nicht mehr zu sehen war. Dann passierte eine ganze Weile nichts. Vorsichtig kletterte der Fernfahrer aus seinem Bock und bückte sich, um unter das Gefährt schauen zu können. Doch da tauchte Manni Burmester erhobenen Hauptes, aber mit knirschenden Zähnen vor dem Truck wieder auf.

Fluchend klopfte er sich den vom Streusalz mittlerweile etwas sulzigen Schnee aus den Klamotten und kam auf Göbel zu.

„So, wo isser denn jetzt, der Mann, mit dem was nicht stimmt?“

Walter drehte sich um und schaute die Straße entlang. „Da hinten, da!“, zeigte er auf die andere Seite der Chaussee. „Da steigt er grade in einen Wagen ein.“

„Ich seh´s“, antwortete der Beamte, während er weiter an sich herumklopfte. Am linken Ellbogen angekommen, zuckte er zusammen und zog zischend die Atemluft zwischen seinen Zähnen ein. „Ich glaub´, den krieg´ ich nicht mehr. Was hat er denn getan, dass Du meinst, ich müsste den fangen?“

„Eigentlich nix. Nur gelogen hat er wie verrückt. Hat behauptet, er wohnt seit fünf Jahren in Dillenberg.“

„Du meinst in Dillen*burg*!“

„Eben. Er sagte aber ständig ‚Dillen*berg*‘. Das ist doch net sauber.“

„Nee, isses nicht. Aber deswegen jemanden festsetzen? Ich glaub, Du übertreibst ´n bisschen arg.“

„Jaaaa“, machte Göbel herum, „ich weiß. Aber der war so grundkomisch, weißte.“

„Der war was? Grundkomisch? Was ist das denn jetzt für'n neuer Gemütszustand?“ Mit verzerrtem Gesicht fasste Burmester immer wieder seinen linken Ellbogen an und zog schließlich seine dicke Winterjacke aus.

„Haste Dich verletzt?“, fragte Walter nach.

„Weiß nicht, hier halt mal“, bat der andere, warf ihm seine Jacke zu und schob vorsichtig den linken Pulloverärmel hoch.

„Oh Mist, da kommt Blut. Ich glaub, die alte Schleimbeutelentzündung ist aufgeplatzt.

So eine Kacke, ey!“

„Warte“, rief Walter, ich hol mal was zum Desinfizieren aus´m Lkw. Und 'n Pflaster.“

„Brauchste nicht, brauchste nicht. Ich hab´ hier selbst was in der Jacke. Manni griff in eine Seitentasche und kramte jede Menge Papier und eine Art ‚Verbandpäckchen‘ heraus.

„Halt das bitte auch mal“, bat er den Trucker und drückte ihm zwei zusammengefaltete DIN A4-Blätter in die Hand. Eins, mit einem Konterfei drauf.

„Was ist das denn?“

„Na, wonach sieht´s denn aus? Das is´n Steckbrief. Den Mann da drauf suchen wir. Das is´ womöglich 'n Mörder.“ Manni Burmester hatte nun den Ellbogen freigelegt und beträchtliche Mengen Blut und Gewebewasser im Schnee verteilt.

Walter schluckte. Er schluckte einmal, zweimal, dann wurde es ihm speiübel.

„Lieber Gott!“, rief er.

„Ja, nun komm, so schlimm ist das jetzt auch nicht. Is ´ne alte Torwartkrankheit. Typisch für Wittgenstein mit seinen knüppelharten Ascheplätzen.“

„Nä, nä, das mein´ ich ja gar net. Der Mann hier“, er zeigte auf den Steckbrief, „das ist der, der eben noch bei mir im Laster gesessen hat.“

„Was? Der? War das der, der eben abgehauen ist?“

„Ja, … nä. Net genau der. Oder eben doch genau der. Nur ohne Bart, Koteletten und Haare.“

„Bist Du sicher?“ Der Beamte schaute Göbel intensiv in die Augen. „Komm hier, kleb´ mir mal eben das ganze Pflaster auf die Wunde. Bist Du wirklich sicher, dass er das war?“

„Mit 99 Komma 9 Prozent. Der war´s. Und kein anderer.“

Das Pflaster war drauf und Göbel war es nun endgültig kotzübel. Denn aus der aufgeplatzten Wunde hatte ein Stück Fleisch wie eine Zunge herausgeschaut.

„Das ist der abgerissene Schleimbeutel“, hatte ihm der Verletzte noch gesagt, bevor sein Sanitäter abdrehte, um sich seines Morgenkaffees und eines Leberwurstbrotes zu entledigen. Hinter ihm schimpfte es.

„Elender Mist, das hätte nicht passieren dürfen.“ Dann hörte Göbel, wie der Polizist per ‚Handfunke‘ die Wache informierte. Auch darüber, dass das Phantombild so nicht mehr stimmte.

„Wissen wir auch seit ein paar Minuten“, kam zur Antwort. „Der Kollege Senftleben hat ihn auch erkannt. Allerdings konnte der nicht zugreifen. Dem wird gerade die Oberlippe genäht.“

„Wie? Auf die Schnauze geflogen?“

„Ja. Aber hey, Funkdisziplin, bitte.“

„Mich hat´s übrigens auch hingehauen. Hab´ mir den linken Ellbogen aufgeklopft. Tut sakrisch weh.“

„Kannst Du denn noch weitermachen? Oder müssen wir Dich auch austauschen?“, wollte der Wachhabende wissen.

„Wird sich zeigen. Ich versuche es auf alle Fälle.“

„Alles klar. Dann viel Glück und Durchhaltevermögen. Ende mit Wieland 14/23. ... Ach, stopp. Wieland 14/23 für Wieland 14/01 kommen."

„14/23 hört."

„Ja, ich noch mal. Habt Ihr denn die Wagenmarke, von der der Verdächtige mitgenommen wurde. Und vielleicht die Farbe?"

„Warte mal", sagte Burmester ins Funkgerät und drehte sich zu Göbel um. „Walter, hast Du von dem Fahrzeug eben Marke und Farbe auf´m Plan?"

„Farbe ja, irgendwie dunkelblau metallic. Aber Marke? Nee. Hab´ ja nur noch das Dach gesehen, unter dem der Kopf mit Wollmütze verschwand. Weil direkt dahinter schon der nächste Pkw kam."

Manni gab auch diese unbefriedigende Info weiter an die Wache. Dann war das Gespräch zu Ende.

Vorne schien sich etwas getan zu haben. Denn die Fahrzeugschlange kam langsam in Bewegung. Walter Göbel freute sich, jetzt endlich dort wegzukommen. Aber das war pure Illusion. Manni Burmester bedeutete ihm, bei der nächsten Gelegenheit rechts rauszufahren. Für eine ordentliche Zeugenaussage.

„Bitte, mach´ keinen Scheiß. Ich hab´ Terminfracht drauf. Die muss ich spätestens um halb drei in Olpe abliefern. Das wird so schon schlimm genug – bei diesem Sauwetter. Ich kann doch morgen bei Euch vorbeikommen. Und außerdem weiß ich nix von dem Typen. Der saß ja grad´ mal zehn Minuten bei mir drin."

„Ja, aber Du hast ihn doch als den Mann identifiziert, der auf dem Phantombild zu sehen ist. Nur in anderer Aufmachung."

„Stimmt. Das ändert sich auch bis morgen nicht. Übrigens, Dein Kollege hat ihn ja auch erkannt. Mensch, sei doch nicht so stur. Denk lieber an Deinen Arm", insistierte Walter Göbel weiter, während er mit dem Polizisten den Truck umrundet und die Plane hinten wieder zugeknöpft hatte. „Komm, bitte, lass mich fahren!“

Das war Ausdruck purer Not. Und Manni Burmester begriff. Erst seinen immer mehr schmerzenden Arm und dann Göbels Probleme. Beides machte ihn so nachdenklich, dass er schließlich nachgab. Walter konnte nun endlich nach Olpe fahren – und er hoffentlich bald zu einem Arzt. Kaputte Schleimbeutel sind nämlich so ziemlich das Übelste, was man sich an seinem Ellbogen vorstellen kann, hatte er gerade gemerkt.

Der junge Beamte hüstelte immer wieder sachte. Mehr gestand er sich nicht zu, um seine Lunge freizubekommen. Das schmerzte zu arg. Und machte ihm außerdem Angst, dass da was aufplatzen könnte.

Gestützt durch ein hochgefahrenes Oberteil seines Bettes und ein weiches Kissen unter dem Kopf hatte Philip Kretschmann seinen Vorgesetzten und Claudia Siegemund empfangen. Noch immer hing der extrem blasse Jüngling an allen möglichen Apparaturen. Aber das Gröbste hatte er überstanden. Die OP, so hatte man ihm gesagt, sei hervorragend verlaufen. So könne er auf komplette Gesundung hoffen.

„Mein Gott, Junge, was hast Du für ein Riesenglück gehabt. Hätte Dich der Kinobesitzer nur ein paar Minuten später gefunden, wärest Du unter Umständen verblutet.“ Claudia fing sich für diese beiden Sätze einen fast vernichtenden Blick von Bernd Dickel ein. ‚Wie kann man einem so kranken Menschen nur so etwas erzählen?‘, wollte der wohl sagen.

„Ich weiß nicht, ich kann mich gar nicht so richtig erinnern, was da eigentlich passiert ist. Hat mir der Typ rechts neben mir tatsächlich ein Messer in den Leib gerammt?“, fragte der Patient die beiden Besucher.

„Davon gehen wir aus. Anders kann es nach Lage der Dinge gar nicht gewesen sein.“ Bernds Gesichtsausdruck war sehr ernst, als er das sagte. „Wir haben aber nicht die geringste Ahnung, warum er das getan hat.“

Wieder hüstelte Philip. Es bereitete ihm sichtbar Schmerzen. Daher griff Claudia fürsorglich mit einer Hand unter dessen Kissen und hob seinen Kopf leicht an. Um ihm das Abhusten zu erleichtern. Sachte lächelnd ließ es der ‚Durchlauferhitzer‘ geschehen. „Danke, das tut gut“, flüsterte er.

„Warum hat er das getan?“, wiederholte Bernd seine Frage. Eher an sich selbst gestellt. „Warum zieht ein Kinobesucher unvermittelt ein Messer und sticht auf seinen Nachbarn ein?“

„Ich weiß es nicht. Ich weiß es wirklich ... Oh doch, vielleicht weiß ich es doch. Stimmt! Da fällt mir gerade wieder was ein.“ Philip wollte sich aufrichten, gab aber sofort wieder mit schmerzverzerrtem Gesicht auf und sank zurück ins Kissen. Dann bekam er einen größeren Hustenanfall. Röchelnd krümmte der junge Polizist seinen Oberkörper.

„Oh Gott“, rief Claudia. „Beruhige Dich bitte, beruhige Dich“ und griff fast panisch nach der Notrufklingel. Doch da eilte schon ein Pfleger herbei, dessen Instrumente Alarm geschlagen hatten.

„Gehen Sie bitte für einen Moment raus“, forderte er die beiden Beamten auf. „Ich rufe, Sie, wenn Sie wieder zurückkommen können.“ Claudia und Bernd folgten seiner Aufforderung. Mit Bauchschmerzen. Hoffentlich hatten sie den Jungen nicht zu sehr aufgeregt. Hoffentlich war da nichts wieder aufgebrochen. Kurz darauf kam ein Arzt bei ihnen vorbei und verschwand in Philips Zimmer. Um eine Minute später wieder heraus und auf die beiden zuzukommen.

„Ich glaube, das war für´s Erste ein wenig viel für Herrn Kretschmann. Geben Sie ihm noch ein, zwei Tage Zeit. Dann ist er deutlich stabiler. Geht das?“

„Muss gehen“, sagte Bernd. „Auch wenn uns natürlich jede schnelle Antwort lieber ist. Aber wir wollen natürlich nicht, dass der Kollege noch mehr leidet. Der arme Kerl hat schon genug abbekommen.“

„Da sagen Sie was. Das war eine ganz knappe Kiste. Hab´ ich auch schon seiner Freundin gesagt. Auch die hat Gott sei Dank ein Einsehen und ist erst einmal ins Hotel gefahren.“

„Wie, seine Freundin ist hier?“, fragte Claudia ganz überrascht.

„Allerdings. Und seine Eltern waren ebenfalls da.“

„Sie wissen nicht zufällig, wie die junge Dame heißt und wo sie untergekommen ist?“ Bernd Dickel schaute den Medizinmann dabei mit großen Augen an.

„Ich habe ihr das „Fliegende Klassenzimmer“ oben am Goetheplatz empfohlen, weil sie noch ein Hotelzimmer suchte. Mag sein, dass sie tatsächlich dort abgestiegen ist. Aber an ihren Namen kann ich mich nicht erinnern. Tut mir wirklich leid.“

Sie würden die Freundin schon finden, verabschiedeten sich die beiden Beamten hoffnungsfroh per Handschlag und wollten gerade losziehen, als der Arzt ihnen noch einen kleinen Hinweis mit auf den Weg gab: „Gehen Sie bitte pfleglich mit ihr um. Sie ist im vierten Monat schwanger und hat durch die furchtbare Nachricht und die ersten Eindrücke vom schwer verletzten Vater ihres Ungeborenen einen ziemlichen Schrecken abbekommen.“

„Wir passen auf“, verabschiedete sich Dickel mit wedelnder Hand und lief Claudia hinterher, die bereits durch die Stationstür geschlüpft war. Sie hatte es offenbar eilig, dort wegzukommen. Aber Bernd entkam sie nicht.

„Aha“, sprach er sie auf der Treppe lächelnd von der Seite an, „schwul, was?! Hast Du nicht die These vertreten, Kretschmann könne schwul sein?“

Verbissen blickte die Kommissarin nach vorne, während sie treppab immer zwei Stufen gleichzeitig nahm. Claudia empfand es als persönliche Niederlage, dass sie sich so getäuscht hatte. Es machte sie kirre, mit dem Brustton der Überzeugung jedem Kollegen widersprochen zu haben, der sich das nun wirklich nicht hatte vorstellen können.

Dickel spürte, dass da was in ihr fraß. „Nun komm, nimm das doch nicht so persönlich. Man kann sich schließlich auch mal irren. Außerdem musst Du ja nicht unbedingt total falsch liegen. Es kann ja immerhin sein, dass er ‚bi' ist." Wieder lächelte er zu Claudia rüber. „Glaub´ ich allerdings nicht dran."

„Entschuldige bitte, Bernd", gab sie etwas verkniffen zurück. „Tu mir bitte einen Gefallen und reite nicht mehr darauf herum. Ich habe mich so schon genug vor Euch allen blamiert."

Bernd widersprach ihr zwar. Sie habe schließlich nur eine persönliche Einschätzung abgegeben. Doch das ließ sie nicht gelten. „Ich hab´ alle Kollegen wie die Deppen dastehen lassen."

„So ein Blödsinn", wurde Dickel strenger. Mittlerweile hatten sie die Klinik bereits verlassen. „Niemand fühlt sich durch Dich zum Deppen gemacht. Und Du bist eine gute Polizistin. Und jetzt Schluss der Debatte. ... Okay?"

„Ja, okay!" Trotzdem hatte sie ein beklommenes Gefühl während der Fahrt hinauf zum Schlossberg. Und Bernd machte es ihr nicht einfacher. Denn er schwieg. Weiß der Geier, an was er gerade dachte.

Sie staunten nicht schlecht, als am Goetheplatz alle Parkplätze belegt waren. Zumindest die vom Schnee geräumten. Denn auch hier hatte das Schneegestöber ordentlich abgeladen. Und noch immer schneite es ziemlich heftig.

„Wie denn, alle auf Schlechtwetter hier, oder was ist los? Muss denn an diesem Montag niemand arbeiten außer uns?" Dickel spielte den Entrüsteten angesichts der Fahrzeugfülle auf dem Platz vor dem Schlosstor. Doch damit konnte er Claudia Siegemunds Laune auch nicht aufbessern. Sie starrte nur teilnahmslos aus dem Seitenfenster und verspürte nach wie vor schwere Scham.

„Tu mir einen Gefallen, Claudia", meinte der Chef schließlich, „steig bitte mal aus und schau nach, ob eines der Autos aus Wesel oder Umgebung kommt."

Claudia bockte. ‚Bei dem Schietwetter kriegt der mich nicht aus dem Wagen', dachte sie, wusste aber nicht, wie sie ihm das hätte plausibel machen können. Also versuchte sie es mit „die Autonummern kann man doch vom Wagen aus auch erkennen."

„Aha, dann sag´ mir mal, welche Nummer das ist." Bernd deutete auf einen BMW, dessen Heck einen dichten Schneemantel trug. Weder Rücklichter noch Nummernschild waren zu erkennen. Und das war bei einer ganzen Menge anderer Fahrzeuge auch so.

„Du willst aber jetzt nicht, dass ich alle Nummern freikratze", startete die Kollegin einen neuen Versuch. Aussteigen kam für sie nicht in Frage.

„Nee, will ich nicht", antwortete er jovial. „Du kannst ja vorne nachschauen. Der Schneesturm kommt immer von einer Seite. Vielleicht hast Du ja Glück."

Ihr Inneres sträubte sich gegen diesen Auftrag. Aber was wollte sie machen? Dickel war ihr Vorgesetzter. Dem zu widersprechen, das konnte nachhaltig Ärger bedeuten. Und den konnte sie auf keinen Fall gebrauchen.

Doch sie zögerte zu lange. Denn plötzlich riss Bernd die Fahrertür auf, zog den Reißverschluss seiner Winterjacke zu und schickte sich an auszusteigen. „Gut, wenn Du meinst, das sei eine Schikane, dann mache ich das jetzt."

Claudia fuhr zusammen. „Nein, kommt nicht in Frage. Das mache ich. Ich wollte nur ..."

„Was wolltest Du? War die Anweisung nicht klar genug?"

„Doch, war sie."

„Und? Wo ist das Problem?"

„Kein Problem. ... Ich wollte bloß fragen, was Du mit ‚Wesel und Umgebung' meinst."

„Och, Wesel mit der Nummer WES, oder Duisburg mit DU, Bottrop mit BOT, oder Bochum mit BO."

„Das meintest Du mit ‚Wesel und Umgebung?"

„Ja, natürlich."

„Ja, aber die Städte sind doch alle viel zu weit weg von Wesel."

„Mag vielleicht sein. Aber wer weiß schon, wer seine Freundin woher hat. Außerdem grenzen die Landkreise aneinander. Da ist doch auch relative Nähe ", antwortete Dickel, der verärgert feststellte: ‚Jetzt redet sie zwar wieder. Aber diese Zickigkeit geht überhaupt nicht. Die muss ich ihr noch abgewöhnen.' Als Vorgesetzter konnte er solches Verhalten unter keinen Umständen dulden. Und ins Hotel zu gehen, um dort nach einem weiblichen Gast zu fragen, der aus Wesel oder Umgebung kam und dort eingecheckt hatte, wäre für ihn das letzte Mittel gewesen.

Claudia begriff offenbar, was der Chef gerade dachte und beeilte sich ihrerseits, winterfest aus dem Wagen zu kommen. Mit hochgeklapptem Kragen und wenig modischer Polizei-Fellmütze bewaffnet, stemmte sie sich gegen die Böen des immer noch schneidend kalten Ostwindes und mühte sich, auf die Vorderseite der entlang einer Reling aufgereihten Fahrzeuge zu kommen.

BLB, BLB, SI, AK, BLB, D, HA. Keines der auf Anhieb ablesbaren Nummernschilder brachte den gewünschten Erfolg. Sie musste schon noch eine Weile weitersuchen. Doch das gelang ihr freilich nur bei jenen Wagen, die nicht mit der vorderen Stoßstange in den aufgehäuften Schneebergen am Parkplatzrand standen.

Daher begann sie tatsächlich mit dem Freikratzen der verkrusteten Nummern an den Hecks. Keine einfache Sache. Vor allem deshalb, weil ihr das passende Werkzeug dazu fehlte. Handschuhfinger waren da auf jeden Fall fehl am Platze.

Bernd Dickel überkam ob ihrer Bemühungen denn doch das pure Mitleid. Also stieg auch er, bewaffnet mit einem Eiskratzer samt Besen am verlängerten Handgriff aus und beteiligte sich an dieser etwas eigenwilligen Aktion der Standortfeststellung. Einige Nummernschilder später waren sie fündig geworden.

Ein metallicroter Renault Clio mit Weseler Nummer. Das musste der Wagen der jungen Frau sein. „Okay“, sagte sie gequält lächelnd, „hast gewonnen“ und dachte, damit hätte sie jetzt eine Art Entspannung herbeigeführt. Doch Bernd reagierte anders als erwartet.

„Was heißt hier ‚gewonnen‘? Bei unserer Arbeit geht es unter Kollegen nicht um gewonnen oder verloren. Wir sind ein Team. Und wir müssen uns aufeinander verlassen können. Persönliches Beleidigtsein darf dabei keine Rolle spielen. Das behindert allenfalls unsere Arbeit und kann, im Extremfall, sogar gefährlich werden. Deshalb gewöhn´ Dir dieses Gehabe bitte ganz schnell wieder ab.“

Ohne weitere Worte drehte er ab und ging zum Dienstwagen zurück, um den Eiskratzer wieder abzulegen und die Fellmütze gegen seine Dienstmütze zu tauschen. „Wir gehen jetzt ins Hotel. Komm bitte mit.“

Sie verschleppte den Gang dorthin ein wenig. So einfach war das ja auch nicht, von Stunk mit Chef auf freundlich zu Passanten ‚umzuswitchen‘. Deswegen musste Claudia auch mit einem Papiertaschentuch gerade noch ein paar Tränen wegtupfen, als sie das Foyer des Hotels betraten. Trotz-Tränen waren das. Aber die letzten, die sie wegen ihres Chefs vergießen würde. Das schwor sie sich heimlich.

Er wurde wach, als der Lastzug mit einem laut vernehmbaren „Gssst-pffff“ der Feststellbremse geparkt und sein Motorgeräusch erloschen war. Dann schlug eine Fahrzeugtür zu. Und Schritte entfernten sich. Aufmerksam lauschte Reinald Beckmann, ob sich sonst noch irgendetwas tun würde, in der näheren Umgebung. Aber er hörte nichts. Nur das Wummern entfernten Verkehrs und mäßigen Fabriklärm.

Vorsichtig versuchte er von innen, die wie eine knallharte Haut gespannte Plane des Sattelaufliegers aufzuknöpfen. Doch das gelang ihm nicht. War ja auch nicht für Passagiere vorgesehen.

Und dass er auf der Ladefläche saß, das konnte Göbel ja nicht ahnen. Denn der hatte ihn schlicht nicht mehr auf dem berühmten Zettel, nachdem er in Berleburg einen Menschen in ein Auto hatte einsteigen sehen und geglaubt hatte, das sei ‚sein' Lügenbold gewesen.

Bis jetzt war für den blinden Passagier alles nach Plan verlaufen. Gut zweieinhalb Stunden hatte die Fahrt gedauert. Und der Maurer konnte sich nicht beschweren. Fast wie in einer Sänfte war er, auf Kunststoffmatten und zwischen großen Kartons gelagert, durch die Gegend geschaukelt worden und dabei sogar eingepennt. Zusätzlich eingemummelt in seine alte blutverschmierte Jacke mit Pelzkragen, die er in seiner Reisetasche mitgeschleppt hatte. Aber jetzt?

‚Mist, wie komme ich hier nur wieder raus, ohne aufzufallen'? überlegte er. Denn er wusste ja nicht einmal, wo er war. ‚Olpe' hatte Walter gesagt. Der Brandenburger hatte nicht die Spur einer Ahnung, wo das sein könnte. Und es gab in seiner erreichbaren Nähe nicht ein Löchlein, durch das er seine Umgebung hätte erkunden können.

Beckmann fehlte es an der nötigen Coolness, um seine aufkommende Erregung in den Griff zu bekommen. Er war eben nicht der geborene Gangster. Auch, wenn er erst vor wenigen Tagen zum Mörder geworden war. Wider Willen, wie er sich immer wieder einredete.

Noch einmal versuchte er, am hintersten Ende des Zuges mit der Hand hinter die Ladebordwand und dort an einen der Planenverschlüsse zu kommen. Doch das blieb nicht unbeobachtet.

„Samma, hasse Tiere geladen auf Dein' Zuch? Oder wat is da los?", fragte der Lagerverwalter den Wittgensteiner Trucker, als er aus dem Fenster des Pausenraums schaute.

„Wieso?", fragte der. „Was ist denn los?"

„Da, kumma, hinten anne Plane, siehs´e dat? Da sin´ imma so ´ne Beulen. Da, getz wieda."

„Tatsächlich!" Der sonst so urgemütliche Walter geriet in Wallung. „Das gibt´s doch gar net. Was is´ das denn jetzt wieda für ´ne Kacke? Kann man denn net mal für fünf Minuten Ruhe kriejen nach so ´ner Scheiß-Schneefahrt?"

Beide hatten sie gerade ihre Stullen ausgepackt und sich eine Tasse Kaffee aus dem Automaten geholt. Aber jetzt war erst einmal wieder Pause von der Pause angesagt. Diesem Phänomen musste auf den Grund gegangen werden.

„Kann ja gar net sein, dass ich da´n Tier drauf hab´", meinte Göbel. „Wir ham den Zuch doch erst heute Morjen in der Halle geladen. Mit vier Mann. Da hätte doch eina was gesehen. Und woher soll das Vieh überhaupt gekommen sein – mitten in der Fabrik?"

Göbel stand auf und zog sich seine Jacke über. Henning Meister, der Lagerverwalter, tat´s ihm gleich und griff im

Vorbeilaufen in den Schirmständer neben der Ausgangstür. Denn darin hatte er einen Axtstiel gebunkert, der ihm schon häufiger gute Dienste erwiesen hatte. Für alle möglichen Zwecke. Auch gegen Einbrecher.

Sachte und ohne größere Geräusche näherten sich die beiden Männer der Rückseite von Göbels Lastzug. Noch immer sah man, dass sich die Plane nach außen beulte. Mal an dieser, mal an einer anderen Stelle. Und beim näheren Hinsehen waren deutlich die Abdrücke von Fingerknöcheln zu sehen. Es war also ein Mensch, der sich da mühte, vom Auflieger herunterzukommen.

Göbel schaute zu Henning herüber, bedeutete ihm, stehen zu bleiben und Habacht-Stellung einzunehmen. Dann schlich er sachte ganz nahe an die Ladebordwand und öffnete ganz leise vier, fünf der Drehverschlüsse, mit denen die Verschlussösen der Plane gesichert waren.

Nach einem kleinen Moment des Wartens tauchte plötzlich eine neugierige Hand hinter der Plane auf und fingerte suchend nach dem nächsten Verschluss. Das war der Moment, auf den Walter gewartet hatte. Blitzschnell griffen seine riesigen Pranken zu und drehten die Hand Richtung Daumen, bis deren Besitzer im Inneren des Laderaums aufschrie.

„So, Du Drecksack!", brüllte Göbel. „Das war´s. Komm raus, sonst breche ich Dir alle Knochen. Aber dalli!"

In Windeseile hatte Henning Meister derweil fast die gesamte Reihe der hinteren Drehverschlüsse geöffnet. So konnte er die Plane hochheben und Licht in die Szenerie dahinter bringen. Zu seiner Erheiterung und Walters großer Verblüffung lag dort ein Mann in seltsamer Verrenkung und mit schmerzverzerrtem Gesicht auf den Knien, der Beckmann zum Verwechseln ähnlich sah.

„Das kann doch wohl net wahr sein. Du verdammter Sauhund. Wie kommst Du denn auf mein´ Zuch? Du bist doch in

Berleburch ...“ Göbel stockte. Natürlich! Er hatte sich geirrt. Der Typ, der da zwanzig, dreißig Meter weiter hinten in ein Auto eingestiegen war, musste ein anderer gewesen sein. Der Tramper hatte ihn gelinkt.

Was sollte er jetzt nur machen? Der Kerl war schließlich ein gesuchter Killer. Ein gefährlicher, hundsgemeiner Mörder. Und er hatte ihn im Knochenbrecher-Griff. Aber wie lange noch? Denn so würde er ihn nicht vom Truck herunterbekommen.

„Henning“, rief er schließlich, „komm mal bitte her und pack den Typen an der anderen Hand. Aber so, dass er net freikommt. Falls doch, haust Du ihm eine mit Deim´ Knüppel auf´n Kopp.“

„Eeeey, getz übatreibs´e aba“, konterte der Lagerverwalter. „Ich schlach den doch nich zu Brei, weil er schwatz gefahren is´.“

„Der is´ net nua schwarz gefahren. Der Mann wird als Mörder gesucht.“ Dabei drehte Walter die Schraube an Beckmanns Hand noch ein wenig mehr an. Worauf der noch spitzer aufschrie.

„Ach du heilige Scheiße. Bisse da sicha?“

„Absolut sicher. Ich hab´ ihn sogar selbst enttarnt. Auf einem Steckbrief. Der Typ saß heute schon mal bei mir vorne im Führerhaus.“

„Nee, hömma, dat is´ ja ...“ Henning war fertig mit der Welt und wusste erst einmal gar nicht mehr, was jetzt richtig und was falsch war. Er schüttelte erst zweimal heftig mit dem Kopf. Aber dann griff auch er zu. Auch er mit Händen wie Schraubstöcke. Reinald Beckmann hätte nicht die Spur einer Chance zur Flucht gehabt, als sie ihn über die Ladebordwand hievten und sofort auf die Knie zwangen. Und als Göbel überhaupt nichts einfiel, wie man ihn hätte fesseln können, kam Henning Meister die rettende Idee.

„Komm, dem machen wa voane den Reißvaschluss von seine Jacke zu und binden auf´m Rücken de Äamel zusammen. Kumma, die ham so ´ne komische Laschen da dran. Dat passt prima. Dea kommt mit de Arme nich mehr raus."

Pattrick Born war nicht mehr zu bremsen. „Wir haben ihn, wir haben ihn!", rief er so laut über den Flur, dass alle Bürotüren aufflogen und die Kollegen neugierig herausschauten.

„Wen haben wir?" Klaus Klaiser war schon allein dienstgradmäßig der Interessierteste an der laut verkündeten Eilmeldung.

„Na, diesen Beckmann. Unseren dritten Mann aus dem Preisdorftal. Den Stecher aus dem Kino. *Den* haben wir. In Olpe sitzt er bei den Kollegen auf dem Revier", jubilierte Pattrick weiter. „Ein Trucker aus Meckhausen hat ihn auf seinem Lastzug entdeckt und festgenommen. Wahnsinn, was!?"

„Das ist in der Tat Wahnsinn. Wie ist er denn dorthin gekommen?"

„Als blinder Passagier. Auf der Ladefläche von Walter Göbel. So heißt der Fahrer."

„Und? Gab´s Probleme bei der Festnahme?"

„Nee. Ich glaube, der hatte auch keine Schnitte. Dieser Göbel ist ein ziemlicher Brocken. Und der hat ihn zusammen mit einem Lagerverwalter gleich zusammengebunden wie ein Wurstpaket, sagen die Kollegen. Der hätte nicht mal ‚papp' sagen können."

„Klasse, wirklich klasse", grinste Klaus. „Das bringt uns ´ne gute Strecke voran. Mal sehen, wie wir diesen Beckmann wieder nach hier bekommen." Dann drehte er ab und verschwand wieder in seinem Büro.

Kurz darauf hatte er den Chef der Olper Kripo am Apparat, bei dem er sich nach den näheren Umständen der Festnahme erkundigte. Ein neuer Mann, den er noch nicht kannte.

Hauptkommissar Lorenz Gemmeke, so hieß der Neue, bestätigte, dass die ganze Aktion vollkommen unspektakulär und ohne Gegenwehr des Festgenommenen gelaufen sei. Der Mann habe aber auch „nicht die Bohne einer Chance zur Flucht" gehabt. „Sie müssen sich die beiden Männer mal angucken, die ihn da vom Lkw runtergefischt haben. Dann verstehen Sie, was ich meine."

„Hab´ schon davon gehört", bemerkte Klaiser voller Genugtuung. „War der Mann denn bewaffnet?"

„Meines Wissens hatte er ein Messer in seiner Jackentasche. Das haben wir schon zur SpuSi nach Siegen geschickt. Mehr war da wohl nicht."

„Wohl nicht?", fragte Klaus nach. „Haben Ihre Leute da genau nachgesehen?"

„So genau, wie´s irgend geht. Wieso? Was suchen Sie denn?"

„Eine Pistole, 9 mm"

„Ganz schöne Wumme. Nee, da wurde nichts gefunden. Aber zur Zeit wird der Lastzug noch entladen. Und die Kollegen stehen daneben und achten auf jeden Krümel, der da runterkommt."

„Super. Bin Ihnen sehr verbunden."

„Ist doch keine Frage. Jederzeit wieder."

‚Noch einer von der e-bay-Fraktion', dachte Klaiser. Seit es dieses Internet-Verkaufsportal gab, kursierte der Satz ‚jederzeit wieder' im allgemeinen Sprachverkehr. Das ärgerte ihn maßlos. Aber was sollte er sagen – bei der Freundlichkeit seines Gesprächspartners?!

„Wollen wir doch nicht hoffen, dass bei uns so viele Spitzbuben unterwegs sind, dass wir uns ständig austauschen müssen“, lachte er ins Telefon. „Aber apropos ‚austauschen‘, wann können Sie uns Beckmann übergeben?“

„Übergeben?“, fragte der Hauptkommissar in Olpe. „Eigentlich gar nicht. Der Mann kommt heute noch vor den Untersuchungsrichter und wird dann ja wohl in U-Haft nach Siegen gebracht.“

„Wer bringt ihn vor den Untersuchungsrichter?“, wollte Klaiser wissen.

„Ja, wir!“

„Und mit welchen Tatvorwürfen?“

„Na, mit denen, die Sie in ihrem Fahndungsaufruf beschreiben.“

„Ohne Detailwissen?“

„Ich denke, das was da drin steht, reicht dicke.“

„Herr Kollege“, wurde Klaiser ungeduldig. „Sie werden bitte keinen Schritt vor den Richter tun, bevor nicht jemand von uns dabei ist.“

„Dann müssen Sie sich aber beeilen. Der Termin ist in eineinhalb Stunden. Ich weiß nicht, ob Sie´s in der Zeit und bei dem Wetter bis zum Amtsgericht Olpe schaffen.“

„Ich bin schon unterwegs“, rief Klaus noch, warf den Hörer in die Gabel, schnappte sich seine „Preisdorf“-Akten und verschwand mit Hochgeschwindigkeit Richtung ‚Labor‘.

„Sven, komm, wir müssen nach Olpe. Beckmann kommt in 90 Minuten vor den Untersuchungsrichter.“

„Um Gottes Willen, wieso denn so schnell?“

„Keine Ahnung. Ich vermute, der Kollege dort will Punkte in Sachen Verhaftungen machen und das Ding auf seinen Zettel schreiben lassen.“

„Auf die Gefahr hin, dass die Nummer schiefgeht und ihm die Argumente nicht ausreichen“, geiferte der ‚Freak‘. „Da wird nichts draus. Bin schon unterwegs.“

Zwei Minuten später schoss Klaus´ grüner Audi A5 aus der Polizei-Ausfahrt in den Herrengarten. Mit Blaulicht und Martinshorn. Und noch immer schneite und stürmte es.

Im Sommer wäre es kein Hexenwerk gewesen, Olpe innerhalb von 90 Minuten zu erreichen. Die knapp 60 Kilometer hätte man sowohl durchs Siegerland als auch über den Rhein-Weser-Turm trotz nervender Kurverei locker in einer Stunde zehn bewältigen können. Aber bei den augenblicklichen Witterungsverhältnissen wurde schon die Wahl der Route zum Vabanquespiel. Und die musste schnell erfolgen.

„Komm, wir fahren über Kirchhundem“, entschied Klaus. „Die Baustellen auf der Lützel machen uns nur zusätzliche Probleme. Da hab´ ich keine Lust drauf,“ er setzte den Blinker rechts und fuhr über den Stöppel und dann von Raumland-Bahnhof das Edertal hinauf.

Die Räum- und Streudienste hatten ganze Arbeit geleistet. Die Landesstraße war recht gut präpariert. Und verblüffend schnell waren Klaus und Lukas bereits an Röspe und Rüspe vorbei, auf dem Weg hinauf zum Rhein-Weser-Turm.

„Klasse Fahrerei“, war der Kripo-Chef noch total begeistert, als der Audi eine von mehreren Schleifen bergauf rasant gemeistert hatte. Doch dann kam sie, die gewaltige Schneewehe, die in einer Linkskurve rechts quasi aus dem Hang herauswuchs. „Mist, verdammter!“ Klaus wollte noch nach links ausweichen. Aber da nahte von oben herunter ein Gebirge von einem Fahrzeug mit gelben Rundumleuchten, das rein optisch mehr als die Hälfte der Fahrbahn einnahm. Ein voll beladener Holztransporter, dessen Fahrer an jedem seiner Haare einen Schweißtropfen haben musste. Man merkte, dass er dosiert zu bremsen versuchte. Aber sein Gefährt schob sich unablässig auf die Polizisten zu.

Klaus reagierte instinktiv. Er riss das Steuer nach rechts und gab Vollgas. Mit einem gewaltigen Ruck kam der metallicgrüne A5 zum Stehen. Nachdem Berge von Pulverschnee über und auf den Boliden geflogen waren. Drinnen verbreitete sich trübe Dunkelheit, während die beiden Insassen mit eingezogenen Köpfen zehntelsekündlich auf einen Knall warteten. Doch der blieb aus. Es gab keine Kollision.

Es war überhaupt unheimlich still. Nur das Brummeln des Motors und ein stöhnendes Gebläse kündeten von der Existenz unter dem Schneehaufen.

Klaus legte den Rückwärtsgang ein. Der Vierradantrieb war ohnehin aktiviert. Aber bis auf ein Rucken und Rupfen machte der Wagen keine Anstalten, seine Position zu verändern. Lediglich die Frontscheibe beschlug innerhalb weniger Sekunden, weil das Gebläse die Schneefeuchtigkeit in den warmen Innenraum leitete.

„Macht nix", uzte der ‚Freak'. „Zwischen nix und gar nix sehen ist der Unterschied gar nicht so groß." Zwischenzeitlich hatte er die Innenbeleuchtung eingeschaltet. Und sein Chef, der sich noch immer mit Hin-und Herjuckeln des Wagens abmühte, konnte sehen, dass der junge Kollege grinste wie ein Honigkuchenpferd. Allerdings ein wenig schräger.

„Okay", sagte Klaiser und warf die Hände in die Luft, „warten wir auf den Frühling" und stellte den Motor ab. Dann brachen beide in ein unheimlich schräges Gelächter aus. Das Beste, was ihnen passieren konnte, „in dieser unübersichtlichen Lage", wie Sven Lukas grölend vor Lachen zum Besten gab.

„Glaubst Du, hier findet uns jemand vor Anfang März?", fragte Klaiser und schaute grinsend auf seine Armbanduhr.

„Glaub´ schon. Wir haben ja immer noch unser Blaulicht obendrauf. Das leuchtet doch sicher durch den Schnee. Sonst beschwere ich mich beim Hersteller.“

Svens staubtrockener Humor war jetzt genau das richtige Mittel, um nicht auszurasten. Noch wäre ja Zeit genug gewesen, pünktlich beim Haftrichter in Olpe zu erscheinen. Noch! Aber wie sollten sie hier herauskommen?

Kurzentschlossen versuchte Klaus, die Fahrertür aufzudrücken. Was jedoch nur maximal zehn Zentimeter gelang. Mit dem Erfolg, dass von oben und hinten reichlich Schnee ins Wageninnere sickerte. Nur heller wurde es nicht. Die beiden kamen sich vor wie unter einer Lawine.

Sven hatte begonnen, über die bekannten Kanäle Hilfe via Polizeifunk herbeizurufen. Doch die Signale waren zu schwach, wie die Anzeige am Gerät bekannt gab. Ab und zu ein Knätschen im Lautsprecher. Das war´s.

„Jetzt fehlt nur noch, dass Du Deine Thermosflasche vergessen hast“, grinste er zu Klaiser rüber, als es plötzlich auf der Fahrerseite heller wurde. Dann pochte etwas gegen die hintere Tür. Und dann wieder. Und dann konnte man durch die beschlagene Seitenscheibe vor hellem Hintergrund einen Schatten erkennen, der sich sichtbar mühte, das Loch im Schneehaufen größer werden zu lassen.

Klaiser ließ die Fahrerscheibe herunter und erntete zunächst einmal wieder einen Schwaden Pulverschnee, der durch den pfeifenden Wind mit Karacho in den Audi gejagt wurde.

„Hey!“, brüllte er durch das Loch in der Wehe, „klasse, dass Sie da sind!“

„Ja!“, rief es von draußen, „find´ ich auch. Vor allem, wenn man dafür mal ein paar Polizisten auf der Stelle hat verschwinden sehen dürfen.“

Es schien der Holzlasterfahrer zu sein. Wer sonst hätte das Schauspiel beobachten können? Auch der kannte sich offenbar aus in schwarzem Humor.

„Packen Sie das allein?"

„Sie können ja rauskommen und helfen. Ich hab´ unten im Truck noch´n Bausatz für einen Schneeschieber."

„Blödmann", lachte der Hauptkommissar leise in sich hinein und wartete, bis die Tür tatsächlich so weit frei war, dass er aussteigen konnte. Der Pulverschnee rutschte immer wieder nach. Aber der Mann draußen schuftete dagegen an, als ginge es um sein eigenes Leben.

„Danke, Mann! Das war ja ganz große Klasse", brachte Klaus hervor, als er rutschend und schlitternd vor dem Helfer zum Stehen kam. Auch der ‚Freak' hatte sich zwischenzeitlich aus dem Audi geschält und daneben aufgebaut.

„Ja, tut mir sehr leid, dass ich Ihnen so wenig Platz gelassen hab´. Aber der Bock hat geschoben wie wild. Ein Riesenglück, dass ich den überhaupt heil um die Kurve gekriegt habe. Wäre hinter Ihnen noch´n anderer gekommen, läge der jetzt drunter."

„Eieiei, geben Sie mir mal die Schaufel", bat Sven. „Ich mache mal weiter mit den Grabungsarbeiten. Wir müssen dringend nach Olpe."

„Und ich nach Biedenkopf", antwortete der Trucker und drückte dem Beamten das Räumgerät in die Hand. Erst jetzt merkte der, wie sehr der Mann pumpte. Er hatte sich völlig verausgabt. Dankbar blickte der ‚Freak' dem Helfer in die Augen und klopfte ihm auf die Schulter. „Klasse gemacht. Ehrlich!"

Dann grub sich Sven förmlich von hinten in die Schneemassen ein, die rechts immer wieder vom Hang her nachrutschten. Es waren Unmengen, die der Winter hier hingeworfen hatte.

Und der Nachschub lief unablässig. Von oben, beziehungsweise bei Sturmböen von der Seite.

Als er sich bis zu den Hinterrädern vorgearbeitet hatte, rief er: „Klaus, setz Dich bitte mal rein und versuch langsam, rückwärts rauszukommen." Doch das misslang kläglich. Denn die Vorderräder des Audi konnten den Schneehaufen, der sich unter dem Auto zusammengeschoben hatte, nach hinten nicht überwinden. Sie drehten einfach durch.

„Scheiß was drauf!", brüllte der Lkw-Fahrer und entriss Sven die Schaufel. Wie ein Wilder begann er am Straßenrand ein Loch in den Schnee und darunter in den leicht gefrorenen Boden zu buddeln. Nach und nach gelang es ihm, ein kleines Häuflein an brauner Erde mit Steinen auf der Straße aufzutürmen. Doch das reichte ihm nicht. Er wühlte weiter und hatte schließlich so viel geschürft, dass er es auf drei Schaufeln voller Dreck brachte.

Dann räumte der baumlange Trucker die Räder der linken Audi-Seite frei und verteilte sein Streumaterial unter und in einem Streifen hinter den Rädern. Einen kleinen Rest hielt er auf der Schaufel zurück.

„So", sagte er zu Klaus. „Jetzt Sperrdifferenzial rein und im Rückwärtsgang raus. Geben Sie Vollgas, sobald ich es sage. Aber knallen Sie nicht hinten gleich wieder in den nächsten Schneehaufen. Ich wollte Ostern zu Hause sein!"

‚Ein irrer Typ', dachte Klaus und tat, was ihm gesagt wurde. Er ließ den Motor wieder an, schaltete den Vierradantrieb zu, legte den Rückwärtsgang ein und ließ die Kupplung langsam kommen. Dosiert streute der Lkw-Fahrer derweil den Rest des Drecks unter das Vorderrad und bemerkte, dass der Reifen kratzend griff. Dann brüllte er: „Vollgas!"

Klaiser ließ die Kupplung nun ganz kommen und drückte das Gaspedal durch. Gelbe Rauchschwaden stoben unter den Kotflügeln hervor, als der Zivilstreifenwagen nach hinten schoss und nach drei, vier Metern ruckartig wieder abgebremst wurde. Blitzschnell schlug der Kripo-Chef das Steuer nach links ein und versuchte sofort wieder, im ersten Gang bergauf aus dem Schnee heraus auf die linke Seite der Fahrbahn zu kommen.

Mit immer wieder durchdrehenden Reifen bewegte sich der Wagen tatsächlich ganz langsam vorwärts. Bis der typische Schwerpunkt überwunden und das Ende der extremen Steigung geschafft war. Die Räder griffen wieder einwandfrei. Und auf dem Autodach leuchtete stolz das Blaulicht, als wolle es den Triumph über die Urgewalten der Natur verkünden.

„So, meine Herren, mehr kann ich nun wirklich nicht für Sie tun. Nach Olpe müssen Sie ohne meine Unterstützung kommen." Der Retter aus dem Holzlastzug hatte seine Jacke geöffnet und ließ Dampfschwaden von seinem schweißnassen Körper aufsteigen. „Ich hoffe sehr, dass unsere Begegnung keine negativen Konsequenzen für mich hat. Das war Schicksal. Das müssen Sie mir glauben."

„Mein lieber Herr ..., wie heißen Sie eigentlich?", fragte Klaus und bemerkte gerade, dass auch er sich noch nicht vorgestellt hatte.

„Homrighausen. Karl-Ludwig Homrighausen aus Alertshausen."

„Klaus Klaiser, Kripo Bad Berleburg. Freut mich, Herr Homrighausen. Das ist übrigens mein Kollege Sven Lukas.

Nein, um Gottes Willen. Wieso sollte das hier Konsequenzen haben? Wir sind doch selbst heilfroh, dass die Sache so abgelaufen ist. Machen Sie sich keine Gedanken. Höchstens darüber, ob Sie uns unsere Rettung nicht in Rechnung stellen wollen. Wegen Verdienstausfall oder so. Auf jeden Fall vielen herzlichen Dank!"

„Quatsch. Nix Rechnung", grinste der Mann. „Sie können mir höchstens mal zwei, fünf oder zehn Pils ausgeben, wenn wir uns mal wiedersehen. Machen Sie´s gut." Dann drehte er ab und verschwand zu Fuß um die Kurve. Nicht ein Auto war in der Zwischenzeit vorbeigekommen.

Bernd Dickel und Claudia Siegemund mussten sich gar nicht groß anstrengen, um die Freundin von Philip Kretschmann zu finden. Gleich vorne am Kamin fanden sie nach einem Tipp der Inhaberin eine junge Frau, die eher lustlos ein Stück Mandarinen-Sahnetorte in kleine Stücke zerlegte und dabei ins knisternde Holzfeuer schaute. Die Tasse Kaffee daneben war noch unberührt.

„Verzeihen Sie bitte, dürfen wir uns einen Moment zu Ihnen setzen?", fragte Bernd höflich an. Als sie hochschaute und die beiden Beamten in Uniform erkannte, nickte sie nur stumm und zeigte auf zwei freie Stühle.

Dickel stellte sich und die Kollegin vor und hatte gleiches von der brünetten Endzwanzigerin erwartet. Aber die fragte lediglich: „Was wollen Sie?"

„Wenn wir richtig informiert sind", begann der Polizeichef, „sind Sie die Freundin oder Lebensgefährtin unseres Kollegen Philip Kretschmann."

„Und? Ist das etwa verboten?"

Mit dieser biestigen Reaktion hatten weder Dickel noch Siegemund gerechnet. Daher verständigten sich Bernd und Claudia mit einem Blick darauf, dass die Beamtin weitermachen möge. In der Hoffnung, dass in einer solchen Situation Frauen unkomplizierter miteinander umgehen können.

„Wer, um alles in der Welt, sagt denn, dass das verboten sei?", setzte die Kommissarin daher sachte an. Alles andere als schrill oder laut. Eher sanft und mit warmem Timbre in der Stimme. Aber die Antwort war ebenso pampig wie die erste.

„Sie haben zumindest den Eindruck erweckt. Da kommen Uniformierte in ein Hotel und fragen Gäste im Beisein anderer einfach über private Verhältnisse aus. Das gehört sich nicht! Was soll denn das?“

„Wir wollen den Mordversuch an unserem Kollegen Kretschmann aufklären. Und dafür brauchen wir alle Informationen, die wir überhaupt nur bekommen können. Auch darüber, mit wem er sich in seinem Privatleben umgibt.“

„Mit wem er sich umgibt. Was ist denn das für ein Deutsch? Versuchen Sie´s mal weniger blechern. Aber lassen Sie mich bitte in Ruhe.“

Die Frau versuchte ganz offensichtlich, der Unterhaltung ein Ende zu setzen. Sie nahm ihren Zimmerschlüssel vom Tisch auf und drehte sich seitlich auf der Sitzfläche des Stuhls, um aufzustehen. Doch da legte ihr Claudia eine Hand auf die Schulter und sagte ruhig und sachlich: „Bleiben Sie bitte sitzen. Wir möchten mit Ihnen reden.“

„Ich aber nicht mit Ihnen. Verstehen Sie das nicht?“

Die Antwort kam mit so spitzer Stimme, dass nun tatsächlich auch andere Gäste auf das ‚Kamingespräch‘ aufmerksam wurden. Frau Sonnenkalb, so hieß die junge Dame laut Anmeldeformular, war, wie sie plötzlich selbst feststellte, zum Gegenstand allgemeinen Interesses geworden.

Und das blieb bei ihr nicht ohne Wirkung. Fast geduckt drehte sie sich wieder in Tischrichtung auf ihrem Stuhl und fragte: „Können Sie´s kurz machen, bitte. Ich habe keine Lust, mein Privatleben hier vor aller Menschen Augen und Ohren auszubreiten. Und Sie nehmen bitte sofort Ihre Hand von meiner Schulter.“

Claudia, wie Klaus verdutzt ob des plötzlichen Gesinnungswandels, tat, worum sie gebeten worden war und setzte nach einer kurzen Denkpause erneut an. „Frau Sonnenkalb, in welcher Beziehung stehen Sie zu Herrn Kretschmann?“

„Ich weiß es nicht“, antwortete die Angesprochene. „Ich weiß, es klingt blöde, aber ich kann es Ihnen wirklich nicht sagen.“ Mit starrem Blick sezierte sie das Stück Mandarinen-Sahne fast in Krümelgröße.

„Bis gestern waren wir eigentlich geschiedene Leute. Ich war fest entschlossen, Philip sausen zu lassen. Ich mochte nicht, dass er bei der Polizei ist. Und ich mochte nicht, dass er so lange so weit weg ist. Als ich aber dann von seinen Eltern erfuhr, das man versucht hat ihn umzubringen, wäre ich vor Verzweiflung fast wahnsinnig geworden. Darum bin ich hergekommen.“

„Ja, aber das ist doch großartig. Wenn Sie eine so starke emotionale Bindung an ihn haben, dann ist das doch ein deutliches Zeichen“, mischte Dickel sich jetzt wieder ein.

„Zeichen? Wofür? Für Liebe?“

„Wofür sonst?“

„Das weiß ich eben nicht. Als ich ihn heute Mittag dort in der Klinik liegen sah, da war alles kalt. Verstehen Sie? Da empfand ich eher ..., wie soll ich sagen? ... ich hatte eher Mitleid mit ihm. Und fühlte nicht die heiße, brennende Liebe. Die war wie ausgeknipst.“

Unverwandt schaute Alexa Sonnenkalb erst Klaus und dann den nahenden Ober an, der zwei Gläser Tee für die Beamten servierte.

„Aber ich weiß eben nicht, ob nicht der Schrecken und das Entsetzen über diesen Mordversuch ausschlaggebend sind für meinen Gefühlsverlust.“

‚Was soll man auf einen solchen gestreckten Salto vorwärts/rückwärts antworten?‘, fragten sich Claudia und Klaus gleichermaßen. ‚Die Frau weiß mit ihren Gefühlen ja tatsächlich nicht, wohin.‘ Sie mussten sich eine andere Strategie zulegen, um die Informationen zu bekommen, die sie dringend brauchten.

Und welche Informationen waren das? Bernd musste sich innerlich am Riemen reißen, um nicht total aus der Spur zu geraten. Nur aus Rücksichtnahme auf die seelisch sehr gebeutelte Freundin oder nur Liaison von Kretschmann.

„Frau Sonnenkalb“, begann er freundlich, aber fest. „Wir wissen immer noch nicht, wie intensiv Sie mit Herrn Kretschmann verbunden sind, respektive waren.“

„Müssen Sie das so genau wissen?“, fragte sie mürrisch. Und nach einem Moment des Überlegens sagte sie schließlich: „Na gut. Wir haben mehr als zweieinhalb Jahre zusammengelebt. In einer gemeinsamen Wohnung. Allerdings unverheiratet. Was anderes war auch erstmal nicht unser Plan. Nun bin ich aber schwanger von ihm. Und das macht die Sache deutlich komplizierter.“

Bernd tat überrascht und fragte: „Darf ich Ihnen dennoch gratulieren?“

„Ja, das dürfen Sie. Denn ich freue mich darauf, Mutter zu werden. Ich will das Kind unbedingt bekommen. Koste es was es wolle. Und ich werde es auch ohne ihn als glücklichen Menschen großziehen.“

Auch Claudia schloss sich den Glückwünschen an und bezeugte ihren Respekt vor der Entscheidung der jungen Frau.

„Lassen Sie uns bitte weitermachen“, forderte die. „Ich fühle mich hier extrem unwohl.“

„Gut“, setzte Dickel erneut an. „Frau Sonnenkalb, wenn Sie so lange eng zusammengelebt haben, können Sie doch sicher sagen, ob Philip irgendwelche Feinde hat, oder Leute, die ihn am Zeug flicken wollen.“

„Der Philip, ... Feinde? Nee. Höchstens mal den einen oder anderen Typen, der *mir* ans Zeug wollte und den er zurechtgewiesen hat."

„Dienstlich gab es also keine Vorfälle, die für ihn üble Konsequenzen haben könnten?"

„Sehen Sie. Genau das weiß ich nicht. Und wollte es auch nie wissen. Ich sagte Ihnen ja, dass ich strikt gegen seinen Job bei der Polizei war. Ich wollte, dass er nach seiner Ausbildung den Bettel hinschmeißt. Diese Hundeliebe zur Polizei ist mir dermaßen auf den Keks gegangen, das können Sie sich überhaupt nicht vorstellen."

„Ich verstehe nicht ganz", erwiderte Bernd, „was bedeutet denn in diesem Zusammenhang der Begriff ‚Hundeliebe'?"

„Das ist eine immerwährende Liebe, die bei ihm schon in frühester Kindheit entstanden sein muss. Ich weiß nicht, wie viele Polizeiauto-Modelle er heute noch zu Hause rumstehen hat. Von Siku, matchbox, Schuco und so weiter. Alles Relikte aus seiner Kindheit. Regale voll, Schränke voll. Und die Wände seines Arbeitszimmers sind tapeziert mit Postern von der Polizei, mit Dienstgradabzeichen und Plakaten von Waffenherstellern wie Heckler und Koch, Walther und Sig Sauer. Verstehen Sie jetzt meine Allergie?"

„Ein Stück weit schon", grinste Bernd und dachte: ‚Mein lieber Mann, das hat ja schon pathologische Züge, das Ganze.' Doch er fuhr mehr mit professionellem Verständnis für den Kollegen fort. „Was hätte Herr Kretschmann denn nach der Ausbildung bei der Polizei Ihrer Meinung nach anderes machen sollen? Wenn er hätte wechseln wollen, hätte er ja noch eine weitere Ausbildung gebraucht."

„Hätte er nicht. Er hätte locker in das Geschäft seiner Eltern einsteigen können. Die hätten ihn mit Kusshand genommen."

„Wieso, was machen seine Eltern denn?"

„Die betreiben eine der größten Getreidemühlen in Westdeutschland. Ein durch und durch rentabler Betrieb, der dringend einen Nachfolger an der Spitze braucht. Aber nein. Philip musste ja dringend Bulle werden.

Wie Django ist er manchmal rumgelaufen. Das Polizei-Outfit passe eher zu ihm als ein Mehlsack auf der Schulter, hat er getönt. Und die bescheidene Bezahlung als Landesbeamter hat ihn dabei nur am Rande gejuckt. Denn das nötige Kleingeld, das er sonst so zum Leben braucht, hat er ohnehin von daheim bekommen."

„Gut", meinte Claudia, „aber meinen Sie nicht auch, dass ein Mensch seinen Träumen und Neigungen folgen sollte, um glücklich zu sein?"

„Ich glaube nicht, dass das etwas mit Glück bei ihm zu tun hat. Ich glaube eher, dass seine Liebe zur Polizei etwas manisches hat. Philip ist von irgendetwas getrieben. Oft habe ich schon darüber nachgedacht, ob er den Menschen nicht etwas ganz bestimmtes beweisen muss."

„Etwas beweisen? Was meinen Sie?"

„Kann ich nicht sagen. Aber hin und wieder hatte ich den Eindruck, er ist nur wirklich zufrieden, wenn er irgendwo eiskalt und knallhart besondere Mannesstärke unter Beweis stellen konnte. Doch dann habe ich ihn kurz darauf wieder als einfühlsamen, liebevollen Menschen erlebt."

„Daran hätte ich zunächst mal gar nichts auszusetzen", meinte Dickel und nahm einen Schluck des besonders würzigen Assamtees, der ihm kredenzt worden war. Oder hatten Sie Angst, dass Ihr äääh … Freund mit seinen Kraftmeiereien eine bestimmte Neigung überspielen wollte?"

„Sie meinen, dass er in Wirklichkeit homosexuell ist?", fragte sie, wie aus der Pistole geschossen. Mit dieser blitzartigen Schonungslosigkeit hatten die Beamten nun wirklich nicht gerechnet. Da entlud sich etwas, das lange in ihr geschlummert haben musste.

Bernd wand sich wie ein Aal und druckste herum. „Um der Wahrheit die Ehre zu geben … ja!"

Alexa Sonnenkalb schaute ihn an, als sei er der Verteiler aller Lasten, die sie auf ihren schmalen Schultern zu tragen hatte. Und dann blickte sie herüber zu den übrigen Gästen, die sich längst wieder ihrer Zeitungslektüre oder ihren Gesprächen gewidmet hatten. ‚Komisch', dachte sie. ‚Warum bin ich eigentlich erst so spät darauf gekommen, wenn ihn die Kollegen hier längst erkannt haben?'

„Ja", flüsterte sie, „ich weiß zwar nicht, warum Sie das so genau wissen müssen. Aber genau das ist die Angst, die ich habe. Obwohl er ein grandioser Liebhaber ist. Aber er redet nicht darüber. Und das ist der eigentliche Grund, warum ich mich von ihm trennen wollte."

„Frau Sonnenkalb, ich bitte um Entschuldigung. Aber es geht uns nicht darum, Ihre intimsten Geheimnisse zu erfragen. Wir müssen nur wissen, aus welchen Kreisen der oder die Täter stammen, die Philip so grausam mitgespielt haben. Uns persönlich, das kann ich Ihnen versichern, ist es, mit Verlaub, scheißegal ob er schwul, bi oder hetero ist."

„Mir aber nicht, verdammt noch mal. Zumindest so lange nicht, bis er sich mir erklärt hat. Ich finde, das gehört dazu, wenn man in einer Beziehung wie der unseren lebt und einander liebt." Dann sprang sie auf, riss ein Tempotuch aus ihrer Handtasche und tupfte beide Augenlider ab. „Ich werde so lange hierbleiben und jeden Tag in die Klinik fahren, bis er das getan hat."

Unter den beiden Ermittlern hatte sich eine selten so gefühlte Beklommenheit breitgemacht. Das war schon ein arger Eingriff in die Privatsphäre der Frau gewesen. Aber ein notwendiger. Doch was hätten sie jetzt noch mehr von ihr erfragen können? Jetzt, wo sie sich vor ihnen quasi bis auf die Unterwäsche ausgezogen fühlen musste. Nichts mehr! Das sagte ihnen auch ihre Körpersprache. Die riet ihnen dringend, Adieu zu sagen.

Es war 17.07 Uhr, als Klaiser und Lukas in der Bruchstraße in Olpe ankamen. Das Amtsgericht lag bereits weitgehend im Dunkeln. Was bei den Berleburger Polizeibeamten die Hoffnung sinken ließ, hinter einem der wenigen beleuchteten Fenster einen Untersuchungsrichter zu finden, der ausgerechnet auf sie warten würde.

Mit Anrufen bei der Zentrale war Klaus mehrfach gescheitert. Besetzt. Und Lorenz Gemmeke, der Kollege von der Kripo, schien entweder sein Handy verlegt zu haben oder ankommende Anrufe schlicht zu ignorieren. Also begaben sie sich ins Ungewisse, als sie durch den Schnee des weitgehend leeren Parkplatzes zum Eingang stapften.

„Ja, bitte“ erscholl es ziemlich blechern aus der Türsprechanlage, nachdem Sven die Klingeltaste mehrfach malträtiert hatte.

„Kommissare Klaiser und Lukas. Wir sind von der Kripo Bad Berleburg – auf dem Weg zum Untersuchungsrichter“, meldete der ‚Freak‘ beide an. Aber da kam nichts von der anderen Seite. Lange Zeit einfach nichts.

„Hallo!“, rief Sven. „Sind Sie noch da?“ Stille.

„Ja, verdammt noch mal, wo sind wir denn hier gelandet?“, brach es aus Klaus heraus. Doch dann wurde plötzlich das Foyer hell erleuchtet. Hinter einer zweiten Glastür erschien ein älterer, stark hinkender Mann, der mit einem Schlüsselbund winkte und schließlich die große Glastür aufschloss.

„Verzeihen Sie meine Herren, es dauert immer einen Moment, bis ich meine demolierten Knochen sortiert und mich hier herausgeschleppt habe. Wissen Sie, ich mache um diese Zeit die Telefonzentrale und den Pförtnerdienst gleichzeitig. Und die Zentrale liegt im ersten Stock."

„Um Himmels Willen", antwortete Klaiser, „das ist Ihnen doch gar nicht zuzumuten, sowas."

„Wieso meinen Sie?"

„Naja, bei allem Respekt, mein Herr. Aber so schlecht, wie Sie zu Fuß sind, kann man so etwas doch gar nicht von Ihnen verlangen. Dieses Hin- und Herrennen, meine ich."

„Wenn Sie sich da mal nicht täuschen", lächelte der ältere Herr etwas gequält, während er die Beamten ins Innere ließ. „Gestern bin ich noch mit meiner Fitnessgruppe auf der Hohen Bracht zum Skilaufen gewesen. Aber dann ist mir so ein Knilch am Lift dermaßen in die Knochen gebrettert, dass ich dachte, ich hätte alle Gräten gebrochen. Normalerweise laufe ich etwas runder."

‚Prima', dachte Klaus, ‚der Mann muss uns also nicht leid tun. Aber wo, um alles in der Welt, finden wir den Untersuchungsrichter?'

Noch bevor er allerdings etwas sagen konnte, meinte der ‚Telefonpförtner', auf dessen Namensschild *Wolfgang Hennecke* stand: „Nehmen Sie doch hier noch einen Moment Platz. Ich bin sicher, die Richterin, Frau Doktor Hillmann, wird gleich hier sein."

„Oh, eine *Richterin*?", war Klaiser verblüfft.

„Jaaa, und was für eine", meinte Herr Hennecke mit erkennbarem Stolz.

„Ja, ist sie denn nicht im Haus?"

„Nein. Aber wir erwarten sie jeden Moment. Wissen Sie, die Richterin ist derzeit alleinerziehende Mutter von Zwillingen. Ihr Mann hatte einen schweren Verkehrsunfall, liegt seit Wochen in der Klinik und ihr Au-pair-Mädchen hat zweimal die Woche frei. Da muss sie häufiger mal gewaltig improvisieren."

„Ach du lieber Gott. Ist das überhaupt zu stemmen, was sich diese Frau da aufbürdet?"

„Ach, es geht", kam es lachend aus ihrem Rücken. „Manchmal allerdings nur mit ungewöhnlichen Mitteln." Die Männer drehten sich überrascht herum und sahen in die strahlenden Augen einer schlanken, mittelblonden Frau mit Lachfalten um Augen und Mund. Rechts und links einen Baby-safe am Arm. Darinnen zwei herzallerliebst schlafende Babys. Sie war vom Parkhaus her mit dem Aufzug heraufgekommen.

„Tut mir leid, meine Herren, dass ich Sie habe warten lassen."

Die drei stellten sich einander vor. Wobei sie sich überrascht zeigte. „Was, aus Bad Berleburg? Na dann doppelt sorry. Aber Antonia und Emil haben ihr Recht eingefordert und mussten gefüttert, gebadet und gewickelt werden. Das mache ich dann lieber zu Hause als hier bei Gericht."

Klaus und Sven schauten fasziniert auf das nette Trio, das ihnen da gegenüberstand und wussten zunächst kein Wort zu sagen. Aber Klaus fing sich schnell wieder und meinte: „Das ist doch nicht der Rede Wert, Frau Richterin. Wir hatten schon die üble Befürchtung, dass wir deutlich zu spät sind. Denn die Fahrt von Berleburg hierher war kein Zuckerschlecken."

„Ja, habe ich auch gehört. Eben in WDR2 lief eine Reportage mit Autofahrerstimmen. Da erzählte einer, er habe zwei Männer beim Rhein-Weser-Turm aus einer Schneewehe ausgegraben. Das kann doch wohl kaum sein. Oder?!"

Sachte stellte sie die beiden Babytragen auf einem Besuchertisch ab, während Sven sich abdrehen musste, um nicht vor der Dame in schallendes Gelächter auszubrechen. Auch Klaus musste schwer an sich halten.

„Glauben Sie das etwa? Das kann doch nicht sein, oder?"

„Oh doch, das kann durchaus sein“, brachte Klaiser schließlich lachend hervor und überlegte krampfhaft, ob er sich offenbaren sollte. „Hat er denn gesagt, wen er da ausgegraben hat?“, fragte er scheinheilig. Er konnte sein Grinsen nicht mehr verbergen.

„Nein, hat er nicht“, antwortete die Richterin eher nüchtern. Aber dann schaute sie die beiden Männer abwechselnd an, riss plötzlich die Augen auf und prustete los: „Das waren doch nicht etwa Sie?“

„Oh doch. Leider! Das waren wir.“

„Was denn? Sie?“ Nun war es an Doris Hillmann, sich auszuschütten vor Lachen. „Das ist ja, ... das ist ja ein ganz dickes Ding. Wie ist denn das passiert?“

„Ach, wissen Sie“, holte der ‚Freak‘ weit aus. „Das ging so schnell, so schnell konnten wir gar nicht gucken. Wir waren so richtig mit Speed unterwegs bergauf. Da kam uns in einer Kurve ein Lastzug entgegen. Ziemlich sehr weit mitten auf der Straße.“ Mit rechts und links ausgestreckten Armen mimte er den LKW und zeigte durch Heranspringen an Klaus an, wie weit der Truck auf sie zugekommen war.

„Einfach, weil der auf der zugeschneiten Fahrbahn zu wenig Platz hatte. Da sind wir unsererseits ganz nach rechts ausgewichen. Aber da lag dermaßen abartig viel Schnee, dass es plötzlich schwupps machte. Und dann waren wir weg.“

„Wie ‚weg‘?“

„Na, ganz weg. Von draußen nicht mehr zu sehen. Und drinnen so dunkel, dass es einem zum Nachtschlaf gereicht hätte. Aber wir hatten ja nicht mal Zahnbürsten dabei.“ Doris Hillmann kriegte einen Lachanfall.

Sven war zur Höchstform aufgelaufen. Nicht nur seine Sprüche, auch die ausladenden Bewegungen, mit denen er

Fahrtrichtungen und Schneemengen anschaulich darstellte, trieben den Beobachtern Tränen in die Augen.

„Und gepustet hat es wie die S…, einfach unglaublich."

Mittlerweile hatte die Richterin vor Lachen schon auf Schnappatmung umgestellt. Wenigstens ein Bauchmuskelkrampf war ihr sicher.

„Und wäre dieser Mann nicht gewesen", fuhr der ‚Freak' armwedelnd fort, „wir säßen vermutlich jetzt noch in der Schneewechte fest. Es sei denn, es hätte uns in der Zwischenzeit ´ne Schneefräse den Hintern von unserem Wagen weggeschmirgelt. Dann wären wir vermutlich aufgefallen, weil´s im Schnee ordentlich gespratzelt und oben aus dem Rohr Blechteile geregnet hätte." In seinen Gesten sah man förmlich die Fetzen durch die Luft fliegen.

Die Richterin bog sich. „Hören Sie auf, bitte", kicherte sie mit dem letzten Rest Atemluft, „bitte, bitte. Ich kann nicht mehr."

Auch Herrn Hennecke von der Pforte hatte die Begeisterung übermannt. Er lehnte sich an den Tisch und hielt sich mit schmerzverzerrtem Gesicht Bauch und Oberschenkel. Letzteren hatte es wohl tags zuvor bei der Skifreizeit besonders derbe erwischt.

Sven Lukas schaute sich um und spielte den Verblüfften. „Und? Was gab´s da jetzt zu lachen? Das war ´ne ganz knappe Kiste, Leute."

„Ja, ja", wurde Doris Hillmann schlagartig ernst. „Ihre Fahrt hierher hatte ja schließlich auch einen Grund. Und den würde ich jetzt ganz gerne kennenlernen. Denn länger als erforderlich habe ich nicht vor zu bleiben. Wo ist denn der Festgenommene?", fragte sie und schaute Klaus Klaiser an.

Der zuckte mit den Achseln. „Keine Ahnung. Der Kollege … äääääh …, na, der Kollege Gemmeke wollte ihn doch vorführen. Er hat doch auch den Termin bei Ihnen beantragt."

„Wie? Sie haben die beiden noch nicht gesehen?"

„Nein. Wir sind ja auch gerade eben erst reingekommen. Zwei Minuten vor Ihnen, Frau Richterin."

„Das ist ja seltsam. Herr Hennecke", sie drehte sie sich nach dem Pförtner um, „hat sich Herr Gemmeke bei Ihnen gemeldet?"

„Bei mir? Nee Frau Doktor."

„Ach Leute, das macht ja nun gar keinen Spaß hier. Sind denn heute alle irgendwie desorientiert? Ich komme extra von Attendorn hierher gefahren, nach Feierabend, mit meinen Babys, um feierlich eröffnet zu bekommen, dass ich genauso gut hätte zu Hause bleiben können. Und Sie kommen extra aus Bad Berleburg hierher, um ... Warum eigentlich?"

Klaiser und Lukas erklärten, was es mit dem festgenommenen Beckmann auf sich hatte und ihre Gründe, warum sie bei der Vorführung dabei sein wollten.

„Kann ich gut verstehen", bemerkte sie und wandte sich wieder an Herrn Hennecke. „Ist denn schon ein Anwalt da?"

„Allerdings, der sitzt schon 15 Minuten in Zimmer 20.01 und wartet auf Sie."

„Mensch, das hätten Sie ja auch schon mal sagen können", brachte Hillmann ziemlich verärgert hervor, schnappte sich ihre Babys und lief zum Lift. „Kommen Sie am besten gleich mit", rief sie Klaus und Lukas zu.

Die Überraschung war perfekt, als Klaiser die Tür des Sitzungsraumes für die Richterin öffnete und dort nicht nur ein Mann in schwarzer Robe saß. Auch der Olper Kripo-Chef und Beckmann waren da.

„Ich bin einigermaßen überrascht, Sie alle hier zu sehen, meine Herren. Guten Abend", begrüßte die Richterin alle Anwesenden, noch bevor sie ihre Kinder im hinteren Teil des Raumes auf einem Tisch ‚parkte'. „Gehört es jetzt nicht mehr zum Usus bei der Kripo, sich beim Pförtner des Gerichts zu melden, Herr Gemmeke? Wir wollen ja schließlich wissen, wer so alles im Hause ist."

Der Angesprochene schaute reichlich bedröppelt drein. Auch er war mitsamt dem Gefangenen von der Tiefgarage her ins Haus gekommen und hatte auf dem Weg zum Verhandlungsraum nicht eine Menschenseele zu Gesicht bekommen. Und das tat er auch kund. „Wie denn, Frau Richterin? War ja weit und breit niemand zu sehen."

„Also, da hätte Ihnen ja immerhin ein Telefon zur Verfügung gestanden", zeigte die Hillmann auf einen Apparat am Richtertisch. „Von dem aus kann man sich durchaus Gehör beim Pförtner verschaffen. Der ist nämlich da, so lange noch irgend ein Zugang zum Haus offen ist. Im Übrigen hätten Ihre beiden Kollegen hier vor dem Termin ganz gerne noch die Möglichkeit gehabt, sich mit dem Festgenommenen zu unterhalten. So mussten sie halt unverrichteter Dinge im Foyer warten."

Richterin Hillmann war ziemlich angefressen. Auch wenn sie sich wenige Minuten zuvor noch gebogen hatte vor Lachen. Aber das war für sie nur eine willkommene Abwechslung vom Alltagsstress gewesen. Was jetzt lief, war ihr ureigentlicher Job. Und der musste mit aller Ernsthaftigkeit gemacht werden. Dass sie das tun würde, daran ließ sie keinen Zweifel aufkommen. Die Anwesenden knallten virtuell die Hacken zusammen.

Es blieb Klaus Klaiser vorbehalten, die Tatvorwürfe gegen Beckmann vorzutragen und mit den wenigen Fakten zu belegen, die der Polizei zur Verfügung standen. Dabei galten vor allem der Beweis seiner Anwesenheit im Kino, die Zeugenaussagen und nicht zuletzt sein Messer, mit dem Blut des Kollegen Philip Kretschmann, als absolut relevant für die

Überführung in Untersuchungshaft. Letzteres hatten sie noch während der Fahrt nach Olpe von der KTU erfahren.

‚Ein Glück', dachte Klaus, ‚dass wir hier noch rechtzeitig aufgeschlagen sind. Denn der Mordvorwurf gegen den Mann wäre von der Richterin in der Luft zerrissen worden. Und auf den hätte sich womöglich der Kollege Kripo-Chef aus Olpe gestützt, wenn er die U-Haft hätte begründen müssen.'

Die Tatsache, dass man dem Maurer nachweisen konnte, mitten in der Pampa in der Nähe eines Mord-Tatortes an jenem stürmischen Morgen in einen Bus eingestiegen zu sein, hätte nicht einmal im Ansatz ausgereicht. Auch nicht seine Flucht vor der Polizei.

Gleichwohl äußerte Klaiser natürlich den Verdacht, Reinald Beckmann habe im Preisdorftal zwei Menschen umgebracht. Aber dazu schwieg der Verdächtige. Genauso wie zu den übrigen Vorhaltungen. Sein Anwalt hatte ihm dazu geraten.

18.25 Uhr. Die beiden Kriminalpolizisten aus Berleburg waren wieder auf der Rückfahrt. „Wieder über den Rhein-Weser-Turm?", fragte Sven. „Nein. Lass uns mal von Wenden runter nach Kreuztal fahren und dann über die Sch...-Lützel zurück. Wird hoffentlich nicht mehr so viel Betrieb sein, auf der Baustellenstrecke."

Der Sturm hatte sich gelegt. Und die Straßen machten einen gut geräumten Eindruck. Nur an verschiedenen Steigungsstücken konnte man im Lichtkegel der Scheinwerfer gut erkennen, wo Autofahrer mit durchdrehenden Rädern versucht hatten, voranzukommen. Oft genug mit untauglichen Reifen.

„Die Richterin ist ja der Hammer", lachte der ‚Freak'. „Wie die dem Anwalt den Dampf aus den Segeln genommen hat. Das war schon vom Allerfeisten."

Klaus war nicht ganz so euphorisch. „Mag ja sein. Ich fand es bloß nicht so sehr passend, wie sie dem Olper Kollegen in die Parade gefahren ist.“

„Wieso? Sie hatte doch recht. Der Gemmeke hätte sich doch nur per Telefon beim Pförtner melden müssen.“

„Stimmt. Aber sie hätte ihn nicht im Beisein von Kollegen und einem Gefangenen rundmachen müssen. Das geht auch unter vier Augen und Ohren. So war das aber ein richtiges Bloßstellen. Das muss doch nicht sein.“

„Hmmm“, machte der ‚Freak‘. „Wie auch immer. Unsere Mission hat sich gelohnt. Beckmann sitzt im Bau und ...“

„... und wir können zu jeder Vernehmung entweder einen Gefangenen-Transport zu uns nach Berleburg bestellen oder ihn in Siegen besuchen“, schob Klaus nach. „Wäre besser gewesen, wir hätten ihn auf heimischem Terrain gefangen. Dann wären uns zwei Tage geblieben, ihn zu vernehmen, bevor der Untersuchungsrichter von Nöten gewesen wäre.“

„Hätte, hätte, Fahrradkette, sagte der olle Schröder.“ Sven streckte sich auf dem Beifahrersitz und betrachtete das Display seines iPhones. ‚Ein Anruf in Abwesenheit‘ war dort vermerkt. Also hörte er seine Mailbox ab und begann dabei zu grinsen. So breit, dass dies sogar Klaiser im nur von Instrumenten beleuchteten Innenraum mitbekam.

„Was gibt´s so Interessantes“, fragte er, nachdem die ‚Abhöraktion‘ beendet war?

„Sag´ ich nicht.“

„Was denn? So streng geheim?“

„Jou.“

„Jetzt mach´ keinen Blödsinn. Steckt ´ne Frau dahinter. Oder?“

„Jou.“

„Sollst Du sie besuchen kommen?“

„Nee."

„Ach so. Will sie Dich etwa besuchen?"

„Jou."

„Und wann?"

„Sag´ ich nicht."

Klaus platzte förmlich vor Neugier, meinte aber schließlich: „Okay, komm, lass uns aufhören mit dem Kasperletheater. Geht mich ja wirklich nichts an." Um nach einer Weile zu empfehlen, „kannst sie aber ruhig anrufen und ihr Bescheid geben, wann wir ungefähr zu Hause sind."

„Nee Chef, das mache ich per WhatsApp. Aber Du behältst derweil bitte die Augen schön auf der Straße."

Und dann legte er mit einer Fingerfertigkeit los, die nur junge Menschen besitzen, wenn es darum geht, Textnachrichten regelrecht in ein Smartphone hineinzutackern. Immer wieder mal schaute er nach links zum Fahrer. Aber der schien jetzt wild entschlossen, das Thema zu vergessen und sich einzig auf das Fahren bei schwierigen Bedingungen zu konzentrieren.

„Sag mal, glaubst Du, dass wir um halb neun in Berleburg sind?", fragte Sven eher beiläufig, während er das Display weiter bearbeitete.

„Willst Du sie dann treffen?" Wieder hatte Klaiser die Neugier übermannt.

„Nee, dann will ich noch zwei, drei Bahnen im Freibad schwimmen. ... Mensch!"

Klaus begriff, dass er mit seinem als ‚Spaß' getarnten Interview überdreht hatte und von jetzt an nur noch verarscht werden würde. Und er konnte nichts dagegen machen. Er musste das despektierliche Verhalten des Mannes neben ihm dulden. Denn seine Fragen waren Eingriffe in die Privatsphäre des Kollegen und im strengsten Sinne so gar nicht erlaubt.

Also gab er auf. Obwohl er zu gerne gewusst hätte, wer denn nun die Frau war, die den ‚Freak' so sehr interessierte.

Lukas hatte es in den vergangenen beiden Jahren wie kaum ein anderer verstanden, seine Kollegen nicht einmal einen Millimeter in sein Privat- und sein Gefühlsleben blicken zu lassen. Nur zu verständlich. Denn viel zu gegenwärtig war noch dessen Schmerz darüber, dass er innerhalb eines Tages die große Liebe seines Lebens kennengelernt und durch Mord wieder verloren hatte. Er selbst war damals einer der ersten Beamten am Tatort gewesen.

Das war grausam. Keiner der Kolleginnen und Kollegen damals, der nicht mit ihm gefühlt, geweint und versucht hatte, ihn zu trösten. Er hatte das alles wortlos ertragen und eisenhart seinen Dienst gemacht. Entgegen aller gutgemeinter Ratschläge. Noch heute stellten sie sich im Revier die Frage, wie dieser lebensfrohe Mensch diesen unglaublichen Niederschlag überhaupt hatte verarbeiten können.

‚Okay, Alter', sagte sich Klaus, ‚lass ihn einfach. Er will nicht. Und deine Neugier ist wirklich unerträglich. Kümmere dich lieber um den Verkehr.' Und der war noch ganz schön dicht. Vor allem auf der Strecke von Kreuztal nach Hilchenbach. Hier war die Straße zwar mehr gepökelt als gesalzen und absolut schneefrei. Aber die Fahrzeugkolonne kam nur langsam voran.

Kredenbach, Dahlbruch, Allenbach. Mit einem fast schwindsüchtigen Tempo konnte die Tour an diesem Abend jedem den Spaß am Autofahren endgültig vermiesen.

„Mann, was für eine Gurkerei", ließ sich Sven plötzlich vernehmen. „Hier kannste einem ja beim Fahren die Reifen wechseln."

Klaus entfuhr ein Lacher. „Beim Fahren die Reifen wechseln. Du hast wirklich für alles einen passenden Spruch drauf." Kopfschüttelnd bog er rechts ab und wählte die Strecke über Grund. Dort waren nicht so viele Autos unterwegs. ‚Überwiegend Wittgensteiner Pendler', dachte der Kripo-Chef. Viele BLB-Nummern vor ihnen an einer roten Ampel.

Als sie durch das kleine schmucke Dorf kamen, musste Klaiser unwillkürlich an Anna Berg denken. Eine Drogenkurierin, die sie im vergangenen Jahr hopp genommen hatten. Sie und ihre Schwester waren hier in Grund nach dem Tod ihrer Eltern für kurze Zeit bei Verwandten untergekommen.

Die Frauen hatten ihm am Ende leidgetan. Weil sie durch die Machenschaften übler Mitmenschen in ein Schicksal gedrängt worden waren, das sie selbst kaum beeinflussen konnten. Eigentlich müsste in Kürze der Prozess gegen Anna beginnen, wenn er sich recht erinnerte.

„Da drüben haben die Anna und ihre Schwester gewohnt. Weißt Du noch?", fragte Sven, den dasselbe Thema beschäftigte. „Was für ein Scheißleben hatten die Mädels. Und was für ein Glück, dass sich ihr Dealer und Zuhälter schließlich selbst die Pläte weggeblasen hat."

Die beiden hingen ihren Gedanken nach, während sie hinauf nach Vormwald fuhren. Und es begann wieder leicht zu schneien. Aber der A5 meisterte die Steigung souverän. Doch plötzlich rief Klaus: „Gütiger gerechter Gott. Wären wir doch bloß über den Rhein-Weser-Turm gefahren."

„Wieso? Was ist los?", rief Sven aufgeschreckt.

„Da, guck", antwortete Klaiser und zeigte an der Einmündung in die Bundesstraße nach rechts, wo ein Meer blinkender gelber und blauer Rundumleuchten die Szenerie bestimmte.

„Ach du Sch... Ich will´s gar nicht sagen", meckerte der ‚Freak'. „Das darf doch alles nicht wahr sein. Wo wollen die denn alle hin?"

„Das werden wir gleich erfahren." Klaus griff zum Funk und rief die Kollegen in Siegen an.

Ronja Körner saß am Bett ihres Mannes und hielt seine Hand. „Mach´ Dir keine Sorgen, mein Schatz. Die Ärzte sagen, die Operation sei kein großes Problem. Aber die Schulter müsse stabilisiert werden. Daran gehe kein Weg vorbei. Du bist morgen Nachmittag schon wieder wach. Und ich sitze wieder hier."

„Ja, aber was ist mit meinem Becken?", wollte Leon wissen. Kann ich jemals wieder richtig gehen, stehen und sitzen, wenn der Bruch nicht operativ behandelt wird?"

„Davon ist doch gar keine Rede. Natürlich wird er operiert. Weil aber nur der Beckenkamm gebrochen ist und keine Blutungen entstanden sind, reicht da wahrscheinlich ein Eingriff mit minimalinvasiver Technik, weißt Du. Eine sogenannte Schlüssellochoperation. Der Bruch wird ‚verschraubt', sagen die Ärzte. Vielleicht schon übermorgen. Kommt darauf an, wie Du die OP morgen verarbeitest."

„Na, Du bist ja vom Fach", lächelte er tapfer. „Du kannst das alles beurteilen, mein geliebter Schatz. Wird schon schiefgehen." Fast verträumt schaute er seine schöne Frau an und legte die rechte Hand auf ihren Bauch. „Aber wie es auch kommt. Es ist einfach unglaublich schön zu wissen, dass darin unser Kind heranwächst."

Als sie ihn am Sonntag endlich in ihr Geheimnis hatte einweihen können, wollte er es zuerst gar nicht glauben. Doch als sie immer wieder beteuerte: „Ja, wir bekommen ein Baby", wäre Leon am liebsten aus dem Bett gesprungen und hätte sie vor Freude auf Händen getragen. So glücklich war er. Überwältigt von unglaublichen Gefühlen. Er liebte Ronja so sehr.

Zwei Schwestern kamen herein und brachten Abendbrot und Medikamente. Lächelnd grüßten sie ihre Kollegin, die aufgestanden war, um Platz zu machen.

„Herr Körner, nach dem Abendessen kommt der Anästhesist zu Ihnen. Er wird Sie noch mal eingehend untersuchen und mit Ihnen die Narkose besprechen. Denn Sie sind morgen als Erster im OP. Sie können jetzt noch einmal richtig essen und bis Mitternacht auch noch trinken. Aber dann bitte nicht mehr."

Leon wurde nachdenklich. Bisher hatte er keinerlei Erfahrung mit Krankenhäusern gemacht. Und erst recht keine mit Operationen. Das war alles neu für ihn und hatte irgendwie einen finalen Anstrich. ‚Stell´ dir vor, du wirst wach und bist tot', erinnerte er sich an einen saublöden Spruch aus seiner Jugend.

Ronja hatte seinem Gesicht die Zweifel angesehen. „Jetzt mach´ Dir nicht so viele Gedanken", verbreitete sie Optimismus, als die beiden weißgekleideten Frauen den Raum wieder verlassen hatten. „Auch wenn unseren Patienten regelmäßig flau wird, sobald sie ihre ‚Henkersmahlzeit' bekommen; die Zahl derer, die hier in den letzten zwanzig Jahren aus einer Narkose nicht wieder wach wurden, kann ein mehrfach amputierter Schreinermeister an einer Hand abzählen." Dabei zeigte sie eine geschlossene Faust mit gestreckten Daumen.

Spontan entlud sich die Spannung bei ihrem Mann in einem unheimlichen Gelächter. Leon musste sich die ramponierte Flanke halten, um nicht vor lauter Lachen unerträgliche Schmerzen zu bekommen. „Ach Schatz, Du bist ja nicht zu bezahlen", japste er und konnte sich nur langsam beruhigen.

Ronja belegte zwei kleine Schnitten Brot mit Wurst und Käse und goss ihm eine Tasse Kamillentee ein. „Das sollte Dir aber auch reichen. Umso einfacher ist es für Dich nach der OP", riet sie. „Nur trinken kannst Du wirklich bis Mitternacht." Sie verfiel dabei fast in ihren Dienstjargon. So, wie sie es Hunderte Male bei anderen Patienten getan hatte.

Es war ihr lieb, irgendetwas tun zu können, in dem sie sich wohl und sicher fühlte. Denn sie hatte ein extrem schlechtes Gewissen. Noch immer hatte sie ihrem Mann nämlich nichts von den Sturmschäden am und im Haus erzählt. Und auch nichts von ihren Verletzungen. ‚Das würde ihn fürchterlich aufregen', dachte sie. Und das wollte sie vor der Operation natürlich nicht riskieren.

Behutsam fütterte sie Leon, als sei er ein kleines Baby. Und der ließ sich das gerne gefallen. Er genoss jede ihrer Berührungen, jedes liebe Wort, das sie für ihn hatte. Wie ein Wundbalsam legte sich dieses wohlige Gefühl des Geliebtwerdens über seinen Körper.

Als eine halbe Stunde später der Narkosearzt Dr. Notbrenner hereinkam, zeigte der sich total perplex. „Ach, Schwester Ronja, jetzt wird mir einiges klar. *Körner*, diese Namensgleichheit hätte mir doch gleich auffallen müssen. Natürlich. Unser Patient ist also Ihr Mann."

Ronja nickte und errötete leicht. „Ja, das ist mein Mann. Behandeln Sie ihn pfleglich, wenn ich bitten darf. Ich brauche ihn noch. Sehr!" Dann beugte sie sich zu Leon herunter und hauchte ihm ins Ohr „werd´ mir bloß bald wieder gesund. Ich brauche Dich nämlich noch viel mehr als nur *sehr*," gab ihm einen langen Kuss und verließ das Zimmer, indem sie lächelnd sagte: „Bis morgen, mein Liebster. Ich bin da, wenn Du aus der Narkose wach wirst."

‚So geliebt zu werden, das muss doch ein Traum sein', dachte Doktor Notbrenner fast neidisch, während er die Manschette seines Blutdruckmessers über Leons Arm zog und das Stethoskop auf die Ohren klemmte. Er selbst war bereits zweimal geschieden. Sein Glück mit Frauen hatte sich arg in Grenzen gehalten. Und draußen auf dem Stationsflur verlor Ronja Tränen. Tränen des Mitleids oder der Erleichterung? Sie wusste es selbst nicht. Aber sie fühlte, wie sie sich langsam entspannte.

Mina zuckte zusammen, als sich irgendetwas auf ihre linke Schulter zu setzen schien. Wie die Landung eines Vögleins fühlte sich das an. Doch als sie hinschielte, lag dort eine zusammengeklappte Papierserviette mit Aufschrift. Verblüfft schaute sie sich um, konnte jedoch niemanden erkennen, der das Mundtuch dort abgelegt haben könnte.

Mit einer Mischung aus Amüsement und Verärgerung nahm sie das Stück Papier in die Hand und entfaltete es. Wobei ihr ein kleines rot eingepacktes Täfelchen Schokolade in den Schoß plumpste, das zu einem Herzchen geformt war. Und auf der Serviette las sie: *‚Sorry, I´m late.‘*

„Ach Gott, ist das nett“, lachte sie auf. Etwas zu laut, um die anderen Gäste in der ‚Schlossschänke‘ unbehelligt von ihrer spontanen Freude zu lassen. Mehrere Köpfe drehten sich zu ihr herum. Doch das kümmerte sie nicht im Geringsten. Denn in diesem Moment hatte sie einen Mann ausgemacht, der mit dem Rücken zu ihr am Nachbartisch saß und von seltsamen Zuckungen geplagt schien.

Beherzt drehte sie sich ein wenig um, legte dem Fremden eine Hand auf die Schulter, dass der noch mehr zuckte und sagte: „Spät, aber nicht zu spät. Grüß´ Sie, Herr Lukas.“

„Hi Frau Nölke, freut mich, dass Sie noch mit mir reden. Wo ich doch fast ´ne Dreiviertelstunde überzogen habe.“

„Ich bitte Sie“, flötete sie, ganz gegen ihre Gepflogenheiten. „Bei dem Wetter ist Pünktlichkeit eine kaum beherrschbare Kunst. Woran haben Sie mich erkannt?“

„An Ihrem Liebreiz, Verehrteste, an Ihrem Liebreiz, den Sie schon in unserem ersten Telefonat in so üppiger Form versprüht haben. Sie erinnern sich?“

Gleichzeitig brachen sie in ein herzliches Lachen aus. Denn Mina war schon klar, dass er sie damit an ihre, doch etwas sehr spröde Reaktion erinnerte, auf Telefonate mit der Polizei zu reagieren.

„Nein, im Ernst“, fuhr er fort, als sie beide an ihrem Tisch Platz genommen hatten. „Sie saßen da ganz allein. Als einzige. Da dachte ich mir, dass man eine so reizende junge Frau unter keinen Umständen diesem barbarischen Bergvolk der Wittgensteiner ausgeliefert lassen sollte.“ Und das Prädikat ‚reizend‘ wollte er unter allen Umständen gewahrt wissen. Denn nichts hätte ihre Erscheinung präziser beschreiben können.

‚Wow! Was für ein Charmeur‘, dachte Mina. ‚Und noch dazu ein so attraktiver, sportlicher, witziger. Mädel, pass auf Dich auf!‘ Aber im Grunde war es dafür bereits zu spät. Für sie ebenso wie für ihn. Bei beiden hatte der Blitz eingeschlagen. Liebe auf den ersten Blick!

Es war einer jener Abende, die dazu geeignet waren, für immer in die ureigenen, ungeschriebenen Geschichtsbücher einzugehen. Ein Abend, den man nie vergessen wird. Egal, welche Geschichten das spätere Leben diktieren würde.

Sie aßen, tranken, redeten und schauten einander dabei tief in die Augen. Und ihre Blicke sagten ihnen alles über das jeweilige Gegenüber. Alles, was Worte nicht hätten beschreiben können. „Seelenverwandtschaften können nicht anders begründet sein“, war Mina überzeugt.

Und so war es nur logisch, dass sie nach Schließung des Restaurants nicht auseinandergingen, sondern in Svens Wohnung landeten. Sein Verlangen nach ihr und ihres nach ihm wäre auf dem deutlich längeren Weg bis zu Minas Haus in Diedenshausen vermutlich in einer Katastrophe geendet.

Dienstag, 23. Januar

„Hast Du die komplettierte Spurenakte jetzt durch?" Klaus Klaiser stand im ‚Labor' hinter Sven und schaute ihm über die Schulter, während der Kollege den Aktendeckel zuklappte und nickte. „Und? Gibt´s was Besonderes?", hakte er nach.

„Die Waffe, mit der Pius Rommert erschossen wurde, muss ´ne alte 08 gewesen sein. Wahrscheinlich sogar ´ne sehr alte."

„Aha." Klaus merkte auf. „Woran hat die KTU das erkannt?"

„Die haben ihre Erkenntnisse aus Einzelfunden zusammengetragen. Einmal die in der Leiche und in einem Baum gefundenen Geschosse, neun Millimeter Parabellum. Und dann die gefundenen Patronen. Daran gibt es Spuren der Ausziehkralle, die typisch sind für genau diese Waffe."

„Und? Ist sie irgendwo registriert?"

„Ist noch unklar. Unter all denen, die davon noch offiziell kursieren, ist sie jedenfalls nicht zu finden. Das Geschossprofil der Luger passt nirgends."

„Wieso Luger? Ich denke, das ist eine 08."

„Stimmt ja auch. Sie wurde aber von Georg Luger entwickelt und wird vor allem im Ausland nach ihm benannt."

„Du wirst mir immer unheimlicher", lachte Klaiser. „Du hast doch mit Sicherheit auch alle technischen Daten dieser Waffe drauf."

„Aber sicher. Also diese Pistole wurde in der Zeit zwischen 1893 und 1908 in Deutschland von eben diesem Georg Luger entwickelt und bis 1942 produziert. Sie ist 233 Millimeter lang, 870 Gramm schwer und ..."

„Halt, halt, halt! So genau wollte ich´s jetzt auch nicht wissen, Mann. Mir wäre lieber, Du könntest mir sagen, wo Beckmann das Ding versteckt hat. Bei ihm ist sie ja wohl nicht gefunden worden."

„Bei ihm ist außer dem ominösen Messer überhaupt keine Waffe gefunden worden. Aber das Messer reicht uns ja."

„Klar. Sonst säße er ja auch nicht in U-Haft." Klaus ging zum Fenster und schaute dem Flockenwirbel draußen zu. Seit dem frühen Morgen schüttelte Frau Holle wieder ihre Betten aus. Und das nach einer bitterkalten Nacht, in der der Himmel unbewölkt geblieben war und man Millionen Sterne wie blankgeputzte Diamanten beobachten konnte.

Klaiser hatte miserabel geschlafen und war immer wieder aufgestanden, um auf der Terrasse die kalte frische Winterluft atmen zu können. Hätte er auch nur im Ansatz geahnt, dass Sven, aus anderen Gründen zwar, aber immerhin, auch Sterne gezählt hatte, er wäre vor Neugier wahrscheinlich geplatzt.

„Übrigens, Beckmann ist heute Nachmittag, pünktlich 14.30 Uhr bei uns zu Gast. Für das erste Verhör. Ich würde Dich bitten, hier zu sein. Sein Anwalt konnte sich auch loseisen", grinste der Kripo-Chef grimmig.

„Klar bin ich da. Wäre schön, wenn der Maestro der Rechtsverbiegung seinem Mandanten den Maulkorb abnehmen würde. Sonst können wir hier kakeln bis zum Sankt Nimmerleinstag und kommen auf keinen grünen Zweig", bemerkte Lukas stirnrunzelnd.

„Da müssen wir uns aber was überlegen. Ich glaub´, der Advokat ist noch nicht so lange in Amt und Würden und wollte sich da gestern vor der Richterin ein paar Sporen verdienen. Irgendwie war der Mann doch extrem hinterfotzig. Bin mal gespannt, wie er sich hier aufführt."

„Eigentlich kann der einem ja leidtun. So´n Pflichtanwalt kann sich seine Klienten ja nicht aussuchen. Und richtig Kohle gibt´s für so´n Mandat auch nicht. Oder sehe ich das falsch?"
„Nee, nicht unbedingt", flüsterte Klaus, halb in Gedanken. ‚Wie kriegen wir den Beckmann zu einer schnellen Aussage?', überlegte er. „Ich habe keine Lust auf diese ewige Hin- und Hergurkerei zwischen dem Untersuchungsknast und Berleburg. Aber wenn dieser Anwalt die ‚Halt-bloß-die-Schnauze-Strategie' durchzieht, dann blüht uns das leider."

„Och, vielleicht sollten wir den Beckmann erstmal fragen, ob er von der Wanze weiß, die der Junior Rommert in seinem Wagen hatte."

„Häääää? Was denn für ´ne Wanze?", war Klaus total überrascht.

„Na die, die in dessen Karren von der KTU gefunden worden ist. Steht auch in der Spurenakte. Hast Du die denn überhaupt noch nicht gelesen?"

„Wie hätte ich denn sollen? Die ist doch gestern erst mit großer Verspätung gekommen. Da waren wir noch ‚on Tour'. Und heute Morgen hast Du sie Dir doch einverleibt."

„Oh, sorry, Chef. Für den Fall hätte ich ja wohl mit dem Bericht darüber anfangen müssen. Ich dachte schon, Du misst diesem Fund keine besondere Bedeutung bei."

„Schwachsinn. Keine Bedeutung. Gibt´s doch nicht. Komm, erzähl. Was wissen wir?"

„Was wir wissen? Nicht sehr viel. Außer, dass diese Wanze vom Typ ‚3KL' unter dem Armaturenbrett von Pius Rommerts BMW klebte. Offenbar schon ´ne ganze Weile. Aber immer noch aktiv. Weil sie sich zu allem Überfluss aus dem Bordnetz des Wagens speiste."

„Da war ja wohl ein intimer Kenner dieses BMW am Werk. Wo hat man ihn gefunden?"

„Auf dem Parkplatz der Gaststätte Gunsetal. Der stand da schon ein paar Tage, wahrscheinlich seit Donnerstag, wie die Wirtin den Kollegen sagte. Gestern hatte sie die Wache angerufen und das total eingeschneite Fahrzeug gemeldet, weil´s schon seit Tagen beim Schneeräumen im Weg war."

„Weiß man was über die Reichweite dieses Abhörteils, oder vielleicht sogar was über dessen Besitzer?"

„Besitzer negativ. Es gibt zwar Fragmente von Fingerabdrücken. Die haben aber bei der Nachsuche nix ergeben. Die Reichweite beträgt demnach bis zu eineinhalb Kilometer. Im bebauten und bergigen Bereich eher weniger. Aber immerhin ..." Der ‚Freak' wiegte bedächtig sein Haupt. „Da kannste ordentlich auf Distanz bleiben und trotzdem gut Infos abschöpfen. Mein lieber Scholli."

„Komm, zeig bitte mal den Bericht her ", bat Klaus und schaute sich die in Frage kommende Seite der Spurenakte genau an. „Klar, nachdem die Kollegen die Autonummer freigekratzt hatten, war schnell klar, wem der Wagen gehört. Und dass der dann professionell gefilzt werden musste, war bei dieser Sachlage auch klar. Hätte bloß gerne gewusst, wenn die SpuSi in unserem Beritt aufgaloppiert."

„Klaus, ich fürchte, dass die kamen, als wir bis zur Halskrause im Schnee steckten. Hier, guck mal auf die Uhrzeit."

„Okay", lenkte der ein. „Und von unseren Leuten war keiner im Revier. Alles verziehen. Wird Zeit, dass Petra Fischer kommt."

„Petra Fischer? Wer soll das sein?", fragte Sven erstaunt.

„Unsere neue Kriminalassistentin. Sollte eigentlich schon gestern gekommen sein. Aber sie musste absagen. Weil ihr Wagen den Dienst versagt hatte und sie keine andere Chance hatte, vom Dambach herzukommen."

„Interessant. Gut, dass ich das auch mal erfahre." Irgendwie klang der ‚Freak' beleidigt.

„Kein Grund, sauer zu sein, mein Lieber. Du bist nämlich überhaupt der Erste, der es erfährt. Sollte eigentlich eine Überraschung sein. Schade. Die ist für Dich jetzt vergeigt. Aber vielleicht gelingt sie ja wenigstens für die anderen. Falls Frau Fischer bis zum ‚Stuhlkreis' da sein sollte."

Sie kam tatsächlich pünktlich zur Morgensitzung und wurde von der kleinen Meute der Kriminalisten und von Bernd Dickel herzlich begrüßt. „Mit den Vorschuss-Lorbeeren", sagte Klaiser, „mit denen Sie in Siegen bedacht wurden, kann unsere Zusammenarbeit hier nur ein Erfolg werden."

Auch Bernd begrüßte die Neue überschwänglich, die Kollegen applaudierten und Petra Fischer bedankte sich artig. Damit war die offizielle Inthronisierung beendet. Nach über drei Jahren der Abstinenz gab es endlich wieder eine ‚Mutter für alles'. ‚Und was für eine', stellten vor allem die männlichen Mitglieder des Reviers fest.

„Aber ich bitte darum, mich nicht nur für Sekretariatsarbeiten einzuspannen", hatte die sportlich-attraktive 52-Jährige eingefordert. „Ich wäre schon ganz gerne auch mal Teil des operativen Geschäfts." An Beteuerungen, diesen Wunsch einzulösen, mangelte es an diesem Morgen nicht.

Beim anschließenden Arbeitsgespräch wurden die Aufgaben neu verteilt. Es gab einen Haufen davon. Jede Menge Fragen waren zu klären. Wer hatte zum Beispiel Zugang zu Pius Rommerts Wagen und hatte ihm die Wanze verpasst? Wer könnte deren Nutznießer gewesen sein? Wo war die ‚08' von Reinald Beckmann abgeblieben und woher stammte sie? Konnte man sich bei ‚Rommert und Sohn' den Mordauftrag an Leon Körner erklären, den Reinald Beckmann offensichtlich bekommen hatte? Und welche Rolle hatte Hüttenstein gespielt?

Schließlich musste auch geklärt werden, wer mit Philip Kretschmann reden würde, wenn der vernehmungsfähig wäre. Eine der schwierigsten Aufgaben. Nach all dem, was Bernd Dickel über das Gespräch mit der Lebensgefährtin des Kollegen berichtet hatte.

„Wir sind personell so blank wie ein abgelutschter Heringsschwanz“ stand Klaus Klaiser kurz vor der Kapitulation, als er anschließend noch einen Moment mit dem Revierleiter zusammensaß. „Aber ich werde unter keinen Umständen dulden, dass man uns von draußen hier reinfunkt.“

Bernd Dickel nickte verständnisvoll. „Würde ich auch nicht. Vor allem in dem fortgeschrittenen Stadium. Fremde müssten sich ja erst einmal komplett einarbeiten. Wie wär´s denn, wenn Claudia Siegemund und Rüdiger Mertz vorübergehend mal wieder zu Euch kommen? Und wenn´s ganz eng wird, auch Sam Weinrebe. Ich kann sie zwar nur schwer entbehren. Aber ich sehe ja den Druck bei Euch. Du denkst übrigens daran, dass sich für Donnerstag eine Delegation von Innenministerium und Landkreis angedroht hat?“

„Ach herrjeh, das hab´ ich ja total verdrängt.“ Klaus trillerte mal wieder seine Haare um einen Finger. „Was wollen die denn? Gucken, wie es sich mit einem derart ausgedünnten Stellenplan arbeiten lässt?“

„Wäre nicht schlecht. Anschauungsmaterial können wir ja genug liefern.“

„Das heißt, wir lassen die überall reinschauen?“, erkundigte sich Klaus.

„So ist das, glaub´ ich, gedacht. Hätte ich auch nichts dagegen. Die sollen ruhig sehen, wie und unter welchen Umständen hier geackert wird.“

„Na klasse. Hoffentlich ist von uns überhaupt jemand da, wenn die kommen.“

„Wenn nicht, dann eben nicht. Aber es würde mich nicht wundern, wenn die gar nicht erst auftauchen, falls sich das Wetter und die Situation auf den Straßen nicht grundlegend ändern sollten“, grinste Bernd und erinnerte mal wieder an TV-Detektiv Magnum. „Wenn die Düsseldorfer mehr als fünf Flocken übereinander erleben, sprechen die ja schon von einem Schneechaos.“

Jens Kropp war einigermaßen überrascht, als Pattrick Born und Jürgen Winter vor der Tür des Planungsbüros standen. „Tut mir leid, Herr und Frau Rommert sind nicht da. Sie bereiten gerade die Trauerfeier für ihren Sohn vor.“

„Ja, aber der Leichnam ist doch noch nicht freigegeben“, wandte Pattrick ein. „Doch darum geht es im Moment auch gar nicht. Können wir einen Moment reinkommen?“

„Aber natürlich. Wenn es Sie nicht stört, dass hier trotzdem gearbeitet wird. Ich habe nämlich gerade eine ziemlich dringende Geschichte auf dem Tisch. Die muss fertig werden.“

„Oh“, sagte Winter, „das interessiert mich. Darf ich Ihnen dabei mal über die Schulter schauen. Ich wollte schon immer mal sehen, wie Sie am Computer Gebäude entwerfen. Sie arbeiten doch mit Computer?“

„Mit dem PC. Natürlich können Sie da mal draufschauen. Kommen Sie mit.“

Im Großraumbüro saß Edgar Fenske, der sich den beiden Beamten vorstellte und sich dann wieder in seine Arbeit vertiefte.

„Schauen Sie hier“, zeigte Kropp nicht ohne Stolz auf den Riesenbildschirm seines Arbeitsplatzes. „Das wird ein neuer Komplex für das Industriegebiet Jägersgrund oben in Schameder. Hier die Maschinenhalle, daneben das Materiallager und hier Büros und Verwaltung.“

„Das ist ja irre, wie Sie das Ganze sogar dreidimensional darstellen können", zeigte sich Winter total überrascht. „Und da sind alle Einzelinformationen zu den Maßen, den Wand- und Deckenstärken, zum Dach und so weiter schon eingearbeitet?"

„Oh ja. Und auch die Strom-, Wasser- und Abwasserinstallationen." Auf Knopfdruck ließ der Jung-Ingenieur Hunderte roter, blauer und gelber Linien mit ins Bild springen. „Schauen Sie, die hier sind allein im Sozialbau mit seinen Duschen, Toiletten, mit der Kantine und, und, und vorgesehen.

Aber mal im Ernst. Sie sind doch nicht gekommen, um sich unsere Bauplanungen vorführen zu lassen."

„Nee, sind wir wirklich nicht", übernahm Pattrick das Gespräch. „Obwohl das unheimlich interessant ist, was Sie uns da gezeigt haben. Nein, wir möchten ganz gerne etwas mehr über Pius Rommert und seine Rolle hier in der Firma erfahren. Wie war er, mit wem hatte er vornehmlich Kontakt und wo war er, nachdem er hier gefeuert wurde?"

Kropp und Fenske schauten einander an, als seien sie um die Preisgabe eines seit Jahrhunderten gehüteten Betriebsgeheimnisses gebeten worden. ‚Kein gutes Thema offenbar', dachte sich Born, als er das sah.

„Ist da nichts, was Sie uns erzählen könnten?", fragte Jürgen Winter, nachdem die beiden Planer eine ganze Weile nur so dagesessen hatten.

„Oder *wollen* Sie uns vielleicht nichts erzählen?", brachte sich Pattrick erneut ein. „Haben Sie damit irgendwelche Probleme?"

Sie saßen da wie zwei der berühmten drei Affen – nichts sehen, nichts hören, nichts sagen. Jedes der drei Attribute auf jeden der beiden vereinigt.

„Nun kommen Sie“, bat Pattrick, „es tut Ihnen doch niemand etwas. Oder war Pius Rommert ein so unmöglicher Mensch?“

„Wissen Sie“, quälte sich Edgar Fenske schließlich doch zu einer Antwort, „über Tote soll man ja nichts Böses sagen. Deswegen lassen wir´s auch lieber, überhaupt etwas zu sagen. Das müsste Ihnen eigentlich reichen.“

‚Mein lieber Mann‘, dachte sich Born. ‚Das muss ja ein abartiger Vogel gewesen sein, dieser Herr Rommert Junior. Und niemand will etwas dazu sagen? Gibt´s da eventuell sowas wie einen Maulkorberlass in der Firma?‘

„Aber Sie werden uns doch mit Sicherheit sagen können, wer hier am meisten mit ihm zu tun hatte. Wenigstens das sollte doch kein Geheimnis sein.“

„Am meisten zu tun hatte mit ihm Gregor Blömer. Aber der hat sich heute Morgen zum Arzt abgemeldet. Fiebrige Erkältung. Der lief gestern schon total verrotzt hier herum. Kann sein, dass er heute Nachmittag reinkommt. Kann aber auch sein, dass er ganz zu Hause bleibt.“ Damit hatte Fenske ganz offensichtlich schon den Zenit des ‚Verrats‘ überschritten. Mehr war von ihm nicht mehr zu erfahren.

Lediglich Blömers Privatadresse konnte Jürgen Winter noch dem Kollegen aus dem Kreuz leiern. „Aber die hätten Sie auch im Telefonbuch finden können“, merkte der lakonisch an. Mehr ging nicht.

„Was für ein seltsames Gespann“, lachte Pattrick verbittert, als sie vor die Tür traten. „Sowas gibt es doch gar nicht. Da drin muss ja die Hölle los gewesen sein, wenn dieser Junior da war.“

„Das ist uns bereits im ersten Gespräch klar geworden“, erklärte Jürgen. „Nur geht es den beiden da drin nicht mehr so sehr um Pius. Die haben Muffe, etwas Falsches zu sagen und dafür von dem Alten in den Senkel gestellt zu werden. Das ist vielleicht ein Berserker, kann ich Dir sagen.“

Sie beschlossen, zurück zum Kommissariat zu fahren und später erneut ihr Glück zu versuchen. Bei Rommert und Sohn oder bei Blömer daheim.

Philip Kretschmann war gut bei Stimme, als Claudia Siegemund und Rüdiger Mertz bei ihm auftauchten. Und er war gut gelaunt. „Stellt Euch vor, ich werde Vater. Ist das nicht irre?“ Begeistert hatte er sich im Bett aufgerichtet, einen Jubelschrei versagte er sich allerdings. „Nicht auszudenken, wie das arme Würmlein groß werden müsste, wenn mich dieser Typ im Kino allegemacht hätte.“

„Na, das hat er zum Glück ja nicht geschafft, mein Lieber. Da kann man ja doppelt gratulieren. Herzlichen Glückwunsch. Seit wann weißt Du das?“, fragte Mertz nach.

„Meine Freundin war gerade da und hat mir alles erzählt. Stellt Euch vor, wir wollen so schnell wie möglich heiraten. Und ich werde dann wahrscheinlich meinen Dienst bei dem Trachtenverein hier quittieren. Mein Vater braucht mich in seinem Unternehmen.“

„Wer weiß, wofür´s gut ist“, lachte Claudia und drückte dem ‚Durchlauferhitzer‘ die Hand. „Ich gratuliere Dir auf jeden Fall. Vor allem zum werdenden Papa. Ich wünsche Dir, nee, ich wünsche Euch alles Gute.“

„Au ja. Das wird toll. Wir bekommen ein Baby! Das ist so schön.“ Langsam legte er seinen Kopf zurück aufs Kissen. Und seine Augen strahlten.

‚Mein Gott, was muss seine Freundin da in ihm bewegt haben. Der Junge ist ja wie ausgetauscht‘, dachte Claudia. ‚Oder hat sie uns nur irgendeine rührselige Geschichte erzählt? Egal. Das Ergebnis für die beiden zählt.‘

„Sag mal, Kollege, wie war das eigentlich an dem Abend im Kino? Kannst Du Dich erinnern?“

„Allerdings“, begann Philip. „Ich hab´, glaube ich, alles auf der Reihe.“

„Na prima, dann schieß mal los.“

„Also, ich saß ziemlich weit vorne und hatte es mir gerade ein wenig gemütlich gemacht in dem Kinositz, als dieser Elvis-Verschnitt auftauchte und sich direkt neben mich setzte. Eigentlich wäre ja noch reichlich Platz gewesen. Aber was soll´s? Jedenfalls hab´ ich ihn nach ´ner Weile gefragt, ob er Presley-Fan sei. Wegen seines Aussehens.

Oh je, da hatte ich was angefangen. Ja, er sei einer der glühendsten Verehrer von Elvis, was für ihn noch zu DDR-Zeiten ein echtes Problem gewesen sei. Nicht nur, weil man nur schwer an Schallplatten herangekommen sei. Insgesamt sei man der Staatssicherheit wegen solcher pro-imperialistischer Neigungen ein Dorn im Auge gewesen.“

„Wie?“, fragte Claudia. „Alles noch vor dem Film?“

„Nee, nee. Auch während des Films. Plötzlich fing er an, mir Elvis-Titel aufzusagen. Am liebsten hätte er sie sogar gesungen. Aber das konnte ich gerade noch verhindern.“

„Ich hab´ Euch von weiter hinten beobachtet“, offenbarte die Kollegin und berichtete, dass sie auch im Kino war. „Da fiel mir auf, dass der Mann sich immer wieder weit zu Dir hin beugte.“

„Oh ja. Der ging mir ganz schön auf den Zeiger. Er kroch mir ja fast ins Gesicht. Irgendwie scheine ich solche Vögel anzuziehen. Selbst meine Freundin fragte mich, ob ich eventuell schwul wäre. Weil sie so etwas schon häufiger bei mir beobachtet hätte.“

„Und? Bist Du´s?“ Rüdiger hatte diese Steilvorlage schonungslos aufgenommen.

„Nee. Bin ich nicht. Glaube ich jedenfalls. Aber ich hab´s noch nicht ausprobiert. Vielleicht sollte ich ...“

„Mach‘ bloß keinen Blödsinn“, grinste Mertz, „und denk‘ dran, dass Du Vater wirst.“

Herzliches Gelächter erfüllte das Krankenzimmer. Es war auch ein Zeichen der Erleichterung darüber, dass Kretschmann die lebensgefährliche Verletzung so gut weggesteckt hatte.

„Okay“, fuhr der junge Polizist fort, „er kroch mir also fast ins Gesicht bei seinen Erzählungen und Fragereien. Und ich hab‘ ihn immer wieder darauf hingewiesen, dass ich eigentlich im Kino wäre, um mir den Film anzusehen. Das kümmerte den aber nicht. Er quatschte einfach immer weiter. Und dabei hatte der Typ einen so ekelhaften Mundgeruch.“ Philip schauderte es auch in der Erinnerung.

„Ja und dann?“

„Irgendwann hatte ich ihn immerhin so weit, dass er sich tatsächlich mehr für ‚Hot Dog‘ interessierte und ...“

„Für was interessierte?“ Rüdiger schaute etwas dämlich drein.

„Für ‚Hot Dog‘“, antwortete Claudia an dessen Stelle. „Das war der Titel dieses nicht unbedingt umwerfenden Films.“

„Naja, wie gesagt. Ich hatte ihn immerhin so weit, dass er sich tatsächlich für den Film interessierte. Doch das Interesse ließ zum Ende des Streifens gehörig nach. Immer wieder neigte er sich zu mir rüber und begann zu labern. Da habe ich ihm klipp und klar gesagt, dass ich einfach zu müde wäre für dieses Gemache und dass ich den ganzen Tag über gearbeitet hätte. Da fragt mich dieser Typ doch: ‚Was machste denn beruflich?‘“

„Lass´ mich raten“, rief Rüdiger, „Du hast ihm stolz erzählt, dass Du Bulle bist.“

„Stimmt. Ich habe ihm sogar meine Uniform gezeigt. Die hatte ich ja noch an. Nur ´ne Jacke drüber.“

„Und dann hast Du ihm erzählt, an was Du gerade arbeitest. Stimmt´s?“

„Stimmt. Ich habe ihm gesagt, dass so ein Mord und eine Entführung alle Aufmerksamkeit und Kraft von einem beanspruchen. Auch nach dem Dienst. Schließlich könne der Mörder ja überall herumlaufen. Und daher sei ich so kaputt. Da hat dieser Unmensch mich nur groß angeguckt und einfach zugestochen."

Mertz zog die Augenbrauen hoch und schüttelte den Kopf. Claudia ging es nicht anders. Im Grunde hatte sich Philip durch sein Imponiergehabe selbst ans Messer geliefert. Aber er konnte ja nicht wissen, *wer* da neben ihm saß. Bei Beckmann waren schlicht die Alarmleuchten angegangen, als er erfuhr, mit wem er da quatschte. Es war wohl die pure Angst vor Entdeckung, die ihn zu dem Messerangriff trieb. Manche Menschen haben eine ganz kurze Lunte.

„Was passierte dann?" Rüdiger wollte jedes weitere Detail wissen. Doch Philip hatte nicht mehr so viel zu erzählen.

„Ich hab einen unglaublichen Schmerz in der Brust gespürt. Abartig! Und der wurde noch größer, als er das Messer wieder rauszog. Ich war kaum fähig zu atmen, geschweige denn zu schreien. Und plötzlich tanzten gelbe Punkte vor meinen Augen. Und die Geräusche um mich herum waren wie ein einziges Quaken."

Claudia schaute Mertz entsetzt an und zog eine Mitleidsmiene auf.

„Und dann ist er aufgestanden und verschwunden?"

„Keine Ahnung. Von da an fehlt mir jede Erinnerung. Die setzte erst wieder ein, als ich hier wach wurde."

Als Kretschmann schließlich erfuhr, dass ‚sein' Angreifer der Mörder aus dem Preisdorftal war, wurde ihm ziemlich mulmig. „Seid Ihr sicher?"

„Allerdings. Er sitzt seit gestern in Untersuchungshaft."

„Mensch, Mensch." Mehr konnte er im Moment nicht mehr sagen. Wohl aber seine Gesichtsfarbe. Denn die schaltete schlagartig von rosig auf aschfahl.

Auf der Station nebenan saß Ronja in grünem Kittel und mit Mundschutz an Leons Bett in der Intensivstation. Die Schulter-OP war gut verlaufen und hatte gar nicht so viel Zeit in Anspruch genommen. Jetzt dämmerte der Ingenieur dem Aufwachen entgegen.

Er würde eine ganze Weile mit dem eigentümlichen Gerüst zurechtkommen müssen, das man ihm um Brust, Schulter und Arm gebaut hatte. Und wer weiß, was passieren würde, wenn auch sein Becken operiert war. ‚Aber da musst du jetzt durch', dachte Ronja. ‚Und ich werde dir nach Kräften dabei helfen. Hauptsache, du lebst.' Noch immer hatte sie den Schock, den seine Entführung bei ihr ausgelöst hatte, nicht ganz überwunden.

Wieder verschleierten Tränen ihren Blick. Doch es waren Tränen der Dankbarkeit. „Danke, Herrgott, danke", sagte sie leise, „dass Du ihn mir wiedergegeben hast." Dann neigte sie sich vorsichtig über ihn und gab ihm einen Kuss auf die Stirn. Und sie bildete sich ein, dass das Baby in ihrem Bauch einen Freudenhopser machte.

Sven Lukas ließ in seinem ‚Labor' den Frequenzscanner einer Funkanlage per Suchfunktion den Äther abklopfen. „Mach ruhig weiter", ermunterte er Sam Weinrebe via Handy. Denn der saß am anderen Ende der Stadt vor dem ‚Westfälischen Hof', hatte die Wanze am Armaturenbrett seines Wagens festgemacht und zählte sich einen Wolf. Bisher aber ohne Erfolg.

Doch plötzlich dröhnte es aus dem Lautsprecher unverzerrt und gut verständlich „zweihundertfünfzehn, zweihundertsechzehn, zweihundertsiebzehn." Die Frequenz war gefunden.

„Gut, kannst aufhören“, rief der ‚Freak‘ ins Handy. „Ich hab´ Dich. Das Ding hat ja ´ne tolle Reichweite. Jetzt fahr´ bitte mal raus, Richtung Wemlighausen. Dann probieren wir während der Fahrt, ob es noch weiter geht. Aber dabei bitte weiterreden.“

Weinrebe tat, wie ihm geheißen und fuhr los. „Hinter eines Baumes Rinde saß die Made mit ihrem Kinde“, rezitierte er Heinz Erhardt. „Sie war Witwe, denn ihr Gatte, den sie hatte ...“ scholl es aus dem Lautsprecher. Und Lukas war beeindruckt von der Klarheit der Übertragung. Wenige Gedichtzeilen später war jedoch Schluss. Da waren nur noch Knätschen und Rauschen. „Sam, das war´s. Kannst umdrehen“, ließ er über Handy wissen. Weinrebe war gerade bis in Höhe des Schrauben-Multis EJOT gekommen.

Ein nachfolgender Test, bei dem der Kollege mehrere Berglagen abfuhr, brachte ein ähnliches Ergebnis. Spätestens nach eineinhalb Kilometern brach die Verbindung ab. Aber bis dahin war die Übertragungsqualität „vom Feinsten“, wie Sven Lukas später berichtete.

Zufrieden lehnte er sich zurück und begann leise zu singen: „Wer and´re abhört, der ist ein echtes Schwein. Wer mag der Herr bloß von dieser Wanze sein. Wir wer´n den Typen greifen, dann kriegt er was vor´n Latz ...“

„... und ihn vor´n Kadi schleifen, das geht bei uns ratz-fatz.“

Weinrebe hatte den letzten Satz zu Svens Überraschung vor Lachen glucksend beigesteuert. Der hatte nämlich vergessen, die Handyverbindung zu kappen. Und weil er so schön nach der Melodie von ‚Hänsel und Gretel‘ gesungen hatte, fühlte sich Sam geradezu eingeladen, Vers und Gesang zu komplettieren.

„Ja, hoffentlich wird´s so einfach“, lachte nun auch der ‚Freak‘ leicht verlegen. ‚Welcher erwachsene Mann singt schon Kinderlieder?‘, fragte er sich in Gedanken. Aber genau das machte den Kommissar so sympathisch. Er hatte sich noch ein Stückchen Kindsein bewahrt. Deshalb war er wohl immer so locker drauf und meist gut gelaunt.

Gregor Blömer war entsetzt, als er Sam Weinrebes Stimme hörte. Gerade hatte der Amateurfunker nach seinem Arztbesuch daheim sein stationäres Funkgerät eingeschaltet, als er mitbekam, dass sich da jemand an ‚seiner' Wanze zu schaffen machte. War sie also doch von der Polizei gefunden worden. Obwohl er sie eigentlich ganz gut versteckt hatte, im Wagen des Juniorchefs. Vor mehr als einem Vierteljahr.

Er war sich der Tatsache bewusst, dass er sich damit strafbar gemacht hatte.

Doch seine ‚Abhöraktionen' waren ihm wichtiger und hatten ihm letztlich auch die Erkenntnis gebracht, dass er mit seiner Vermutung richtig lag. Seine Frau war die Geliebte von Pius Rommert!

Mehr durch Zufall war er hinter dieses Geheimnis gekommen. Als er nämlich bei einem Gesellschaftsabend der Architektenkammer beobachtete, wie Rommert seiner Frau in einer Ecke ungeniert an die Brust fasste und sie dazu noch laut auflachte. Kurz darauf waren beide verschwunden und erst nach gut zwanzig Minuten wieder aufgetaucht. Pius total derangiert und gerade bemüht, den letzten Hemdzipfel in der Hose unterzubringen.

„Du spinnst ja total", hatte die ‚schöne Ellen' ihren Mann angeherrscht und tagelang kein Wort mehr mit ihm geredet, als er sie zur Rede stellen wollte. Doch die Anzeichen verdichteten sich weiter. Immer wieder war seine Frau bis in die Nacht hinein verschwunden und angeblich bei irgendwelchen Freundinnen gewesen. Das war gegen ihre jahrelangen Gepflogenheiten. Aber Gregor versagte es sich, bei den besagten Damen nachzufragen.

Eines Tages allerdings war er in Pius´ Büro gekommen, während der telefonierte. Als er einen Blick auf das Telefon warf, sah er auf dem Display Ellens Handynummer. Doch der junge Rommert machte keine Anstalten, das Gespräch zu beenden. Pius wedelte nur mit der Hand und bedeutete ihm, er möge sich verziehen. Das war für Gregor so etwas wie Höchststrafe.

Und wieder gab es danach zu Hause nur Stress mit seiner Frau. Er sei ja von einer Hartnäckigkeit in seinen falschen Vorwürfen, dass es nicht mehr zu ertragen wäre, schrie sie ihn an. Und er solle bloß nicht glauben, dass sie das noch weiter so hinnähme.

Als er sie aber bat, doch einfach ihr Handy vorzuzeigen und mit Blick in den Speicher zu beweisen, dass es dieses Telefonat nie gegeben habe, schoss sie wie von der Tarantel gestochen aus der Küche und verweigerte ihm für die Nacht sogar den Zugang zum Schlafzimmer.

Das war der Moment, in dem er beschloss, die beiden zu observieren. Und zwar zunächst, indem er sie abhören wollte. Also suchte er im Internet und wurde bald fündig. Eine kleine, fünf Zentimeter große Wanze mit enormer Reichweite und für gerade mal 117 Euro. Das war genau das Richtige für ihn.

Zwei Wochen später, die Ware war längst an seine Büroadresse geliefert worden, spielte ihm das Glück in die Karten. Pius, dieser hyperarrogante Fatzke, hatte ihn mal wieder mit Botendiensten beauftragt und aufgefordert, seinen BMW aus der Werkstatt zu holen. Ein Job, den Gregor mit Freuden übernahm. Gab der ihm doch die Gelegenheit, die Wanze unter dem Armaturenbrett anzubringen.

Und testen konnte er das Teil auch gleich. Denn kaum war er mit dem Wagen vorgefahren, hatte ihn Pius Rommert bereits ohne Dank mehr oder weniger aus dem Gefährt gerissen und war damit davongefahren. Gregor Blömer aber war sofort in seinen Wagen umgestiegen und hatte seine mobile Funkstation angeworfen. Wenig später hörte er, wie Rommert Junior telefonierte. Diesmal allerdings nicht mit seiner Frau.

In den Wochen danach war er drei- viermal Ohrenzeuge gewesen, wenn sich Pius und Ellen im Wagen liebten. Und mehr als einmal hörte er ihre Beteuerungen, „den Schlappschwanz daheim“ verlassen und zu Rommert ziehen zu wollen. Aber zu Hause verlor sie nicht ein Wort. Und Gregor litt still vor sich hin.

Sie konnten nie besonders weit weg sein. Das schloss er aus dem guten Empfang der Unsäglichkeiten, die sich da abspielten. Doch er kam nie dahinter, wo genau sie waren. Dafür hätte er sie verfolgen müssen. An einem Tag aber hatte er mitbekommen, wie und wo sie sich verabredet hatten. Und dann wollte er sie in flagranti erwischen und es ihnen heimzahlen.

Plötzlich klingelte es an der Haustür. Seine Frau, Englisch- und Geschichtslehrerin, war im Dienst. Also ging er die Treppe hinunter, um nachzuschauen. „Au“, sagte er überrascht und etwas verkniffen, „die Polizei. Was verschafft mir denn die Ehre?“ Die Geschichte mit der gefundenen Wanze konnte es eigentlich noch nicht sein, dachte er sich. Das war ja gerade erst geschehen. Und die beiden hier hatten mit dem Test absolut nichts zu tun.

„Wir würden uns ganz gerne mit Ihnen über Pius Rommert unterhalten. Sie waren ja wohl derjenige im Planungsbüro, der am meisten mit ihm zu tun hatte.“

„Wer sagt denn sowas?“

„Haben wir gehört“, antwortete Rüdiger Mertz.

„So, haben Sie gehört. Na, dann kommen Sie mal rein“, forderte er die beiden Beamten auf und schnäuzte sich in ein Taschentuch. Claudia kannte er ja bereits von ihrem Besuch am Freitag, als er dem Senior so richtig eingeschenkt hatte.

Er führte sie ins Wohnzimmer, in dem es vor moderner Behaglichkeit nur so strotzte. Neue Couchgarnitur, ein opulenter Fernsehsessel, eine ganze Regalwand voller Bücher mit Riesenluke, in der ein großer Flachbildfernseher thronte. Und eine hypermoderne Essecke. Dazu farblich abgestimmte Wände und ein schneeweißer Fusselteppich auf grauem Schiffsplankenboden. Hier passte alles zusammen.

„Möchten Sie was trinken?“, fragte er mit Schniefnase, für die er sich gleich entschuldigte. „Sorry, ich habe mich ganz gehörig erkältet. Eigentlich müsste ich ins Bett, sagte der Arzt. Aber in unserem Laden liegt zu viel Arbeit. Und es sind zu wenige Leute da. Ich werde heute Nachmittag wieder ins Geschäft eingreifen.“

„Ja, ein Mineralwasser wäre nicht schlecht“, kam Claudia auf seine Frage zurück. Rüdiger schloss sich an.

Während Blömer offenbar in den Keller ging, um das Gewünschte zu holen, schaute sich Claudia ein wenig um und kam zu dem Ergebnis, dass hier auserlesener Geschmack zu Hause war. „Hier passt wirklich alles.“

„Ja“, tauchte Blömer da plötzlich wieder auf, „dafür haben wir auch eine ganze Zeit gebraucht. Das ist nämlich gar nicht so einfach, wenn Geschmäcker so weit auseinanderliegen wie meiner und der meiner Frau. Aber jetzt sind wir sehr zufrieden. Wir sind selbst überrascht“, lächelte er, während er drei Gläser mit Mineralwasser füllte.

„Wie standen Sie zu Pius Rommert?“ Rüdiger hatte die Befragung begonnen, noch ehe sich der Hausherr hinsetzen konnte.

„Wie soll ich zu ihm gestanden haben?“, antwortete der und hielt sich an der Lehne eines Stuhls fest. „Ich mochte ihn nicht. Das weiß jeder in unserer Firma. Er war arrogant, bösartig und hatte keine Ahnung von der Materie. Deshalb hat ihn ja selbst sein Vater geschasst.“

„Was heißt in dem Zusammenhang geschasst?“, wollte Claudia wissen.

„Nun, er hat ihn wegen Unfähigkeit rausgeschmissen. Dazu kam allerdings auch noch, dass der Junior durch Kungeleien und Betrug unsere Firma fast ruiniert hätte.“

„Wie das?“

Blömer erzählte die ganze Story und ließ dabei nichts aus. „Wenn da nicht Leon Körner blitzartig für Klärung und Nachbesserung gesorgt hätte, wäre das Ganze zu Gericht gegangen. Und wir hätten von niemandem mehr auch nur den Auftrag zum Bau einer Doppelgarage bekommen.“

„Ja, aber was ist denn nun mit dem Bauleiter vor Ort? Hat Ihre Firma den wenigstens angezeigt?“

„Den Hüttenstein, diesen Drecksack, hat natürlich niemand angezeigt. Weil der ja Pius Rommert in der Hand hatte. Hätte der vor Gericht ausgesagt, wäre der Junior mit Pauken und Trompeten, entschuldigen Sie, auf die Fresse geflogen.“

Claudia und Rüdiger schauten sich verdutzt an.

„Sagten Sie gerade Hüttenstein?“, fragte Mertz.

„Ja.“

„Rolf Hüttenstein?“

„Ja, warum fragen Sie?“

„Weil das der Name des Toten ist, den wir am Steuer von Herrn Körners Wagen gefunden haben.“

Entsetzt schaute der Ingenieur die Beamten an. „Das kann doch wohl nicht wahr sein. Der war der Entführer von Leon Körner?“

„Offenbar ja. Nehmen wir zumindest an“, antwortete Rüdiger. „Haben Sie vielleicht eine Erklärung dafür?“

Gregor Blömer stierte unverwandt ins Bücherregal. Als stünde dort in einem der vielen Romane und Sachbücher irgendwo eine Antwort auf diese Frage geschrieben.

„Nein, habe ich nicht. Allenfalls die, dass er offenbar unseren Juniorchef gut kannte. Sonst hätten die ja nicht gemeinsam so krumme Geschäfte machen können."

„Okay, lassen Sie uns mal mit unserer ureigentlichen Frage weitermachen. In welcher Art Beziehung standen Sie denn sonst miteinander?"

„Pius und ich? Och, das ist mit einem Satz gesagt. Er benutzte mich permanent als Fußabtreter. Baute er im Büro irgendwelchen Mist, und das war nicht selten der Fall, musste ich gegenüber seinem Vater dafür geradestehen. Pius log am laufenden Band. Aber ihm wurde geglaubt."

„Ja, haben denn Ihre Kollegen nichts davon mitbekommen?"

„Doch, das haben sie. Aber außer Leon Körner hat mich da niemand verteidigt. Und der hatte eh immer Stress mit dem Alten."

„Oh Gott, oh Gott, oh Gott", lehnte sich Claudia Siegemund zurück und nahm einen großen Schluck aus ihrem Glas, „bei Ihnen war also immer nur Dampf in der Hütte."

„Ja. Vor allem, wenn der Junior da war. Der hat nur für Unfrieden gesorgt."

„Sagen Sie, Herr Blömer", schaltete sich Rüdiger Mertz jetzt wieder ein, „können Sie sich vorstellen, wer ein Interesse daran gehabt haben könnte, Pius Rommert auszuspionieren?"

„Wie meinen Sie das?", fragte der, mit leicht erhöhtem Blutdruck zurück.

„Naja, wir haben in dessen Wagen eine Wanze gefunden. Können Sie sich vorstellen, wer die da angebracht hat?"

„Pff, keine Ahnung", log Blömer, als plötzlich die Haustür geöffnet wurde. „Ach Gott, meine Frau hat schon Unterrichtsschluss." Mit zwei, drei Schritten war er im Wohnflur, um sie dort zu begrüßen. Doch der Empfang war nicht so besonders herzlich.

„Was ist denn mit Dir los? Kein Dienst heute?"

„Nein, ich war heute Morgen beim Arzt. Bin ziemlich erkältet."

„Aha. Machst Du wieder einen auf Jammerlappen, was? Gibt´s wenigstens was zu essen?"

„Nein. Ich hatte noch gar nicht mit Dir gerechnet."

„Dann schau mal auf die Uhr. Klickert´s da bei Dir irgendwo? Heute ist Dienstag, Mann. Da habe ich immer nur fünf Stunden."

Gregor Blömer war es in seiner Haut nicht sehr wohl. Vor allem, weil seine Frau in einer Lautstärke sprach, die man bequem auch vor der Haustüre hätte verstehen können. „Reiß Dich mal ein bisschen zusammen. Wir haben Besuch. Die Polizei ist da."

„Polizei? Was will die hier?" Bei diesem Satz war sie schon im Wohnzimmer und stierte die Beamten an wie Mondkälber. „Ist was passiert?", fragte sie, ohne auch nur eine Anstalt zu machen, die beiden zu begrüßen.

Das erledigte dafür Rüdiger Mertz, der bereits aufgestanden war und sich vorstellte. „Guten Tag, Frau Blömer, mein Name ist Rüdiger Mertz. Und das ist meine Kollegin Claudia Siegemund."

„Ja, schon gut", nuschelte die Angesprochene zurück, ohne die angebotene Hand zu nehmen. „Ich habe gefragt, ob etwas passiert ist?" Hinter ihr stand ihr nießender Mann mit feuerrotem Gesicht und schämte sich ganz offensichtlich in Grund und Boden.

„Ja, wir sind gekommen, um mit Ihrem Mann über seinen toten Juniorchef zu sprechen."

„Um über *wen* zu sprechen?“ Rüdiger glaubte, ein leichtes Flimmern ihrer Augenlider zu erkennen.

„Über den toten Juniorchef Ihres Mannes, Pius Rommert,“ wiederholte der Kommissar.

„Wie denn? Pius ..., ich meine, Herr Rommert Junior ist tot?“ Entsetzen pur sprach aus ihrem Blick. „Wie tot?“

„Was meinen Sie?“

„Gestorben, bei einem Unfall ums Leben gekommen – oder was?“

„Nein, Frau Blömer. Er wurde ermordet. Hat Ihnen denn Ihr Mann nichts erzählt?“

„Nein“, sagte sie fast tonlos. „Nein, hat er nicht.“ Ohne jedes weitere Wort verschwand sie aus dem Wohnzimmer und stob die Treppe hinauf. Blömer wollte hinterher. Doch Claudia hielt ihn auf.

„Stopp, Herr Blömer. Können Sie uns das erklären?“

„Was erklären? Das Verhalten meiner Frau?“

„Zunächst mal Ihr Verhalten. Warum haben Sie Ihrer Frau noch nichts vom Tod des Juniorchefs erzählt?“

„Ganz einfach. Von dem Mord haben wir erst gestern erfahren. Als ich gestern Abend nach einem Meeting mit einem Bauherrn heimkam und es meiner Frau hätte erzählen können, schlief sie bereits. Und heute Morgen hat sie das Haus verlassen, während ich noch unter der Dusche stand.“

„Ja, aber haben Sie denn gar keine Tageszeitung?“

„Nee, die hat meine Frau schon vor einiger Zeit abbestellt. Sie informiere sich im Internet, sagte sie. Das reiche ihr.“

Claudia schaute dem Ingenieur tief in die Augen, als sie fragte: „Sagen Sie, mit Ihrer Ehe ist es nicht besonders gut bestellt, muss man den Eindruck haben.“

„Ja“, wandte er den Blick ab, „im Moment läuft´s bei uns wirklich nicht so gut. Aber jetzt lassen Sie mich bitte zu ihr. Können Sie nicht später noch mal wiederkommen?“

„Mir wäre es lieber, wenn Sie zu uns kommen könnten. Sagen wir heute, so um 15.00 Uhr. Ginge das?“, fragte Rüdiger Mertz und überreichte Blömer seine Visitenkarte.

„Ich denke, das geht. Ich bin um drei, spätestens zehn nach drei bei Ihnen.“

„Alles klar. Wir verlassen uns darauf.“ Eine Minute später hatten die Polizisten das Blömersche Haus in der Arnikastraße verlassen.

„Der lügt uns doch die Hucke voll“, war Claudia ziemlich geladen, als sie ihren Wagen bestiegen.

„Ganz Deiner Meinung“, erwiderte Mertz. „Allerdings scheint auch sie so ihre Geheimnisse zu haben. Und ihr Umgang mit ihrem Mann ist ja wohl unter aller Sau. Von dem mit uns ganz zu schweigen.“

„Ach, wer weiß, wie der manchmal mit ihr umspringt“, beschwichtigte die Kollegin. „Da steckt man ja nicht drin.“

Rüdiger ließ das unkommentiert. Er wollte mit ihr keine Diskussion und erst recht keinen Streit darüber vom Zaun brechen, dass sie mit ihrer automatisierten Solidarität Frauen gegenüber den Blick auf das Wesentliche verdecke. ‚Wir Männer sind halt immer schuld‘, fügte er sich in sein Schicksal.

„Jetzt übertreiben die vom Justizvollzugsdienst aber gewaltig“, stellte Klaus Klaiser lautstark fest, als Reinald Beckmann, an Händen und Füßen gefesselt, ins Reviergebäude geführt wurde. „Machen Sie ihm bitte sofort die Ketten von den Füßen los, meine Herren. Das ist doch nun wirklich nicht nötig.“

Der Kripo-Chef erntete Kopfschütteln bei den beiden Justizbeamten. „Das war so angeordnet vom Haftrichter. Und so haben wir das auch gemacht“, meinte der eine, als sie Beckmann in den Vernehmungsraum geführt und zwei Beamten übergeben hatten. „Ich denke, der Mann ist Ihnen schon mal durch die Lappen gegangen.“

„Ja, aber nicht als Gefangener“, stellte Klaiser klar.

„Na gut. Wir gehen jetzt was essen und warten dann ab, bis Sie fertig sind. Wie lange brauchen Sie? Spätestens um 19 Uhr sollten wir wieder in Siegen sein.“

Sie einigten sich auf 17.30 Uhr als späteste Abholzeit.

„Ich hab´ ihnen fünfzehn Minuten gegeben“, wandte sich Klaus an den ‚Freak‘, der sich verwundert darüber gezeigt hatte, dass Horst Bernschein, der Pflichtanwalt, in den Vernehmungsraum gegangen war und die beiden Polizisten herausgeschickt hatte. „Wir müssen ihnen ja schließlich die Gelegenheit geben, sich einmal grundsätzlich auszutauschen.“

Alle waren rechtzeitig zum anberaumten Termin gekommen. Nur Staatsanwalt Doktor Puhlmann glänzte durch Abwesenheit. Mal wieder. Das Wort Pünktlichkeit hatte für ihn offenbar eine nur untergeordnete Bedeutung. Wenn er dann aber auftauchte, hatte alles nach seiner Pfeife zu tanzen. ‚Doktor Wichtig‘ nannten ihn die Insider daher hinter vorgehaltener Hand.

„Oh, welche Freude“, erscholl es plötzlich im Rücken der Wartenden, „wir werden heute einen der komplexesten Fälle der Berleburger Kriminalgeschichte lösen.“ Gut gelaunt und nur sieben Minuten zu spät flog der Staatsanwalt förmlich herein. Mit wehendem Mantel und kunstvoll um den Hals geschlungenem Seidenschal.

„Interessant“, empfing ihn Klaus Klaiser. „Was macht Sie da so sicher?“

„Na hören Sie“, lächelte Doktor Puhlmann generös, „mit dem, was Sie da gegen den Mann in der Hand haben, wird er doch zusammenbrechen wie ein Kartenhaus. Da bin ich sicher.“

‚Er hat offenbar wieder einmal die Akten nicht richtig gelesen‘, vermutete Sven Lukas. ‚Und wir dürfen es wieder ausbaden, wenn das Ergebnis nicht seinen Vorstellungen entspricht.‘ Zwar waren seine Zweifel an einem Erfolg des Verhörs nicht so groß wie bei manch anderem Fall. Aber der vom Staatsanwalt schon im Vorfeld ausgerufene Sieg konnte ihn kiebig machen.

„Verhör des Beschuldigten Reinald Beckmann am Dienstag, 23. Januar 2018, 14.42 Uhr. Anwesend sind neben dem Beschuldigten dessen Anwalt Herr Horst Bernschein, Staatsanwalt Dr. Peter Puhlmann, Erster Kriminalhauptkommissar Klaus Klaiser und Kriminalkommissar Sven Lukas.

Herr Beckmann, wo waren Sie in der Nacht zum 18. Januar dieses Jahres?“

„Ich war zusammen mit Rolf Hüttenstein und Herrn Rommert Junior in einem schwarzen Volvo unterwegs. Im Kofferraum lag der gefesselte und betäubte Leon Körner.“ Die Ermittler schauten einander erstaunt an. Mit dieser Offenheit hatten sie nicht gerechnet. Deshalb hakte Klaus sofort nach.

„Wie kam Herr Körner in den Kofferraum?“

„Hüttenstein und ich haben ihn in seiner Garage überfallen, gefesselt und in den Kofferraum des Volvo gelegt. Hüttenstein hatte ihn zuvor mit einem Spaten bewusstlos geschlagen und ihm später eine Betäubungsspritze gegeben.“

Polizisten und Staatsanwalt waren baff. Ein derart flüssig begonnenes Geständnis hatten sie noch nie erlebt. ‚Der Mann will sich eine Last von der Seele schaffen‘, war sich Sven sicher und fragte gleich darauf: „Wohin fuhren Sie und was war Ihr Plan?“

„Wohin wir genau fuhren, das kann ich nicht sagen. Ich kenne mich hier nicht aus. Wir landeten aber schließlich spät in der Nacht in einem Tal, in dem die Straße nach ... äääh Johannes oder Peters Tal führt, oder so ähnlich.“

„Johannes oder Peters Tal?“, fragte der ‚Freak‘ nach, „kann es nicht auch Paulsgrund heißen? Das ist das Preisdorftal.“

„Stimmt, Paulsgrund ist richtig“, nickte er. „Zunächst waren Hüttenstein und ich allein unterwegs, nachdem wir Herrn Körner in den Kofferraum gesperrt hatten. Der Plan war, ihn zu entführen und ihm Angst zu machen.“

„Warum entführen und Angst machen?“

„Hüttenstein hatte mir gesagt, Körner mache dem Juniorchef des Planungsbüros zu viele Schwierigkeiten und müsse mal richtig ausgebremst werden.“

„Von wem wusste Ihr Kumpan das denn?“

„Na, von Pius Rommert. Der hat uns doch engagiert.“

„Was denn? Pius Rommert war der Auftraggeber?“, fragte Klaiser überrascht. „Auftraggeber, nicht späteres Opfer? Das wissen Sie genau?“

„Nee, Opfer nun ganz bestimmt nicht. Das weiß ich genau!“

„Und da haben Sie einfach so mitgemacht und sind extra dafür von Luckenwalde nach Bad Berleburg gekommen?“ Der Staatsanwalt war auf Angriff gegangen.

„Nicht einfach so“, setzte sich Beckmann zur Wehr. „Nee, nee. Ich hatte doch keinen blassen Schimmer, wohin es überhaupt gehen sollte und was uns dort erwartete.“

„Das begreife ich nicht“, fasste Puhlmann nach. „Erklären Sie das bitte etwas genauer.“

Beckmann überlegte einen Moment. Aber dann erzählte er von Hüttensteins Angebot, ‚5.000 Euro cash auf die Kralle für einen kleinen Einsatz in NRW‘ zu zahlen und von seiner chronischen Geldknappheit, die ihn dazu getrieben habe, den Job anzunehmen.

Er berichtete von seiner Überraschung darüber, dass sie schließlich nach stundenlanger Fahrt in Berleburg gelandet waren, das er lediglich als Heimstatt der Firma ‚Rommert und Sohn‘ kannte und dass von dort der mit Abstand fähigste Ingenieur und Bauleiter gekommen war, den er je erlebt habe.

Es habe ihm ganz und gar nicht gepasst, dass dieser Ingenieur, Leon Körner, das Ziel einer Entführung sein sollte. Aber Hüttenstein sei massiv geworden und habe ihn wegen seiner Weigerung sogar misshandelt. Als Beweis zog Beckmann seinen Pulli hoch und zeigte seine linke Rippenseite vor, die in Blau und Lila schimmerte.

„Sie sagten, Sie seien in der besagten Nacht mit Hüttenstein vorn im Wagen allein unterwegs gewesen. Wann kam denn Pius Rommert dazu und wo?“

Wieder kam die Antwort auf Klaus‘ Frage wie aus der Pistole geschossen. „Das war so gegen Mitternacht. Hüttenstein hatte vorher einen Anruf bekommen, auf den er stundenlang gewartet hatte. Dann mussten wir zu einer Gaststätte fahren, ziemlich am Anfang der Stadt. Da ist direkt nebenan eine Straßenkreuzung.“

„Gunsetal“, flüsterte Sven dem Staatsanwalt zu. „Da haben wir ja auch Rommerts Wagen gefunden.“

„Ich bin auf Höhe der Aktenlage“, flüsterte ‚Doktor Wichtig‘ spitz zurück und schaute ihn giftig an. „Wissen Sie wenigstens mittlerweile, woher die Wanze kam?“

„Herr Puhlmann, bitte“, ermahnte Klaiser den Staatsanwalt. Was der naturgemäß als anmaßend empfinden musste. Aber er schwieg wenigstens.

„Wir haben Rommert also dort einsteigen lassen und sind durch die Nacht gefahren“, fuhr Beckmann fort. „Die beiden hatten offenbar ein klares Ziel. Aber wir fuhren immer wieder Umwege, weil uns mal die Polizei entgegenkam, mal überholte. Und einmal sind wir sogar kontrolliert worden.“

„Kontrolliert? Wo war das?“

„Das weiß ich nun wirklich nicht. Wie gesagt, ich kenne mich hier nicht aus.“

„Wer saß denn eigentlich wo in dem Wagen?“, fragte Sven dazwischen.

„Hüttenstein fuhr, Rommert saß auf dem Beifahrersitz und ich hinten drin.“

„Deckt sich mit der Spurenlage“, registrierte der ‚Freak‘. Und wieder war der Staatsanwalt total angefressen. „Ich habe mich eingelesen – und das Gelesene sogar verstanden“, zischte er. „Sie haben es hier nicht mit einem Klippschüler zu tun.“

Der ‚Freak‘ zog den Kopf ein. ‚Mann, das ist vielleicht ein Rotzbock. Immer von oben herab. Anders kann er offenbar nicht‘, dachte er, während Beckmann fast in einen Plauderton verfiel. Die Ermittler waren überrascht, dass der Proband so locker und frei von der Seele weg erzählte und sein Anwalt nicht ein einziges Mal eingriff.

Aber das sollte sich bald ändern. Als er nämlich an dem Punkt anlangte, an dem sie im Preisdorftal angekommen waren und die Insassen zu streiten begannen.

„Plötzlich verlangte Rommert, dass wir Leon Körner umbringen sollten. Da bin ich ausgerastet. Ich bin raus aus dem Wagen, hab mir Rommert gepackt und ihm dermaßen eine geknallt, dass er mit dem Kopf auf die Dachreling gekracht ist. Von da an war er still."

Anwalt Bernschein sprang auf. „Herr Beckmann, Sie müssen sich hier nicht selbst belasten. Es ist Sache der Polizei und der Staatsanwaltschaft ..."

„Lassen Sie den Blödsinn, Herr Anwalt, ich will hier aussagen. Denn *ich* habe Pius Rommert *nicht* umgebracht."

„So", wurde Klaus Klaiser plötzlich laut, „wer war es denn dann?"

„Ich weiß es nicht. Wirklich nicht. Als ich dort weg bin, lebte Pius Rommert auf jeden Fall noch."

„Reden Sie doch keinen Blödsinn, Mann. Sie haben ihn hinterrücks erschossen. Und sonst keiner."

„Erschossen? Ich? Ich besitze keine Schusswaffe. Und in dem Wagen war auch keine. Woher soll ich die denn gehabt haben?"

„So etwas kann man sich besorgen."

„Wie denn?"

„Wie denn? Wie denn? Wo hatten Sie denn das Seil her, mit dem Sie Hüttenstein erdrosselt haben?"

„Das war kein ..." Beckmann stoppte mit einer Vollbremsung.

Aber Klaiser hakte blitzschnell nach. „Stimmt, das war kein Seil. Das war ein Stück Wäscheleine."

Beckmann lief rot an. ‚Jetzt bloß keinen Fehler machen', dachte er und geriet leicht in Panik.

„Herr Beckmann, jetzt mal Butter bei die Fische. Sie haben Pius Rommert umgebracht und ..."

„Nein! Ich habe diesen Rommert nicht umgebracht. Das können Sie mir nicht in die Schuhe schieben."

„... und Sie haben Rolf Hüttenstein ermordet", fuhr Klaus Klaiser fort. Woher sonst hatten Sie wohl das Geld, das wir bei Ihnen gefunden haben? Nach Ihrer Aussage können es ja allenfalls 5.000 Euro gewesen sein, die man Ihnen versprochen hatte."

„Und es war kein anderer da, der ihn hätte umbringen können", setzte Sven Lukas noch einen obendrauf.

„Doch", grinste Beckmann plötzlich, während Anwalt Bernschein vergeblich versuchte, seinen Mandanten zum Schweigen zu bringen. „Rommert war doch da. Der muss ihn umgebracht haben."

„Jetzt werden Sie aber albern, Herr Beckmann", wurde Klaiser sauer, „eben haben Sie noch behauptet, Rommert sei bewusstlos gewesen."

„Dann hat er ihn eben umgebracht, nachdem ich dort abgehauen bin und er wieder wach geworden ist."

„Schwachsinn! Sie haben uns Hüttenstein als äußerst gewalttätig beschrieben. Sie wären dem nie durch die Lappen gegangen. Noch dazu mit dem ganzen Geld, das er abkassiert hatte."

Für den Maurer machte es nur noch ‚bam-bam-bam'. Derart heftig wurden ihm Indizien und Behauptungen um die Ohren gehauen. Derart brutal wurden seine Antworten als Lügen enttarnt. Bis ihm schließlich schwindelig wurde und er sagte:

„Es stimmt."

„Was stimmt?"

„Ich habe Hüttenstein erdrosselt. ... Aber Pius Rommert habe ich nicht umgebracht." Dann sackte er in sich zusammen.

„Lassen Sie uns eine Pause machen, bitte", meldete sich Anwalt Bernschein zu Wort. Doch Klaiser witterte seine Chance, den Fall hier und jetzt zu Ende zu bringen.

„Pause wird gemacht, wenn ich das sage", herrschte er den Anwalt an, der in Sekundenschnelle eine gewaltige Zornesröte entwickelte. „Das werden wir ja sehen!", brüllte der dem

Kripo-Chef entgegen. „Dann wird Herr Beckmann ab sofort jede weitere Aussage verweigern. Und ich bestehe darauf, dass die Umstände, die zu dieser Verweigerung führen, zu Protokoll genommen werden."

Irritiert schaute Klaus zu Sven Lukas herüber, der bedächtig den Kopf wiegte und ihm so zu verstehen gab, dass auch er eine Pause für angebracht hielt. Und Puhlmann, der sich in diesen Minuten seltsamerweise zurückgehalten hatte, stimmte ebenfalls zu.

„Okay", lenkte Klaiser ein, „wir geben Ihnen dreißig Minuten" und schaltete die Aufnahmegeräte ab. „Sie können hier im Raum bleiben. Die Wache steht draußen."

„Danke", flüsterte Anwalt Bernschein fast. Dann kümmerte er sich um seinen Klienten, dem er zunächst einen Becher Wasser einschenkte.

In Klaisers Hosentasche vibrierte schon zum dritten Mal das Smartphone. Bisher hatte er es ignoriert. Nun aber nahm er das Gespräch an, während er den Vernehmungsraum verließ und im Raum hinter dem Spiegelglas verschwand.

„Klaus, hier ist Jürgen. Sorry, dass ich störe. Aber ich bin mit Claudia und Pattrick auf dem Weg zu Gregor Blömer und seiner Frau."

„Gregor Blömer, wer ist das? Hilf mir mal auf die Sprünge."

„Das ist einer der Ingenieure von ‚Rommert und Sohn'. Claudia und ich waren heute Vormittag schon mal bei den Leuten zu Hause. Und Blömer wollte in einer halben Stunde bei uns im Revier sein. Aber jetzt meldeten Nachbarn, dass in deren Haus ein Schuss gefallen sei und Frau Blömer liege verletzt im Bereich der Haustür. Aber die Leute trauen sich nicht, ihr zu helfen."

„Oh Mann! Was ist denn bloß in dieser Stadt los? Habt Ihr das SEK verständigt?"

„Haben wir. Aber die können frühestens in einer Dreiviertelstunde hier sein. Deren Helikopter ist in der Werft. Und gerade erst wurde Ersatz aus Düsseldorf angefordert."

„Mist! Können Euch Kollegen von der Schutzpolizei helfen?"

„Ja, drei Kollegen sind direkt hinter uns. Weitere kommen so bald wie möglich."

„Leute, passt auf, bitte. Erst, wenn Ihr komplett seid. Und nur mit Weste und Helm! Kapiert?"

„Kapiert, Chef. Und Du? Kommst Du auch?"

Klaus raufte sich die Haare. Was sollte er tun? Sollte er das Verhör ganz abbrechen? Nein! Das würde die frisch aufgerissenen Wunden bei Beckmann nur wieder heilen lassen.

„Nee, geht nicht. Ich komme hier nicht weg. Sven und ich haben Beckmann fast soweit. Einen Mord hat er schon gestanden. Ihr müsst dort alleine fertig werden. Aber seid vorsichtig. Und viel Glück!"

„Danke."

Langsam fuhren zuerst die drei im schwarzen Mondeo und dann die drei Kollegen im Streifenwagen in den Arnikaweg ein, um gut zwanzig Meter entfernt vom Haus der Blömers zu parken. Langsam pirschten sie sich vor, was bei der Schneeglätte gar nicht so einfach war. Allerdings boten die einzelnen, teils meterhohen Schneehaufen am Straßenrand auch einen guten Sichtschutz.

Die Tür des Hauses stand offen. Und als Jürgen und Pattrick als ‚Vorhut' näher kamen, sahen sie, halb auf dem Haustürpodest, halb im Haus, bäuchlings eine Frau liegen. Sie atmete. Das verriet der aufsteigende Hauch aus ihrem Mund bereits auf Entfernung. Und beim Näherkommen hörte man leises Wimmern.

Die Beamten luden ihre Waffen durch und kamen Schritt für Schritt näher, als die Frau plötzlich rief: „Er will sich das Leben nehmen! Bitte, machen Sie was!“

„Wo ist er?“, zischte Pattrick der Frau zu. „Können Sie uns das sagen?“

„Er sitzt auf der Treppe und will sich erschießen. Aber ich glaube, die Pistole hat eine Ladehemmung.“

„Danke, wir bringen Sie jetzt hier weg“, antwortete Pattrick gedämpft und winkte die übrigen Kollegen heran.

„Notarzt und Rettungswagen sind schon da“, wisperte Claudia ihm zu. Die hatten sie sowieso zum Einsatz dazu bestellt. Dann packte sie mit den anderen Beamten kräftig zu und trug Frau Blömer in Richtung Rettungsteam.

Nachdem sie sich per Blickkontakt und Gestik verständigt hatten, trat Jürgen mit einem heftigen Fußstoß die Haustür auf. Dann sprangen beide mit gezückter und entsicherter Waffe in den Flur. Auf einer der untersten Treppenstufen saß Gregor Blömer. Er wirkte völlig konsterniert und fuchtelte mit einer Pistole herum. „Sie geht nicht mehr, sie klemmt, dieses Scheißding!“, schrie er wie irre.

„Herr Blömer“, rief Pattrick, „legen Sie die Waffe weg. Sofort!“

Doch der Mann reagierte nicht und heulte wie ein kleiner Junge: „Sie geht nicht, sie geht nicht.“

„Die Waffe weg, sofort!“, kam die ultimative Aufforderung. Aber es passierte nichts

„Herr Blömer, legen Sie das Ding weg, sonst müssen wir schießen!“, rief Jürgen Winter schließlich und zielte auf den offenbar total desorientierten Ingenieur.

Das zeigte Wirkung. Langsam, fast in Zeitlupe, legte der Mann die Waffe auf die Treppe, stand auf und kam die letzten beiden Stufen herunter zu den Polizisten, die ihre Pistolen wegsteckten und Blömer sofort Handschellen anlegten.

„Ist meine Frau tot?“, fragte er mit rot geränderten Augen. Seine Nase lief.

„Nein, sie lebt. Und sie wird auch überleben.“ Jürgen, der ihn unsanft vor sich her führte und dabei noch eine der Winterjacken von der Garderobe nahm, pfiff Blömer von der Seite an: „Wollten Sie sie denn umbringen?“

„Nein, nein, unter keinen Umständen. Ich wollte *mich* erschießen. Aber sie wollte das verhindern und hat versucht, mir die Pistole aus der Hand zu treten. Dabei ist ein Schuss losgegangen und hat sie getroffen.“

„Herr Blömer, wir nehmen Sie vorübergehend fest und bringen Sie jetzt ins Kommissariat.“ Pattrick Born, der ihn von Winter übernommen hatte, überlegte zunächst noch, ob sie nicht gleich eine Vernehmung vor Ort machen sollten. Er kam jedoch zu dem Ergebnis, dass Fragen und Antworten aus verfahrenstechnischen Gründen aufgezeichnet werden sollten. Und das ging halt nur mit der Elektronik, die im Revier zur Verfügung stand.

„Was ist denn nun mit meiner Frau?“, fragte der Geschasste lauthals nach.

„Die ist bereits auf dem Weg ins Krankenhaus“, rief Jürgen Winter von draußen. „Der Notarzt meint, die Schussverletzung sei nicht lebensbedrohlich. Sie haben sie ins Bein getroffen.“

„Na, Gott sei Dank“, entfuhr es Blömer und Born fast lippensynchron. Jeder für sich vermutlich aus einem anderen Motiv heraus. Dann sackte der Schütze in sich zusammen und bat fast flehentlich um ein Papiertaschentuch. Jürgen Winter reichte ihm gleich zwei.

Wenige Minuten später fuhren sie ab. Pattrick vorne am Steuer, Claudia und Jürgen hinten beim Festgenommenen. Blömers Kanone hatte Born in einen Beweismittelbeutel gepackt und in seiner Winterjacke verstaut.

„Ich wollte sie nicht umbringen. Ganz bestimmt nicht. Ich wollte sie nicht umbringen", jammerte der Festgenommene unentwegt und nießte heftig.

„Das wissen wir mittlerweile", nölte Winter. „Aber warum wollten Sie denn sich selbst erschießen?"

„Ach, Sie haben ja keine Ahnung."

„Stimmt. Deswegen frage ich Sie ja."

„Sind Sie verheiratet?"

„Das geht Sie zwar nichts an. Aber wenn es der Wahrheitsfindung dient. Ja!"

„Und sind Sie von Ihrer Frau schon einmal betrogen worden?"

„Glaub´ ich nicht. Aber auch das geht Sie nichts an."

„Dann wissen Sie auch nicht, wie weh es tut, wenn Sie andauernd betrogen werden und sogar noch Zeuge dabei werden."

„Da haben Sie recht", antwortete Jürgen. ‚Aha', dachte er, ‚daher weht der Wind. Der Betrogene wollte kapitulieren.' Aber das war jetzt ebenfalls kein Thema für die Fahrt. „Passen Sie auf", sagte er deshalb, „auch das besprechen wir am besten auf dem Kommissariat. Okay?!"

Gregor Blömer nickte und schaute aus dem Fenster des Wagens, der von Born ganz vorsichtig über die Nebenstraßen der Kurstadt chauffiert wurde. Vor allem auf den Steigungs- und Gefällstrecken waren die Fahrbahnen verdammt glatt. Von durchdrehenden oder von Rädern in Vollbremsung blank poliert.

„Immer dasselbe Theater", murmelte Pattrick. „Wie jedes Jahr kam der Winter wieder vollkommen überraschend. Mitten im Januar. Und dann gurken hier die Klinik-Patienten aus den ‚Flachländern' mit Sommerreifen rum und wundern sich, dass bergauf die Räder durchdrehen und beim Bremsen bergab blockieren. Hirnies!"

Wenig später aber waren sie am Polizeirevier eingetroffen. Auf Bitten Blömers auf der Rückseite vorgefahren. Er wollte nicht mit Handschellen von einer geführten Touristengruppe im Herrengarten gesehen und unter Umständen sogar noch fotografiert werden.

Die Beamten gaben ihm recht. „Wie schnell ist so´n Bild mal an die Boulevard-Presse verkauft und ´ne handfeste Sensation draus gemacht worden“, hatte Pattrick den Kollegen zugestimmt. Er hatte wirklich keine Lust, von einem Reporter dazu eine Geschichte aus den Rippen geleiert zu bekommen. Er war da vor Jahren schon mal richtig geleimt worden.

Über dem Vernehmungsraum leuchtete die rote Lampe. ‚Besetzt‘ zeigte das Licht an. Außerdem saß ein Kollege der Schutzpolizei vor der Tür. Ein untrügliches Zeichen dafür, dass dort kein Platz war für die Ankömmlinge. „Bringt Ihr Herrn Blömer bitte vorübergehend in eine Zelle?!“, bat Pattrick Born die Kollegen. „Ich gehe mal eben Klaus beim Verhör stören. Hoffentlich rastet der nicht aus.“

„Bist Du denn sicher, dass das jetzt nötig ist? Wir können uns doch noch gar kein Bild wegen Blömer machen“, raunte ihm Claudia zu, während Jürgen Winter mit dem Festgenommenen schon dem Zellentrakt zustrebte.

„Doch, können wir“, widersprach Pattrick. „Guck mal hier“, sagte er lächelnd, während er Blömers Waffe aus der Tasche zog und sie in dem Plastikbeutel präsentierte. „Haste schon mal 'n genaueren Blick darauf geworfen?“

Claudia Siegemund riss die Augen auf. „Das ist ja´n Ding“, stellte sie nüchtern fest, nachdem sie die Pistole genauer betrachtet hatte. „Mit dem Teil verdichtet sich das Bild tatsächlich. Und das sollte Klaus wirklich sofort wissen.“

Was folgte, war wie in einem der vielen TV-Krimis, in denen die Tür des Vernehmungsraums plötzlich von außen geöffnet wird und drinnen der Wortführer unwirsch herumfährt und eine Schimpfkanonade loslässt.

Als die Tür nach kurzem Klopfen aufging, hatte Beckmann gerade noch einmal wiederholt, dass er ja zugebe, Rolf Hüttenstein wegen dessen Brutalität und Unberechenbarkeit aus Angst getötet zu haben. Den jungen Rommert aber nicht.

Er besitze ja keine ... Weiter kam er nicht.

„Ist denn sowas möglich?“, stöhnte Klaus Klaiser auf, als sich die Tür öffnete. „Kann man denn selbst hier keine drei Minuten ungestört bleiben? Warum haben wir wohl eine rote Lampe über der Tür und warum sitzt da draußen ein Kollege?“, herrschte er Pattrick an. Doch der antwortete nur nüchtern: „Damit hier niemand gestört wird. Muss ich aber. Tut mir leid. Komm bitte mal kurz raus.“

Verärgert unterbrach der Kripo-Chef das Verhör und folgte Born aus dem Raum. „Sag mal“, kläffte er den Kollegen draußen an, „bist Du Dir eigentlich im Klaren darüber, was da drinnen gerade läuft? Der Beckmann hat bereits einen Mord gestanden. Und den zweiten, den an Pius Rommert, hätte ich ihm auch rausgeleiert. Da kommst Du mit Deinen ... Mit was eigentlich? Was willst Du denn hier?“

Pattrick griff wieder in die Tasche seiner Jacke und beförderte Blömers Pistole zutage. Wortlos hielt er den obersten Zipfel der Plastiktüte fest und ließ die Waffe darin vor Klaus Augen baumeln. Der schaute genau hin, schluckte und bekam große Augen. „Das ist ´ne 08. Wo kommt die denn her?“

„Die haben wir bei Gregor Blömer sichergestellt.“

„Bei Blömer? Bei dem Mann, in dessen Haus Nachbarn einen Schuss gehört haben?“

„Genau der. Er hatte seiner Frau ins Bein geschossen. Und dann wollte er sich selbst umbringen.“

„Was denn? Erweiterter Suizid?“

„Glaub´ ich nicht“, meinte Born, „angeblich hat sich der Schuss gelöst, als seine Frau den Selbstmord Blömers verhindern wollte.“

„Ja und er?“, fragte Klaiser nach.

„Er lebt. Die Knarre hat offensichtlich geklemmt. War kein Schuss mehr rauszukriegen. Er saß auf der Treppe zum Obergeschoss und heulte wie ein Schlosshund.“

„Die Knarre, wie Du sagst, kann durchaus die Waffe gewesen sein, mit der Pius Rommert erschossen wurde“, dozierte der Kripo-Chef.

„Ist mir klar. Oder was meinst Du, weshalb ich Dich im Verhör gestört und das Ding gebracht habe?“

„Natürlich. Habt Ihr prima gemacht. Aber die muss sofort zur KTU!“, bestimmte Klaus. Doch dann besann er sich eines Besseren. „Weißt Du was? Wir konfrontieren diesen Blömer mit unserer Theorie. Ihr habt den doch mitgebracht. Oder?“

„Natürlich haben wir den mitgebracht. Oder dachtest Du, der säße noch immer auf seiner schönen Treppe und bettelte um den Tod?“

„Hey, jetzt komm´ mal wieder runter. Die Sache hier ist ernst.“

„Weiß ich doch“, beschwichtigte Pattrick Born. „Aber bei Dir hat man in solchen Situationen manchmal den Eindruck, als würdest Du uns …“, dann brach er mit Blick auf den Boden ab. „Ach vergiss es!“

„Als würde ich Euch was?“, hakte Klaiser nach.

Aber Born wollte nicht antworten.

„Komm jetzt, Butter bei die Fische! Als würde ich Euch was?“

„Als würdest Du uns nicht immer für voll nehmen. Wir kennen doch unser Geschäft. Fast genauso gut wie Du. Aber wir bekommen von Dir immer wieder gesagt, was zu tun ist und wirklich überflüssige Fragen gestellt.“

So, jetzt war es raus. Aber Pattrick fühlte sich alles andere als wohl in seiner Haut. ‚Scheiße', dachte er, ‚das war jetzt doch ein wenig zu heftig'.

Klaus schaute ihn unverwandt an. Er brauchte einen Moment, um das Gehörte zu verarbeiten. Denn die Botschaft hatte ihn vollkommen unvermittelt getroffen. Und schlagartig machte sie ihm ein schlechtes Gewissen. Schließlich wusste er ja, dass er ein tolles, verlässliches Team hatte. Was, um alles in der Welt, war denn in ihn gefahren, seine Leute so zu behandeln, dass plötzlich eine solche Klage an ihn herangetragen werden musste.

Er schüttelte immer wieder leicht den Kopf. Auf der Suche nach den richtigen Worten. Die durften nicht hart sein. Im Gegenteil. Sie mussten deeskalieren. Schließlich sagte der Chef mit gesenkter Stimme: „Mensch Pattrick, das tut mir leid. Bin ich denn wirklich so schlimm? Bin ich etwa so was wie ein Schulmeister im Umgang mit Euch?"

„Manchmal bist Du das", antworte der erleichtert. Er hatte mit allem gerechnet, nur nicht mit einer solch versöhnlichen Retoure. „Manchmal glaubt man wirklich: ‚Hey das hast du doch alles selbst drauf. Das hast du doch alles schon in die Wege geleitet. Was muss´n der Chef da noch drin rumrühren? Ist doch alles schon gelaufen'."

Klaus wirkte nachdenklich. „Wahrscheinlich hast Du recht. Tut mir leid", antwortete der etwas geknickt wirkende Oberkriminaler und gab Pattrick einen Klaps auf die Schulter. „Werde mich bessern. Versprochen!

So, aber wir müssen diesen Blömer trotzdem jetzt sofort ins Verhör nehmen", ging Klaiser zu Borns Erleichterung gleich wieder zur Geschäftsordnung über. „Wie machen wir das denn am besten? Ich kann doch da drin das Verhör nicht einfach abbrechen. Hab´ die eh schon lange genug warten lassen."

Doch dann ging die Tür des Vernehmungsraums auf und der ‚Freak' kam heraus. Mit der linken Hand grüßte er Pattrick und mit der rechten zog er Klaiser ein wenig zur Seite. „Hey Chef, was immer Ihr hier zu besprechen habt, wir sollten da drin zum Ende kommen. Beckmann bleibt dabei: er hat seinen Ex-Kollegen Hüttenstein umgebracht. Aber nur den. Und nicht etwa Rommert Junior. Und er gesteht auch den Mordversuch an Philip Kretschmann im Kino. Als er kapiert habe, dass Philip Polizist ist und unmittelbar mit dem Mord im Preisdorftal zu tun hatte, habe er sich schon in Handschellen gesehen und einfach zugestochen."

„Gibt´s doch nicht", schüttelte Klaiser den Kopf. „Einfach so. Einfach so zwei Menschenleben opfern. Wobei eines zum Glück gerettet wurde. Der Mann ist ein eiskalter Killer", sagte er fast abwesend.

„Ja, ja, das sieht auch Puhlmann so. Aber der glaubt dem Beckmann, dass er Rommert nicht erschossen hat. Ich glaube das übrigens auch", beendete Sven Lukas seinen Kurzbericht und schaute dabei seinen Boss prüfend an.

„Ich glaube das auch", gestand Klaus nach kurzem Überlegen. „Schau mal was Jürgen und die Kollegen von diesem Blömer mitgebracht haben. Zeig´ ihm die Waffe mal", bat er Born. „Vielleicht erkennst Du ja das Modell."

„Ich wäre nicht der ‚Freak', wenn ich diese Pistole nicht als 08 erkennen würde", lachte Lukas kurz darauf und wog das fast antike Stück durch den Plastikbeutel in der Hand. „Ich hab´ zwar noch nie mit einer geschossen, aber sie muss ein tolles Teil sein", schwärmte der junge Kommissar förmlich. „Kann es sein, dass das die Waffe ist, mit der Pius Rommert erschossen wurde?"

„Wir vermuten es", antwortete Pattrick Born. Und der Chef hielt sich auffällig zurück. „Wir überlegen bloß gerade, wo und wie wir Gregor Blömer so schnell wie möglich mit diesem Sachverhalt konfrontieren und ihn dazu verhören können."

„Das ist doch kein Problem", antwortete der ‚Freak'. „Beckmann unterschreibt im Beisein von Staatsanwalt Puhlmann und Anwalt Bernschein in wenigen Minuten sein Geständnis, das gerade getippt wird. Habe ich veranlasst. Und dann sind wir ihn los." Dabei schaute er mit schief gehaltenem Kopf Klaiser direkt in die Augen.

Der zeigte einen nach oben gestreckten Daumen und meinte: „Ja, okay. Für mich zwar ein wenig sehr schnell. Aber wenn der Staatsanwalt als Herr des Verfahrens damit einverstanden ist ... Ich wüsste allerdings auch nicht, was man da noch hätte anders machen sollen."

„Ja prima", mischte sich Sven ein. „Dann können wir Beckmann ja als ‚verarztet' entlassen, nach Siegen in den Knast schicken und uns um Blömer kümmern. Denn der Vernehmungsraum ist dann frei."

„Nicht sofort nach Siegen schicken. Der kommt erst einmal in eine unserer Zellen", ordnete Klaiser an. „Wir brauchen Beckmann eventuell noch, um unter Umständen die eine oder andere Ungereimtheit aufklären zu können, die uns im Verhör mit Blömer begegnen könnte."

Dreißig Minuten später erlebte der Vernehmungsraum eine völlig veränderte Besetzung. Auf der einen Seite des Tisches Grogor Blömer, hinter einem Berg von frischen und bereits benutzten Tempotaschentüchern. Auf der anderen Seite Pattrick Born und Claudia Siegemund. Staatsanwalt Dr. Puhlmann hatte an der Stirnseite Platz genommen.

Blömer rotzte und triefte aus allen Knopflöchern. Aber das Flennen hatte er eingestellt. Offenbar war ihm klar, dass hier Tacheles und nichts als Tacheles geredet werden würde. Und er hatte auf der Fahrt zum Kommissariat ja bereits so etwas wie eine Steilvorlage dazu gegeben.

„Herr Blömer, Ihr Verhältnis zu Ihrer Frau ist nachhaltig gestört. Sie sei öfter fremdgegangen, haben Sie uns bereits kundgetan", begann Pattrick. „Was genau bringt Sie denn zu der Überzeugung, dass das tatsächlich so war?"

Der Angesprochene schnäuzte sich lautstark und ließ das benutzte Taschentuch zu den übrigen auf den Tisch mit der Veloursbespannung fallen. Dann begann er mit einem Räuspern. „Ich sagte ja bereits, dass Ellen ihr Verhalten mir gegenüber schon vor geraumer Zeit sehr verändert hat. Sie lehnte plötzlich immer häufiger körperliche Kontakte mit mir ab und blieb zunehmend ganze Abende in der Stadt. Angeblich bei Freundinnen, bei irgendwelchen Veranstaltungen oder sonst wo.

Wenn sie heimkam, war sie abweisend und verschwand immer ganz schnell nach oben, also in Bad und Schlafzimmer. Immer mit dem Hinweis, sie sei kaputt und müsse ins Bett."

„Haben Sie ihr denn Anlass für solches Verhalten gegeben?", wollte Claudia wissen. „Hatten Sie häufig Streit oder dergleichen?"

„Nein. Im Gegenteil. Ich liebe meine Frau und habe ihr immer fast rote Teppiche ausgerollt. Verwöhnt habe ich sie. Und das fand sie lange Zeit toll. Aber plötzlich war damit Schluss."

„Wie Schluss."

„Ja, sie honorierte auf einmal nicht mehr, dass ich ihr in meinen Mittagspausen ein tolles Essen hinzauberte, oder die Wohnung in Ordnung gebracht hatte. Obwohl sie deutlich mehr Zeit dazu gehabt hätte als ich. Es passte ihr auf einmal nicht mehr, dass ich sie gelegentlich einfach mal in den Arm nehmen und ihr einen Kuss geben wollte. Nichts war mehr wie früher."

„Sie kannten den Grund also nicht?“, hakte Born nach.

„Zunächst nicht“, antwortete Blömer und putzte sich erneut die Nase. Doch bevor er das patschnasse Taschentuch wieder auf den Tisch legen konnte, hatte ihm der Staatsanwalt schnell den Papierkorb aus der Zimmerecke hingehalten, mit dem Hinweis: „Das ist ja ekelhaft, Mensch. Schmeißen Sie Ihren Dreck gefälligst hier rein, bevor Sie noch alle im Raum hier verseuchen.“

Gregor Blömer zuckte zusammen und räumte flugs alles vom Tisch, was seine Erkältung dokumentierte. Dann setzte er etwas verwirrt seine Aussage fort und berichtete von seiner Beobachtung beim Architektenbankett und den unverblümten Grabschereien, bei denen er Pius Rommert und seine Frau beobachtet hatte. „Dieses Schwein hat sie anschließend irgendwo auf der Toilette gefickt. Und sie hatte ihren Spaß dabei.“

„Haben Sie sich denn nicht dagegen gewehrt?“, fragte Born nach. „Ich meine, Sie konnten doch nicht einfach tatenlos zusehen, wie Ihr Juniorchef Ihnen Ihre Frau ausspannt und zu seiner Geliebten macht.“

„Pah, haben Sie ´ne Ahnung!“ Der Ingenieur schüttelte resigniert den Kopf. „Wissen Sie, wie es ist, wenn Sie nur als Fußabtreter benutzt werden? Haben Sie überhaupt irgendeinen blassen Schimmer, wie es ist, wenn alles, was Sie machen, beruflich wie privat, nicht den Dreck unter dem Fingernagel wert zu sein scheint. Weil sie sowohl von Ihren beiden Chefs als auch von Ihrer Frau wie eine Nullnummer behandelt werden?“

Der Mann schien Fieber zu haben. Denn er schwitzte mit hochrotem Kopf und fröstelte gleichzeitig, obwohl der Vernehmungsraum gut 23 Grad Raumtemperatur haben mochte.

„Herr Blömer, geht es Ihnen nicht gut? Können wir irgendetwas für Sie tun?“, wollte Claudia wissen.

„Nein danke. Nur etwas Wasser hätte ich gerne noch – zum Trinken." Claudia füllte dessen Trinkbecher auf und stellte die Wasserkaraffe direkt daneben.

„Und dann", begann er nach einem kräftigen Schluck, „dann habe ich begriffen, dass ich anders kämpfen muss. Nicht zu Hause und nicht in der Firma. Ich wollte diesem Arschloch endlich an den Kragen." Zu schwer seien die Kränkungen und die Herabwürdigungen seiner Person durch den Juniorchef gewesen. Und zu groß seine Seelenpein.

Also habe er eine günstige Gelegenheit abgewartet, um Pius Rommerts Wagen mit der Wanze zu präparieren und ihn abhören zu können. Das habe auch auf Anhieb geklappt und ihm letztlich die traurige Gewissheit gegeben, dass seine Frau manchmal zwei- bis dreimal pro Woche in dessen BMW zu einem Orgasmus getrieben wurde.

Es war still geworden im Vernehmungsraum. Mit einiger Beklommenheit hörten die Anwesenden dem Mann zu, dessen Verzweiflung mit jeder im Äther belauschten Verabredung und mit jedem Liebesjauchzer seiner Frau gestiegen war.

„Und dann glaubte ich schließlich das Glück zu haben, zu erfahren, wo sich die beiden treffen wollten. Rommert könne erst sehr spät, erklärte er in einem Telefonat, das ich an diesem Abend mithörte."

„An welchem Abend?", fragte Born nach.

„Na, an dem Abend vor dem Orkan. Wie gesagt, er könne erst sehr spät, sagte er. Und ich bekam mit, wo er sich mit ihr treffen wollte. Im Preisdorftal bei Berghausen. Da sei nach ungefähr einem Kilometer eine Art Ausweichstelle, auf der rechten Seite im Hang. Und das sei ein Ort, an dem nachts kein Mensch vorbeikomme. Nicht mal der Förster. Offenbar waren sie anderswo schonmal beim Pimpern erwischt worden."

Im ‚Spiegelzimmer' schauten sich Klaus Klaiser und Sven Lukas an. „Ausweichstelle nach etwa einem Kilometer?“, wiederholte der ‚Freak', „das ist genau die Stelle, an der wir den Volvo mit Hüttenstein und Körner gefunden haben und später Pius Rommert.“ Klaus nickte.

„Und da habe ich mich entschlossen, dabei zu sein, wenn dieses Dreckschwein meiner Frau an die Wäsche geht“, erzählte der gehörnte Ehemann drinnen weiter. „Ich wollte diesen widerlichen Ehebrecher an seinem Schwanz aus dem Auto ziehen und ihm eine verpassen. Ich war außer mir.“

„Wie jetzt?“, wollte Claudia wissen, „Sie waren auch im Preisdorftal?“

„Ja. Ich wollte den beiden auflauern und sie dann in flagranti erwischen.“

„Wieso wollte? Waren Sie jetzt dort, oder nicht?“

„Doch! Sehr früh sogar. Weil ich mir zunächst sicher sein musste, dass ich auch die Stelle finde, an der sie sich treffen wollten. Aber da gab es keinen großen Zweifel. Denn es existiert auf der ganzen Strecke bis zum Forsthaus Paulsgrund nur diese eine Ausweichstelle.“

„Interessant“, mischte sich Born nun wieder ein. „Was haben Sie denn getan, um nicht auf Anhieb von den beiden gesehen und erkannt zu werden?“

„Ich habe ...“, Gregor Blömer unterbrach sich mit einem Nießen, schnäuzte sich erneut ausgiebig und nahm einen großen Schluck Wasser, „... zunächst mal meinen Wagen versteckt. Und zwar ein ganzes Stück weit weg. Beim Klärwerk, das an der Straße in Richtung Aue liegt. War kein Problem, das Auto da so in die Einfahrt zu stellen, dass es von der Straße aus nicht gesehen werden konnte.“

„Aha. Und dann sind Sie die ganze Strecke zu Fuß zurück zu der Ausweichstelle gelaufen und haben dort gewartet? Bei dieser Dunkelheit?“, fragte die Siegemund etwas ungläubig.

„Genau. Das sind zwar knapp zwei Kilometer. Aber ich hatte ja Zeit, eine starke LED-Lampe und nur leichtes Gepäck.“

Pattrick staunte. „Was meinen Sie mit leichtem Gepäck?“

„Einen sogenannten Jägerschlafsack hatte ich dabei. Weil ich mich wetterfest und halbwegs warm irgendwo in der Böschung auf die Lauer legen wollte. Hab´ ich dann übrigens auch. Unterhalb des Ausweichplatzes – zum Bach hin.“

„Das ist ja ...“ Claudia schaute ungläubig drein. „Und die ganze Zeit über waren Sie fest davon überzeugt, dass Sie Rommert und Ihre Frau dort beim Liebesspiel erwischen würden? Fällt mir schwer, das zu glauben.“

„Glauben Sie doch, was Sie wollen“, schniefte Blömer erneut. „Meinen Sie, ich erzähle Ihnen hier eine Räuberpistole?“ Lautstark entleerte er seine mittlerweile dunkelrote Nase in eines der letzten Papiertaschentücher. „Was sollte ich denn für eine Veranlassung haben, Ihnen einen solchen Bockmist zu erzählen?“

„Nein, nein. Da haben Sie etwas gründlich missverstanden“, beeilte sich der Staatsanwalt, verlorenes Vertrauen wieder gutzumachen. „Die Ermittler müssen manchmal intensiv nachfragen und misstrauisch sein. Fahren Sie ruhig fort.“ Dabei warf er der Kommissarin einen missbilligenden Blick zu. „Machen Sie weiter, Herr Blömer. Sie lagen also in der Böschung unterhalb des Weges. Und was geschah dann?“

„Ich lag stundenlang dort in der Böschung, bin manchmal sogar eingeschlafen und hab´ später sogar entsetzlich gefroren. Eigentlich wollte ich irgendwann aufgeben. Habe aber immer wieder ausgeharrt, weil ich damit rechnen musste, dass mir die beiden ausgerechnet in der Situation entgegenkommen, in der ich auf dem Weg zurück zu meinem Wagen laufe."

„Und dann kamen sie schließlich doch", drängte Pattrick Born. „Was haben Sie da gemacht?"

„Zunächst habe ich mich gehörig gewundert. Denn es war nicht etwa der BMW des Juniors, der da kam, sondern ein Volvo. Das hatte ich schon am herannahenden Motorengeräusch gehört. ‚Wie denn', dachte ich. ‚Lässt es sich darin besser bumsen, oder was?'"

„Wie spät war es, als der Volvo kam?"

„Ungefähr halb fünf."

„Das war verdammt spät", warf Born ein.

„Stimmt! Mir war das auch schleierhaft. Immerhin musste Ellen ja an dem Morgen zum Dienst. Ich dachte noch: ‚Haben die´s so nötig?' Können Sie sich vorstellen, dass meine Wut ins Unermessliche stieg?"

‚Kann ich', nickte Staatsanwalt Puhlmann in sich hinein. Und laut fragte er: „Wie ging´s dann weiter? Erzählen Sie."

„Ich hab´ mich langsam die kleine Böschung hochgearbeitet und war total perplex, als ich drei Männerstimmen hörte, die sich unablässig anbrüllten. Die meiner Frau war nicht dabei. Die eine Stimme gehörte Pius Rommert. Die habe ich sofort erkannt. Die anderen nicht.

‚Scheiße', dachte ich, die werden sich doch wohl nicht zu dritt über meine Frau hermachen? Ich also los, auf den Wagen zu, als plötzlich erst die hintere linke und dann die Beifahrertür aufging. Von hinten links raste einer um den Volvo rum und knallte den Mann, der auf der Beifahrerseite aussteigen wollte, mit dem Kopf aufs Autodach."

„Wer war das? Konnten Sie das erkennen?"

„Nein! Ich hab´ draußen nur Schemen gesehen – im Licht der Innenbeleuchtung."

„Hat Sie jemand gesehen?“

„Ich glaube nicht. Denn ich stand ja noch drei, vier Meter weg und hatte meine Lampe nicht angemacht. Außerdem bin ich ganz schnell wieder die Böschung runtergerutscht, als der eine Mann wieder um den Wagen herumkam. Hier, schauen Sie“, sagte Blömer und bückte sich, um sein linkes Hosenbein hochzuziehen. „Diese Schürfwunde habe ich mir dabei an einem vorstehenden Stück Fels oder sowas ähnlichem geholt.“

„Uuh, das sieht ja übel aus“, stellte Claudia fest. „Da muss dringend mal ein Arzt draufschauen.“

„Später sollte da wirklich ein Arzt draufschauen“, bekräftigte Pattrick Born die Diagnose seiner Kollegin. „Wie gesagt, später. Wenn wir hier fertig sind.“ Dann schaute er in die Runde. „Ich würde vorschlagen, dass wir eine kurze Pause machen. Herr Staatsanwalt, sind Sie einverstanden?“

Puhlmann nickte und erhob sich, um sich die Beine zu vertreten. „Schauen Sie bitte mal, ob Sie für den Herrn Blömer noch ein Päckchen Taschentücher auftreiben können, oder sogar zwei“, bat der Staatsanwalt den uniformierten Beamten, der an der Tür Wache hielt.

„Und, Kollege, vielleicht kannst Du mal sehen, ob Du für ihn auch ´ne Tasse Tee organisieren kannst“, legte Born schnell noch nach. „Der Mann ist ja richtig krank.“

Zwei Minuten später trafen sich die Kripobeamten im ‚Spiegelzimmer‘. Nur Claudia war bei Blömer geblieben. Er tat ihr irgendwie richtig leid.

„Das ist schier unglaublich. Der Mann erzählt ja wie ein Wasserfall.“ Klaus Klaiser trillerte mal wieder mit zwei Fingern in seinen Locken. „Irgendwie habe ich den Eindruck, der realisiert gar nicht, dass wir ihm womöglich einen Mord nachweisen können."

„Den Eindruck habe ich nicht", wandte Born ein. „Dieser Herr Blömer ist heute noch getrieben von seinem unglaublichen Hass auf Pius Rommert und der betrogenen Liebe zu seiner Frau. Irgendwie ist da aber wohl so viel schiefgelaufen, dass er es bisher selbst nicht so richtig auf die Reihe gekriegt hat und jetzt endlich einen Knopf dranmachen will."

„Wie meinste das?" Der ‚Freak' schaute Pattrick irritiert an. „Glaubst Du etwa, er präsentiert sich hier als der killende Rächer an Rommert Junior, obwohl er womöglich selbst gar nicht die Hand dabei im Spiel hatte?"

„Durchaus möglich", sinnierte Born. „Wenn er mit *dem* Karacho in seiner Aussage weitermacht, kann es sein, dass wir in fünf Minuten ein Geständnis haben."

„Der Herr im Himmel mag´s geben, dass es ein hieb- und stichfestes Geständnis ist", raunte Klaus, während er einen Schluck Wasser nahm und aufstand. „Sonst müssen wir uns noch mal mit Beckmann befassen."

Allgemeines Nachdenken setzte ein. Die Erzählungen des Jungingenieurs waren schon fast zu plausibel, als dass man sie als frei erfunden hätte abtun können. Aber so locker von der Leber weg hatten sie allesamt noch keinen Mörder erzählen hören. Irgendwo war da ein Haken.

„Wir werden Blömer testen und tauschen die Vernehmer aus", entschied Klaus schließlich. „Pattrick, bleib´ Du bitte draußen und kümm´re Dich derweil mal darum, ob und auf wen die 08 registriert ist. Falls das noch nicht geschehen ist. Sven, Du kommst bitte samt Waffe mit hinein."

Im Vernehmungsraum erntete der Kripo-Chef schließlich einen enttäuschten Blick von Claudia, als er sie nach draußen komplimentierte. „Aus taktischen Gründen", flüsterte er ihr ins Ohr. „Hat nichts mit Dir zu tun. Du warst richtig gut. Aber setz´ Dich jetzt bitte hinter den Spiegel und beobachte und höre genau zu. Wenn Du dabei irgendwelche Ungereimtheiten bemerkst, komm´ sofort rein. Ja?!“

„Okay, mach´ ich.“ Widerstrebend, aber folgsam zog sie von dannen.

Mit schweißnasser Stirn und fast dankbarem Blick schlürfte Gregor Blömer heißen Tee, als das Verhör in die womöglich entscheidende Runde ging. Auch der Staatsanwalt und frische Taschentücher waren da.

„Herr Blömer“, begann Klaus Klaiser, nachdem er sich und Sven Lukas noch mal vorgestellt hatte, „ich rekapituliere noch mal. Sie lagen also wieder unten in der Böschung, nachdem oben ein Mann einen anderen zusammengeschlagen hatte.“

„Nicht zusammengeschlagen. Das hab´ ich jedenfalls nicht gesehen. Er hat ihn irgendwie mit dem Kopf auf das Wagendach geknallt. Der Mann ist dann zusammengebrochen und wohl wieder in den Volvo gefallen.“

„Okay, dann war der Ablauf also so, wie jetzt geschildert“, antwortete Klaiser, der insgeheim gehofft hatte, er könne den Probanden zu einer anderen Version verleiten.

„Nicht ‚wie jetzt geschildert‘“, setzte sich Blömer zur Wehr. „Das hatte ich vorhin auch schon gesagt.“

„Gut, was war dann?“

„Wann?“

„Na, als Sie wieder in der Böschung lagen.“

„Ich hatte saumäßige Schmerzen im Schienbein und brauchte einen Moment, um nicht laut aufzuschreien. Dann habe ich versucht, still zu liegen und zu horchen. Aber von oben habe ich nur noch Geräusche, aber keine Stimmen mehr gehört.“

„Was waren das für Geräusche?“, wollte Sven Lukas wissen. „Können Sie das sagen?“

Blömer schien in sich hinein zu hören. Nach einem Moment antwortete er: „Drei- oder viermal Türenschlagen und Hin- und Herrennen. Mehr eigentlich nicht. Oder doch. Da musss sich einer von den Männern ziemlich abgemüht haben. Man hörte heftiges Atmen ab und zu. Aber der starke Wind hat sicher vieles verwischt."

„Mehr nicht?" Der ‚Freak' wollte es genau wissen.

„Nein, mehr nicht. Jedenfalls zunächst nicht. Und dann ging der Sturm los."

„Und? Was haben Sie dann gemacht?" Unter dem Tisch gab Klaus Klaiser dem ‚Freak' ein Zeichen, ihm die Pistole rüberzureichen. Er hielt die Waffe aber noch verdeckt. „Was haben Sie gemacht, als der Sturm losging?"

„Ich hatte den Eindruck, gehört zu haben, dass da noch einer wegrannte. Aber dann nichts mehr. Außer Sturm. Da bin ich die Böschung hochgekrabbelt und habe, auf dem Bauch liegend, zum Volvo hingeschaut. Da war nichts mehr zu sehen. Alles dunkel. Die Innenbeleuchtung war aus. Überall drum herum fingen die Bäume an zu ächzen."

Dann stierte Gregor Blömer auf den Tisch. Als könne er dort einen Text lesen, der ihm weiter helfen würde, die Horrornacht zu beschreiben.

„Ja, weiter Mann. Lassen Sie sich doch nicht alles aus der Nase ziehen. Wie ging es weiter?" Klaus veranstaltete mit fünf Fingern einen Trommelwirbel auf dem Tisch. „Er-zählen Siiiieee!", forderte er massiv. ‚Jetzt oder nie', dachte er. ‚Wenn er jetzt nicht ausspuckt, dann ...'. In Wahrheit wusste er nicht, was dann.

„Weil ich gar nichts mehr sah, habe ich die Lampe angemacht und mich erst einmal orientiert. Sie müssen sich vorstellen ..., das war so dunkel, so schwarz, wie es schwärzer gar nicht geht. ... Und dann habe ich ihn gesehen. Pius Rommert. Mit blutverschmiertem Gesicht kam er hinter dem Volvo vor. Auf mich zu."

„Und dann", sprang Klaiser auf und legte die 08 auf den Tisch, „dann haben Sie ihn mit dieser Kanone hier bedroht."

„Wie bitte? Ich? Ich soll Pius mit dieser Waffe bedroht haben?"

„Klar haben Sie das! Was denn sonst?"

„*Er* hat auf *mich* gezielt. Und rumgeballert hat er. Weil ich das Licht sofort ausgemacht und mich seitlich auf dem Weg auf den Boden geworfen habe."

Klaus wurde vor Anstrengung rot im Gesicht. „Das ist doch alles Humbug, den Sie da verzapfen. Sie haben uns doch erzählt, dass sie vorhatten, Pius Rommert, ich zitiere: „an seinem Schwanz aus dem Auto ziehen und ihm eine verpassen" zu wollen. Also hatten Sie doch die Waffe, um ihm eine zu verpassen."

Blömer liefen Rotz und Tränen der Wut über Wangen und Kinn. „Schwachsinn! Wo soll ich die denn hergehabt haben?"

„Wie, woher? Sie hatten Sie doch heute auch!"

„Klar. Weil ich sie ihm abgenommen habe."

„Herr Blömer, ich habe die Schnauze langsam voll", ereiferte sich Klaus. Hätte der Mann gegenüber nicht so getrieft, hätte er ihn, zumindest einmal versuchsweise, trotz Staatsanwalt am Kragen gepackt und geschüttelt. „Jetzt reden Sie doch keinen solch unglaublichen Blödsinn. Womit sonst wollten Sie ihm ‚eine verpassen'?"

Blömer war ebenfalls aufgesprungen und schnappte nach Luft. „Mit meiner Lampe, einer Stablampe aus Metall. Das ist eine ideale Schlagwaffe, die fast ein Pfund wiegt. Mit der wollte ich ihm die Fresse polieren." Entkräftet ließ er sich wieder auf seinen Stuhl fallen. „Die finden Sie in meinem Wagen, samt dem Jägerschlafsack." Er brauchte mindestens drei Taschentücher, um sein Gesicht wieder halbwegs in Ordnung zu bringen.

„Es würde mich interessieren, wie das weitergegangen ist." Der ‚Freak' hatte jetzt auf Zeichen von Klaiser die Führung des Verhörs übernommen. „Es war also wieder stockfinster, sagten Sie. Und Rommert habe ‚rumgeballert'. Wie oft hat er denn geschossen?"

„Weiß nicht. So drei-, viermal, glaube ich. Mehr auf jeden Fall nicht."

„Sind Sie sicher?"

„Ja, ziemlich sicher sogar. Ich hatte unglaubliche Angst, dass er mich zufällig trifft."

„Und?"

„Hat er nicht. Doch dann ist er über mein linkes Bein gestolpert und auf die Schnauze geflogen. Direkt neben mir. Dabei hab´ ich gehört, wie etwas metallisches über den Asphalt schepperte, während Rommert irgendwas bejammerte. ‚Das muss die Waffe gewesen sein', dachte ich und hab´ sofort das Licht wieder angemacht.

Und dann lag sie da. Etwa zwei, drei Meter von uns entfernt. Ich auf und über den Pius weg, der sich gerade auch aufrappeln wollte. Aber ich war schneller und konnte die Pistole packen. Das erste Mal, dass ich sowas in der Hand hatte."

„Und dann? Was ist dann passiert? Dann haben Sie auf Rommert geschossen?"

„Nicht sofort", schniefte Blömer und putzte sich wieder mal die Nase, deren Flügel mittlerweile blutunterlaufene Ränder aufwiesen.

„Was denn dann?", drängte Sven Lukas.

„Ich, ich … bin ein paar Meter weg und hab´ auf ihn gezielt. Mit einer Hand. Aber ich hab´ gewackelt wie ein Lämmerschwanz. Vor allem, als er aufgestanden war und auf mich zukam. Ich hab´ ihn angebrüllt und aufgefordert, stehen zu bleiben. Aber das tat er nicht. Ich also wieder ein paar Schritte zurück. Er hinter mir her."

„Jetzt machen Sie´s nicht so spannend, Mann", wurde auch Sven ungeduldig. „Wann haben Sie denn geschossen?"

„Als ich rückwärts gegen den Volvo geprallt bin und mir vor Schreck die Lampe runtergefallen ist. Von Pius habe ich nur noch einen Schatten gesehen, als der auf mich zu ist. Da hab´ ich einfach abgedrückt. Es war grausam."

„Grausam?"

Blömer schniefte und schüttelte fortwährend den Kopf. „Ja. Grausam! Weil er geschrien hat wie ein kleines Kind und irgendwie in Panik plötzlich in den Wald hochgerannt ist. Ich konnte ja nichts sehen, weil die Lampe halb unter dem Volvo lag. Und ich war in einer Art Schockstarre."

„Wissen Sie denn, ob Sie ihn richtig getroffen haben?"

„Muss ich wohl. Sonst wäre er ja nicht tot. Oder?"

Dann war es still im Vernehmungsraum. Staatsanwalt und Vernehmungsbeamte schauten einander an, als die Tür aufging und Pattrick Born mit einem Zettel hereinkam.

In blitzsauberer Handschrift stand dort: ‚Die 08 stammt aus dem 1. Weltkrieg, war die Dienstwaffe eines Majors namens Wilhelm Dietrich Rommert, dem Großvater des Firmenchefs Franz Rommert und galt offiziell als von den amerikanischen Alliierten bei einer großen Waffensammel- und Zerstörungsaktion 1946 als vernichtet.'

Sven Lukas hatte das Papier an sich genommen und aufmerksam durchgelesen. Dann beugte er sich zu Klaus Klaiser herüber und flüsterte ihm ins Ohr: „Chef, ich glaub´, Blömer sagt die Wahrheit."